魅丽文化
告白

心动游戏指南

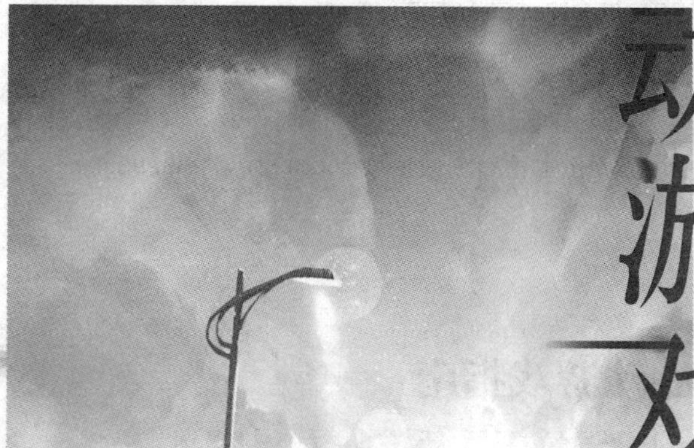

小央 著

江苏凤凰文艺出版社
JIANGSU PHOENIX LITERATURE AND ART PUBLISHING

图书在版编目（CIP）数据

心动游戏指南 / 小央著. -- 南京：江苏凤凰文艺出版社，2023.5
ISBN 978-7-5594-7274-8

Ⅰ. ①心… Ⅱ. ①小… Ⅲ. ①长篇小说－中国－当代
Ⅳ. ① I247.5

中国版本图书馆 CIP 数据核字 (2022) 第 209295 号

心动游戏指南

小央 著

出版统筹 曾英姿
责任编辑 张 倩
特约编辑 周 晶
装帧设计 黄 梅
出版发行 江苏凤凰文艺出版社
南京市中央路 165 号，邮编：210009
网 址 http://www.jswenyi.com
印 刷 湖南凌宇纸品有限公司
开 本 880mm×1230mm 1/32
印 张 11
字 数 371 千字
版 次 2023 年 5 月第 1 版
印 次 2023 年 5 月第 1 次印刷
书 号 ISBN 978-7-5594-7274-8
定 价 46.80 元

目录 CONTENTS

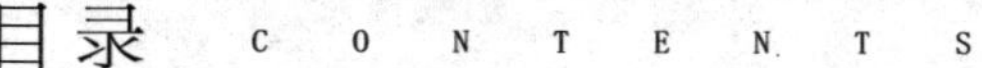

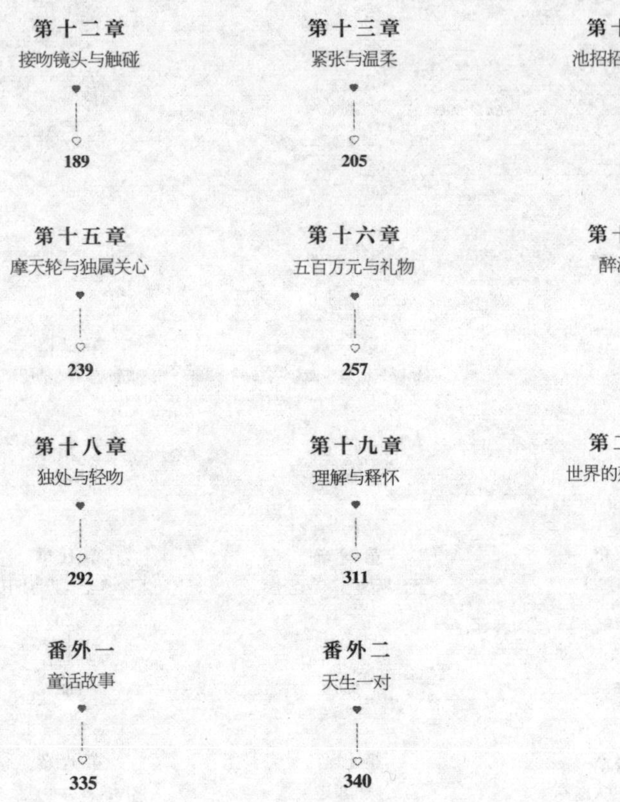

世界残酷，唯你温柔……

第一章 幼稚老板与冷漠秘书

她的老板很幼稚。

作为秘书的宋怡暂且抬起头，匀速敲打键盘的双手停止动作，冰冷的视线投向会议桌的尽头。

玩具四驱车沿着迷你轨道行驶，途经各位职场精英的背后，下降、上升，紧接着跑上桌面，最后穿过池招前面。

他熬夜画图，眼底难免微微泛青，头发也乱糟糟的，却挡不住好看的五官在荧幕中熠熠生辉。自始至终，他的目光只追随着那辆玩具车。

发言到中途突然卡住的员工有些难堪，玩具四驱车不偏不倚地停在他跟前。他想说些什么，可是，另一个声音先一步打断他。

办公椅“嘎吱”一响，那是池招踩在椅子上站起来的声音。

报告会上，他随便穿了一件广告套头衫，下半身是洗得发白的牛仔裤。池招没有停下脚步，紧接着踩上桌子，居高临下地站着，气定神闲地将目光投向正前方。

“你，”他望着发言者一板一眼地说，“幻灯片做得太难看了。”

没有人敢说话。他往另外一侧转身，看向之前发言的职工们，继而开始依次评价：“你的企划在自己组里再探讨一次吧，辛苦了。”

“你的市场调查报告四舍五入是没用的，重新做。”

“上次不是说了就算不在财务部也要做成本核算吗？”

池招刚才一直盯着四驱车，但作为上司没有听漏任何员工的发言。他传达这些指令时，语气里并没有恐吓，相反就好像在说午餐吃什么一般云淡风轻。正是如此，所以才显得更加可怕。

宋怡望着池招给每一个提交企划的下属提出意见，转而继续看向电脑，迅速且准确地记录下来。

池招转了一圈，最后看向自己座位旁边的宋怡。

宋怡抬头，直视他的眼睛，等待他的命令。

池招停顿了一会儿后说："宋怡，给我倒杯可乐。"

"好的。"她起身，却没有急着离席，"为了您的健康考虑，比起可乐，我建议您喝牛奶。"

宋怡是截至目前唯一一个敢于对池招提出异议的人。

会议室里一片死寂，池招看着自己的秘书，思索了片刻，一时没找到拒绝的理由，便说："好吧。"

随着高跟鞋踩在地板上逐渐远去的声响，池招转身，对着周遭的员工勾起嘴角，笑容像同时包裹着蜜糖和小刀，就那样一板一眼地给出总结："下个星期，企划报告全部重新来过。"

宋怡对此习以为常，毫不在意地走出去煮牛奶。

想到十二岁，宋怡想起的总是那些燥热烦闷的夏天，只能在同学手中看到的草莓味沙冰，永远高高地悬挂在顶端的自己的成绩，以及镜子里自己麻木不仁的表情。

她经常梦到那一年的全国中小学生绘画比赛。

童年时代，她总在作业草稿本的背后画画。但被父亲发现的话，那些幻想就会变成被撕碎的纸片。

在长辈眼里，与学习无关的事一律没有必要做。某些情况下，孩子的愿望在监护人眼中是最没有价值的东西。

宋怡虽然不是很聪明，但也不愚蠢。

她想：取得绘画第一名，是不是就有可能被父亲接受？

如今想来，过去所做的一切都带着少年时的不顾后果与坚决。她用挤出来的时间绘制的画作通过了初赛，并在复赛中取胜，最后得到去首都参加决赛的资格，比赛主办方报销了交通和住宿费用。

宋怡永远不会忘记那一天。

当主持人念出获奖者的名字时，她满心的期待转眼化作泡影。

“宋怡”这个名字在她自以为有天赋的项目上被烙下次等的印章。

她获得了第二名。

拿着属于第二名的奖杯和奖状，宋怡满眼都是泪。那时的她已经很久没有号啕大哭了。

被宣布为第一名的男生很久之后才登场。

他神情闲散，好看的面容没有丝毫表情。男生握着精致的奖杯，就像拿着在烘焙店买足够的布丁就能兑换的保温杯。

记者们举起相机对准他，主持人把话筒塞到他手里，催促他说几句获奖感言。茫茫人海中，宋怡听到周围有人呼喊他的名字。

他叫池招。

参加工作后的宋怡梦到过一个场景：池招接过麦克风，慢条斯理地打了个哈欠，然后不疾不徐地开了口。

时空错位的梦境中，还是少年的池招说道：“宋怡，给我倒杯可乐过来。”

大学毕业，宋怡向所有能去的公司投了简历。

供过于求的就业状况十分紧张，她屡战屡败，屡败屡战，每天穿着职业西装，把未经烫染的长发梳得一丝不苟，然后去面试。

刚刚离开自由的大学校园，怀揣着单薄的实习经验，面对逼人崩溃的环境，难免会有懊恼与灰心。宋怡每天奔跑在城市的各个角落，神情始终冷静淡然，毫不愧对于她从小到大的外号“干冰”[①]。

来崇名游戏面试时，面对一排庄严肃穆的面试官，宋怡的内心也有过动摇。

热爱游戏的人都以能去崇名工作为荣，她对游戏谈不上热爱，只是在应聘的要求中，注意力被公司的各色设计和美术作品抓住。

一个应届生应聘上崇名游戏的机会实在太小，加上她的作品集和工作经验都平平无奇。宋怡已经猜到自己一定会失败，于是打算随便应付了事。

与此同时，一名年轻男性出现在房间内。他坐在面试会场的角落，身穿西装，全程一直低着头摆弄手机。男人的头发干燥，垂下去的眉眼清爽，看起来与宋怡一般年纪，咬根棒棒糖也不会有违和感。

这个人的存在与整个面试氛围格格不入。

宋怡被一个面试官问起“有什么优点”时，她抱着已经放弃的心态注视他

---

① “干冰”——参考《邻座的怪物君》漫画女主角的外号“dryice”。

们，平静地回答：“我很无聊。”

想要做游戏的人自称无聊等同自暴自弃。前排的面试官都没有开口，反倒是那个年轻男性抬起头。这是他在整个面试过程中第一次有反应。

年轻男性的眼睛里迸散射出温暖明朗的光芒，他语气爽朗轻松地说：“真的假的？”

“真的。”宋怡满不在乎地回望着他，眼神仿佛一摊死水。

“可以，”他笑出声来，清朗的眉目看起来就像个少年，“你下周过来上班。”

后来她才知道，这人比她大好几岁。

进入崇名游戏后，宋怡才得知，面试那天给她录取函的人就是那位年轻男性，是所有人的上司，是职场食物链的顶端，是崇名游戏的老板。

宋怡去人事部报到，拎着皮包和其他同事一起在电梯门口等待。那位年轻男性抱着一只中华田园猫出现，独自走进专用电梯。

在场所有人齐刷刷地向他问候，他眯起眼粲然一笑，权当回应。

同为新人的周书画侧过头与宋怡打招呼：“上班第一天就遇见老板，我们真幸运。”

宋怡点点头，随即才疑惑地看过去：“你是？”

“最终面试的时候我们在走廊见过，你不记得我了吗？我叫周书画。”周书画对她微笑，搭配上白色的雪纺裙与荷叶边衬衫，显得温婉可爱。

原来如此。

宋怡客气地回应：“你好。”

周书画保持着微笑问道：“你不认识老板吗？”

“不那么了解。”宋怡迟疑道。

对陌生同事暴露无知并不妥当，但也没必要撒谎。

周书画笑起来，故作亲昵地搂住她的肩膀道：“没关系，虽然我也是新人，但是说实话，之前在其他厂工作时，我已经给这里投过好多次简历了。跟你介绍一下吧，刚才那个带着猫来上班的就是崇名游戏的老板，叫池招。”

宋怡错愕地抬起头。

年少躁动的夏季，如蝴蝶般纷飞的画纸碎片，被宣布为第二名时梦想被击碎的崩溃与绝望。

她永远不会忘记的那个名字。池招，他是池招。

现在他是她的老板池招。

“你知道你为什么能被聘用吗？”

入职第一天，宋怡就被叫进办公室，看着面前理应只会在中高层会议见到的副总，她沉默片刻，实话实说：“不知道。”

詹副总又问：“池招是一个怎样的人，你知道吗？”

宋怡的脸上仿佛贴上一副冰冷的面具，她抬头看向走近她的詹副总。

“他很难捉摸。”詹和青用四个字概括，“即便是看着他长大的崇名董事们和我，都很难说了解他。我们以前安排过好几位秘书和助理，男的女的、老的少的、胖的瘦的，他们要么被使唤着在外面给他拼乐高积木，要么就直接被结三个月工资开除了。”

宋怡面无表情地问：“您要安排我去做他的秘书吗？”

詹和青没有表达肯定，但是也没有否认，他不紧不慢地说：“我听说了，面试的时候，池招对你的表现很感兴趣吧？”

事实上，宋怡怎么可能不知道自己为什么被聘用。

她误打误撞地得到池招本人的认可。她以为这是幸运，但是这似乎也给她带来了一些她预料不到的事情。比如此时此刻詹副总热切的目光。

“你的同期都要被分配去不同的部门实习，待遇一般，而且随时可能因为效率跟不上而被劝退。”詹副总亲切地告诉她，“可是，你不一样。”

如果她被安排去做池招的秘书，工资按照正式员工结算不说，还有额外的补贴。而她要做的，不过是在秘书的工作之外，给詹和青汇报池招的行动。

“你不会拒绝吧？”詹副总朝她微笑，“据我所知，你还欠了债务吧？”

听到后半句话时，宋怡难得蹙眉。她说：“我知道了，我会努力的。”

池招有一个助理。在有心人的摆布下，他身边的人时常更换，但是这一位助理始终没有离开过，四十岁左右，名叫夏凡。此人沉默寡言，眼角下垂显得温和，为人沉着稳重。

夏凡给宋怡交代完任务，又提醒她一些注意事项。他一边整理文件一边道：“池总不喝咖啡，只喝可乐。他中午要午睡1.5小时，你要注意他是什么时候睡的，然后把他叫起来。另外，你最好了解一下任天堂，有时候他可能会叫你替他玩。”

宋怡嘴上说好的，心里说脏话。

她把夏凡交代的都记了下来，转身走进老板的办公室，迎面看到的是目不暇接的游戏模型，形形色色的特色周边堆满架子，四驱车的玩具轨道四处横行。诡异的远不止如此，按照迪士尼公主风格打扮的芭比娃娃排成一行，挡住了柜子里“年度十大品牌游戏企业”的奖项。

池招在宋怡心中的形象是妖魔化的。

她把这一天的剪报放到他的桌上，环顾一周，打量起这个“大魔王”的巢穴。

办公桌旁边有一张堆满玩偶与毯子的懒人沙发，就在这时，顶端的玩偶突然掉落下来，池招从玩偶堆中坐了起来。

他睡眼惺忪，面无表情地扭头，与瞬间愣住的宋怡对上目光。

仿佛过去半个世纪，池招观察着宋怡，看起来已经完全忘了她是谁。万幸的是他没有起床气，一边自顾自地说着“好饿”，一边起身。

宋怡不知道该做什么反应。

池招绕到桌前找口香糖，再次抬头时，笑容已经挂到脸上。

他的笑总是很诚挚，拥有让人不自觉信任的魔力。

他说：“你是新来的秘书吗？”

宋怡听詹副总说，虽然先前有安插不同的人过来，但是他们都做得很干净，没有任何人察觉。池招排斥他们，倒也不是因为池招本性多疑，而是那些人没法儿讨池招喜欢罢了。

“我对你也没报多少期望。但是你要努力哄他开心。”詹副总的叮嘱在她耳边响起。

这才第一天上班，他们才以老板与秘书的身份第一次见面，宋怡已经开始怀疑詹副总搞错了。

别说哄池招开心了，她从小就不懂得如何与人相处。

人心是世界上最难捉摸的东西，更不用提更难以捉摸的池招。

宋怡没什么朋友，异性关系也贫瘠。她大学时有过男朋友，两个人的约会仅限于一起在图书馆自习，偶尔偷看他学习时的侧脸，心里会暗自想象着将来。

她天生不太擅长做与感情相关的事，但也不是没有努力过。

男朋友考英语专业八级考试时，宋怡煮了鸡汤，大雪中叫不到出租车，于是把保温盒裹在怀里，步行去宿舍附近。结果看到他和其他女生在楼下上演偶像剧情节。

那个女生热情又爽朗，温柔又可爱，与宋怡是完全不同的类型。

和人生中的其他东西不一样，感情是努力也不一定会得到回报的事情。

但除了努力，宋怡也没别的可做。

宋怡思绪回笼，深呼吸，正经地对池招说道："我是您的新秘书。请问您早餐要吃点儿什么？我这就去准备。"

"您？"池招嗤笑一声，把口香糖塞进嘴里，目不别视地回到沙发上。懒散地坐下后，说，"我想吃楼下咖啡厅的甜甜圈，草莓味的。没有草莓味的就买奶油巧克力味吧。"

宋怡转身下楼。

虽然她是名牌大学毕业的，但是这一刻也只能跑腿卖命。对于家境贫寒的她来说，读书不仅是一个学习知识的机会，更重要的是获得学历，而得到学历为的又是能找到高薪的工作。

只要收入令人满意，工作内容符合法律和道德要求，职业不分高低贵贱，劳动最光荣。

宋怡抱着纸袋回到办公室，看到池招盘腿坐在地毯上摆弄不再运转的四驱车。他抬头看到她，问："有电池吗？"

玩具车电量耗尽。宋怡没有急着转身，走上前恭敬地说："请让我试试看。"

她接过玩具车，取出电池，小心翼翼地用牙齿咬了一下。

当她再把电池放进去，尝试寻找开关时，一只骨节分明的手伸了过来。

池招的手是冰冷的。

他接过玩具车，轻车熟路地打开开关，车轮再一次疾速转动起来。

"神奇啊！"他笑出声来，抬头看向宋怡时，眼睛闪闪发亮，"你是怎么办到的？"

"生活窍门而已。"她简单地回答。

"有电池漏液吗？很危险的。"他盯着四驱车，手摸到桌上的抽纸，取了几张塞给她说，"记得吐出来。"语毕便回头继续摆弄四驱车。

这个上司不温柔，也不冷漠，无所顾忌地去吃她刚才买来的甜甜圈。

草莓甜甜圈的粉红色，电池的金属气味，四驱车嗡鸣的响声，这就是老板与秘书的第一次见面。

从前在电视剧里看到过这样的说法——在学校才看重努力，职场只看结果。

宋怡认为有道理。

为了取得结果，其他因素固然不可或缺，但是只要能努力，她就必须去做。

假如用一个词语来形容秘书的工作，“琐碎”比“繁重”更合适。

她与夏凡共用一间办公室，两个人的工作内容区别也就越发明显。她得到的工作多半是给池招买可乐，给池招通关游戏以及给池招整理玩具模型，而夏凡，就是真实的“神仙下凡”了。

他不仅能完美地完成工作，还能游刃有余地应对难搞程度堪称恐怖的池招。

精力充沛是年轻人的特权。池招习惯照顾到所有部门，尤其是企划部。

按理来说，老板都可以选择不去参与中层会议。但是池招喜欢亲力亲为。他大学是在法国学的油画，对编程也懂一些，因此偶尔也会过问技术部门。

崇名游戏主要的收入来自国外几个知名游戏在国内的独家运营权，靠这些足够使崇名游戏成为崇名文化的主要支柱。然而近几年，池招像“牧羊人剪羊毛”，不断招聘相关岗位，疯狂让公司上下写原创企划，剪得各位“绵羊”化身“生产队的驴”。

这样的头脑风暴并非没有作用，崇名游戏的产品在下载榜单居高不下，成为各大渠道商最喜欢的合作伙伴。而池招听说这些也不为所动，照常在办公室里打 Switch。

宋怡送可乐进去时，池招正在骂市场部的部门总监。

她见过这位部门总监，是一位美女，一米七的身高，脸蛋儿漂亮得像电影明星，总监在其他员工面前总是高高在上，仙女似的昂着头，此时此刻却泫然欲泣。

“回去吧。”到最后，池招头也不抬地说道。

宋怡此时犹豫要不要进去，夏凡已经为市场部总监拉开门，等人离开以后才走进去。

宋怡也跟着进门。

夏凡与池招提了几件日程，最后语重心长地劝他说：“人家是女孩子。”

池招反身靠在桌边，从小型冰箱拿出杯装布丁，用勺子挖着吃。

“那是工作问题，我们的工资比其他大厂都高。”他看着窗外，好像在发呆，故意细声细气地说，“人家还是男孩子呢。”

“都这么大了，活该没谈过几次恋爱。”夏凡说话的语气很熟稔，显然很了解池招的私事。

池招总共吃了两口，然后把剩下的冰激凌放到一旁，眯着眼睛笑意加深：“谈恋爱一点儿都不好玩。”

池招喜欢用“好玩”和“不好玩”来定义一切。

夏凡叹了一口气，若无其事地把冰激凌接过来吃。

池招之后才想起来，是他自己许可聘用宋怡的。某一次，他在画图后突然一跃而起，无缘无故雀跃起来，说：“宋怡，给我倒杯可乐过来！”

宋怡已经和池招一起工作了一段时间，完全了解他是不可能的，但她已经习惯了。几乎是出于本能，她说：“我建议您喝牛奶。”

“您……”从第一天起，池招就很在意她那过于客气的措辞，但是从未让她改变，只是每次听到她说话，几乎都要戏谑地重复一次，“为什么？”

“可乐很好喝，但是喝太多不好。”她说，“您可以喝牛奶。”

他萌生兴趣，似笑非笑地说：“是吗？”

“是的。”她回答这两个字的时候看向他。

那双眼睛一片幽深，但是仍然清澈。她从不回避池招的注视。

他饶有兴致地看着她。

良久，池招没头没脑地说：“我记起你来了。”

惊讶的表情仿佛涟漪在她脸上散开。

宋怡没说话，池招继续说：“那就牛奶吧，多加一点儿蜂蜜。”

她想说甜的也克制一些，又觉得无论戒掉什么都需要循序渐进，于是转身出去了。

开门出去时，她听到背后传来池招的声音。

“宋怡真好玩啊。”

宋怡一点儿都不好玩。

下班后回到漆黑的家门口时，她这么想着。

她抬手敲了一下自己的脑袋，暗自觉得自己也被池招传染了。她浑身疲惫，跨到充当床和沙发的旧床垫上躺平，休息片刻，才掏出手机把这个星期自己所了解到的情报整理好，包含文字、图片和思维导图的文档汇总发送出去。

詹和青说约她周末在距离公司有两条街之远的咖啡厅见面。

不得不说，宋怡感觉自己好像中大奖了。

詹和青给的这份兼职实在不错，只需要告知他关于池招最近沉迷什么游戏，对哪几个员工的企划感兴趣以及其他的生活和工作状况。

最开始宋怡比较生疏，难免勤奋过头，把池招一天中的生活细节都记录下来，并不由自主地产生一些多余的想法。

一天喝那么多可乐身体没问题吗？每天吃垃圾食品不太好吧？他好瘦，不要紧吗？又没有好好吃饭，胃药一次性会不会吃太多了？午睡时间太长，晚上不睡觉，这不是好习惯……

思虑久了，她忍无可忍，终于找机会跟池招提了出来。

当时池招正在往嘴里送薯条，听到宋怡面无表情地说劝诫的话，目瞪口呆定格了几秒钟，继续狼吞虎咽，往嘴里塞快餐食品："下次再说。"

宋怡和詹和青见面时，有关此事，也向他报告了。

詹和青束起风衣立领，又举着报纸挡住自己的脸，颇有几分"此地无银三百两"的味道。

他打量了她很久，问道："你很生气吗？"

"没有。"宋怡斩钉截铁地回答，"我只是觉得他不配合我的工作。"

池招不接受她对他生活习惯提出的意见，然而在工作上，他却从不停止向下属提意见。

有的时候语气也会变得激烈，可大部分时候，他总是态度平和，因此吓人的程度加倍。

但是他在公司的口碑不错，应该说是到了非常好的程度。

毕竟他指点过的游戏最后收益都很好，批评总是对事不对人，公私分明，不会针对任何一个员工。

上一秒，他还对着某一个人的企划露出"你为什么有勇气拿给我看呢"的表情，下一秒就能兴高采烈地拉着那人一起看动画片，还和人家分享他喜欢吃的软糖。

加之他长得好看，又是单身，崇名游戏的女员工恨不得建立"池招粉丝后援会"。

在宋怡感慨"太夸张了"的时候，夏凡幽幽地说过："池总在崇名总部实习的时候，女员工每天轮流给他买零食吃。楼下的甜品店老板因此一夜暴富，结果这事被池招他父亲知道了，直接把那间店买下来，换成了卖麻辣烫的。池招因为这件事半年不肯跟他爸同桌吃饭。"

池招的父亲这么厉害？

宋怡知道多问容易显得无知，所以并没有说话。那时候她才刚进入公司，后来才对崇名的架构做了不少功课。

池招的父亲是崇名文化的首席执行官。

池家是名门望族。池招有两个哥哥，长兄名叫池崇。

崇名文化改名前叫“池氏”，名称简单粗暴。

改名后更加简单粗暴——崇名。什么意思？池崇名下的。

但是这一刻，提起崇名的继承人，没有人提起池崇，他们都只会想到池招。

其中的故事，宋怡觉得自己这种小角色是不可能也不需要知道的。

然而，在了解的过程中，她还发现了另一件事。

詹和青的父亲是崇名文化的首席财务官。

末了，在咖啡厅内，她问詹和青：“詹副总呢？每天这么注意池总是为什么？”

在这段时间的交流里，她对詹和青有了一些了解。这个副总没什么架子，在公司除了工作，就是偷偷摸摸地研究池招。

“还不是上头……”他说到一半，突然意识到自己多话了，于是转移话题道，“下个月崇名有晚宴，他肯定是要带女伴的。要是有什么风声，随时联络我。”

宋怡应下，埋单的人一如既往是詹和青。他付了钱，交代她说：“我先走，你过半个小时再走。”

她点头，就这么看着堂堂一家上市公司的副总鬼鬼祟祟地跑出去，出门时还差点儿摔跤，最后连滚带爬地上了自己的豪车。

宋怡叹了一口气，等了一会儿才起身离席。

走回公司的路上，她一步一步，越走越用力。高跟鞋几乎要踏碎地砖，她越想越不对劲，胸腔里因为异乎寻常的事情而感到沉闷。

有什么好困扰的？宋怡琢磨不清，回去后只能用工作掩盖自己的不舒服。

下午，池招大概又旷掉了什么工作，以至于接二连三有电话打来找他。宋怡以冷静的职业态度为他们登记了事务，准备继续手头的工作时，池招忽然从门外跑进来。

“夏凡！”他朝着被自己弄得乱七八糟的办公室喊道。

“夏助理不在！”宋怡站到门口说道。

池招看起来有点儿着急，愣了一下，随后朝她一挥手说道：“那你过来。”

这是宋怡第一次跟着池招外出工作，也是她少有的接触正经工作的机会。

与池招一起走进他的专用电梯时，她不自觉地抬起手捂住了胸口。

池招侧过头，面无表情地盯着她的举动，说：“你这是干什么？”

宋怡低头，察觉到自己不经意间的举动，立刻把手放下去，脸上仍然没什么表情地说着：“感觉自己得到了老板的认可，所以很高兴。”

池招盯着宋怡，好像要把她的脸盯出洞来。

电梯门再次打开，他们直接到达车库。这是宋怡第一次坐上池招的车。

驾驶座与副驾驶座上的两个人一时半会儿都没出声。半晌后，池招说：“我放首歌吧。”

说着，他点开了音乐播放器。

只听一阵雄伟而有力的节奏填满车内的空间。宋怡刚在心里嘟囔了一句“好耳熟”，想问这是什么歌，就听到了熟悉的歌词。

池招在车里放军旅歌曲。

他愣了一下说：“哦，不好意思。我放的是我平时一个人在车上听的歌，给你换一首吧。你平时听什么？”

说着，池招按下暂停键。音乐停止，车里再次变得安静。

“老板，不用麻烦了……”宋怡客气地推辞道。

就在这时，车内突然响起另一阵激情高昂的调子。

宋怡掏出手机，接通电话，对着陷入沉寂的池招露出抱歉的表情：“请您稍等一下。”

池招不说话，静静地转动方向盘。

宋怡的手机铃声是《战友战友亲如兄弟》。

接到这个电话的宋怡心情变得不怎么好。

电话那头的人和她与其说是交谈，倒不如说是争执。

宋怡顾虑到身边的池招，尽量放低声音，语气也保持着舒缓。可是到最后，对方似乎提到了什么令她无法忍受的事。

宋怡皱眉，对着话筒说：“不可以。听到没有？你们不要过来。”

对面电话已经挂断了，她又对着那边“喂”了几声，最后还是把手机收起来。

车里安静了几秒钟，池招没有再次打开车载音乐。他问：“没事吗？”

“嗯，”她说，“让您分心了，不是什么大不了的事。”

一时间，气氛有点儿尴尬。宋怡突然想问问有关小时候的那场绘画比赛的事情，刚准备开口，车就停了。

他们到了目的地。

池招在下班时间突然冲进办公室，甚至高声大喊夏凡的名字，如此着急，宋怡猜测过，或许是他买的宣传广告上线了，又或者，是最近展览的场地出了什么事故，再或者，他突发阑尾炎了——

当然，要是真的突发阑尾炎他就没法儿开车了。

总而言之，宋怡没有想到，池招那么急急忙忙要来的地方是电影院，而且是全市最大的电影院。

“准备好了吗？”池招回头问。

刚下车的宋怡一言不发，安静地看着电影院的招牌。她是秘书，是职业准则至上的秘书。上司的命令就是一切。

“准备好了。”她说。

他们约定好分工，池招去买电影票，宋怡去排队购买限量版周边商品。

只有买了电影票才有资格购买周边商品，因此池招买完电影票之后要立刻过去找宋怡。

宋怡排队的时候一直在想一件很严肃的事情。

进门的时候，她已经清楚地看到了这家电影院的名字。

这家电影院明明就是池招自己家里开的啊？为什么他还要亲自排队买票？连着她也要在露天场所排队？！

她站在原地木然地等候。毕竟，她的职责就是跟着池招和帮助他。

他说什么就是什么，谁叫他是给她发工资的人呢。

就在这时，面前有一个五十岁左右的女人强行插队。

她径自挤到队伍中间，还踩了宋怡的脚，随后坦然地占据了那个位置。

宋怡吃痛地看向自己穿着高跟鞋的脚。面对眼前突然的人，她毫不犹豫地开口：“您好，麻烦不要插队，谢谢。”

闻声，对方就像被戳中肺管子，激烈地反驳起来：“什么？你说谁插队？！现在的年轻人真没礼貌，你哪只眼睛看到我插队了？”

“我看到您插队了，这家崇名电影院有摄像头，我们这里在监控的范围内。我们可以去调录像。”宋怡说。

插队的女人立刻噤声。就在这时，远处有两三个男孩子举着冰激凌和电影票冲了过来。根据称呼判断，他们分别是这个妇女的儿子和外甥。中学生正处于不愿意吃瘪的年纪，天不怕地不怕，对着宋怡便吼道：“你神经病吧！还乱骂人，快点儿滚，知不知道？！”

横飞的唾沫星子让宋怡闭上眼睛。她再一次睁眼时，心中毫无愤怒，脸上也波澜不惊。

宋怡说：“是你们插队在先，不要得寸进尺——”

“怎么了？”空气里有风信子的香味飘来。池招叼着一只纸杯过来，握着两张电影票的手穿过宋怡的身后。他的手没有碰到她，却确保她在他的臂弯里。这使她产生有了支撑的感觉。

他把纸杯摘下来，目光淡淡的，没有恶意，却带着与生俱来的威慑感。

骂骂咧咧的女人不由得噤声，几个男孩子没想到宋怡还有同伴，吓了一跳。

“他们欺负你吗？”池招的语气轻松，脸上一点儿都没有生气的影子。

他侧过头，远处待命的电影院店长便匆匆忙忙地走上来，身后还跟着几名保安。

店长恭敬而有礼地问：“池先生，感谢您今日的光临。请问有什么能帮到您的吗？”

“这几个人。”池招的嘴角向两侧延伸，他笑着摆手示意，“不要让他们再出现在我们的店里。”

“好的，一切按您的吩咐办。”店长回头，几名保安与店员立刻上前催促他们离开。

中年女人等人明显没见过这种架势，顿时惊慌失措，紧接着看到池招把手里的纸杯往身后一抛。

“没人教过你们什么叫教养，那就我来教吧。谁叫我善良呢？”他的笑容明朗，一字一句却让人听得背脊发凉。

店长熟练地接住他扔过来的纸杯，微笑着侧身，亲自领着池招和宋怡往放映厅走。

宋怡被池招推着朝前走。她露出不情愿的表情，又抵不过池招的力气。

直到站在放映厅门口，他见她还是执着地往后看，于是问：“怎么了？忘了什么东西吗？”

“那个，”宋怡皱眉，十分严肃地说道，“限量版周边还没排到我……”

池招一怔，然后放声大笑。他笑得弯下腰去，撑着膝盖，这么笑了好一会儿才说：“不用这么认真的。这是我家电影院。不用排队就可以买到。”

宋怡脸上没有多余的表情，只是认真地回答："但是，您之所以亲自过来，是因为真的喜欢吧？不仅喜欢这些东西，而且喜欢参与这种活动的过程。我希望您今天能享受这样的快乐。"

池招浅色的瞳孔微深。

他似乎感到有点儿意外。许久过后，他才别过头去："没带你来做什么正式的工作，不好意思。"

宋怡被他直直地盯着，也不退缩，就那么坦然地说下去："今天您愿意叫我来跟您一起做这件事，我感到很荣幸。"

她的措辞十分客气，却给人一种迷幻的真挚感，使人相信她真的就是那么觉得的。

池招牵起嘴角："那就陪我看电影吧。"

"嗯。"宋怡脸上的漠然有所松动，仿佛在冰冷的河流上，有若隐若现的阳光浮现，"我非常乐意。"

在崇名游戏公司里，加班就像嚼炫迈，根本停不下来。

宋怡得知需要到公司住一段时间这个消息，感到很高兴。她最近正好不方便回家，当即收拾东西赶来。

崇名游戏的办公室里，生活必需和不必的东西应有尽有。虽然椅子睡起来很不舒服，但是按照夏凡的说法："作为足够专业的业界人士，最必要的技能就是'无处不睡'。意思是，在哪里都能睡觉。"

这一场加班风暴的来袭缘于崇名文化董事们的一时兴起，突然举办的会议对崇名游戏这年的财务评价有很大影响。

池招临时换上定做的深色西装，头发梳理得整整齐齐，与平时在办公室打游戏的他判若两个人。他单手抱着猫穿过楼下大厅，惊起了办公区女职工三成吹捧七成真心的欢呼浪潮。

不过他并不关心，全程听着夏凡给他汇报这天董事们的情况。

会议的讨论是激烈的。

崇名文化是一家历史悠久的公司，顽固的高层不在少数。游戏产业固然吸金，可是一旦有所动摇，很容易被上级揪着不放。加上池招在长辈心中的形象一般，所以被说教是常有的事。面对来自长辈的指责与质问，他时常缺乏兴趣。

宋怡在角落充当记录员，抬头偶然瞟见，剑拔弩张的气氛里，这位西装革履的年轻总裁居然在桌子底下折纸。

他与身边一位董事的茶杯都见底了。

宋怡调节好录音笔，随后起身为他们倒茶。

那位董事言辞激烈，不由自主地站起身来。身为长辈的董事见池招漫不经心，气急端起茶杯，一时手抖，朝池招投掷出去。

宋怡添完茶水还未转身，条件反射地抬手将那只茶杯挡开。水溅了一地，杯子也翻滚出去。

池招毫发无伤，抬起头来。

“不好意思。”宋怡目不斜视，将被烫到的手收回身后，“恕我逾矩，假如池先生受伤，也将给公司造成损失。还请各位冷静一些。”

她的话说得滴水不漏。

池招起身，将手中折好的纸鸽插到宋怡怀中的文件夹里。他说：“今天也差不多该散了。”

说完径自迈开步子，走到门口时停下，他侧着身，等候宋怡跟上。离开会议室，他才问：“我帮你拿东西。你受伤了吧？”

“不要紧。”宋怡回答，“我去一趟医务室。”

池招颔首，在路口与她分开。电梯门合上以前，他对她微笑着说“谢谢”。他不动时像石膏般没有生气，笑起来的时候，眼珠又像玻璃闪闪发亮。

宋怡站在原地不动，想回应他些什么，可最后还是转身离开。

医务室隔壁是茶水间，宋怡在经过时被叫住。

是周书画。

第一天报到时在电梯门口遇到过之后，她们便再没有机会说上话。

周书画属于美术部门。这种内卷到极致的核心部门，能入选就相当了不起，而且还能进入热门的项目。研发岗位压力大，相对机会也多。明明是离职率高得惊人，人事招聘也无比棘手的岗位，作为新人的周书画却能混得风生水起，由此可见她水平之高。

周书画端着咖啡，问道：“你受伤了？”

“不严重。”宋怡没有说谎。只是轻微烫伤，清理一下，涂点儿药膏就行。

周书画端详了她半天，靠在门口说：“你笑起来很可爱。”

宋怡背后一僵。她抬头，正好看见柜子上映出的自己，居然真的在笑。

她是什么时候开始笑的？

印象中，她的嘴角本来就不习惯上扬，因此总显得严肃。加上生活劳累，久而久之也就不太爱笑了。

宋怡后知后觉地反应过来，她现在的心情的确不错，想到刚才池招在电梯关门之前朝她露出的微笑。

她觉得自己高兴的原因是她挡开了那只茶杯。她做了秘书该做的事。

个人价值的实现使人快乐，这再正常不过了。

一大清早，池招就打电话给全公司的员工叫外卖。

早茶、咖啡，还有补充体力的巧克力，等等。

公司也有休息室，但崇名游戏的员工们为了工作效率，大部分都更习惯随便找地方休息。

池招一如既往地睡在堆满布偶的沙发上，有时候他也会帮忙画图，有时候看那些根本研究不完的报表。一旦有什么需要，他就高声呼叫："宋怡——"

宋怡陪他看那些报表，帮他整理文件，给他煮牛奶，还有每天提醒他休息。

她看着非常适应办公室生活的池招，问："老板，你有家吗？"

"什么？"池招正在敲键盘，没有分心来听她说什么。

"你有家吗？"她说。

"啊，你说这个啊。"池招头也不抬地回答，"有啊，崇名的这栋大厦不是租的，写的是我的名字哦。然后市中心和最近的几个楼盘，我都是有房子的。"

宋怡点头，又莫名觉得，他好像在回避某些问题。

第二章 离谱谣言与“池招学”

宋怡搞不懂副总是怎么想的。

走进吸烟室时，宋怡问：“您真的觉得我们在吸烟室交流工作合适吗？我不抽烟，被看到更容易引起怀疑吧？”

詹和青也没有抽烟，他坐在椅子上仰头发呆，看来这几天他也累得不轻。

“没关系的，最近大家都忙。”他说着，拍了拍身边的座位示意她坐下。

宋怡没有擅自坐下，只是靠在墙边问：“这几天池总的事我都汇报给您了，您还有什么别的想问的吗？”

“这次不是让你做间谍了。”他说着，从口袋里把手机掏出来，上面是一张女人的照片，“池招马上会安排你去机场接这个人。她是我妹妹。”

照片里是一个化着浓妆的漂亮女生，看上去最多二十岁。

“我叫你来，是想提前给你打个招呼。算是帮你，也算帮我自己。”詹和青说。

宋怡站着问：“您需要我做保姆？”

一点就通，和她交流倒是省力。

詹和青有些沧桑地说：“以前老家伙们让她相亲，她被池招拒绝了。因为池招说，他的理想型是哆啦美。”

“哆啦美？”

那是卡通角色哆啦A梦的妹妹。

“估计是他随口乱说的。池招不喜欢我妹妹，但是我妹妹像疯了一样为他着迷。”詹和青无可奈何道，“池招这人可能有那么一点儿人格魅力，但是我真搞不懂詹小红……这是她的大名，你最好别这么叫她。小时候就因为我们分别被取外号叫‘柳青’‘柳红’，她气得直接退学了。”

宋怡说：“您希望我帮她和老板创造机会？”

“那倒不用。”詹和青回答，“只是她和池招接近的时候，心情比较好。她心情一好，身边人都会好过一些。”

詹小红喜欢别人叫她詹妮。她是名副其实的名媛，家中有钱，年少出国，作为音乐剧演员登上称心如意的舞台，理想也实现了，生活顺遂得没话说。除了自己的中文名字，只在池招这一件事上栽过跟头。

机场，詹妮摘下墨镜，环顾四周，趾高气扬地问宋怡：“池招呢？”

“池先生还有工作，因此特地让我来接您。”宋怡彬彬有礼地说道。

“为什么不是夏秘书来接我？”詹妮气势汹汹地问道，“我特地只通知了池招哥哥，至少也应该是夏秘书来接我吧？”

刚见面，宋怡就明白了詹和青为什么专程要来跟她打这个招呼。

詹妮这人说不走就真不走了。她在机场附近的一间茶餐厅坐下，一副夏秘书不过来安排仪仗队夹道欢迎她就不回去的架势。

以防万一，宋怡还是联系了夏凡，询问了一下对方的意见。夏凡也没多说，等了一会儿，宋怡的手机就响了，出乎她所料的是，来电人是池招。

她立刻接通，听到池招问：“你们在哪儿？”

宋怡报上地点，走出门去，甚至事先联络好了停车位。然而没过几分钟，她看到池招穿着朴素的T恤和牛仔裤，坦然骑着一辆自行车来了。

从入职到现在，宋怡还没有踏足过池招的住处，不过在工作中，她也能了解到，池招不缺座驾，光是跑车就有好几辆，梦幻摩托车也随便停在路边。

总而言之，宋怡找不到他此时此刻骑自行车过来的理由。

她走过去替他扶住自行车：“您是骑这个来的机场？”那也太远了。

“没。我是开车过来的。”池招一边看向餐厅落地窗里的詹妮一边回答，“停在附近了。”

“那您……为什么？”宋怡委婉地提问。

池招说：“当然是为了不让她坐我的车！”

池招没说出来的是，他在试图让詹妮对自己死心。

进门时，宋怡为池招拉开玻璃门，然后跟着他走到桌边，说：“詹小姐，池先生来了。可以回去了吗？池先生今天没开车，所以您可能还是要——”

“池招哥哥！”詹妮打断她的话起身，双眼微微闪着泪光，“最近你过得好吗？坐下来一起吃点儿东西再走吧。”

池家与詹家的关系非同寻常，池招懒得再拒绝，索性坐下，伸手时，宋怡已经将菜单递了过来。

在他们点单时，宋怡回头示意司机们也找地方坐下。她刚要离开，却被池招叫住了。

“你坐这边吧。”他说。

詹妮大方地让出自己身边的位子给宋怡，显然，她不希望池招身边坐着别的女人。

“池招哥哥，”詹妮说，“你点了冰沙吗？你以前很喜欢吃吧？”

“是很喜欢，”池招若有所思地点点头，“不过我最近智齿发炎，所以没法儿吃。你吃吧。”

“我这几天也不太方便。”詹妮羞涩地一笑，含蓄地推辞。

“你要吃冰沙吗？宋怡。”池招问。

这里上菜极快，他们还在讨论，刚才点的蛋糕已经送上来了。

其实宋怡对冰沙有点儿兴趣，不过以后也能来品尝。她说：“你们都想吃又不能吃，我就不当着你们的面吃了。”

宋怡和池招点的是一样的。

这时候，詹妮开始说起来。她说起自己在国外最近的一场表演，又抱怨家中给她介绍新的相亲对象，最后再问池招的近况。

宋怡知道插不上话，于是专心地吃着蛋糕。她平常不太吃甜品，菜单花花绿绿的，图片都很好看，她就跟着池招点了。

池招选的，肯定不会差。

宋怡认真而仔细地品味着，逐渐察觉到四周陷入了安静。

她抬起头，发现他们都不说话了。

詹妮尴尬地望着池招，而池招抬手撑着侧脸，神色淡然地盯着宋怡。

宋怡把蛋糕咽下去。她有些茫然，并且开始回想自己是否做错事了。桌上忽然有东西向自己推来，她看到池招把自己的那份推给她。

“你很喜欢吗？”他说，“我的也给你。”

在詹妮的目光下，池招把蛋糕推向宋怡，然后按捺不住笑意地说：“太好玩了，你的吃相好像树蛙啊。”

“树蛙”是池招养的猫的名字。按理来说，池招这样的人，就算要养宠物，也应该是名贵的品种，但他偏只养了一只最普通的狸花猫。

宋怡听到池招给她蛋糕的理由是“好玩”，顿时觉得一切都说得通了：“我好像没有说我喜欢……”

“你每吃一口就要停一下，”说着池招又笑起来，“虽然面无表情，但明显是舍不得一口气吃完吧？”

完全被看穿了。

宋怡倒没有发现自己的一举一动不小心泄漏了这么多信息。

等时间差不多了，他们便一起起身。这一顿是池招请客，出门以后，宋怡为詹妮打开车门。

詹妮的笑容凝固在脸上说：“我要坐池招哥哥的车回去。”

池招无所畏惧，跨上那辆最普通的城市自行车，爽快地说：“可以啊，那你坐后座。”

詹妮穿着春装新款的连衣裙，手中的包和脚下的鞋也都是奢侈品，平时到哪里都有私家车接送。

让她坐自行车？想都不要想！

刚回国的她还在倒时差，完全没反应过来自行车是不可能骑上机场高速的。

詹妮心里打起了退堂鼓，同时也有些恼羞成怒：“池招哥哥，你故意整我！”

池招摇头，一副无所顾忌的样子：“没有啊，我最近走低碳路线。不信你问我秘书，我们平时都这样。”

仿佛为了证明一般，他下巴一扬：“宋怡，你来。”

面对老板，宋怡当然配合。她坐到单车后座上，与池招一起笃定地看向詹妮，用坚毅的神情表示“我们平常真是这样的”。

詹妮愣在原地。

宋怡突然想到什么，拍拍池招说：“池先生，你是上司，我载你比较合适。”

然后就像卓别林的黑白默剧，池招和宋怡有条不紊地交换位置。

宋怡穿的是女式西装，下身是裤子。池招坐在后座向詹妮挥手：“那我们走了！”

宋怡踩上踏板，脚踏车往前飞驰而去。风把发梢吹起，她的心情毫无理由地变好了，与此同时，身后传来笑声。

池招笑出声来。这样的他，任谁看了也猜不到他是一家游戏公司的总裁。

往前骑了几步，池招便看到载着詹小红的车从旁边开过。他松了一口气，站起身来掏出车钥匙：“走吧。”

他转着车钥匙，开车和宋怡先一步回了公司。

隔日，夏凡给她布置了去四号会议室把四驱车跑道拆除再装到办公室来的任务。

宋怡毫不犹豫地接下任务。这时正是刚上班的时间，遇到许多女员工在休息室。

她是池招的秘书，即便上位原因是面试时被他多看了一眼。大家不可能毫无意见，但是抬头不见低头见，也还是好好地问候：“宋秘书。”

宋怡也点头回应。她抱着一纸箱的跑道玩具，在拿着各色化妆品和香水的人中间格格不入。

她往前走了几步，正好看到周书画。

两个人互相打了招呼，周书画远远地看了一眼人满为患的洗漱间，叹了一口气说：“办公室的人都好努力啊。”

“哎？”

“都想去崇名文化办的晚宴，就看池总喜欢谁了。”周书画开玩笑说，“简直就像王子办舞会选灰姑娘一样。”

宋怡对此并不知情：“那不是崇名文化高层和业界名流才能参加的吗？要选女伴，不找公关能力强的，也应该是明星或者名媛吧？”

“你不知道吗？”周书画说，“上一次池招被叫去参加这种晚宴的时候，他带了王妈。”

“王玛？”宋怡对公司上下的组织架构也认真学习过，不记得崇名有这么一号职工。

周书画匆匆与她道别。宋怡若有所思地往前走，结果电梯里有人在等她。

詹和青示意她加快脚步，电梯里只有他们两个人，正好可以商谈工作。

他率先开口：“我妹回国第一件事就是吵着要让共享单车破产，池招那臭小子到底做了什么？”

宋怡觉得不好解释，沉默半晌，生硬地转移话题：“您知道王玛是谁吗？刚才我听说上回池招带她去了崇名文化高层的宴会。她是我们公司的员工？”

詹和青稍作思索后，问：“你是说你们那一楼的保洁员王妈？”

宋怡难以置信，脑海中慢慢浮现起年近五十岁的王妈慈祥的笑脸。

“池招带她去参加崇名文化的晚宴？”

“是谁告诉你的？”电梯门开，詹和青替她拦住门，“那些女员工又在白日做梦？”

詹和青将事情始末告诉宋怡。

那一年，崇名游戏获得“年度十大品牌游戏企业”的奖项。先前崇名文化对游戏产业一直不看好，没少打压。

在崇名文化的晚宴上，崇名游戏始终没有一席之地。

有新闻媒体针对崇名文化，计划写相关的负面报道。听到风声的高层这才邀请了池招。

池招的态度很明确，根本没打算去。

这天，他碰巧走正门上班，结果看到保洁员王妈和她的儿子。

王妈的儿子不孝顺，常年只知道跟王妈要钱，那次在大庭广众下还动起手来。池招回头问“安保没人吗”，顺手帮了王妈一把。等回到办公室，他又撞见王妈在盥洗室抹眼泪。一问才知道，这天是王妈的生日，儿子找上门来，她还以为是来给她庆生的。期望落空，事与愿违，她心中的难过不言而喻。

池招忙完工作已经是晚上。他临时去买了蛋糕给王妈过生日，与此同时，手机屏幕也被质问他怎么还没出席晚宴的信息淹没。

詹和青作为晚宴的在场人士表示，池招根本没去。池招的父亲大发雷霆的时候，他目睹全过程，当晚做了一整晚噩梦。

第二天上班，詹和青对池招说：“你爸真吓人。”

池招不以为意地回答他：“你爸也有点儿。”

三人成虎，谣言越传越离谱。不知道怎么回事，到最后，事情到大家耳朵里就变成“池招带着王妈去了崇名文化的晚宴”。

“他们以讹传讹的时候能不能保留一丁点儿判断力？！”詹和青抱怨道。

“也不怪她们，”宋怡客观地说，“毕竟池先生平时是有点儿小孩子气。”

“你管这叫小孩子气？”詹和青瞪她，“话说回来，我妹妹那边你能不能做点儿什么？你不是高才生吗？”

电梯门开，宋怡走出去：“‘池招学’这门学科，我也是刚入门。”

她在之后几天的午休时间把池招的四驱车轨道拼回原状。听夏凡说，池招很喜欢四驱车，经常用它给报告会增添紧张气氛。

宋怡在心里抱怨他恶劣。

好不容易组装成功，她起身出去洗手，结果在办公室门口碰到詹小红。

詹妮卷了头发，摘下墨镜扫视四周，问：“池招在吗？”

“您有预约吗？”宋怡下意识地问，“不好意思，现在是午休时间，池先生一般不见客……”

詹妮踩着十二厘米的高跟鞋逼近她，说：“我都听说了，你在替我哥办事吧？那为什么不帮我？你不会是故意不让我见池招吧？”

宋怡想皱眉，表情和语气却仍然礼貌：“詹小姐多虑了，我现在就是在帮您。在午睡时间，池先生是不会允许任何人打扰他的。”

詹妮勉强被说服了，暂且按她说的回去了。

她送詹妮离开以后瞄到身后的一大群人。

詹妮来势汹汹，加之她“崇名文化第一大小姐”和“崇名游戏副总妹妹”的头衔，想低调都低调不起来。此时是中午，一群女员工都放弃休息赶过来看热闹。

“宋秘书！”其中一个好像见到救星，抓住她问，“詹小姐怎么来了？”

另一个问：“池总是不是选她做女伴了？可是詹小姐不用跟着池总也能去崇名文化的晚宴啊！”

这话说出了在场女员工的心声。

“应该没有吧？”宋怡含糊回答。

她看到壁钟上的时间，立刻越过她们回办公室去。

池招已经起来了，正坐在电脑前看设计部门刚发过来的图。他面无表情地说：“外面好吵。”

宋怡送上漱口水和纸杯，犹豫片刻，还是说：“大家好像很关心您在崇名晚宴上的女伴问题。”

“嗯？”池招歪着头看向她，头发有些凌乱，显得随性而慵懒，“为什么？”

就在这时，夏凡走到门口，刚要推开办公室的门，就听到里面有交谈声。他便暂且停下脚步，等待宋怡下一步的回答。

“池先生，”宋怡说，“我个人认为，您再不表态，一部分员工的工作状态会持续不佳。”

夏凡不动声色地缓和了脸色。

秘书不能指手画脚，但也不能袖手旁观。他推门进去，就看到池招回过头来，面无表情地对他说：“先别关门，把那群人叫进来。”

宋怡没少见过池招训话。

他拿着平板电脑一边玩游戏一边走流程说了一些话，大约就是强调要把心思放到工作上，不要整天胡思乱想。

“你们游戏都不能帮我过，还是回去安心上班吧。”他又卡关，心情不好，顺手把平板电脑扔给宋怡，说：“帮我拿一下。”

屏幕上的像素小人被卡在过关处，时间只剩一点儿，难度又太大，池招已经放弃了。

宋怡接过去。

正所谓人的极限需要挖掘，在做秘书的这些日子里，她也发现了很多自己想都没想过的天分。

她一声不吭地看了池招一眼，在他背后以流畅的动作操作着通关。

池招说完那句话再接过电脑，然后就看到界面上的“YOU WIN（你赢了）”。他抬头看向宋怡，欲言又止。

“做得好。”他说。

见池招又沉迷游戏中，夏凡把刚打印的晚宴资料交给宋怡，顺便帮着劝慰大家：“那种场合，一不小心回来后就被开除了，而且还要记住这么多名单和信息，这可不简单。”

宋怡翻了两页，默不作声地从桌上取了一支铅笔。

夏凡下意识地看过去，她简单地解释：“这个董事的任职年份写错了。”

办公室里一片死寂，只有池招退出游戏锁屏的声音响起。

他漫不经心地说：“你穿什么尺码？去选礼服吧。”

资历浅得不能再浅的新人秘书，居然被池招叫去参加崇名文化的晚宴，这无异于在崇名游戏各个部门的办公室里投下一枚炸弹。

假如是一般人，大概会觉得压力很大。

但，宋怡不是一般人。

按照詹和青的说法：“没有工作关系能忍耐池招超过三个月的人，就不是一般人。”

对此，宋怡理智地回复：“他是老板，我是秘书，这不是工作关系是什么？”

詹和青挑眉，云淡风轻地通过社交软件发消息给她：“我奉劝你小心。不管你们现在是什么关系，詹小红一定会尽全力让将来的你们没有关系。”

宋怡将聊天界面隐藏下去，回过头，隔着玻璃，能看见办公室里正在与企划部员工交涉的池招。

——你我本无缘，全靠我出力和你花钱。

最近存折里的余额数字终于有所增长。詹妮也好，其他女员工也罢，要让宋怡离开目前的岗位，那她们也一定要费不小的力气才行。

宋怡已经下定决心赖在这里了。

这份工作环境好、收入高，还能让她接触有趣的事物。

《acdf》是一款大型多人在线角色扮演游戏。这款游戏的制作方崇名游戏从几年前就开始筹备，到这年总算进入开服倒计时。

崇名游戏与世界著名的音乐制作人谈成合作，将在近期发布宣传曲。

与音乐公司的联络以及发布会的筹备都让公司上下沸腾起来。对于为《acdf》付出了如此多努力的游戏人来说，这无疑是激动人心的时刻。

随着程序错误的修复与层层审核的通过，池招与其他同事脸上都洋溢着欢乐。

宋怡对游戏的了解程度，是在进公司以后才提升的。她很有天分，很快便能从中找到乐趣，逐渐产生了自己的偏好。

只是最近，对游戏热情的增强同时伴随着大量的工作。

原本她只需要帮池招处理一些生活问题，如今也要开始接受不少正经事务。可是琐事并未减少，负担倒是越来越重。

宋怡知道，这说明她得到了池招的信任。

她与夏凡坐在同一间办公室，之前的交流仅限于工作，现在开始说一些工作以外的话题了。

比如，夏凡会给宋怡分享自己妻子的照片。他很少有空陪他妻子，平时回家只能匆匆地见一面，两个人还没有要孩子。

“一个池总已经够我累的了。”夏凡叹了一口气。

经过了解才知道，夏凡也是名牌大学的高才生。当初他在崇名文化本部就职，因制止上司对女同事骚扰而遭到针对。

他眼看着留下的机会渺茫，某一次听说池招在招助理，抱着豁出去的心态积极自荐。

池招是池家的第三个儿子，成为继承人的可能性微乎其微。除此，有关他脾气古怪的传言也在各种八卦中传得沸沸扬扬。回国以后，他进入崇名网络领了一份闲差。开拓游戏产业是他一己之见，高层对他又有所低估，料想池家三子掀不起风浪。

夏凡的简历，池招一眼都没有看。

他是崇名文化录取过的人，资历自然不会差。

另外他说："你的英雄事迹很有名。"

夏凡听到时心里一紧，几乎以为他在挖苦人。

谁知下一秒，池招问："你养过猫吗？"

夏凡错愕地抬头，略加思索过后摇头："我不会……但是，我可以学。"

那时候，崇名游戏大楼的装修尚未完工，他们还在借用崇名网络的地盘。

崇名文化这种有历史的公司，开拓新方向存在一定难度。崇名网络并不怎么受重视崇名游戏，办公条件也很简陋。池招站在廉价的办公桌边，长久过后，他朝夏凡灿烂地笑起来。

"嗯。"他点点头说，"以后就麻烦你了。"

说完他就弯腰到处找猫。

光阴似箭，时至今日，崇名游戏不仅在崇名网络独占鳌头，收益在整个崇名集团也不容小觑。

夏凡投奔池招的决定是对的。

后来再遇到那个对女性职场骚扰的上司，夏凡顺势多花了些精力，抓到那人的错处，麻烦总部的熟人给那人结算工资。

夏助理的权力随着池招才能的展现而扩大，对于这个上司，他既感激，又爱护。

在总裁办公室所在的楼层里，除助理与秘书，还有另一位员工，那就是王妈。

宋怡每天上下班都会和她打招呼，但听说那些事情后，她便多留心了一些。

有一次，她在王妈的盛情邀请下去休息室吃了王妈自己腌的泡菜。

王妈亲切地问："工作很累吧？池总是不是很难对付？"

不随便跟同事抱怨上司是她的工作准则之一，宋怡收起筷子说："不会。"

"说起来，你多大了，有对象没有？"

果不其然，长辈面对适婚年龄的晚辈，这个话题是无论如何也绕不开的。

宋怡刚摇着头想要否定，就见王妈站起身来，热心肠地建议道："我给你介绍吧！你脾气这么好，长得又漂亮，还能干。”

她连忙摆手推辞：“还是不用了。王妈，谢谢你。但我就不麻烦别人了……”

王妈立即露出恍然大悟的表情。

“我知道了，”她说，“你是不是喜欢池总？”

仿佛惊雷在头顶炸开，宋怡当即站起身来，睁大眼睛，下意识地握紧手里的筷子：“怎么可能？！”

“怎么不可能了？”王妈反倒严肃起来，“难道池总不好吗？”

“那倒也没有……”

宋怡猛然发现自己被王妈带进套路里，赶忙甩头，将多余的想法剔除出去。她借口还要帮池总煮牛奶，便起身离席。走到外面才发现自己还拿着筷子，又被迫原路返回。

王妈笑吟吟地看着她，宛如看透一切，顺带说：“泡菜要不要送你一些？”

宋怡站在门口，霍地想起什么：“之前我注意到，崇名晚宴每年时间都定在同一天。王妈，生日快乐。”

王妈诧异地抬头，站在门口的女生挡住了外面的光线，以至于身影模糊不清。倏忽之间，她回想起几年前，崇名游戏的年轻老板也是这样，突然在深夜出现，突然拎着蛋糕赶来，对着保洁员诚恳地说“生日快乐”。

“泡菜的话，我家没有冰箱，不是很好放。谢谢您。”语毕，宋怡带着温和的表情离开。

过了好久，王妈才生出一个疑惑。

这年头，有人家里会没有冰箱吗？

另一边。

池招打开冰箱门，在散布的冷气中转动视线，最后挑选了一罐可口可乐。

他拉开易拉罐送到嘴边，夏凡刚好推门出来，吓得他差点儿呛住。一阵剧烈咳嗽过后，他说：“我还以为是宋怡。”

“我也觉得你得听宋秘书的话，少喝一些碳酸饮料比较好。”夏凡规劝道。

池招冷冰冰地瞪过去：“敢向宋怡告状你就死定了！”

夏凡耸耸肩，不置可否地走到桌边整理，不咸不淡地开口：“说起来，你对宋秘书意外地服从啊。”

听到这样的措辞，池招再一次放下可乐。他说：“我那是忍让好吗？”

“是吗？”夏凡说，“倒是没见你对别人这么忍让过。难道，池先生喜欢这种类型的异性？”

池招用难以置信的眼神对他怒目：“夏凡，我以前怎么不知道你是这么阴阳怪气的人？”

夏凡默不作声。池招迈开步子绕到他身后说：“给她的工作，她能全部完成，且挑不出毛病。虽然她对我提出了建议，但我并没有觉得自己的生活方式遭到干涉。我觉得……”

他似乎要发表长篇大论，夏凡忽然转身，用冷静的目光与他对视：“池总。”

“嗯？”

夏凡言简意赅：“我就随口一说，不用解释这么多。”

池招的面部表情有明显的转变。先是怒气上涌，暴露他的不满，然后强压下去，最后变成一个要笑不笑的表情，咬牙切齿道：“夏凡，你就陪我加班到下辈——”

他的话没能说完，办公室的门就开了。宋怡站在门口，用激光般的视线看向他：“池先生，我记得您昨天说过这个星期要戒掉可乐。”

池招气定神闲地把可乐放下，微笑着回答：“不是我，是夏助喝的。”

在宋怡想要戴上手套像法医检验一般严肃的表情中，他硬生生地更正了说法：“是夏助逼我喝的。”

结束工作后，宋怡清理了一下办公桌。

加班暂缓，她看了一眼日历，发觉自己该回家看看了。

她想起这些天被自己屏蔽掉但仍然打来好几次的电话，不禁在心里祈祷回家不要与那些人碰面。

目前，宋怡的家在即将拆迁，房租也相当低廉的地区。

他们才住进去没几个月，保密措施并不好，在楼下就能看到墙壁上用红色油漆写的大字——还钱。

宋怡在街角观望一阵，确定附近无人，这才拔腿冲过去。进屋后立刻关门，反锁。

屋子里弥漫着一股酸腐味，她喘息着，光打在她清秀的脸上。不需要特意去看，她也能确认父母在家。

根据那些高利贷者最近打来的电话，她已经知道，宋作为和李梅又去赌了。

经济状况才因为她的工作稍微好转，债务就立刻跟上，紧追不舍，不减反增。

凭借过往的经验，她猜测水电都停了，所以屋里才会充斥着速食食品以及排泄物的气味。

从小到大，她对这样的情况早就习以为常。

宋作为和李梅再不要命，这时候也不敢出门，毕竟追债的随时可能在外蹲守，甚至找过来砸门。

如今亲朋好友都对他们家避之不及，他们已经没有地方可逃了。

宋怡没有换鞋，拿过玄关处的扫帚，就这么杀气腾腾地走进去。

谈起十二岁，宋怡想起的总是那些沾满汽油味的校服、老师和同学同情的眼神，以及麻木不仁却一直战斗着的自己。

最开始滥赌的只是母亲。

那时候宋作为还在补习学校当老师，即便没被公立学校录取，但为人师表的尊严让他对宋怡保持严加管教。

家里出来一个赌棍不是什么好事。但是那个时候他们至少还有希望。

父亲虽然严令禁止宋怡学画画，但平时对她还是关爱有加。偶尔他来学校接她放学，父女俩一起回去，他会在路上对她说："没关系，妈妈的事情，爸爸会负起责任来劝她的。"

谁说赌博的毒性比别的劣习浅？李梅赌钱，宋作为说去带她回来，等出了门，便也开始几日几夜的不归家。

宋怡自己给自己煮饭，自己一个人上学，一个人写功课，在越来越穷的家里睡觉。

她的功课仍然像以前父亲要求的那样好，可是渐渐地，已经没人在乎了。

偶尔宋作为回家拿钱，她会拉住他。这时候他就会摸摸她的脑袋说："相信爸爸，我们的运气马上就会变好的。"

她和他们之间有误会。她相信的是父亲本身，而不是他在赌桌上的运气。

直到被高利贷追得东躲西藏，最终欠下巨额钱款。

宋怡握住扫帚走进去，果不其然，李梅立刻迎了上来："你终于回来了！存折密码是多少？"

宋怡早就料到会有这一幕，她伸手："给我。"

临走时她明明把存折藏在床缝中间，但还是被他们找出来了。

“你先告诉我密码是多少！”

“我不告诉你！你们又会去赌了！”宋怡斩钉截铁道。她不愤怒，也不难过，脸上没有流露任何情绪，“还给我！”

背后突然有人扑上来。宋怡立刻侧身躲开，宋作为险些撞到墙，还是抢过了她的包。

“爸。”她吐出一个字，权当是问候。

本来宋作为是想要从后面抓住她的。

宋作为揉着额头起身，把夺来的包递给李梅。他说：“宋怡，爸爸是怎么教你的？你有钱就要拿出来，我们是去还钱的。我和你妈都商量好了，以后要过正常的日子了。你不信妈妈，也该相信爸爸吧？”

宋怡握住扫帚的手往前伸，摆出自我保护的姿势。

宋作为看着她的眼睛，而她也直视着他。

假如这不是第十几次听他这么说，宋怡想，她大概又会把存款全给他们吧。

可是，或许这一回他们是真的要悔改了呢？

在宋作为与李梅热切的注视下，她极缓慢地将扫帚往后收：“先把包给我，我就告诉你们。”

“你先说密码。”

“你们到底还要不要钱了？”她毫不退让。

她拿到包以后，并不着急动弹，转而先扫视一周。

下一秒，手里的扫帚就被她扔了出去。

她将扫帚扔向他们，猛地转身，拔腿就跑。

扫帚起到了一定的阻挡作用，宋怡成功地跑出了门。

外面已经天黑了，冰冷的空气灌入肺中。她不停地奔跑着，直到宋作为和李梅的叫骂声被远远地甩在身后。

她脸上的表情冰冷、镇定，像干冰，也像是没有感情的机器人。

宋怡想：今晚要去哪里过夜？

学生时代，家庭状况使得没人敢靠近她，加之个性寡淡，她也很难交上朋友。但去住酒店，她又不想花这个钱。

宋怡走到崇名游戏楼下时，不由得坚定了一个想法。

一定不能丢掉现在的工作。

她与值班的安保员打过招呼，进门，上楼。看着停滞的电梯，她想起加班结束了，大家应该都不在。

宋怡走进办公室，在黑暗中摸索着开灯。

她的手腕猝不及防被抓住，被拉着转身，她的脊背撞到墙壁，在一片漆黑里与来人近距离对上。

池招的眼睛隐隐发亮，像森林里的某种大型猫科动物。他嚼着口香糖，目光来回观察她罕见的表情。

宋怡诧异，又立刻冷静下来。她说："池先生，您还没有下班？"

她被困在他手臂围成的狭窄空间里。

池招默不作声，松开右手去开灯。

紧接着，他以举手投降的姿势后退："吓我一跳。抱歉，原来是你啊。"

他漫不经心地打量她一圈儿。

这个时间点，她明显是临时跑来公司。即便不知道发生了什么，也大概能猜到不是好事。

宋怡客气地点头，下意识进入工作状态："您要喝点儿什么吗？"

他摇摇头，转身坐进懒人沙发里。一大堆玩偶涌到他身上，猫在一旁没精神地蜷缩着。

"不用，你要在这里过夜吗？"他说。

意图被看穿，她也没打算否认："我在隔间就好了……"

"今天换了指纹锁，钥匙卡被夏凡拿走了。"池招头也不抬地玩着Switch，"你要是介意，我可以出去住酒店。"

那怎么好意思？这里是他的地盘，更何况她才是后来的。

看到宋怡犹豫，池招说："不过今天我没打算睡，你可以睡那边的长沙发。柜里有新的毯子，我去洗个澡。"

说完他起身。

作为上司，池招的言行举止在男女安全的界限内，同时又足够体贴。宋怡也没什么好推辞的。只是进对方刚使用过的浴室似乎有些不便，她打算第二天早晨起来再洗澡。

等池招穿着广告衫与牛仔裤，头发湿漉漉地走出来时，宋怡已经躺下了。她僵直地躺着，毯子像裹尸布般将她缠紧。她还没睡，艰难地抬头说话："不好意思。"

池招摇头，上半身穿的是去年崇名游戏的B版宣传文化衫，衣服正面写着一句标语——我就是世界。

他边擦着头发边转身说："要帮你关灯吗？"

"影响您工作的话就不用……"

她话还没说完，灯就被关了。办公室的落地窗没拉帘子，可以看见闪烁着霓虹灯的城市夜景。池招走到书桌边坐下，打开电脑，紧接着开始浏览外包公司的方案。

宋怡闭上眼睛，然而睡意却久久没有袭上来。

她回想起宋作为与李梅朝她伸出的手，想起他们对她的谩骂和欺骗，想起他们狰狞的表情。在黑暗中，她睁大眼睛望着天花板发呆。她不习惯哭泣，也不擅长抱怨。对于她来说，她不会软弱，甚至连悲伤都很少，只是静静地躺着。

黑暗中残存着一点儿亮光。电脑屏幕边，池招用鼠标滚动着界面，毫无预兆地出声："你要不要看视频？"

他目不转睛地看着屏幕，几乎让宋怡以为他没发现她睡不着这件事。

他不问她发生了什么，只是从抽屉里取出遥控器，拿起来按了几下，投影仪将画面投射到墙壁上。

宋怡抬头看去，是动画片《小马宝莉》。

她一声不吭地躺回去，看着彩色的小马在墙上奔驰着说笑。然后池招去对面在冰箱边捣鼓了好一阵，走过来时在她身边放了一盒冰激凌。

他自己不吃，只是专门给她拿了一盒。

偌大的办公室里，只有两个人。他们相隔很远，一个躺在长沙发上，一个坐在办公椅上，一起专心致志地看《小马宝莉》。

毫无理由，她觉得他只是想安慰她。

宋怡的注意力被转移，困倦渐渐涌上来。将要睡着的时候，她开了口。

她说："谢谢。"

第二天早晨醒来，办公室里空荡荡的。宋怡起身收拾东西去洗澡。

她走出门时，看到池招在走廊尽头用韩语打电话。估计是在聊工作。

她下楼，洗浴间空无一人。公司的热水器是恒温的，水压也很好。

洗到中途，手机铃响了，宋怡走出去接听，打开免提，听到池招在那边说："树蛙从昨天起就不精神，今天好像加重了。我带它去一趟宠物医院。"

毕竟昨晚借住在这里，她决定一同去。她快速穿上内衣裤，抽出半身裙时，上衣一下子掉到湿漉漉的地板上，她赶紧拿起来，但衣服已经被打湿。印象中，柜子里一般会存放一些公司的广告衫。她打开一看，果然整整齐齐地摆放在那儿。她随便拿起一件，急匆匆地套上便出去了。

池招开车期间，宋怡抱着树蛙。等到了医院，两个人一齐进去办手续、见医生。

听到医生说没什么大事，他们这才松一口气。坐下来等待时，宋怡用手机浏览崇名晚宴的场地材料。

“要细致到这种程度吗？”池招问。

宋怡回答：“以防万一。”

为了准备参加这次晚宴，这些日子里，她甚至用詹和青给的钱报了一些补习班。

没过几分钟，护士走出来喊道：“三十八号！”

池招看了一眼手中的号码便起身，宋怡也跟上去。

护士想说什么，目光却先在他们身上停留。

池招与宋怡纷纷低下头去。

他们担心树蛙的状况，早晨走得着急，完全没有注意自己穿的是什么。

池招穿的是昨晚那件 B 版宣传文化衫，而宋怡当时在洗漱间随手拿的则是同一套的 A 版。

她身上写着六个硕大的字——世界需要改变。

而他衣服上写的则是“我就是世界”。

尴尬扑面而来，池招和宋怡刻意避免与彼此对视。

不知护士是不会看气氛还是太会看气氛，坦然地微笑道：“你们就是树蛙的爸爸妈妈吧？进去签字取药，然后就可以走了。”

第三章 狼与狈

世界上最尴尬的事是什么？

不是和上司一起穿着成套的衣服去宠物医院，也不是被护士误认为是夫妻，而是在顶着这副模样去购物时遇到前男友。

而且，是前男友和他的现女友。

夏凡刚发来指令，既然池招和宋怡刚好都在外面，那就索性把晚宴的相关准备做完。池招没有异议，直接驾车去会员制的美容店。

那家店显然只有部分人才能提出预约。至少，宋怡在当地居住这么久，从没听说身边有谁光顾过这里。要不是池招轻车熟路地走进去，她甚至会以为这家店没在营业。

里面空荡荡的，妆容精致的店员与池招对话。聊了没几句，对方又打量一圈儿宋怡，总算敲定订单。

之后便前往服装店。宋怡被试穿折磨得晕头转向，形形色色的礼服在她眼中没什么区别，池招却能轻而易举地做出评价。

“不要。

“太小气了。

“颜色很土。

“没有别的吗？

“哈哈。”到最后，他一边玩着手机游戏一边抬起头来，光是发出干巴巴的一声笑，宋怡就会自觉地退回去重新换。

对于他评价那些衣服的样子，宋怡并不感到陌生。因为平时他否决下属递交的作品就是这样，笃定、冷漠、毫不留情。其他问题都可以说笑，只有正事不行。

宋怡被店员帮忙系肩带的过程中，忽然想起尘封已久的往事。

十二岁时的绘画比赛上，还是少年的池招身材消瘦，刘海儿长得遮住眼睛，穿着私立中学的西式制服，领带松松垮垮，衬衫下摆胡乱地塞着。颁奖结束，他快步走近，一鼓作气撑住她跟前的桌子踩上去。

他站在桌面上，居高临下地看着她。

那双清澈的眼睛这才显露出来。

池招朝她微笑，在如此近的距离下，她判断得出，面前的这个笑容是真实的。

即便这只是一场级别不高的绘画比赛，或许认真参加的只有他们，但他仍然笃定地告诉她："我喜欢你的画。"

放弃画画的许多年后，宋怡总是想起这件往事。那时候他的语气，他真挚的神情，他漂亮的眼睛，她都记得很清楚。

时隔多年，宋怡与变得成熟的他重逢。

她想：有的人，大约到死都是少年。

穿好这件礼服，她走出去照镜子，池招已经收起手机。

他望着镜子里的她，侧过头知会店员："就这件。"

走出店时，池招心情不错，提议说："我想顺带去定一束花儿。"

宋怡跟着池招来到熙熙攘攘的商业区，选定一家店。他说："他们家的蓝色妖姬很漂亮。"

"其实，这些事交给秘书办就好了。"宋怡没忘现在是上班时间。

池招摇头："我想送给我爸，所以亲自挑比较好。'对待重要的人应该真诚'，小时候我大哥是这么说的。"

"池崇先生？"宋怡下意识地问。

这是池招第一次提起自己的兄弟。

池招笑了笑没回答，又站在白玫瑰边问："你喜欢吗？要不要买几朵给你？"

宋怡对不能吃的花儿不感兴趣。

假如不是转头就遇上前任，宋怡几乎快忘记自己身上还穿着广告衫了。她回头时，恰好与前男友视线对上。

躲避已经来不及了，大学时为他煲汤结果撞见他劈腿的画面历历在目。

人生污点，谁都不想提及，但是前男友旁边的女生不以为耻，反而耀武扬威，拽着男方莽撞地冲过来：“是宋怡吧？好久不见了。和男朋友逛街吗？”

宋怡皱眉，自己与池招现在的穿着的确招人误会。

池招回过头。

把人从头到脚打量一遍，从女生幸灾乐祸的语气到强拽着男伴的姿势，怎么看怎么来者不善。她与宋怡关系不好，至少，没有她表现出来的那么好。

而在另一边，看到池招正脸的女生短暂地失神。

她从大学起就瞧不起宋怡。长得还行，但整天冷着一张脸，态度也公事公办不通人情，这样一个人怎么能找到质量这么高的男朋友？

宋怡刚要解释，池招却毫不犹豫地接话：“你好。”然后回头朝宋怡微笑：“朋友？”

与池招共处这么久，她已初步具备辨别他笑容内涵的能力。现在他的温柔表情，显然是给对面两个人看的。损坏上司的名声不好，但是驳上司的面子也不好，再说了，遵从本心，她当然想争一口气。

宋怡说：“大学同学。”

“宋怡大学的时候承蒙你们照顾了。”他立刻抬头朝着对面的一男一女说道，“我叫池招，是宋怡的男朋友。”

他这话说得宋怡心惊肉跳，毕竟这可是直接说了真名。不过聊天还要继续下去，宋怡试着介绍一下对方，却发现一件事。

这位前任，她还记得名字，但是另外这位——

“这是刘俊，这是他女朋友……不好意思，好像之前都不知道你叫什么。”

女生瞬间阴沉着脸，搂住刘俊娇滴滴地回答：“我叫……”

她话没说完，池招突然开口。

他说：“难得见面，这个点了，一起吃个饭吧。就那家店好不好？”后半句是问宋怡，声音微微沙哑，语气透出几分亲密。

闻言，宋怡一震。那是一家消费不低的高级餐厅，主打是海鲜。最不巧的是，刘俊和他女朋友似乎并不了解行情，居然就这么轻飘飘地答应了。

刘俊对宋怡还留有愧疚，女朋友的自作主张也让他有些不满，看到考究的餐厅装潢，他心里有些紧张，但还是忍了下来。

然而，当他翻开菜单看到上面的价位时，他就真的忍不住了。

这也太贵了！

平时就算要撑面子，他也不会刻意去这个价位的餐厅。

身边的女朋友脸色煞白，不过很快，她就拿起手机发了条消息给他：“老公，你可不能输给他。”

看到女朋友的恐吓短信，刘俊心中有火，又强迫自己不要当面发作。

而另一边，进门时，池招低声问她：“他们是谁啊？”

宋怡也没想隐瞒，索性坦白：“前男友和他劈腿的女生。”

池招一怔，然后轻轻地笑起来。他也没多说，就这么进了餐厅门。

落座后，对面的小动作太醒目。池招撑着脸，漫不经心地假装没看见：“今天我埋单，二位不用担心。”

比起刘俊二人，宋怡更加不安。

怎么能让上司破费呢？她没钱还他。再说了，为什么非要请这两个人吃饭？

看着池招云淡风轻的样子，再对比刘俊刚才一副囊中羞涩的表情，女生怒上心头。她嘴上说着“哎呀，其实不用的”，手下却毫不迟疑地在菜单里寻找着最贵的菜色。

她怎么能输给穿“世界需要改变”和“我就是世界”这种愚蠢广告衫的情侣？！

听着她报菜名，池招始终玩着手机，头也没抬一下。直到服务员把菜单递给他，他才随便地扫了一眼。

宋怡想站起来痛斥对方，却突然被抓住了手腕。

倏忽之间，池招微笑起来。他的笑里夹杂着一种似是而非的游离感，引得旁人难以移开视线。

“你太客气了，”他极为缓慢地说，“这些都点上。”

他回头地问厨师：“今天的生蚝新鲜吗？我女朋友的同学好像是第一次来，日本、英国、南非的都拿来给他们试试。日本的凑合，我反正不太喜欢。酒按搭配不同生蚝的上，要开新的……”

在对面两个人都愣住时，池招又想到什么，回头朝他们亲切地微笑：“忘了问了，你们习惯生吃吧？”

接下来，戴手套的侍者接连不断地送上不同的生蚝与白葡萄酒，与其说是请他们品尝，倒不如说是强迫他们咽下去。

宋怡小口喝着全脂奶油生蚝汤，池招在吃羊羹。他说：“等会儿你和我一起去接树蛙吗？”他问话时完全不关心刘俊二人听不听得懂，旁若无人，因此越发显得高高在上。

宋怡点头。他握住她的手，另一只手突然拿着纸巾上前。

池招给她擦了擦嘴角。最后结账时眼睛都没多眨一下。

背后，刘俊的女朋友已经跟他发起脾气来，两个人大概免不了要大吵一架，但女方还不肯善罢甘休。然后，她给出了这天她最错误的提议。

她一定觉得自己的提议无懈可击。餐厅定价有高有低，但电影院的票价全市基本都差不多。

她觉得宋怡不可能交到这种男朋友。

她坚信这一点，又不想输得那么难看，于是大胆地提出继续："你们都请我们吃了饭，那我们请你们看电影吧。"

这是她最失策的决定。

因为这间商场里的电影院是崇名文化的。

"我们还要去接家里养的猫，就先失陪了。"池招说，"但今天想去看电影可以报我的名字包场，毕竟，你们是宋怡的大学同学。"

上车后，宋怡叹了一口气，对池招说："害你破费了，其实不用为他们花那么多钱的。"

池招说："你高兴吗？"

"嗯？"

池招一边盯着后视镜倒车一边问："你一点儿都不觉得爽吗？"

宋怡一时噤声。虽然池招不是自己的男朋友，但是，必须承认——

"我很高兴。"

那个在大雪中抱着冷掉的鸡汤走到男生宿舍，又在风雪中独自一人原路返回的宋怡已经不在了。

听到她这么回答，他立刻笑起来。

"其实我不太喜欢生蚝。"池招说，"我不是为他们花钱，是为了你。"

他望着正前方说："只要你高兴就好。"

宋怡穿着一身严整的女式西装，走进咖啡厅张望着坐下。服务员刚迎上来，写满咖啡种类的菜单刚递过去就被拦住。

"给我一杯白开水。"她说。

现在可不是能随便花钱的时候。

“我要一杯猫屎咖啡。”忽然有人说话，詹和青戴着口罩和太阳镜，鬼鬼祟祟的样子吸引了不少人的目光。

宋怡沉默片刻，还是指出：“我觉得您这样有些欲盖弥彰。”

詹和青无视她的评价，径自说道：“詹小红恨你恨得都在网上搜‘如何害死情敌’了。不过我看了搜索结果，没一个靠谱的。”

“我看到她最近在社交软件上发诅咒娃娃了。”宋怡不慌不忙地喝了一口水。

“你还看她的社交账号？”詹和青喝了一口咖啡，苦得吐舌。

宋怡也不否认：“嗯，她很爱发状态。”

“是啊，表现欲过头。”

“啊，有一件事，”宋怡忽然想起什么，她说，“我想请问一下副总，有什么便宜的住的地方能推荐吗？我家里最近出了一些意外，不好总住在办公室。”

詹和青倒没觉得难办：“崇名游戏是有员工宿舍的，价格和地理位置都很合适，只是常年满员。你问问夏助理吧。”

宋怡郑重地向他道谢，一回去就找夏凡。

夏凡只是稍微回忆了下，便爽快地答应了：“可以。你希望什么时候入住？”

“可以的话，”宋怡恳求，“越快越好。”

夏凡得知了这几天她在办公室的生活状况，说：“今天先过去看看吧。”

加班结束后，夏凡和宋怡一起打卡下班，乘坐地铁前往目的地。

那是一间看起来有些年代感的公寓。夏凡领着她进门，中间的楼层没什么人气，两个人到了顶楼才停下。

顶楼只有两间套房。夏凡掏出钥匙打开了东边那间。

里面的东西杂乱无章，生活用品却一应俱全，可以想象到前住户搬走时的匆忙。

夏凡也没想到情况如此乐观：“你稍微打扫一下，然后去买些新被褥，大概今天就能睡下了。”

宋怡赞同地点点头，这时手机铃声响了，是夏凡的客户来电。他抬手示意宋怡稍等，径自进屋通话。

宋怡四处寻找，发现清扫工具放在楼梯间。她刚走过去，西边住户的门就开了。

住在对面的男人走出来。他满脸胡楂，玻璃瓶底般厚的方形框镜架在鼻梁上，头发凌乱，没穿鞋子，身上的T恤脏兮兮的，由门内散出一股浓重的油彩气息。

他们对视了几秒钟，两个人异口同声地开口。

对面说：“你是新搬来的？”

宋怡客套地问了一句：“您在画画？”

听到对方的问题，她立刻做出了答复：“是的，我是今天搬过来的宋怡，在崇名游戏我负责……”话没说完，面前的男人突然快步上前握住了她的手。

宋怡有些狐疑，却看到对方猛然凑近的脸上绽放出一个笑容。

“你也喜欢美术吗？”他兴高采烈地说。

宋怡不动声色地后退了一步。过去的她对画画还有些兴趣，现在的她是一窍不通。

她想反驳，对方意识到了自己的失态，收回了手，但还是兴致勃勃地问：“你要来看看我的作品吗？”

对方看起来真诚而亲切，强烈的情绪在宋怡心头环绕。看着男人邋遢却纯真的笑脸，宋怡有些迟疑。

就在这时，她的目光越过男人与门框，落到屋内一幅不显眼的油画上。

画上是一个女人背影的半身像。

她穿着红色的礼服，瀑布般的长发盘在头顶，线条柔和的侧脸上，她的睫毛很翘，微笑时脸颊散发光彩。

宋怡一时出神，不由自主地往前走了两步。机械般地摆动头部环顾四周。

但其他都吸引不了她。

最后，她的目光还是落到这幅画上。

作画者的笔触也好，情感也好，在这幅画中都精巧展现。

男人在她身后问道：“这里的画，你有喜欢的吗？”

宋怡沉默许久，扭过头看他。她笃定地回答：“这一幅。”

她只喜欢这一幅。

男人原本澄澈而温暖的笑容略微顿了顿，他叹了一口气，表情看起来有些失望。

就在这时，门外传来夏凡的声音：“宋秘书，池先生——”

池先生？

宋怡立刻转身寻找起来，夏凡注意到了她的举动。

他介绍道：“你们还是第一次见面吧。这位是池遇先生。也是池招先生的哥哥。”

池家有三个儿子。除却长子池崇与三子池招，还有次子池遇。

池遇微笑着摆摆手，转身去给他们倒水，平易近人得不像个有钱少爷。在桌上，宋怡看到了一张照片。

照片中有三个人。其中一个是池遇，他穿着朴素的衣服。另一个人宋怡很熟悉，池招穿着西式的中学制服，站在兄长身边，神情很散漫。最后一个人温文尔雅，西装革履，他比弟弟们都成熟，但与他对视的所有人都一定会留下同样的印象——

他是一个善良的人。

宋怡突然想起了自己在搜索引擎中看到的，有关崇名文化第一继承人池崇的消息。

他开车撞翻护栏冲进了大海里。

波光粼粼的海面与坠落的银灰色轿车……宋怡正想象着那样的场景时，夏凡忽然开口："好久没见过这幅画了。"

宋怡回过神来，问："什么？"

"这幅画，"夏凡看向画上的人像，"是池招画的。"

"哎？"

夏凡对于他们刚才的谈话一无所知，直接说："池遇和池招都学过画画，这间屋子里放的都是池遇的作品，除了这一幅。"

宋怡诧异地看向那幅画。

几日之后，崇名晚宴如期举行。

这一夜终于来了。

宋怡换上事先送来的礼服，坐公司的车去了美容院。她戴着珠宝是其他部门借来的新款。

一切准备就绪，宋怡松了一口气，转身时没站稳，一个趔趄往旁边栽去。

她被身后的人扶住。

池招伸出手来，猝不及防搂住了她的腰。

宋怡慌张地盯着他俯下的脸。他只是笑笑，自然地松开她。

这天坐的车也与平日不同，专人开车，他们两个人坐在后座，让宋怡想起电影里那些皇室才有的待遇。

她没见过这种阵势，无意识地在做深呼吸，结果被池招察觉。

"不要紧张，不要紧张，不要紧张。"他一连说了三次，问她，"要不要看视频？”

“呃，”宋怡艰难地回答，“今天看不进去《小马宝莉》。”

池招笑了。他侧过身子，丝毫没觉得封闭空间压抑。

“不是《小马宝莉》。”他说。

这天的池招比平时还要打眼。

他着一身黑，穿定制的西装，短发梳起，露出额头的同时显得更加年轻。里面搭配白衬衫与黑领带，干净清爽，又透着严肃和庄重。

进门后，他与各位前辈打招呼，得体得令人难以相信。十分钟前，他还在车上给秘书放恐怖电影，美其名曰“让你等会儿没那么害怕”。

池招的父亲还没到，那束蓝色妖姬暂且被插在会馆一楼的花瓶里。几个崇名文化的董事招手让他上楼。

楼上空间狭窄，陪同人员都留在外面。池招看向宋怡说：“你随便转转吧。”

宋怡点头，目送着他快步走向楼梯。

到拐角处，他还回头朝她笑着摆摆手。她也向他挥手，等回过身时，听到前面阴阳怪气的挑衅：“你也是会笑的啊。”

意识到自己又不知不觉面带微笑，宋怡马上恢复镇定。

是詹妮。她穿着一袭粉色的刺绣长裙。宋怡看到她时，稍微留意了一下。这条裙子，上个月生日宴会的合影里她也穿过。

詹妮从不穿重样的礼服。

“来到这种和你身份不匹配的地方，就这么让你高兴吗？”詹妮声色俱厉地说，“宋秘书。”

之前，宋怡才送詹妮离开崇名游戏，下一秒就得到陪同池招的机会。换作是谁，对她都会有些怒气。

她只是说：“都是为了池先生的工作。”

“我不想知道你用了什么奇怪手段！”詹妮说，“跟我过来。”

语毕，她转身朝另一边的楼梯走去。

那里是背光处，通往二楼的楼梯隐藏在阴影中。宋怡略微抬起眼睛，但还是跟在她身后走上去。

两个人走到外面无法看到的位置，詹妮突然停下了脚步。

她转身，就这么把宋怡堵在无人的地方，咄咄逼人地说：“你知道我认识池招多少年了吗？我知道你这样的丑小鸭都爱做白日梦，但是你真的以为他会喜欢你吗？”

两个人相对而立站在同一级楼梯两边。詹妮越说越激动，到最后甚至抓住了宋怡的手。

“我和他才是天生一对！”詹妮喊完这句话，猛地甩开宋怡的手，往楼梯摔倒下去。

她倒下去的一瞬间，所有景象仿佛变成慢镜头中一帧一帧的画面，宋怡看见她的脸上浮现出微笑。

这就是詹妮的计划。

成为受害者再加上崇名文化第一大小姐的身份，没有人不会站在她身边。

池招也好，秘书的工作也罢，与她作对的人有什么，她就要摧毁什么。

詹妮感觉着身体往后倒，她闭上眼睛，咬紧牙关准备接受疼痛。然而，预想中的撞击并没有来。

刚才被甩开的那只手飞快地将她拉住。

詹妮睁开眼，看到宋怡冷漠的脸上闪过一丝微笑。她忽然想到几分钟前自己对此人的挖苦——你也会笑的啊。

“抓住你了。”宋怡说。

宋怡想过，假如詹妮想整她，她的防备大多都只是螳臂当车。她们之间的差距显而易见。但是，她不会束手就擒。

詹妮穿着那身旧礼服在隐蔽的楼梯间站定时，宋怡就猜到了她的意图。

计划失败，詹妮恼羞成怒。她怒不可遏，拼命地甩开宋怡的手。

然而被愤怒冲昏头脑的她却忽略了一件事。

此时的宋怡刚用力把她拽上来，重心并不稳定。

宋怡还没站稳就被詹妮甩开，又穿着高跟鞋，后仰下去的过程中踩到下一级阶梯。她试图寻找能抓住的东西，拼尽全力折腾几步，倾斜的身体无法控制地往后倒去。这时候，她们的身影已暴露在众人眼前。

宋怡以为自己会跌倒，快要砸向地面时，却落进了一个臂弯里。

她闻到了风信子的香气。那是池招喜欢的衣物清新剂的味道。

池招微微喘息，显然刚刚是疾跑过来的。一身正装在大厅里奔跑这件事放在别人身上一定很奇怪，但假如是池招，就别有一番少年风味。

宋怡思绪纷飞，就在这时，身后的人开了口。

“詹小红。”池招仰起头，脸色冷得像匕首划破月色，“你为什么推我的秘书？”

他单手搂住宋怡的腰，托着她帮助她站好。

重心再次回到身体里，宋怡的心跳声撞击着胸膛，她不知道自己是在后怕摔倒，还是慌张于与上司的近距离接触。

宋怡紧张到有些眩晕，悄悄靠近他小声地说：“她没推我，我也没受伤。”

下一秒，她就被池招用力地按到他的肩头。她靠在他肩上，僵硬又呆滞，他低下头来朝她扮鬼脸。

“我就说恐怖电影很可怕吧？”他躲开旁人的视线，压低声音，朝她爽朗地笑起来，“赶紧回去可以吗？”

宋怡一怔，继而用公事公办的语气说：“可以。”

在外人看来，这不过是池家三公子扶起女伴。谁也不知道他们私下进行了这样一番攀谈。

詹妮面红耳赤。她没有推宋怡，充其量只是甩开了对方的手。

再说了，明明应该被当成受害者的是她才对。

然而池招一出现就咬定了这件事是她做的。

“我没有！”詹妮手忙脚乱地否认，“你问宋怡啊，我真的没有推她！”

她试图将自己变成受害者，没想到弄巧成拙，变成了加害者。

平时围在詹妮身边的名媛朋友们想帮忙说话，但是看到池招，又犹豫起来。

“我亲眼看见的。”池招的演技堪比影帝，暴怒之下是痛心疾首，“那宋怡，你说是怎么回事？”

宋怡正想说什么，池招却低下头看着她。他们对视片刻，宋怡领会了上司的意思。

她把脸埋下去，说：“詹小姐也不是故意的……”

宋怡在心里庆幸，还好她最近看了很多小说。

这句台词是小说中出现频率最高的台词。既不明晃晃地指责对方，又能让众人心领神会。

“你们是约好的！你们是商量好的！你们联合起来欺负我！”詹妮惶恐地往后退，想要就此缩回阴影里。

池招纹丝不动，几束穿过灯塔如星子般的光晕，零零散散地落到他的身上。

“宋秘书对我来说是很重要的人，所以，以后请詹小姐不要再来打扰她了。”他说。

听到这句话时，宋怡不由得抬起头。她看着他，那张侧脸白皙明朗，表情傲慢又亲切。

突然之间，她觉得仿佛有什么东西在啃噬着自己的胸口。

池招对此浑然不知，他拉住宋怡，扶着她一边低声说着“快走，快走，不要回头”，一边往门口走，由此可见他对这种晚宴没兴趣。

可惜，还没迈出几步，楼上忽然传来一道声音：“池招。”

他们不约而同地回过头，看到詹和青立在楼梯上。

“董事叫你过去。”他指了指身后，又补充道，“是很重要的事。”

宋怡送走池招，独自坐在二楼走廊上休息时，想到了一件往事。

大一时的运动会，她作为新生，被调去参加大家都避之不及的长跑项目。

她喜欢全力以赴，认真练习了一段时日。

比赛时，她跑在系花后面。结果系花摔倒了。

宋怡无比确定自己没有碰到她，但是系花指着宋怡哭得上气不接下气：“她推我！”

那一刻，宋怡并没有像詹妮那样慌张。她说：“我们可以看比赛录像……”

然而，几个同学却突然从身后抓住她的手，摇摇头说：“宋怡，你就道歉吧。”

“和她争论下去没有意义。没事的。你就忍一忍吧。”

“她可是系花，又是学姐。退一步海阔天空。”

“懒得争了道个歉回去吧。”

她到最后也没道歉，这也给她的大学生活增添了不少麻烦。当时的她对同学的行为感到迷惑，就像计算机不懂得人类的感情。

然而这一刻，她突然什么都明白了。

他们之所以希望能尽快了事，是因为他们并不关心她的感受。

宋怡怎么样都好。

她对他们来说无足轻重。

宋怡怔怔地坐着，沙发旁边忽然下陷。詹和青坐到了她身边。

“你们——”他抱起手臂，猝不及防地吐出四个字，“狼狈为奸。”

别人可能会认为是任性妄为的詹小姐出手伤人还死不承认，但他身为詹妮的兄长，怎么可能不清楚自己的妹妹有几斤几两？

再加上他对池招的了解，事情经过再明显不过了。

宋怡问："没有更好的形容词吗？"

詹和青稍作停顿，思索半晌说："天生一对。"

听到这个词语，宋怡有些恍惚。但詹和青很快接下去说："你还能走吗？要是没事，就给我进去看看。我爸直接把我赶出来了。你是池招的人，应该没事。"

宋怡起身，放松了一下脚腕，继而若无其事地走进去。

房间里的圆桌边坐满了人，董事们抽着雪茄，使得整间屋子烟雾缭绕。

宋怡静静地站在池招身边。他一如既往地用手机玩着消除糖果的游戏，等对面提到自己名字时才应一声。

不难觉察出，隐约紧张的气氛里，池招是万众瞩目的中心。

在他对面坐着的，就是崇名总部的首席财务官詹洛。同时，他也是崇名游戏詹副总和音乐剧演员詹妮的父亲。他抽着雪茄，与池招一样不加入周围人的谈话。然而，自始至终，他都在观察着池招与其身边的秘书。

池招和从前没什么不同，现下对着手机一脸严肃，不知道的还以为他看到了自家产业的负面报道。

只见宋怡伸手指向屏幕，几颗看漏的糖果应声消除。池招向她真挚地致谢，她也礼貌地回复"不客气"。

二人其乐融融，一派和谐，气得詹洛将没抽几口的雪茄摁灭。

"池招，你知道我们今天为什么叫你来吧？"詹洛清了清嗓子。

池招抛给他一个迷人的微笑："因为各位叔叔想我了？"

在对方拉下脸之前，他立刻改口："我说笑的。是因为崇名游戏创收了吧？"

"这都是次要的。"詹洛不疾不徐地宣布，"池崇的尸体找到了。"

池招微微收敛神情，保持着笑容问："在哪儿？"

"这个先不提，"詹洛说，"重要的是，他的遗嘱可以生效了。"

旁边有律师递上文件，白纸黑字，池崇的遗嘱中要将他手下崇名文化的股份递交给池招。

在场的所有人似乎并不意外，只有宋怡微微震惊。她试图读懂池招的反应，却只捕捉到他一瞬间放空的眼神。

池崇的死才确定，他们立刻就要瓜分他留给弟弟的财产。

接下去，詹洛说的话令房间的空气仿若凝固：“今天叫你来，是劝说你放弃这份遗产。”

“当然，”詹洛身后的助理说道，“我们不会让池先生您白白付出。作为交换，我们将——”

“我爸呢？”池招满不在乎地打断。他退出满是糖果的游戏界面，收起手机郑重地发问，“我今天带了他最喜欢的花儿来。”

詹洛的脸色越发沉郁：“你父亲正在赶来的路上，但是很可惜，小招，我们向你提出的这个要求，是经过他同意的。他十分钟内就会到，稍等片刻，你父亲会亲自来劝说你。”

池招优哉游哉地坐在座位上，手撑着侧脸，看起来不以为意。

宋怡抓住自己的衣袖，按捺住内心翻腾的不快。她也接触过崇名文化的事务，加上一些自己的思考，已经足够让她理解现状。

池招的父亲当然会同意，他们不是一对亲密无间的父子。

一旦池招在崇名的话语权增加，没人能预测他将来的行动。他在董事会是一枚不定时炸弹，是动摇人心的豺狼，是立场不明的秃鹫。

假如有谁能出面说服池招，那么肯定能以此换取全董事会的人情。

池招的亲生父亲无疑是最佳人选。

即便旁人不举荐，不论是为了自保，还是为了巩固位置，池招的父亲百分之百会毛遂自荐。

池招不答应的话，马上就会变成整个崇名的众矢之的。

室内一片死寂，只有雪茄在缓慢地焚烧着。

詹洛挥手，身边不知是律师还是助理的男人当即会意，从服务生端着的托盘上取过咖啡壶。

男人绕到池招身边，轻声说：“池先生，我们提供的条件相当优厚，签下合约不会对您有任何损失。池崇已逝，我们能够理解您作为末子能得到机会的心情，但是……”

他在用激将法，不露声色地步步试探，措辞仿佛螺丝刀，生生地拧进人的皮肉里：“兄长过世，您应该不会为此感到庆幸吧？”

咖啡壶接近池招的茶杯，即将倒出。

池招岿然不动，眼神空洞，手中把玩着钢笔。听到“庆幸”二字时，才不疾不徐地抬起眼。

就在这时，有人将他的目光拦截。

咖啡壶被纤细的手压住，宋怡挤进他们中间，将那位助理从池招的身边隔离出去。

她保持亲和有礼的态度，将他的咖啡壶缓慢挪开的同时客气地开口："抱歉，您的误会太深了。我们池先生从来不喝咖啡。"她一字一顿地说。

宋怡第一次被父亲打，是在中学的时候。

她紧紧地护住自己攒下来的零花钱，死也不肯让他们拿去还赌债。

她知道家里不是没有钱，只是新赌局快开盘，临门一脚，不能缺这几百块。

宋作为气急败坏，迎面给了她一个耳光，声嘶力竭地痛骂道："你就不会帮帮身边的人吗？！"

那一刻，她被打得撇过头去，颅骨里仿佛幽禁着一只蜜蜂，嗡嗡地叫着，使她落入与世隔绝的外太空。

她在昏迷前想，有一天，或许她也会奋不顾身地去帮助谁吗？

嗡鸣散去，此时的私人宅院中，宋怡松开咖啡壶，平静地与男人对视。

对方显然没料到会有人插嘴，愣了半晌，才知道后退。然而池招已经站起身来。

他气定神闲地看着詹洛，嘴角上扬，随后不紧不慢地脱去外套。

池招小心地把西装外套披到宋怡身上。她也不躲闪，伸手拢紧衣领，然后听到池招说："可以啊，反正我对崇名也没兴趣。"

他说话的语气好像只是同意了一件无关紧要的事。

池招说："我的秘书今天被詹小姐绊倒，险些受伤，可否让她先行回去呢？"

宋怡略微眯起眼睛，读不懂他的想法，却没有提出异议。她拉紧外套时，感觉到内侧口袋里的手机。

詹洛随意抬手，示意助理领她出去。

宋怡走时用余光打量池招，他的神色透着闲散，在她走过时轻轻松开她的肩。

出门时，她听到他说："我可以上个洗手间吗？"

第四章 蓝色妖姬与深夜巴士

白天室外春光融融，入夜后却凉风习习。詹洛派来的说客对宋怡似乎余怒未消，送她出了大门后扭头就走，甚至不给她叫车。

她翻出池招的手机。锁屏前，他打开了一个密室逃生的游戏，此刻加载完毕，正等待玩家点击开始。

也许会有人不敢相信，池招开始信任宋怡后不久，就把手机的解锁密码告诉了她。按他的话来说——用人不疑，反正也没什么隐私。

这话一点儿也没错。池招这个人简单到了极致。

工作邮箱保密，生活上清汤寡水。家人不会联络他，朋友不多，异性关系更是完全单箭头。箭头方向当然是别人朝向他。

宋怡一边漫不经心地点开游戏，一边仰头绕着这栋复式楼寻找洗手间的位置。

当她走到建筑背后时，有人在昏黄的灯光中推开窗户。

宋怡拢着外套，转过身抬头，看到池招扶着窗框飞快地翻过，从高处一跃而下。

白衬衫在昏暗中隐隐发光，他像银色的湍流，又好像夜空中飞行的海鸟。

宋怡不禁看呆了，挪不开视线，只能眼睁睁地看他拍着灰走上前来。

“愣什么？”他伸手在她的面前挥了一下，优哉游哉地走到前方，“走吧，别让他们发现了。”

听到池招抱怨着“还好洗手间在中间楼层，再高点儿我非得摔死”，宋怡总算回过神来，不由得问：“就这么走没关系吗？”

她走得很慢，紧紧地扣着外套，引得池招也放缓脚步。

池招端详着她，眼里仿佛隐匿着银河，嘴角却依旧微扬。他笑着说：“过几天再找他们，今天我不想见我爸。”

他为了这次和父亲的见面准备了礼物，然而，父亲却不是为了见他而来。

维系父子关系的纽带，不会是那束父亲喜欢的花儿，只可能是利益。

“啊，好丢脸。”走着走着，池招蓦地叹息。夜色中，他自嘲地笑，“早知道就把那束蓝色妖姬一起带走了，搞得好像我很想见他一样。”

他自顾自地说了一通，再次回过身去。宋怡拢紧外套，一路走得磕磕绊绊，令他不得不停下来等她。

“怎么了？你在衣服里藏了什么吗？”

池招伸出手去拉衣角，宋怡没抓住，几枝蓝色妖姬顺着外套下摆掉出来。

她有点儿窘迫，又有些惭愧。

这次轮到池招愣住。

宋怡艰难地吸了一口气，尴尬又勉强地解释道：“我也觉得，他们在愚弄我们，留下这个会令人很有挫败感。”

漆黑的夜色中，不远处的宅邸灯火通明，反衬得这里寂寞又安静。跳窗逃走的老板，偷回花束的秘书，全世界只剩下他们。

池招忽然笑出声来。

他身材高挑清瘦，俯下身时，腰间衬衫的褶皱很好看。宋怡盯着他，从他被风吹乱的发梢看到被风吹到一旁的领带。

尽管只是一种直觉，但她猜想自己此刻一定在微笑。

宋怡低头，将手机归还给他：“我马上联络司机。”

“等一下。”池招笑得几乎掉泪，此时起身，回头看向她时，五官线条疏离而静谧，“今天有些记者太大张旗鼓，万一传成我们和崇名文化决裂就不好了。”

宋怡完全进入工作状态：“抱歉。目前我身上没有钱，这一带也比较少来出租车……”

“没事的，”池招朝她微笑，“我刚好有零钱。”

“嗯？”

“我请你坐巴士吧。”他说。

就职以来，宋怡已经能够适应池招所有的心血来潮。他可以突然让全体员工提前下班回去睡觉，也可以突然对芭比娃娃失去兴趣请夏凡清理。

他可以突然想坐巴士吗？当然可以。

在站台等了没多久，巴士就来了。夜间巴士并没有那么拥挤，然而身着晚礼服的他们还是得到了不少乘客的回头与注目。

两个人坐到后排的双人座位后，宋怡忍不住问了一个问题："您坐过巴士吗？"

池招皱眉，好像听到什么不可思议的事："你觉得我没坐过吗？"

"依您的家庭条件，应该不需要乘坐巴士吧？"

池招笑了两声："在法国的时候，我爸根本不管我。所以还是会坐的。"

二人就此沉默下来。宋怡这天盘了头发，不习惯，因此总觉得难受，现下想试着散下来。才取了几只发夹，头发就卡住了。池招侧过脸，旁观了一阵后开口："需要帮忙吗？"

"不麻烦的话。"她回答。

池招支起身，缓缓地给她解头发。他把发夹轻轻摘下来，放到她的手心里，随后继续整理。等到差不多了，他才松开手说："好了。"

宋怡把发尾梳好，客客气气地道了一声"谢谢"。

巴士到站再离站，乘客上车又下车。

巴士颠簸着碾过柏油马路，车窗外有刺眼的灯光一闪而过，座椅震颤着，窗外摇曳着城市的影子。

宋怡渐渐打起瞌睡来。连日的忙碌使她的眼皮变得沉重，当她即将在前栽中撞上前座时，池招飞快地伸手，抓住了她的肩膀。她昏昏沉沉，被他抵着压到靠背上。她想说"谢谢"，但实在太困了，不知不觉就落入了梦境中。

宋怡醒来时，最先看到的是一团亮光。

她睡眼惺忪，发觉那片光来自手机屏幕显示的消除糖果游戏，全名是"candy crush soda"，那是她很喜欢的一款游戏。外套把她盖得严严实实，身上暖融融的。她懒散得不想动弹，思维也在一瞬间陷入僵局。

宋怡就这么看了好一会儿游戏画面，点动游戏的手指停住时，她伸出手去，慢吞吞地划掉了一串可以消除的糖果。

身边人的声音近得有些非同寻常。池招问："你玩吗？"

宋怡点点头，伸手接过手机。突然之间，她意识到了奇怪之处在哪里。

她正靠在池招的肩膀上。

那一刻，宋怡的惊愕程度难以用言语形容。她猛地起身，把手机还回去，侧过头与池招对视将近半分钟。他倒是若无其事，坦坦荡荡地低下头重新玩起游戏。巴士停下时，他慢条斯理地开口：“你到站了哦。”

宋怡望向窗外的站牌，果真到站了。她起身，客气地点头致意，一言一行如机器人般标准：“那我先走了。”

她匆匆忙忙地下车，往前小跑了几步。等车开动，她回头，看到池招仍旧低着头，不知道在想什么。

宋怡原本想回去好好休息，到深夜时，她明白了原先的住户究竟为何要那么仓促地搬出去。

对门邻居从半夜一点开始放巴赫，声音气势恢宏，直到半夜三点还未停止。

宋怡忍无可忍，对于白天工作精益求精的“机器人”来说，晚上的充电是必不可少。

她披上外套出去敲门，好一会儿池遇才从门后探出一张脸。

宋怡尽可能客气地说明了要求，而池遇也笑眯眯地道了歉。

但是等她回去之后，对面演绎的不再是巴赫，而是肖邦。

接下来的一周，宋怡的脸上都挂着黑眼圈。

池遇这个人，看着是个软弱的老好人，实际只能用“消极”来形容。不论向他提出什么需要做出改变的请求，他都是当面答应，但后续依旧我行我素。

之后，他们共同出现在了一个奇妙的场合——池崇的遗体打捞。

池崇的车最终被发现是在邻市的河流下游。

打捞手续需要附近庄园所属人的同意，加之崇名文化董事会商量后续事宜时争执不下，以至于耽搁了好些天。

“还没让我哥重见天日就急着谈遗产，协议都拟好了，真不知道该说那群老头是未雨绸缪还是狼子野心。”池招有些戏谑地说道。

所有人都是正装出席。郊外的河岸有蜻蜓在四处飞舞，车辆被打捞上来时，现场一片死寂，唯有机器运作的声音轰鸣作响。没有人落泪，也没有人眼圈微微发红。他们只是沉默着，目不转睛地注视着那辆从水底缓慢被拉出的高档轿车。

抬出尸体后，池招也没有走近，只是远远地看着。等到一切结束，人群风流云散。

宋怡忍不住插嘴问了一句：“真的不用去看看吗？”

“大哥很注重外表。”池招朝她笑笑，“他不会想被人看到自己这个样子。”

自始至终，即便腐烂的臭气与水腥味扑面而来，他也不曾有过半点儿遮掩口鼻的动作。

离开前，宋怡不动声色地张望了一圈儿。夏凡问：“怎么了？”

她回应：“好像没看见池先生的父亲。”

“我爸是绝对实用主义。”池招不以为意地说，“而且，他向来只注重结果，对过程没兴趣。等尸检结果出来发他一份就行——他肯定是这么想的。”

非同寻常的一家人。

宋怡的视线掠过在路边等出租车的池遇。明明和池招是兄弟，但自始至终，他都没来跟池招打招呼。池招也丝毫没理会过他。

宋怡转头要走，就在这时，和河堤上格格不入的某人对上了目光。

在打扮端正的人们中间，相貌俊朗的青年穿着睡衣，身旁甚至靠着两个穿着暴露的女生。池招顺着她的视线看过去，没有任何开口的打算。

夏凡说：“走吧。”

直到回到公司，夏凡才告诉宋怡：“那个人就是庄园的所有者，叫单景一，是单家的二儿子。他也勉强算是帮了忙吧。”

单家的企业与崇名网络有过合作，宋怡对这个姓氏并不陌生。而单景一这个人，宋怡也有点儿印象。他做过电竞，逛过漫展，办公室里有女员工谈论过他换女朋友如流水，称得上是一号玩咖。他长得不错，加上单家少爷的身份，社交账号的粉丝数都赶得上明星了。

午休时间，宋怡收到短信，趁着池招在午睡，她去了楼下吸烟室。

“你们那天……”听到脚步声，詹和青抬起头，语音却不自然地中断。他望着她的黑眼圈，问：“你被人打了？”

每晚生活在池遇的夜半古典音乐的摧残之下，宋怡打了个哈欠坐下：“有什么事吗？”

“那天池招居然跳窗逃跑了。他身价多少你知道吗？”詹和青滔滔不绝地抱怨起来，“你们知道我爸有多生气吗？后来他骂了我多久你们知道吗？！又不是我帮他逃的！”

他的牢骚，宋怡悉数听着。

末了，詹和青长舒一口气说道：“不过那件事，董事们是做的有些过了。我又插不上话，帮着池招说几句就只有挨骂的份儿。池招是什么打算？”

宋怡如实汇报：“他打算和詹洛先生再谈，在他父亲不在的场合。”

詹和青总算松了一口气。他又说：“怎么样？最近有什么要汇报的吗？”

宋怡稍作思索，提起上午遇到单景一的事。她听到詹和青淡淡地回复：“池招讨厌单景一。”

这倒引起了宋怡的兴趣：“为什么？”

“池招这人你是知道的，奇奇怪怪的。”詹和青说，“单景一就不同了。他是‘二世祖’的榜样，知道自己没有继承权，对家里的大事从不插手，也不给大人找麻烦。

“他玩心重，有时候难免玩脱。之前《acdf》第一个宣传广告出来，他就说想参与配音。池招多有商业头脑的一个人，觉得他有话题度，让人加了角色，结果他又不参加了。还有动画电影、电竞比赛，空头支票打得多了，池招就嫌他烦了。”

那是有点儿烦。宋怡若有所思地点点头。

宋怡听完就当听完了，没有想到的是，没过几天，他们就遇上了单景一本人。

崇名的应酬，一般情况下都是詹和青去的。按他的话来说——一旦池招去了，应付池招比应酬还累。

据说有一次和投资商吃饭，池招嫌新秘书点的外卖难吃，于是跟着去了。

詹和青千叮咛万嘱咐他不要乱说话，结果他真的全程一个字没说，只顾着埋头吃饭，搞得大家很尴尬。

詹和青纠结了好久能不能以“我们老板是哑巴”的理由搪塞过去。最后他想起池招没有自我介绍，于是灵机一动，编了个谎：“这是我弟弟，脑子不太好使，请各位老板多担待。”

池招当场反驳：“你才是弟弟！”搞得大家更尴尬了。

从此以后，只要是应酬的场合，詹和青都会尽全力把池招留在公司。假如非得要池招参加，那至少要提前一个星期让池招开始训练。

听说了这件事，宋怡才恍然大悟，难怪池招要在联系人列表里把詹和青的备注设置成“弟中之弟”。

然而，这一天，詹和青上电梯时摔了一跤。宋怡觉得他可能是走路的时候头抬得太高了。说实话，那点儿伤根本不算什么，偏偏他是个彻头彻尾的娇气少爷，还多此一举地跑到医院去拍片。好不凑巧，晚上刚好又要参与一场宣传曲发布会的应酬。

池招与宋怡临危受命，一同走进娱乐中心的歌厅。池招将车钥匙扔到门童手里，然后给了对方一个眼神。

嘈杂的音乐声中，宋怡凑到他耳边说："被逼着点歌的时候，不可以唱《假面骑士》的主题曲。"

池招思索片刻："《蓝精灵》呢？"

他们与一众音源公司的老板和发布会当天要出席的广告商负责人一一打过招呼，然后就看到了单景一。

比起池招，单景一的好看偏向阴柔。他朝人点头问候时，身边还坐着一位所谓的秘书。听说当下他在家族企业里得了个挂名的职务，但是不怎么上班，也没人管他。

坐下后，池招的确按照詹和青的嘱咐没乱说话，大部分问题都是宋怡应对的。

不得不说，池招属于不开口会更吸引人的类型。他静静地坐着，手机被没收，所以也不能玩游戏。在彩灯的光之下，居然有几分冷若冰霜的气息。几杯黄水下肚，音源网站的女高管话也多了起来。宋怡表现彬彬有礼，如此看来也算和蔼可亲，因而被女高管主动搭话："那就是你们崇名游戏的老板？好帅哦。"

宋怡回头，看到池招不声不响发呆的样子。绛紫色的灯光中，他像玻璃器皿中的玩偶般漂亮，叫她也恍惚了片刻。

池招突然扭头看过来。他朝宋怡招手，她懵懵懂懂地过去，任由他靠到她耳边说："我想唱《铁臂阿童木》第一版的片尾曲，可以吗？"

不得不说，精致的皮囊实在太能骗人了。

宋怡摇头说："不行。"

他们稍微喝了几杯，池招的酒量意外得很好。坐了一会儿，宋怡借口起身去洗手间。

她洗完手出来，急匆匆地穿过走廊时，一个黑影突然从岔口出现，将她拉了过去。

单景一一把将她抵在墙上，轻浮地笑着说："百闻不如一见，你就是池招的新秘书。"

“您好，单先生。”宋怡缓慢地弯曲膝盖，俯身平移，从单景一撑住墙的手臂下面挪出去。

单景一倒也没有感到挫败，他侧过身，脸上笑容不变：“看不出，你还挺纯情的。放心好了，你陪我玩，我的那位也应该已经去服侍池招了。我不会比他差的。”

宋怡在听懂他的意思之后，感觉胃里有些翻涌，她冷静地回应：“抱歉，我不明白您在说什么了，就先告辞了。”

她要转身，却再次被抓住。单景一把她拉向自己，他的声音低沉起来：“急什么？想去坏你老板的好事？”

宋怡抬眼，一字一句开口：“您在说什么？”

见她不再躲闪，单景一索性将脸贴过去。

眼看着马上就要碰到她的脸，她却猛地被拉着退了一步。

宋怡被人揽住往后靠，就连她自己也吓了一跳。

池招说：“宋怡是我的。”

“宋怡是我的……”他挡到宋怡身前，脸色阴沉地盯着对方继续说，“外祖母一样重要的人！”

后半句一出，气氛骤变。单景一也好，在歌厅走廊里来往的人也好，全部不约而同地把目光投向这边。

池招的脑子果然有问题。祖母不一样吗，为什么还非得是外祖母？！此时的单景一心想，宋怡这下总该看清池招有多古怪了吧？

宋怡看向池招。

然而，单景一在宋怡眼中却看到了赞许的目光——

这女人又是怎么回事？！

此时，单景一的秘书也急急忙忙地从包厢里跑出来，跌跌撞撞地躲到单景一身后，楚楚可怜地抱怨：“景少，这人没问题吧？他借我的手机，我还以为他要存我的手机号码，结果居然是拿我的手机玩贪吃蛇……”

池招见自己偷偷玩手机的行径被发现了，当机立断打断她，拉住宋怡往外走去。

经过包厢时，他们草草地挨个打了招呼。

司机在楼下等着，两个人上车后，宋怡忽然开口：“为什么是外祖母？”

池招沉默片刻，回答：“我外祖母长得比较好看。”

车靠边停，宋怡下去后正好碰上池遇下楼倒垃圾。

他们相顾点头问候一声，宋怡霍然想起他是池招的哥哥。回头一看，却只看见车的尾灯在路口一闪而过。

宋怡抓住机会，与池遇当面谈起半夜放古典音乐的事。

池遇挠挠头，有点儿不好意思地说："抱歉啊，我这人半夜不听点儿音乐就睡不着。"

——那你就戴耳机啊！

"我耳朵比较脆弱，戴不了。"

连日缺少睡眠的宋怡表面镇静，实则怒火中烧，但还是尽量让自己保持平和："实话说，您这样严重影响到了我的工作和生活，我在池先生那里……"

池遇猛然一愣，像想起什么重要的事："秘书……你在池招身边做事？"

"那是当然。"

池遇没说什么，不过这一夜，他没再放音乐了。

隔日宋怡在公司和夏凡闲聊时提起池遇的事，他倒不觉得意外。

"正常，毕竟快到他来找池先生的日子了。"夏凡抿了一口咖啡说。

"什么？"

前台转来一通电话，夏凡接通，挂断以后说："说曹操曹操到。你出去接他一下吧。"

宋怡推门出去，离开电梯口时，果不其然，自己的这位邻居已经等候多时了。

池遇穿着肥大的格子麻布衬衫，头发显然整理过，却仍旧毛毛躁躁。他有些驼背，眼神左顾右盼，浑身是藏不住的不安与局促，跟崇名游戏里来来往往的职场精英有着天壤之别。宋怡在不远处等着他，不知为何，总觉得他这样看着有点儿微微的可怜。

她领他进了池招的办公室，夏凡已经准备好文件和支票。

宋怡不动声色地观察一圈儿，发现刚刚还在电脑前画图的池招此时已不知去向。

"上一次工作的报酬转账给您了，这个是下个季度的任务。"夏凡说着，声音忽然不自然地中断一下，"啊，等一下……这里漏了一页。宋秘书，可以帮我去池先生的抽屉里取一下吗？"

宋怡应声而动，然后就看到了躲在办公桌底下发呆的池招。

她和他尴尬地对视几秒。宋怡不愧是专业的秘书，最终，她还是波澜不惊地挪开视线，好像没看到他一般，镇定自若地取出文件，若无其事地转身。

夏凡继续走流程。

池遇一副畏畏缩缩的模样，连声道谢后就走了。

池招等到确认他离开，才从办公桌下爬出来，若无其事地继续画图。

回到隔间以后，夏凡顾及她的疑问，贴心地做出解答："池遇先生的工作一直不是很顺利。这些年来，都是靠池招先生补贴。"

"那些任务是……"

"是池招先生为了兄长的体面给的由头。"夏凡摆弄了几下鼠标，又回过头来，"不过这个，可不能让池遇先生知道。"

"我明白了，"宋怡点头，隔着玻璃，她又看向此刻面无表情的池招，"不过，是我的错觉吗？池总好像不怎么想见他哥哥。"

夏凡笃定地说："不是错觉。以前因为一些事，他们闹得不太愉快。具体我也不清楚。"

池招连线进来："宋怡，可乐没有了。"

宋怡回答道："这就替您煮牛奶去。"

她起身出去。

池招把头磕在桌上，听到宋怡的脚步声才抬起头。他双手捧住牛奶杯，很不快地问："你觉得我要不要把宣传曲的发布会推后？"

"是什么原因让您这样考虑呢？"

"离大哥的葬礼太近了。"池招的指尖敲着杯子，"虽然说我们差不多早就接受了这件事，但记者媒体那边很难缠。而且遗产那事还没给准信，詹叔叔一定很想杀了我……"他看起来好像很脆弱。

不过转眼间，他就笑起来。

池招陷入思考的时候，总是双目放空，嘴角仍旧上扬，只是笑得仿佛没有灵魂。眼前的年轻男性微微蹙眉，头发干燥又纷乱，让宋怡很想摸摸他。

她止住这样的想法，一转身就看到沙发上的一只画风突兀的格子麻布包。

是池遇落下的。

宋怡当即拿起包下楼。万幸池遇还没走远，她在门口拦住了他。

不得不说，身为池总秘书的宋怡在崇名游戏大厅喊出"池先生"的时候，还是挺吸引人注意的。不过大家一发现不是池招就都纷纷离开了。

池遇有些尴尬，向她致谢后挠了挠头："宋秘书，或许，我可以耽搁你一小会儿吗？”

“什么？”

“不会很久的！”池遇摆摆手，“在你们楼下喝杯咖啡就行。”

宋怡看了一眼手机，目前没有工作。她点头答应。

咖啡店内，他们面对面坐着，池遇结结巴巴地问：“今天……其实小招是在办公室的吧？”

宋怡的表情看不出丝毫破绽：“池先生总是很忙的。”

“他从前开始就这样，明明一直负担我的开销，但总是不太乐意见我。”

“怎么会？二位之间可能有什么误会。”宋怡搅拌着咖啡，随口说着客套的话，却歪打正着地说中了。

“宋小姐，”池遇突然的真挚让宋怡有点儿不适应，“我是真的走投无路了。我真的很想挽回我和他之间的关系。”

听到“挽回”这个词，宋怡稍微提起兴趣。

接下来，池遇叙述了他与池招变成如今这样的原因。

池遇和池招年龄相近，外加有长兄顶着大局，弟弟们压力小，因此两个人小时候经常一起玩。

随着他们长大，池遇对美术产生了兴趣。凭借池家的能力，请到了水准数一数二的老师给他授课。失去玩伴的池招很孤单，于是抱着无聊的心态，开始跟着池遇一起学画画。

没有想到——

这是一个陪考的人考上了，而真正的考生落榜的故事。

国内一流艺术大学的老师教了数月以后，便建议池招出国深造。

池遇一直梦想去法国学习油画，在考试中却名落孙山。

即便长兄池崇从中劝了很多次，他们之间还是有了嫌隙。

池招对此很无所谓，对他来说，画画就像吃饭，谁也不会因为自己吃饭吃得好而感到了不起。但他越不在意，池遇就越痛苦。到最后，池遇终于爆发。才能不如人的痛苦，造成了兄弟之间隐形的较量。

他希望再也不要见到池招，他直接对弟弟怒吼。

那个从小与他一起长大的弟弟怔了怔。

然后就真的再也不见他了。

听完事情的前因后果，宋怡沉默了片刻。

“恕我直言，”她的声音好像人工智能一般冰冷又客观，善解人意的程序在她这里被短暂消除，“您这是活该。”

在池遇震惊的目光下，宋怡毫不留情地说下去：“不过也不是解决不了。池先生又不是什么难对付的人，好好道歉，他应该会原谅你的。”

她起身，自顾自地去吧台找服务员打包一份甜甜圈。既然来了，还是给池招带点儿吃的回去吧。

而在原地等待的池遇腹诽：池招不难对付吗？

回到楼上后，宋怡顺便签了一些快递。进办公室时看到池招，她不由得想起刚才的事：“池先生，您是为什么学油画的？”

池招头也不抬，迟疑了几秒钟回答：“因为刷底像糊奶油，我很喜欢。”

他看起来不想提这件事。宋怡识相地闭嘴，认认真真地将快递分类，发现其中有寄给她的东西。她撕开包装，从里面翻出一只毛绒泰迪熊。

她刚捧出来，池招就出现在身后：“这什么？谁送的？”他伸手，宋怡也满不在乎地递给他。

底下附着一张卡片，宋怡拿起来，说：“是刘俊送的。”

“刘俊？”池招盯着那只泰迪熊的脸，总觉得这个名字耳熟。

“我大学同学，上次吃过饭的那个。”宋怡说。

“给前女友送这东西，他神经病呢？”池招的笑里带着点儿嘲讽。

“大概吧。”宋怡说着，拎着空纸箱走到垃圾桶旁。她把那张卡片翻过来仔细看看。那是一份同学聚会的请柬。

一张红色机甲脸横空出现在眼前，挡住她读请柬的视线。她抬头，发现是池招拿过的一只变形金刚的模型。

他脸上没什么表情：“送给你。我最喜欢的一款铁机巧，金属部件和点亮细节都很棒。”

宋怡有些莫名其妙，目视着他转过身走回位子上去。

坐下前，池招没忘补充一句：“比泰迪熊好多了。”

她移开视线，恍惚地点了点头：“谢谢。”

最终，宣传曲的发布会还是没有推迟。

游戏本身的发布会未能通过审核，因此这首宣传曲的噱头不得不准备得更加充足。当天要面对镜头，池招被提前拉去做造型。

宋怡穿过走廊，分发完宣传册进门时，他已经被好好打理过一番，穿着灰色西装，正在翻看稿件。

察觉她进门，池招抬头，朝她一笑。他的笑容似子弹般穿进她的胸膛，她感觉自己被击中了，顿了顿才进门说：“都安排妥当了。”

“辛苦你了。”池招轻声回复，继续低下头去读那些流程。

到场的人资格经过了筛选，但还是难免鱼龙混杂。人来来往往，宋怡没少看见有意无意在这一带徘徊的模特。

池招出来上个洗手间，她们便争先恐后地跟过去，可惜名片还没掏出来，池招就逃之夭夭了。夏凡得知解释给宋怡听：“她们这一行难出头，又是吃的青春饭，大多都要找个人傍着。池先生这种年轻又多金的，可以说是理想目标。”

宋怡若有所思地点点头，没有鄙夷，也不觉得同情。时间差不多了，她提醒池招出去，结果到外面时在前排座位上看到单景一。

单景一正在看她。

宋怡装作没看到，一心一意地给池招连接好电脑。

一切都很顺利。发言的记者都事先沟通过，没问什么刁钻的问题。

然而等发布会结束，在地下车库时，他们却遇到了几个蹲守的记者。其中一个还是问了那件事情：“池先生，请问发布会时间和您兄长的葬礼那么接近，您觉得合适吗？”

池招原本在看手机，听完抬起头来。宋怡正犹豫要不要拦着，却听他不慌不忙地开口：“在我投身游戏行业时，我身边的人都持反对意见，除了我的长兄池崇先生。”

女记者大概没料到他真的会回复，本想抓拍几个崇名游戏总裁狼狈逃走的镜头，谁知池招不仅没躲，甚至主动走上来。他那难以捉摸的气势有些骇人，领头的女记者不由自主地后退了几步。

然而，下一秒，她抓录音笔的手就被池招紧紧地握住。

只见池招专注地盯着摄像头，双眼微微泛着光。他一字一板，语气笃定又坚决，真挚地回答：“《acdf》不仅是我个人的心血，也是我们崇名游戏上下所有人的努力成果。同时，它还是兄长对我的期许。我不能辜负兄长对我的期待。

“另外，里面有一位魔法师的角色，是我按照池崇的形象所设计的，希望以此来怀念长兄。也十分欢迎大家前去体验这款积聚了我们真情实意的游戏作品。”

池招充满感情地说完这番话，转身，摆手，潇洒地上车，留下一干记者久久呆在原地。

摄影师不由得感慨了一句：“这人的镜头感好过头了吧？”

被握过手的女记者失精神恍惚地按住小鹿乱撞般的胸口：“太帅了……”

车内，池招喝了一口可乐：“呼，吓死我了，差点儿咬到舌头。”

宋怡心情复杂地看向他。

她知道池招在专业上水准很高，但没想到，他连应急处理这种事情也很擅长。

夏凡从副驾驶座上转过身来，要给池招汇报去崇名总部的日程。池招却转头，恰好对上宋怡微妙的目光。

没人说话，车内的气氛僵滞了几秒。

然后池招率先开口：“对……对不起？”

“什么？”宋怡反而陷入迷惑。

池招忽然握住她的手，就这样保持了几秒，松开后说：“好了，抵消了。”

宋怡愣了几秒，想要辩解自己没介意他抓住女记者手的事儿，然而他们已经开始讨论其他工作，因此只能作罢。

去崇名文化时，宋怡没能跟随。

按池招的说法：“詹叔太可怕了，这个副本完全就是耗装备，没意义。下次再叫你。”

可是，将和总部上级谈判比喻成游戏副本的池招并没有他自称的那么弱。回来以后，正在工作的夏凡在中途突然停下来，随后感叹：“我们老板真是天才儿童。”

宋怡看了他一眼：“非要加‘儿童’两个字吗？”

池招拿一部分股权换了总部对崇名游戏的投资，另一部分保留在手中，确保自己在董事会能有一席之地。

唯一的坏处是，从此以后，池招不得已要去参加一些令他讨厌的会议了。

与此同时，宋怡也迎来了一件令她讨厌的事情。

宋作为造访公司时，预约的电话打到了秘书办公室里。宋怡不在，是夏凡接的电话。

宋作为是头一次来崇名游戏这种在他眼里“不严肃”“不正式”的公司。即便装潢时髦，气派十足，随意充满活力的氛围还是扑面而来。以前他总希望宋怡从事更稳定的工作，比如教师，或者公务员。可惜大学毕业时，宋怡已经不像从前那么听话。她当时执意要找工作，如今找到了，薪水似乎还不低。

然而，当他坐在女儿顶头上司的办公室里，被池招直勾勾地盯着的时候，压抑的气氛还是让宋作为有点儿头晕。

中老年人经不起这种注视了。

在此之前，宋怡趁着父母不在时回过一趟家。

她是去取行李的，并留下了那张存折的密码。

不过，宋怡已经更换结算工资的账户，那张存折再也收不到钱。她有意与家人减少来往，从此以后只汇一定的金额过去。

不能将他们拉出泥潭，总不能让自己也被他们拉进沼泽。

拿到密码的宋作为心里五味杂陈，最终找到她的工作单位，希望她能回去。但是，在池招阴沉沉的注视之下，他坐了不到十分钟就起身，说：“我还是先回去吧。”

因为是宋秘书的父亲，所以池招才特意叫到楼上来见面。池招这天有些不舒服，一声不吭地起身，走到宋作为跟前，给他倒了一杯水，说了两个字：“请喝。”

当宋怡回到办公室时，看到的就是这样一幕场景。她的父亲握着池招倒的那杯水，犹豫着不知该不该喝。

“你怎么来了？”她下意识地去向上司和同事道歉，宋作为推着她往外走。

离开池招那间魔王巢穴般的办公室，宋作为说话都顺畅了：“你怎么一声不响就搬出去了？快搬回来！”

“爸爸是想我回去，还是想我的钱回去？”

此话一出，宋作为噎住了，吞吞吐吐地呵斥起来：“我们是你爸妈，花你的钱天经地义！”

宋怡镇定如常，冷静地回复：“花我的钱可以，但是，不能拿我的钱去赌。”

“你还敢管你爸爸！不让我赌，就是要我的命！”宋作为一时激动，忘了场合大喊，“你要我的命，好啊，那你就杀了我啊！

“你这个白眼儿狼，不孝女！赔钱东西，你就不该被生下来！”

玻璃门忽然被推开，池招站在门口，身体的不适使他的心情比以往都差。

他左手撑门，抬起右臂时，手里握的是一把枪。

宋作为当即吓得失声，宋怡也不解地看向他。

“你好吵。”池招说着，将枪口对准宋作为的脸，“怎么，不是要宋怡杀了你吗？我杀你也一样吧？”

宋作为浑身发抖着后退。

“只知道要钱，但一点儿责任都不负。这就是你对你女儿的态度吗？”说着，他走出来，继续指着宋作为说，“宋怡是想维系你们的关系，所以才给你钱。而你是想要钱，所以才要和她保持关系，是不是？”

恐惧占据头脑，宋作为支支吾吾说不上话。他连连后退，池招却一步一步地逼近。

宋怡因诧异而发不出声音。她望着池招的背影，第一时间顾虑的却不是自己。恍惚之间，她居然萌生这样的念头——他是不是也曾对自己的父亲这么绝望呢？

在跳出窗外的时候，在想要讨回那束蓝色妖姬的时候，在看着兄长的尸体浮出水面的时候……

“滚吧。”池招高高在上地说，露出一个嘲弄的笑容，“再来打扰宋怡，我就处理你。”

“处理”一词说得委婉。

宋作为如蒙大赦，往后退了几步，确定池招放下枪，这才逃出去。电梯要等，夏凡给他指明了安全出口。楼梯很长，应该足够他奔波一阵。池招没精打采地转过身，这一次，他将枪口对准宋怡。

他微笑，轻声说：“别听他的。我很庆幸宋怡被生下来。”

宋怡呆呆地注视着他，手指用力地掐进掌心。不知为何，她感觉身体里仿佛有什么东西攒动着，像一锅烧开的沸水，即将要漫出胸腔。

这一刻，池招扣动扳机，清水从枪口喷出来。

随着水枪发射，他猛地笑出声来，侧过头去冲夏凡喊道：“夏凡，这东西也太逼真了吧？！太搞笑了！我可以买这家玩具厂吗？开服想送点东西出去，《acdf》的周边就跟他们合作吧！”说着，他飞快地跑回电脑边，工作的热情将他一股脑儿地淹没了。

宋怡站在原地。她咬紧牙关，不断地告诉自己——我是干冰，是机器，是没有感情的杀……秘书。

她双手捧住脸，强行给自己滚烫的耳朵降温。

病魔不会对工作狂网开一面。

第二天，池招没有按时上班，电话不接，游戏也没有上线。

夏凡刚好休假，等到下班时间，他告知了宋怡四个池招习惯留宿的地址，还有门锁的密码。

“交通费报销。你去看看，以防他死了。”夏凡不容她拒绝地撂下命令。

宋怡运气不错，在造访的第二套房子里找到了池招。

出人意料，池招的住处并不像办公室那么具有个人特色。普通的装潢，普通的摆设。宋怡敲了敲卧室的门，出于对上司安危的担忧，在无人回应后，她还是走了进去。

池招前一天穿的外套被挂在座椅靠背上，不断响起消息提示音的手机搁在床头。宋怡蹑手蹑脚地靠近，小心翼翼地发出声音：“池先生？”

她看到池招的睡脸。

他睡得毫无戒备，面容间掺杂着疲倦。上司没什么事，宋怡松了一口气。

她刚打算拿手机给夏凡报备，突然之间，手腕被人攥住。

宋怡尚未反应过来，就被拉着摔上了床。她听见耳边传来被褥翻滚的声音，等回过神来时，自己就被某人压在了身下。

对上池招空洞的眼神时，宋怡估计他根本不知道自己在干什么。

重感冒加过度疲劳，他浑身滚烫，烧得几乎失去意识。

池招的嗓音沙哑又低沉。他开口，都是药的气味：“有件事情我想做很久了。”

宋怡永远不会忘记这一天。

重病的池招浑浑噩噩地跟她讲了四十多则《格林童话》。

宋怡煮粥、泡感冒药以及打扫卫生全程，池招一直含含糊糊地讲着自己喜欢的童话故事，从《小红帽》讲到《灰姑娘》，断断续续始终没停。

中途她走过去给他敷冷毛巾，俯下身时发现，他正好讲到故事“幸福快乐地生活在一起”的结尾。

美好的童话，孤身一人卧病在床的叙述者，宋怡走出门去，又回过头来。

房间里没开灯，灰蒙蒙的一片，隐隐约约只看得清他孤零零的一个人。最后，她还是走回去，在他床边蹲下身。

池招双眼空洞地盯着天花板，忽然说："其实，我是只青蛙。"

宋怡愣了半晌，忽然想起《格林童话》里有《青蛙王子》这么一个故事。

"我知道。"宋怡望着他的侧脸慢慢地开口，"其实我是王子的仆人。"

故事里，王子被巫婆变成青蛙。他原本的仆人伤心过度，在胸前嵌入三个铁箍，才能让自己的心不碎成几块。

"没关系，"宋怡不由自主地安慰他，"诅咒总是会被解开的。"

她发现他又睡着了。迟疑片刻，最终，她还是伸手探了探他的额头。

似乎是好些了。但把病人独自留下还是有些不妥当，宋怡在起居室里绕了一圈儿，忙了几个小时后，她泄气般地坐到沙发上。

好舒服。

宋怡把后脑勺也搁到椅背上，闭上眼睛时并没有睡觉的打算，睡意却一股脑儿地将她吞没。等她醒来时，天已经亮了。

她睁开眼睛时有点儿头疼。秘书的工作要求她随时准备着，久而久之，人禁不住熬，她便成为当初夏凡说的"无处不睡"的人。

这时，她才发现自己身上盖着毯子。

宋怡起身，不好的预感在脑内蔓延，她推门走进池招的卧室，里面已经空无一人。她掏出手机，看到池招发来的一则简短却充斥着"火星文"符号的消息："公司见。"

第五章 同学聚会与港城明星

宋怡在地铁的洗手间简单地洗漱了下，化了一个淡妆。赶到崇名游戏时，她在电梯里偶遇了周书画。

“哎？你昨天穿的也是这身衣服吧？”周书画用手肘推推她，“宋秘书，昨晚在男朋友家过夜了？”

“不——”宋怡突然被口水呛到，扶住厢壁剧烈地咳嗽起来，却还是狼狈不堪地支撑着说完下半句，“不是男朋友！”

电梯门打开，池招站在外面，与身旁的下属笑容亲切地交代了几句，走进来时，目光直直地落到宋怡身上。

毫无理由，这个场合下，宋怡本能地回避他的目光。

然而，站定的池招却不依不饶，偏要和她对上视线。他侧过身来逼近她，她拼命地往另一边躲。

看到她那么抵抗，池招总算放弃追击。他站直身子，掏出手机一边操作一边问：“宋秘书，昨晚睡得好吗？我家应该很舒服吧？”

宋怡被这话弄了个措手不及。

电梯门再次打开，外面的员工看到池招在，都纷纷放弃搭乘，转而恭恭敬敬地问候早安。池招回报以微笑，等电梯再变成封闭空间，周书画笑眯眯地开口：“我冒昧问一句，池总和宋秘书是什么关系呢？”

池招轻笑一声，侧过身靠到墙上用手滑动手机屏幕，默不作声。

宋怡回过头，端庄而冷静地回答：“职场上的上下级关系。”

池招的病是几天以后才好的，不过在那之前，他就回到办公室工作了。

《acdf》的内测即将开始，公司正是忙碌的时候。

渐渐地，宋怡也能加入楼下一些女员工的午休闲聊了。她们时常结伴去公司的自助餐餐厅。这种时候，宋怡常能听到一些她不知道的事情。

比如詹小红回美国了。又比如去年妇女节，池招给每个女员工送了一台加湿器，这年大家翘首以盼，没想到池招忙过头给忘了。结果还是詹和青来补偿的，给大家发了奖金。

宋怡住在顶楼，消息闭塞，自觉参与不了这样的谈话。她默默地吃了一口沙拉时，就被人问："宋秘书，你也分享一下情报啊。"

"嗯？"她问，"你们想知道什么？"

"池总为什么不交女朋友？"

听到这个问题时，率先有反应的却不是宋怡，而是周书画，她轻轻地笑了一声。

宋怡斟酌片刻，郑重地回复说："他自己说是因为不好玩。"

"啊……"大家不约而同地感慨万千。

有人一语中的地回答："要是别人这么说，那八成是在糊弄。但假如池总这么说，不知道为什么，总觉得很有说服力呢。"

"是啊。"年轻的前台回应，"几年前他拒绝市场部的女经理也是说'认真工作，多想点儿好玩的事情吧'。"

"不过他身边总不可能一个女人都没有吧？"

就在众人压低声音讨论的时候，周书画忽然说："你们可以问问宋秘书，她每天都在池总身边，一定再清楚不过了。"

话题再次聚焦到宋怡身上。

她尚未开口，手机铃声先响了，是办公室的电话。她立刻起身，奔上楼梯。

尽管没有回答之前的问题，刚才女同事们的话还是从她心头爬过。

女人。

除了她和王妈，池招周遭五十米内还真没什么经常停留的女人。

倏忽之间，她想起了一幅画。

池遇家有一幅池招作的画，画上是一个女人。

宋怡想得入神，下班前差点儿忘了请假。

第二天就是宋怡的大学同学聚会。

一开始，她是不准备参加的。不过组织的活动之一是去美容院，她最近又刚好萌生了做护理的念头。独自去怕不了解项目，倒不如跟人一起去。

聚会当天，她换上事先准备的连衣裙，简单地化了妆前往约定的餐厅。

大学友人齐聚一堂，大家都没什么变化，气氛很融洽。即便是宋怡这种人缘相当一般的人物，也受到了同学们的热烈欢迎。

落座时，她不动声色地打量一圈儿，发现刘俊和他的女朋友都来了。

宋怡旁边坐的是以前的班长，他个子不高，身材却很彪悍，平时爱管事，总是一副老大哥的模样。

他脾气也豪迈，大大咧咧，手总搭到宋怡的椅背上，让她只能每隔十分钟就挪一次座位。

大家聊着聊着天，不知不觉，便谈到成家立业的事情。

问了一圈儿，轮到宋怡时，大家的反应都是："'干冰'应该还没谈恋爱吧？"

"那时候好不容易找了个刘俊，可惜。"

"不过她也没多伤心吧？我记得期末她还是考了年级前十。"

"毕竟是'干冰'，你以为会跟普通人一样为这些破事不开心？"

刘俊本人和女朋友都在场，说这事儿纯粹是哪壶不开提哪壶。原本话题到这里就要结束，但刘俊的女朋友偏偏咽不下这口气。

而且，这一次，她有信心能把上回受到的屈辱反击回去。

"宋怡现在和她男朋友也挺幸福的吧？"刘俊想息事宁人，他身边的女朋友却有不同意见。此时此刻，精心打扮过后的女生开口说道，"上次我们可见到了哦。"

听到这话，宋怡当即觉得背后一凉，有种不好的预感。

那一天回去以后，刘俊的女朋友非常不服气。

她气得怒火中烧。

要知道，她当初从宋怡手中抢走刘俊，受了不少人的白眼。但一想到刘俊那对经商的父母以及他那清秀的长相，她又安慰自己值了。

再看宋怡，这种不解风情的女人跟她比起来什么都不是。

她觉得自己抢走刘俊简直就是理所当然的，刘俊配宋怡才是不应该的。

然而，当她看到宋怡的新男朋友时，她觉得自己仿佛被扇了两个耳光。

回去以后，她还不甘心，在网上搜索了一番池招的名字。不搜不知道，一搜吓一跳。不得不说，池招在网上的信息还挺详细，她轻易就得知了他的身份。

知道崇名文化以后，她更加肯定了心中的怀疑——池招绝对不可能是宋怡的男朋友。

同学聚会这种场合，男朋友居然不露面？这落实了她的猜测，这时候正好一举提出来。

“是吗？”身边的班长顿时回头，一股酒气扑面而来，“宋怡，你有对象了？”

宋怡没有表情的脸上闪过些许尴尬。出风头一时爽，可见人不能随便撒谎。

她委婉地说：“可能有点儿误会……”

刘俊身边的女朋友恨不得当场振臂高呼。

“我就说，”一个同学笑道，“说起来，班长也还没找对象吧？当初班长也挺照顾宋怡的吧？”

与其说是照顾，倒不如说只是管得太宽而已。宋怡想否认，另一个同学却抢先说道：“是啊！‘干冰’就是冷了点儿，其实也很漂亮。班长如今混得可不差。老同学知根知底的，你们不如……”

酒过三巡，大家都还年轻气盛，躁动的气氛一点就燃，顿时沸腾起来。

“在一起！”不知是谁开的头，声音高昂且极具煽动性。

宋怡的心情堪比寒冰，她想和班长一起推拒，谁知却对上一张油腻的笑脸。

班长一个一百八十斤的大老爷们，这时候竟然有些娇羞。

刘俊听得眉头紧皱，他的女朋友得意地起身：“宋怡，你和你们班长挺般配的，就答应他吧！”

“在一起！在一起！在一起！”看热闹不嫌事大的同学们越发兴奋起来。

四周喧闹得令人头痛欲裂，宋怡抬起头。

她不卑不亢地回答：“不行，我不答应。”

不就是不。她不在乎气氛，被当作“干冰”也无所谓。

仿佛有寒风吹入，每一个人都慢慢消停下来。不乏有人抱怨“宋怡真开不起玩笑”，然而，下一秒就不由得噤声，侧身让出一条路。

没有人知道他是什么时候来的。

衣着矜贵、神情闲散，走来时收获一片诧异而艳羡的目光，光凭微笑，仿佛就在对在场各位发出“严禁挡道”的警告。

门外的日光洒在他的肩膀，宋怡被晃得闭起眼睛。

“池招。”她下意识地叫了他的名字。

在美容院大厅里趁同学进门交涉时，宋怡总算得以跟池招单独说上话。

“你怎么来了？”她轻轻地撞了一下他的肩膀。

平时宋怡的言行举止严格恪守秘书的行为准则，这天却好像吃错药，她总觉得心脏轻飘飘得快要飞起来。

问完后，她又侧过头去，嘴角仍然上扬，眼睛里藏不住亮光。

“感觉有好玩的事。”池招抬手，把她随手丢在桌上的同学会请柬递过来。上面清清楚楚地写着时间和地点。

他大驾光临，几个同学的眼睛都直了。尤其是班长，直到现在还没缓过神来。

大学时的室友蹭蹭宋怡说：“不是说是误会？”

还没等到宋怡开口，池招便倾斜着身子挡过来：“抱歉，前几天工作太忙没陪她，还吵着架呢。”

“哟！”同学仿佛发现新大陆，“‘干冰’还会撒娇呢！”

宋怡的表情变得迟疑：“呃……”

“干冰？”说着，池招不动声色地退到宋怡身边。

“是宋怡上大学时的外号，”他们巴不得有机会跟池招说话，“话说，你们真是一对儿？”

老板与秘书对视一眼，在短短半秒内交流完毕。池招伸手揽住宋怡的肩膀，宋怡有些不自在，突然想起前段时间詹和青对她说过的话。

她回答：“我，我们是天生一对。”

女性顾客在里面接受护理，男性顾客则在外面的房间喝茶等待。

他们拿扑克消磨时间，池招没什么兴趣，坐在一旁摆弄手机。

刘俊就是这时候坐到他身边的。

见他靠近，池招收起手机，自然而然露出一个应付式的笑容。他说：“上回我们见过？”

“是的。”刘俊说，“见到宋怡找到了你这样优秀的朋友，我真的很感激。”

池招不吭声，面带微笑静静地坐着，似乎在等他说下去。

“我认识宋怡的时候，真的没想到她也能这样。”

池招总算提起兴趣，笑着问：“什么这样？”

“就，跟人穿情侣装，因为不陪她所以生气，”刘俊一一列举，“还说什么‘天生一对’。她不像是会做这些事情的人。果然她还是不够爱我吧，不然也不会看见我犯错都不生气。”

池招打量着他，许久，笑容像盛满容器的水一般溢出来。

刘俊不知道他在笑什么而感到迷惑不解，只能勉强自己把话说完：“事到如今，一切都过去了。宋怡是个好女孩儿，很感谢你照顾她。”

这时候的气氛，或许池招应该说些“我会照顾好她”之类的承诺。然而，他只是掏出手机，漫不经心地打开游戏。

刘俊用余光看见这一幕，忍不住插嘴道：“你没什么想说的吗？”

池招一边操作游戏一边反问：“你想听我说什么吗？”

刘俊一时不作声了。

“我觉得你只是单纯地在自我感动，根本不需要回应。”池招的语气漫不经心，“况且，我跟把自己的劈腿行为正当化的人没什么话可说。”

刘俊像被泼了一盆凉水，顿时感到如坐针毡。他干巴巴地笑几声，喉咙却干涩不已，起身时还差点儿摔一跤。

与此同时，美容室里。

宋怡是第一次来这种地方。她僵硬地躺平，在脸被技师摆弄的同时参与周围同学的聊天活动。

说是参与，其实她基本就是当听众。

谁结婚了，谁家破产了，谁整容了……八卦是女人钟爱的谈资，不过这天，大家难免对宋怡多关心一些。

“宋怡，看不出来，你居然找了这么帅的男朋友。”

“我看到他的车钥匙了。你嫁入豪门了吗？”

刘俊的女朋友阴阳怪气：“也不知道他看上你哪里了。”

有人打岔：“这么好的男人，宋怡，祝贺你啊。”

以前的室友是已婚人士，她作为有经验的前辈正激情发言：“宋怡，你一定要慎重。不仅要看到他的优点，男人的毛病也千万不能放过。尤其是这种有钱人。话说，他有什么不合你心意的地方吗？”

旁听别人讨论自己，宋怡几乎要窒息，又是这种问题等着她回答。

为了说出池招的缺点，她不由得郑重地思考起来。

“他……有点儿孩子气，兴趣爱好很特别，不过他能拿这些赚钱，关键时刻也有担当。所以算不上什么毛病。”宋怡很认真地回答，“他不听别人关于生活方式的建议，但是我说的，他又会尽量照办……别人都说他脾气古怪，很捉摸不透。刚认识的时候是有点儿，可是现在，我觉得其实他比周围人好相处太多了……我也不是很清楚，他这人就是乱七八糟的……”

美容室里骤然陷入一片死寂。

宋怡以为自己说错了话，没想到替她护理的技师忽然笑出声来。她说：“您和您男朋友的感情很好呢。”

“哎？”

身边室友也慢吞吞地说出想法：“这么看来，你们是挺配的。”

“是吗？”宋怡完全不明白。

等到护理结束，宋怡感觉身体的确放松了许多。在柜台时，她对想要办理的套餐有些犹豫。

刘俊的女朋友靠在他身上，娇滴滴地说了几句，他便无可奈何地给她办了一张年卡。店员立即趁热打铁，同时向其他人推销。

男人好面子，这时难免有人禁不住。

宋怡斟酌片刻，最终还是决定不办。

“不用吗？”池招问了一句。

“嗯。”宋怡回答，“最近工作太忙了。而且等年底的时候，价格或许会便宜一些。”

池招若有所思点点头，对面子问题毫不在意。

他环顾一周，忽然询问在一旁坐班的美容店经理：“你们是私营的吧？”

经理不明白他想做什么：“是的。”

他回头打量装修的新旧程度，若无其事地说：“不卖的话合作也行，请你们老板估个价位给我吧。”

这句话一出，周遭的视线悉数聚到他身上。而他对此一无所知，还在检查天花板灯塔的质量。宋怡拉住他的袖子问：“您要买这家店？”

“嗯。”他点头，“妇女节的时候，我忘了给大家发礼物，所以愧疚了很久呢。”

对于资深游戏玩家而言，添置任何产业就像玩大富翁。不过，池招看似肆意妄为，实则选择的都是性价比最高的办法。这也是身边人鲜少提出异议的原因。

宋怡恍然大悟，秘书的使命感回到身体里。她在心中计算了一下，随后走到经理身边留下名片：“这是联系方式。期待贵店的答复。”

走出店去，宋怡才发现同学们都没跟上来。她回头问：“怎么了？”

大家脸上都是惊愕的神情。

班长走上前，本来还想说点儿什么，当看到池招坐在那辆拍卖来的限量版豪车里等宋怡时，就什么都不想说了。

不过宋怡本人对此一无所知。毕竟有关池招的座驾，不管他骑的是自行车还是摩托车，她内心都毫无波动。

宋怡的同学聚会到此圆满落幕。

《acdf》开始进入内测阶段，公司又变成了快节奏的工作氛围。池招给员工叫下午茶外卖，顺带给自己办公室里的夏凡和宋怡叫了一个草莓奶油蛋糕。

宋怡打开纸盒，看到上面赫然用草莓酱写着“祝池招招生日快乐”八个字。

面对“为什么是‘池招招’”的提问，池招头也不抬，用数位板画着图回答：“字多一点儿的话，草莓酱也会多一点儿。”

切好蛋糕以后，宋怡刚好被分到“池招”两个字的部分。她盯了许久，用力把叉子捅进去，将入口即化的奶油送进嘴里。

池招最近也常登录《acdf》。偶然间，宋怡发现他的账号名叫“冰梦蝶殇”。

她目不转睛地盯着角色界面，会错意的池招很爽快地说：“既然你喜欢，这个号就给你了。”

宋怡突然被塞了一个游戏账号，嘴上说着不要，下班时还是登录上去来看了看，结果发现好友列表里还有两个用户。

一个是“青年文摘”。詹和青很多社交账号都叫这个名字。

还有一个——

“‘阳光大男孩’是谁？”宋怡自言自语。

“是我。”夏凡面无表情地回答。

这些日子，池遇又有了半夜放古典音乐的势头。不过宋怡在家的时间不多，加上上班太累，回去总是倒头就睡，也就没管他。

好不容易休假，宋怡休息了一整天，傍晚想去买点儿吃的，没想到遇到了单景一。

他是从池遇家里走出来的。

宋怡对他有些戒备，但还是客气地打了招呼：“单先生。”

池遇已经把门关上了。宋怡也想先回去，却被单景一叫住："宋小姐，愿不愿意赏光和我吃个饭？"

"谢谢单先生的好意。我还有事情，就不奉陪了。"宋怡回复。她心里纳闷，不知道单景一找池遇能有什么事儿。

然而，单景一好像看破一切，在她关门前开口说："宋秘书难道不想知道我和池遇先生谈了什么吗？和池招有关哦。"

宋怡的动作停滞。

"一起吃个饭吧。"单景一微笑。

她最终还是和单景一去了餐厅。

他们坐在靠窗的座位，红酒香醇，城市夜景一览无余，气氛变得怪异起来。

单景一说："怎么样？其实我还有别的餐厅想带宋小姐去。"

宋怡放下刀叉致谢。

"宋小姐很漂亮，又聪明，而且对我没兴趣。"他说，"说实话，你是我很少见到的类型。"

单景一话里有话，可惜宋怡心不在焉，只关心他到底跟池遇说了什么？

她琢磨着如何问出这个问题。单景一正在滔滔不绝，她的目光则飘向一旁。周围还有其他餐桌，她看到一个女人的背影。

她们素不相识，但只凭一眼，宋怡就认出了对方。

是池招那幅画上的女人。

女人与同伴结束就餐，缓缓地转过头来。宋怡看见了她的脸。

她年近半百，却仍旧美得不可方物。

好熟悉。

宋怡出神地望着她，直到女人起身离开。她身上仿佛有某种魔力，不只是宋怡，餐厅里许多人都不由自主地将目光朝她投去。

单景一觉察到宋怡的视线，瞄了一眼，笑着说："她虽然不拍电影了，但还是这么漂亮。"

宋怡想起来了。这种熟悉感并不是无中生有，她是池招画中的人，同时也是一位女明星，曾经的港城小姐。

刀叉忽然滑落在地，宋怡下意识地弯腰去捡。她刚俯下身，切割着羊排的单景一突然想起什么。

"说起来，宋小姐应该不知道吧？我自己也差点儿忘了，"单景一的语气很轻松，“她是池招的妈妈。”

在搜索引擎上输入池招的名字，可以很清楚地了解到，崇名文化的首席执行官和其妻子都是著名的商业世家出身，可谓是珠联璧合。

其中没有任何人插足。至少，媒体所挖掘到的消息里没有。

“实际上，他们曾经秘密离婚。就在那段时间里，池招他爸在一个电影首映礼上认识了他妈。不过他妈妈没有当贤妻良母的想法。后来，池招他爸又和前妻复合。伯母对孩子都一视同仁。他们的关系很普通，家庭和睦，没有出轨，也没有私生子，所以你不用担心。”

詹和青边向宋怡解释这些，边在崇名游戏的吸烟室里背对着她喂鱼。

宋怡若有所思地点头。

这是他们圈子里的秘密，单景一说完后就立即要求她不要外传。

虽然她觉得，有个女明星生母这种事情绝对算不上“普通”，但他们和她的衡量标准本来就不同。

比起这个，她从单景一那里得到消息也有待处理。

“单景一跑去跟池遇先生说的那件事情呢？”宋怡以冷静的语调问，“他很明显是想挑拨关系吧？”

这是宋怡以和单景一共进晚餐交换来的信息之一。

他去找池遇，是为了告诉池遇一件事情——

池崇的死，池招对池遇有所隐瞒。

宋怡等了好久，也没听到詹和青的回复。最近他好像沉迷于其他事情，以至于对池招都没以前上心。

她起身，走到詹和青身后接过鱼食道：“我对上级的隐私并不关心，但池招先生有什么好隐瞒自己二哥的呢？”

詹和青这才回过神来，思索片刻说：“我倒觉得不意外。他们三个人里，池遇的资质最差，一直不成器。池招想隐瞒他什么，多半都是他们老爸示意的。”

宋怡默默地望着詹和青。

在那顿晚餐后，单景一就开始每天给她送花束过来。昨天是勿忘我，前天是满天星，这天是康乃馨。

“话说回来，单景一这家伙真是难缠啊。”詹和青感慨道，“不过他要是真看上你了，也不用太抵触吧？谈谈恋爱没什么不好。”

詹副总什么时候开始关心下属的感情问题了？宋怡礼貌地回复：“不劳您担心，我目前只想以工作为重。”

离开吸烟室，宋怡遇见王妈拿着清理工具走来。

她们寒暄一阵，詹和青才迎面经过，然后故作不熟地离开。

王妈瞥了他一眼，偷偷摸摸地对宋怡说：“詹副总在搞对象吧？”

“嗯？”宋怡一下子没反应过来。

保洁员每天徘徊在公司上下，可以说是消息最灵通的人。

“上回我可看到了，有女员工去他的办公室，副总手忙脚乱得很呢。”

宋怡跟着王妈看向詹和青的背影。他的步伐欢快的，走路险些撞墙，等电梯时还对着反光的电梯门搔首弄姿。

估计有对象是真的。

她向王妈点点头，飞快地回到办公室。

楼下技术部的员工正在和池招谈话，宋怡煮了红茶送过去。进门时，夏凡翻着文件说：“午休的时候去看电影吗？”

“哎？”宋怡诧异。

“企划部那群疯子，在会议室搞了个小型影院，今天中午叫池先生一起去。”夏凡说，“你要是有兴趣也可以看看。”

宋怡摇摇头：“我想休息一下。”上一次看电影，还是池招带她去看的科幻片。这种场合，池招一个人去就行了。

“是吗？”夏凡淡淡地回答，“听说还是得过戛纳最佳女主角奖的港城武侠片呢。”

听到他的话，宋怡猛地抬起头，问：“什么电影？”

是池招生母的一部代表作。

“池先生知道要看这部电影吗？”宋怡问。

“应该不知道吧？”夏凡说，“毕竟他今天一直在操心漏洞修复的问题……”

宋怡毫不犹豫地起身，推开隔间门。其他员工刚离开，池招拿着平板电脑看见她，问：“怎么了吗？”

她一口气把话说完：“池先生，中午一起吃饭吧。”

“嗯？”池招抬起眼睛，手中的平板电脑掉落在地，“吃什么？”

宋怡把嘴边的“食堂”二字咽回去，在脑海中飞快地思考附近便宜又不过分掉价的餐厅。她说：“回……回转寿司！”

池招捡起电脑，随口回答："可以啊。"

宋怡的计划是和池招一起耗尽午休时间，等电影结束再回去。邀请池招的这个环节出人意料地顺利。但是，当走到处在客流高峰期的回转寿司店门口时，向来内心强大的宋怡也动摇了。

人太多了。

她没少见识池招以往去的餐厅，现在居然带他来这种地方。宋怡酝酿好了道歉的话，没想到池招一脸坦然，率先一步走进去。

看着他自如地跟服务员交涉，然后恰好遇到空出来的座位。

宋怡握紧手中的包，跟上前去。

进门时，有个小朋友急急忙忙地跑来，一下子撞到了池招身上。他也丝毫没有冷脸，弯下腰去把对方扶起来。

"要不换家店吧？"宋怡快步上前说。

池招自顾自地坐下，取了餐具和茶水，回头问她："哎，为什么？"

有那么一瞬间，宋怡觉得他们不是职场上的上下级，而是一对关系亲密的中学生，可以在放学后相约一起去吃路边小吃的那种。

于是她也坐下了。

"宋怡上中学的时候是怎样的？"池招忽然问了这样的问题，此时此刻，他们想到了同样的事。

宋怡仰起头，不知不觉地放松："也没什么特别的，想好好高考而已。"

她忽然想起高中放学的时候，经常一个人去学校附近吃回转寿司。生活费有限，所以吃每一盘都要计算好价格，也会严格筛选盘子的颜色。

听着她说这些的时候，池招的神情始终很专注。他望着宋怡的侧脸，时不时地回应着她的话。

等说完，宋怡才长舒一口气："不好意思，以前我都没和别人说过这些。"

池招回过身去，拿起筷子时说："不用道歉，多跟我说一些吧。"

"什么？"她诧异地偏过头，看见池招好看的侧脸。

"你愿意跟我说这些，"池招笑起来，"我就很高兴。"

宋怡呆呆地看着他径自取了一盘布丁下来。

她慢慢地拿起杯子。在茶香的浸润中，她感觉自己有点儿开心。

宋怡只吃米饭，而池招只吃布丁。两个人坐在橱窗前一心一意地进食。宋怡偷偷地看了一眼时间，心里对自己的计划很满意。

对面是一家百货商场，有工人趁着中午正在更换门口的广告海报。

宋怡盯着他们卸下旧的广告牌，随后一群人从商场后门将新的海报抬出来。

那是一则高端护肤品广告，风韵不减当年的港城女演员以突出脸部的姿态占据海报的大片江山。

看到的时候，宋怡刚好在喝水，一时呛住，猛烈地咳嗽起来。

那群工作人员当着他们的面将新的广告牌钉上去，忙个不停。

宋怡当即起身，拿起包说："我去结账，我们回去吧。"

她要走，手腕却忽然被捉住了。她回头，与池招四目相对。他微笑着说："再坐一会儿吧。"

然后，那一天，他们就目睹了那则高档护肤品广告牌被安装上去的过程。

这段时间池招一言不发，只是静静地玩着手机游戏，偶尔抬头看一眼外面。

宋怡头一次感到如此挫败。

在公司的电梯里，他们一言不发。直到门打开，走出去时，池招才说了一句这样的话。

"谢谢你的关心，"他说，"但是那部电影我其实挺喜欢的。她演得很好不是吗？"

他朝她粲然一笑。那张脸还是很好看，宋怡却觉得心虚。电梯门关上的最后一刻，她才跌跌撞撞地挤出来。

在走廊里，宋怡望着池招的背影，她知道，自己完全暴露了。

池招已经发现她知道这件事情了。

躲进办公室隔间后，宋怡慎重地问了夏凡一个问题："要是有下属未经允许知道了池先生的秘密会怎样？"

夏凡思索片刻："会被杀……"

宋怡感觉脊背发寒。

"应该不至于。"夏凡镇定地回答，"要么被池先生开除，要么被永远留在他身边吧。"

被留在他身边？现在是法治社会，二十一世纪，宋怡觉得池招应该没有合法途径能这么做。

她会被开除。

她很快得出这个结论。

尽管她很不情愿失去工作，但也无可奈何。

宋怡提心吊胆了几日，池招那边却没有动静，反倒是单景一更加胆大妄为。

他送来了一束红玫瑰。

宋怡在众目睽睽之下签收玫瑰花时，真想找条地缝钻进去。

而且池招还恰好抱着猫来上班。老板和秘书在一楼大厅撞见，池招在电梯口盯了她一阵，撂下一句“打完卡来找我”。

来了。

她终于要被开除了。

宋怡视死如归地走到池招的办公桌前。他穿一件黑色的套头衫，眉眼精致又淡漠，默不作声地望着她。

良久，他从桌下的纸袋里拿出一个盆栽，里面种着西兰花。

“这个，”池招一字一板地说，“很好吃。”

宋怡愣了一阵，然后豁然开朗：“啊！我很喜欢吃！”

“对吧！”池招摆出“我就知道”的表情，“送你了。”

他说完便开始工作，宋怡则端着那盆西兰花转身。对被开除的担忧已经一扫而光，她沉浸在收到西兰花的快乐中。

哇！她发自肺腑地赞叹：比玫瑰花好多了！

——“青年文摘”发来一则消息，点击“YES”查看。

——YES。

青年文摘：“宋怡，你帮我看看。这几条项链哪个款式好看？送女生的，急，在线等。”

在堆积如山的工作中收到詹和青的这条消息时，宋怡很想遵从本心，回复“滚一边去，老娘忙着呢”。

但考虑到这个月的工资，她还是压下怒火，快速地浏览了一下。

宋怡说：“第二款吧。”

青年文摘：“啊！原来如此！我还是更喜欢第一款！你帮我看看这两款连衣裙哪条好看！”

然后又是发来一些图片。

恋爱中的男人真可怕。宋怡退出界面，索性装作没看到。

她出去给池招签文件的时候，不经意间看到他的电脑屏幕上也不断跳出“青年文摘”的消息提醒。

池招面无表情，看都不看，干脆利落地把詹和青的账号拉入黑名单。

世界立刻清静了。

与此同时，他向宋怡提出了回报那顿回转寿司的邀请。

说实话，宋怡觉得没有必要。一来她并没有破费，二来池招要是请她去太高级的地方，她难免会有些不自在。

不过她显然多虑了。

下车后步行了一段时间，穿过琳琅满目的文具小商店，站在“实验小学”四个字下面时，宋怡露出疑惑的表情。

“不好意思，我也想带你去我读书时喜欢的店。”池招诚恳地笑，“但我初中是在加拿大读的，高中又在日本读了两年，只有小学六年完全在国内……”

宋怡说：“我只是在想，早知道就不穿正装了。”

她穿着深色的女式西装，反观池招，穿得很随便，在周围轻松的环境里恰如其分。

池招迈开步子，七拐八弯地走进一家牛奶店。

坐下以后，他跟老板娘打了招呼，径自取了一盒酸奶给宋怡，自己则开了一瓶可乐，随后认认真真地盯着她。

宋怡拆开吸管，有小学生从门口进进出出，看到池招时窃窃私语了起来。

察觉宋怡的疑惑，池招解释说：“我给学校捐过一些钱，也来参加过一些讲座。”

“哎？”宋怡更加好奇，“什么讲座？”

不论如何她都想象不到池招讲人生大道理的样子。跟下属谈话，他也只喜欢点出问题所在。

“夏凡会给我准备稿子。”池招说，“不过念着念着，会觉得‘这都是些什么啊’‘小学生怎么可能听得懂’，然后自暴自弃，直接读最后一段。”

宋怡低下头去抑制不住地笑。她抬手掩住脸，好不容易平复心情，才起身说：“抱歉，我失态了。”

池招撑着侧脸，宛如朗朗晴空般平静地笑起来。

明亮的室内，他回过头去打量墙上的牛奶广告纸，漫不经心地说：“宋怡平时都不怎么笑。”

有关这件事情，宋怡心里是有数的。她说：“工作上有必要的话，还是会笑的。假如池先生需要，以后我会多注意一些……”

话音未落，池招就笑出声来。

“不用，”他说，“没必要改，这样就好。”

她愣了愣，然后就上次的事情道歉：“有关您母亲的事情，我是偶然从单先生那里得知的。擅自干涉您的私事，非常抱歉。”

“那个呆瓜……”池招用吸管搅动玻璃杯里的冰块，“别说出去就好了。营销号乱写的话，我们都会很麻烦。你知道吧？”

“我们”指的是崇名文化和池招的生母。

宋怡给出肯定的答复。安静了一会儿，她终究忍不住问：“请问，你们之间还有联系吗？”

闻言，池招笑了两声，爽朗地回答：“你是不是以为我们的关系很差？”

宋怡摇摇头，但莫名有点儿心虚。

“没那么复杂。我妈不是很成熟，根本照顾不了人，也当不了家长。我现在的妈妈人很好，做日本菜很好吃。”他好像在陈述别人的事情，措辞相当轻松。

宋怡小心翼翼地问：“那你们上次见面是什么时候呢？”

“上次？”池招思索了一阵说，“去年吧，有个慈善晚会也邀请了她。我们还坐同一桌。有人倒红酒给我的时候，她特别生气地说‘还没成年怎么能喝酒’，把我笑惨了。她总以为我还在读高中。”

透过窗户，宋怡看到这所小学里的一草一木。她突然想到，就是在这里，她和池招第一次相遇。

那时候他们都是十二岁。

宋怡看着池招，好久没发出声音。他发觉她的视线，抬起头来问：“怎么了？”

宋怡摇头，把心里想说的话一字一句地说了出来：“池先生，将来一定会很幸福的。”

话语有些没头没尾，却很用力、很真诚。

他的神情显而易见地愣住：“什么？”

宋怡说：“可乐再不喝的话，冰块就要融化了。”

倏忽之间，他微笑起来，点点头后，咬住了吸管。

酸奶渐渐见底，他也就只请她吃了这个。末了开车载她回公司。让公司食堂专程煮了一碗乌冬面给她吃。

池招离开后，宋怡才坐下来吃饭。乌冬面的味道很好，她不由得自言自语：“平时怎么没见过这个菜？”

厨师也到了休息时间，这时候同她搭话：“这是池总才能点的餐，平时当然没有了。”

而此时，没有吃午餐的池招上楼。夏凡提前接到通知来接他。

把巧克力牛奶递上去的时候，夏凡贴心地问：“单先生今天好像又订了玫瑰花，需要拦截一下吗？”

池招用不可思议的眼神看向他：“为什么要做这种事情？”

不愧是完美助理夏凡，滴水不漏地给出理由：“他的追求要是影响到宋秘书，会给公司造成损失。”

针对这个提议，池招认真地思考了一会儿。

“算了，先等等。”他说着，神色冷淡地背过身去，“他最近小动作太多了。”

他哼着歌，进门前没忘记嘱咐：“不过那些花儿让宋怡别放办公室里，看着烦。”

不知道是不是春天到来的缘故，宋怡猛地打了个喷嚏。

她以往对花粉不过敏的。

下班时她考虑要不要去医院看看，刚出崇名游戏的大门就被吓了一跳。

一辆银灰色的豪车停在门口，靠在车边的男人抱着一大束鲜红的玫瑰。看见她，单景一立刻迎了上来。

“宋小姐，好久不见。”他一脸微笑。

明明前段时间才见过。

宋怡微微欠身，摆出客气的姿态回复：“单先生，需要见池先生的话，您打个电话就好了，我们会替您预约。”

单景一脸上的笑意加深，开诚布公地说道：“你该不会以为我这束玫瑰是要送给池招的吧？”

这里是崇名游戏的门口，来来往往也有不少熟人。

她当然知道不是，但还是先一步搪塞道：“您真幽默。假如没有别的事，我就先下班了。”

第六章 显示屏与四人踏青

♡ ♡ ♡ ♡ ♡ ♡ ♡

单景一的事情，宋怡也了解了一些。

单家和许多财团一样，有关继承人的选择，一般以优胜劣汰为主，但如果后代都是精英的话，那就看贤愚。

单景一是单家的第二个儿子。他的大哥相当优秀，而且比他年长许多。在他读高中时，大哥在单家就已经有了一定的地位。

单景一没有继承的希望，于是从小安分守己，扮演一个乖巧的次子，向来是令人省心的存在。

某种意义上，池招和他很相似。

同样生于显赫的家族，同样在继承人顺位上不占优势，同样被安排了一个闲差，年纪也差不多。但是，池招和单景一截然不同。

池崇英年早逝，池遇又是扶不上墙的烂泥，一直以来，池招也算得上任性妄为。

但是偏偏池招就能得如今的位置。

宋怡并不是一个冷酷的人，但在这种状况下，她还是能冷静思考的。

单景一真的爱上她的可能性微乎其微。

或许他是一时兴起，毕竟单二少爷本来就绯闻不断；或许他是对池招讨厌透顶，想通过攻略他身边的人获得成就感。或者两者都有。

总之，宋怡对他毫无兴趣。

她乘坐地铁到站，从出口走出来时发现下雨了。

此刻正是下班晚高峰，出租车拦不到，雨又大得惊人。

就在这时，宋怡看到了将车停在路边的单景一。

透过布满雨水的车窗，可以看见他坐在驾驶座上，脸上带着怜悯的微笑，仿佛一切都在预料之中。

宋怡尚在犹豫，他已经把车门打开。她长叹了一口气，还是坐了上去。

单景一问："想吃点儿什么吗？上次那家餐厅如何？今天我订了顶楼的座位。"

宋怡心平气和地回答："不用了。多谢您上次的款待。"

"上回你开心吗？"他如连珠炮弹般发问，"那家店格调不错吧？池招和你一起单独吃过饭吗？"

单独就餐的也不是没有，就上次的回转寿司。

"假如喝饮料也算……"

"他请你喝的什么？"单景一说。

宋怡朗声回答："实验小学旁边的酸奶。"

车内的气氛一时尴尬起来。

单景一忽然放声大笑。他抬起手臂，用力压住额头才勉强让自己停止发笑。

"这家伙真是完全不懂人心。"他哭笑不得地说着，一双桃花眼望向宋怡，"听说他还送你西兰花，果然还是我比较好吧？"

停车的时候，单景一望向宋怡。

从一开始，这个女人就保持着面无表情。没有开心，也没有厌烦，至多只是疏离而礼貌的微笑。

单景一不由得想起池招那张令人捉摸不透的笑脸。

池招的秘书很冷漠。

真难想象什么事情能令她会心地笑起来。

许久之后，宋怡终于开口："我不觉得池先生不懂人心。"

宋怡打开车门下车，单景一也急忙下车追上去。

在公寓门口，可以看见远处市内最高的大厦上亮着明亮的霓虹灯。

"宋小姐！"他抬高声音。

宋怡回过头，看到的就是这样一个画面。

单景一抱着九十九朵红玫瑰，背后第一大厦的LED屏幕上浮现出几个字——

"宋怡，我喜欢你。"

单景一志在必得，这样价格高昂、精心设置的告白，他追求过的女性中没有不被征服的。

果不其然，宋怡最开始完全愣住了。她一声不吭地蹙着眉，在一两分钟的沉默过去后，那张冰冷的脸也有了松动。

天气回暖，冰川般的双眼里微微发亮，宋怡极为缓慢地笑了起来。

她的笑很明朗，透着罕见的真实。

单景一喜不自胜，成就感水涨船高。他走上前想拥抱宋怡，却发现她依旧目不转睛地看着他背后的那栋大厦。

单景一转过身去，不由得大跌眼镜，立刻掏出手机联系大厦负责人。

“喂？你这是什么意思？！我是给了钱的……他连带违约金一起付了是什么意思？你赚到钱就不负责了是吧？你不怕得罪我吗……喂？喂？！”单景一对着电话那头质问道。

宋怡看着那块LED屏幕上的文字，笑意止不住地从“冰封”的脸上涌出。

在单景一的告白投放不到三分钟后，一通电话直接打到了第一大厦。

然后，原本的内容随之被撤下，另一条文字作为替代出现在全市可见的高楼上。

没有署名，但足以认出是谁。

“喜你个头，呆瓜。”

上班路上，宋怡走进地铁握住扶手站立。身边的女高中生在滔滔不绝地谈论着前几天的“LED屏呆瓜”事件。

第一大厦是市内非常有名的建筑，承包的价格相当不菲，宣传效果却理想得没话说，许多广告商和个人时常会通过它来投放一些信息。但是，就在前几天，第一大厦上出现了一段令人感到匪夷所思的文字，并且投放时间相当长，不知道有没有花掉上百万。

全市人民都在热火朝天地议论那句“喜你个头，呆瓜”是什么意思，又是哪里来的有钱人这么无聊。话题热度不断攀升，最后甚至登上了社交网站的热门新闻。

又有人扒出这番公开喊话是在回应当晚原本的一则告白。于是，在地铁听到隔壁乘客说起“这个宋怡到底是谁”的时候，宋怡不由得默默地别过头去。

她很庆幸，自己的名字没有多特别。

不过，“宋怡”这个名字也算不上很常见。

再说了，公司里不少人都见证了单景一最近追求她的经过。告白字幕是谁打的，大家都心知肚明，但后一个回应来自谁，就不得而知了。

然而詹和青知道。

在吸烟室里按惯例碰面的时候，詹和青非常惶恐地说：“你能明白吗？当我在热搜看到一条语气迷之熟悉的话时我内心的惶恐不安，你能明白吗？你和单景一的事情，池招怎么又插进来了？”

就算你这么问我，我也不知道啊。

宋怡心里想着，嘴上勉为其难地回答：“池总大概是真的很讨厌单景一吧……”

这个解答还算情理之中，符合逻辑。詹和青想了想，若有所思地说道：“也对哦。”

见问题解决得差不多了，宋怡退着步子想逃，但最终还是被詹和青抓住了。

“既然来都来了，”他说，“你帮我看看这几款香水哪个好……”

宋怡最近已经被他问得不耐烦了，立即转移话题道：“说起来，您怎么会一下子就认出那条字幕来自池先生呢？”

詹和青还保持着翻出香水图片的姿势，他稍作停顿，以平淡无奇的语气回答：“因为我和池招是小学同学。”

“是这样吗？！”

詹和青与池招小学是同班同学，他们的座位之间只隔着一条过道。

詹和青是老师眼中的好学生，同学们的好榜样，年年都得“三好学生”。而池招则是家长会时会被老师重点关注的“多动症”儿童，只要是不感兴趣的事情，他都完成得很随意。

这样的两个人，家里却是世交。

宋怡后续问起夏凡的时候，他倒是很坦然：“是有这么回事。而且听说池总和詹副总小时候，他们的父亲还会给对方的儿子准备圣诞礼物。”

有关池招的父亲，宋怡只在网络上看过照片。那是一个看起来极其威严的成熟男性，其威吓程度与彬彬有礼却笑里藏刀的詹洛不相伯仲。

“还在崇名网络的时候，池总跟我提起过。”夏凡将往事娓娓道来，“据说詹洛先生强行告诉他世界上没有圣诞老人，所以从七岁起，池总就很讨厌詹洛先生。”

宋怡被他们之间复杂的关系绕得云里雾里，加之前些天被人以夸张的方式表白，导致她整个人晕晕乎乎的。

她去楼下时，遇到周书画。

这天的周书画与往日不同。穿着一身仙气飘飘的荷叶边连衣裙，还是那张白得引人怜惜的瓜子脸，但眉头比平时皱得要紧。

她在走廊尽头请宋怡过去。

宋怡合拢文件夹，走上前去问："有什么事情吗？"

"宋怡，"周书画说，"你这个假期有空吗？"

最近几个游戏恰好都在准备新赛季，工作并没有松懈的机会，但是过段时间的确有几天假期。宋怡又问："有什么事情吗？"

周书画轻轻地叹了一口气说："是这样的。"

最近她在被人追求。男方提出趁着这次假期一起去山上踏青，晚上就留宿在私人别墅里。

听完后，宋怡镇定地点点头："那祝你一切顺利。"

说完她就转身要走。

"请问你能陪我一起去吗？"周书画说着，她那温柔如水的神色令人很难拒绝，"我和他还没有确定关系，单独两个人去，总觉得还是有些不好。"

宋怡微微迟疑，建议道："你可以叫你们部门的同事一起去。"

"她们最近要赶新的项目，经常加班，"周书画委婉道，"而且，我的人缘又没有那么好……"

宋怡在公司担任的是池招的秘书。工作内容看似只需照顾池招，但其实，上下大大小小的事务，她多少都要参与一些。

她的记忆有些模糊不清，但印象中，他们最近似乎并没有那么忙。

其他部门的女生都很注重打扮，尤其是美术之类的部门，个个都是美妆达人，甚至是亚文化高手。平日里，至多只着淡妆，衣服也常以干练为主的宋怡与周书画就是两个极端。她和周书画一起，用绿叶红花来形容再恰当不过。

当然，她是陪衬的绿叶。

不管有没有多心，宋怡还是礼貌而客气地推辞道："不好意思。我周末已经有了别的安排……"

"宋怡，我知道我请你帮忙有些唐突。"周书画紧接着说，"所以，接下来一个月食堂的饭卡，都由我来帮你刷好吗？"

宋怡没说完的话生生地卡住，最后回答："好的。"

当陪衬又不会掉肉，没有饭吃才会。

与此同时，她收到池招"去买甜品店新品，樱花树莓甜甜圈和抹茶甜甜圈"的指令。

这天，池招抱着猫来上班时，遭到了詹和青的拦截。

他往左，詹和青也往左，他往右，詹和青也往右。到最后他一脸嫌弃地说："你跟我玩老鹰抓小鸡呢？幼稚。"

詹和青当即蒙了："我从没想过，我居然也会有被你说幼稚的一天。"

池招懒得理会，走进办公室，把树蛙放下，然后打电话麻烦宋怡去买甜甜圈，最后才分出精力来，问他："上不上班了？有事吗？"

谈到正题，詹和青一脸神秘莫测地微笑着。他侧身靠到池招的办公桌上，顺带碰倒一大堆假面骑士腰带，惊得池招像被踩到尾巴的猫一样跳起来。

詹和青说："我最近在追求一个女生。"

池招头也不抬地说："办公室恋情一般都没有好结果。"

"你怎么知道对方是我们公司的职工？"詹和青大为震惊。

池招停顿了片刻，最后决定不出卖自己的重要情报员王妈："塔罗牌算的。"

"这一次的三天长假，我想约她去山上。你陪我一起去吧？"詹和青问，"我给你预定了《星球大战》正版的光剑。"

"那个我买了，"池招抬手抱住自己，摆出非常抵触的神情，"为什么要我去？我们好歹也是小学同学，你就这么讨厌我吗？到了连和女性卿卿我我还要叫我旁观的地步？！"

"不是！"詹和青高声回答，"只是我和她还没到确定关系的地步。两个人单独去的话，我怕她会多想。而且，我也有点儿紧张。"

"你紧张什么？"

詹和青变得支支吾吾起来："我，我没交过几个女朋友啊！"

"喀喀，"池招哂笑起来，自如地点击着鼠标，"我没谈过恋爱。"

"我知道！之前为《acdf》写文案的那群女生瞎写我们的同人文，还被你抓到。"詹和青说着，不由自主地为池招操起心来，"话说你也注意一下吧。虽然说恋不恋爱是每个人的自由，但偶尔也跟异性来往一下吧。"

鼠标敲击声猝然停下，池招思考起来。

随后他翻出手机，在数不尽的陌生人消息中随机抽取三条给了回复。

他回复的信息简单明了，下午两点来他的办公室。

收到消息的三位都是急需资本助力的模特和艺人，看清来信人姓名时都不敢相信自己的眼睛。要知道，讨论各大公司老板时，大家多少都会提起池招。第一个原因是他的条件太过理想。家境优渥，自己事业有成，年轻，外貌条件也极佳，能被他看中的人无异于中了大奖。然而，根本勾搭不上，这就是第二个他频频被提起的原因。

混久了圈子的人都知道，池招气质不算清冷，也很少摆架子，但他对恋爱那档子事毫无兴趣。

收到池招消息的三位赶来后，恰巧在同一部电梯里相遇了。

她们大约也觉察到了气氛的诡异，一起上楼后，她们见到了一位态度冷静、神情平和的秘书。

宋怡公事公办，将她们一同领进池招的办公室。就在三位女性还在纳闷这到底是什么情况的时候，池招在办公室里拿着3D棋盘转过身来。

他的想法很简单，只要见面就算是和异性有往来了。

“你们来啦，”他无比爽朗地问，“都会下飞行棋吧？”

更何况他们还一起玩了游戏。

飞行棋是一种四人参与的竞技游戏，通过转动骰子来决定移动轨迹。

棋局中，志不在此的三名女性哪里是池招的对手？一名四分之一法国混血的女模特第一个投降，找机会夺路而逃。

池招下得瞌睡连天，一帆风顺的比赛难免无聊。他张望一圈儿，刚好看到在办公室里审核文件的宋怡。

他拿起电话，对着话筒那端说：“宋怡。”

一个字也不用多说，宋怡便先给他煮了一杯牛奶，然后才坐下接手那盘棋。

几天以后，夏凡一边看着电脑一边抱怨：“最近网上乱传的那些消息是哪里来的？”

宋怡抬头，淡淡地回答说：“是玩家们的玩笑，只不过总部那些老人家不太懂玩笑。我来处理吧。”

夏凡把资料发到宋怡那边，起身出去。走到池招桌前时，他语重心长地说：“池总，网上有些谣传，以后，麻烦也稍微跟异性来往一下。”

池招正在敲打键盘，这时候猛然停下。他满不在乎地回答：“宋怡不是异性吗？”

夏凡沉默，他试图给池招解释这其中的区别：“宋怡是不一样的。”

“有什么不一样？”

跟单纯如儿童的池招直说“你要找个对象考虑一下结婚生子”可能不太好。于是他说：“宋秘书是您工作上的同伴。您需要联络的，是生活上的同伴……”

沉思半晌，他又补充了一句：“能发展成情侣关系的异性。”

键盘持续发出清脆的响声，池招目不斜视地工作着。沉默了太久，以至于夏凡觉得自己不会得到回应。他转身要走，没想到，池招在这时候抬起头来。

“我需要吗？”他反问。

一开始宋怡知道追求周书画的人就是詹和青的时候，她是想拒绝一起去的。

原因有二。

第一个理由，工作时受他压迫就算了，到了放假，居然还要跟他一起度过三天两夜，还不知道到了山上会被怎么使唤。

詹和青这个人并不坏，发工资时出手也很大方，但是，正儿八经地应付起来非常麻烦。难怪池招会把他拉黑。

第二个理由，则是宋怡个人的“求生欲”。

一般约喜欢的女生出去，多半都会想单独相处。对方带个“电灯泡”算怎么一回事？

万一詹和青一怒之下与她关系破裂就完蛋了。

但在结束工作当天，她改变了主意。

宋怡在回家路上遇到了李梅。

自从上次受到水枪恐吓，宋作为就再也没来找过宋怡。她每个月定期把钱汇过去，偶尔也通过邻居了解一下家里的情况。

宋作为和李梅还是那样，全身心地投入赌博当中。

不过这一天，李梅居然找上门来了。

她显然做足了功课，知道宋怡从哪里上下班。宋怡在路上看到自己的母亲时，先是下意识地点点头，权当问候。她和母亲的关系并不亲密。在她的记忆里，李梅时常不在家，即便深夜或清晨骂骂咧咧地归来，也是满口抱怨着输了赌局云云，然后倒头就睡，和女儿没什么话可说。

小学时的家长会要求缴纳学杂费。那时候宋作为还没有堕落，时常在补习学校接课赚取加班费。李梅拿了钱，陪着宋怡去学校。

当时是夏天，李梅弯下腰问她：“想不想吃沙冰？”

家里条件并不好，宋怡没有零花钱。草莓味沙冰在同学中间很流行，但她只有看着别人吃的份儿。

听到母亲这么说，她迟疑片刻，然后用力地点了点头。

“妈去给你买。”李梅当即掉头就走，也没问她想吃什么口味。

夏日的午后，蝉鸣如浪涛声此起彼伏，斑驳的日光穿过树叶间的缝隙，滚烫而明亮，几乎要灼伤宋怡的眼睛。

她在去学校的路上等待着，目视着陆陆续续的同龄人与他们的父母经过。

她一直站到了晚上。

月亮出来的时候，宋怡仰起头。加班结束的宋作为刚得知情况，正朝这边赶来。穿过路口，他恰好看到这一幕。高挑削瘦的小女生抬着头看向天空。

宋作为心脏一痛，立刻朝宋怡奔去。他把她抱到怀里，皱紧眉头说：“宋怡，宋怡……都是爸爸妈妈不对。”

猝不及防落入父亲的怀抱，宋怡纹丝不动，许久后才轻轻地挣扎。女生的口吻中是与年龄不符的冷静：“爸爸，我们一起去跟老师说学杂费分期的事情吧。”

宋作为松开她，继而看清女儿的脸。宋怡脸上没有眼泪，双眼干涸。她没有哭，甚至连一星半点儿的脆弱都没有。

软弱毫无用处，悲伤也是一样。

“上个学期申请的奖学金，这个月应该要批下来了。到时候用这个抵吧。”宋怡缓缓地说下去，脸上是与方才一样冷漠的表情，“牛奶就不用订了，拿那个钱去交午饭的费用。这样加起来还差三百多，校服之前买了最大号，所以我不需要新的……”

她没有丝毫懊恼与悲伤，只是单纯地寻求解决办法，仿佛一台输入指令执行程序的机器。

宋作为来回打量着十二岁的宋怡，不知道是什么把她变成这副样子。

此时此刻，和当初相隔了十年，面对李梅的宋怡仍旧是那副表情。

平静又冰冷。

“妈妈，”她喊出自己对李梅的称呼，就像呼唤一个叫“妈妈”的陌生人，“来找我有什么事情吗？”

其实她心里清楚。

李梅跟宋怡之间，比起血缘关系，更重要的，是金钱关系。

果不其然，李梅开口便是熟悉的字眼："有钱吗？"

宋怡没有着急打开手提包，先发问："要多少？"

"十万元。"

"十万元？"宋怡一直在给家里汇钱，李梅突然要这么多，必然是出了什么事情，"我没有十万元。"

"你去找人借啊！"李梅说着便按捺不住冲动，迈开步子走上来，"没有这钱，你、我和你爸都得完蛋！"

见她走上来，宋怡立刻后退，心里大概猜了个八九不离十："你单独去赌了是不是？"

"你快给我钱吧！"李梅不置可否，"他们说要砍我的手你知不知道？！宋怡，算我求你了，你还当我是你妈的话，就快去拿钱给我吧！"

宋怡又退了几步。她沉默了片刻，最后咬紧牙关，好像下定什么决心般开口："那就让他们砍吧。"

"什么？"

"砍了你能长点儿记性的话，就砍了吧。我就这点儿钱。"宋怡长舒了一口气，从包里掏出仅有的一千多块钱扔到地上，"这样的事情你已经折腾过多少次了？"

"我可是你妈妈！白眼儿狼，你这个贱人！给我去死！"李梅已经怒不可遏，张牙舞爪地扑上来就要同宋怡厮打。可惜几张钞票正被风吹起，她一时又犹豫不决，最后还是弯腰去捡钱。

不过很快，她就被路边一辆面包车上下来的人按倒在地。

而宋怡早已做好准备，扭头就跑。

从小到大，宋怡什么都很努力，大多数事情都能做得很好。

但她觉得自己真正擅长的，就只有跑而已。

最终，她在社区周边的超市观望了好一阵，确认没人跟上来，才气喘吁吁地钻进公寓。碰到池遇也没打招呼，径自冲进家门，快速地锁上门。

宋怡靠在门上，剧烈地喘息着蹲下身。

让她如此慌忙逃窜当然不是因为李梅。

长时间与嗜赌的家人生活，让她对某些一般人不了解的套路非常清楚。

李梅单独来找她要钱，地点选的也是大街上，这种状况本来就很奇怪。她一面跟李梅交涉一面环顾四周。果不其然，旁边公路上有一辆违停的面包车。假如她没猜错，李梅是被押着过来找她要钱的。

万一找到住处来会更麻烦。不过万幸，这一带治安一向很好。

宋怡瘫坐在地，仰起头喘气。身体还在剧烈运动后的恢复中，头脑却清醒着，开始仔细盘算解决的途径。

好麻烦。

直到最后，她才有了一声发自内心的感慨。麻烦死了。

出发去山上，收拾行李并不费劲。

假如说刚听闻周书画的追求者是詹和青时，宋怡是打退堂鼓的，等被李梅要走那些钱以后，她就无路可退了。

为了生存，宋怡知道自己必须得去。

毕竟她此行的目标是一个月的伙食费，外加同事在场，基本与上班无异，所以还是认真一些。她学习了山上生存指南和踏青注意事项，早晨提前起床，甚至买好早餐，等电话一到立刻下楼。

为了配合出游的气氛，詹和青开了一辆改装过的敞篷车。周书画已经在车上了。即便穿着运动装，她仍然浑身冒着仙气。

对于宋怡的到来，詹和青看起来并没有不高兴。他甚至问起她住在员工公寓的感想，谈吐间都是满满的愉悦之情。

因此，宋怡也松了一口气。但车并没有直接去往山上的方向。

他停在了一个宋怡熟悉的地址。

上回池招发烧的时候，夏凡给过她好几个池招的住宅坐标。而这就是其中一个。

池招出来时面无表情，甚至没开门，径自抬手撑住窗沿，翻过车门坐进副驾驶座。

詹和青约的池招，宋怡又对池招很熟悉，所以感到惊讶的只有周书画一个人。难怪詹和青对周书画带“电灯泡”来无动于衷，因为他自己也带了一个。

这两个人要不要好好发展恋爱关系了？！

“池总也去吗？”周书画抬手小心翼翼地掩住涂着唇釉的嘴唇。

池招很困，头发微微打湿，显然刚刚洗过。但即便如此，外貌出众的人不管怎么样都出众，白皙的面颊透出近乎饱和的少年气。

“宋怡。”他根本不理会其他人与自己搭话，从后视镜看见秘书以后径自开口，“有东西吃吗？”

她递给他一袋温牛奶，问了周围一圈儿，周书画说早晨吃过了坚果，詹和青则趁着停车接受了一个三明治。

“我有点儿明白为什么你能在池招身边待到今天了。”詹和青咽下去以后，对宋怡给出了这样的评价。

结果一直默不作声的池招笑出声来说：“要不给你也聘一个秘书？工资你自己出。”

詹和青敲打着方向盘，翻了个白眼随口回答：“一个夏凡还不够你使唤？索性把宋怡让给我好了。”

池招还没应答，宋怡不动声色地抬起眼睛打量前座。

车内四人因为一个这样的问题陷入死寂。

良久，池招才回答：“你想死吗？”

宋怡看不见前排座位上他们的脸，只能感觉到池招的态度有些冷淡。他将手肘搭在车沿，一手撑着头，一副懒散又吊儿郎当的做派。

车停在路边的休息站，一行人下去散散步。宋怡和周书画去了洗手间。

周书画还需要补妆，于是宋怡先一步回到车上。日光有些晒，宋怡不知道防晒霜有没有用。她在后排抬手撑住额头，让自己的眼睛处在阴影里。

车门忽然被打开，她以为是周书画，结果是池招。

他穿着款式简单的T恤和牛仔裤，在后排坐下时顺带去按中控台的按键。

车顶缓缓地升上来，将日光驱赶出去。宋怡得以空出手来，她侧过身，等到软顶完全合拢，池招才重新坐好。

他双手抱胸，一声不吭，靠在宋怡肩膀上开始睡觉。

最初，宋怡条件反射地缩了一下，但等池招真正靠上来的时候，她静下来了。

她没有感到厌恶，只是没有过亲密接触的经验，像一块担心自己会冻伤他人的冰。

池招蹙着眉，脸上布满不易察觉的疲惫。他出声，嗓音沙哑又低沉：“别动。”

宋怡谨慎地深呼吸，问：“昨天加班了吗？”

“嗯，没有。”他咬字很好听，疲倦的时候声音有些闷闷的，给人他在撒娇的错觉。池招的眼皮仍然闭着，像雕塑般没有生气，嘴角却泛起微笑来，“我和韩国的外包公司打电话的时候，吵起来了。我跟你说……”

他说到这里忽然停了下来。

“不好意思，”池招又说，“我累得有点儿不清醒，可不可以等会儿再说？”

“嗯，好好休息，等会儿再说吧。”宋怡坐着，脚不由自主地打着拍子，脸上浮起轻松的神情，又说，“什么时候都可以。”

“谢谢。”池招飞快地回答，随后闭上眼。

等詹和青与周书画上车时，看到的就是这一情形。

周书画不得已坐了副驾驶座，还一路摆手，笑吟吟地说：“没关系的。”

詹和青拿着手机挑眉，挂断电话后说：“兄弟姐妹们，为了与大自然亲近，我才选了这个踏青地点，但是刚才别墅的管理人告诉我一个坏消息。”

宋怡和周书画——目前清醒的两个人都抬起头看向他。

“抱歉，”詹和青的视线掠过每一个人，“住宅失修，四个卧室三间都漏水，可能要有三个人睡起居室了。”

这个假期注定不会顺利。

起居室就起居室呗。

这是宋怡的第一想法。

又不是没睡过。

家里被追债时，她连夜逃进亲戚家的时候，就连别人家的茶几她都睡过。

詹和青开车直接上了山。那栋别墅的确年久失修，却别有一番风味。全屋全木制成，甚至还配有壁炉，颇有些童话感。

池招进门就呆住了。他在车上睡得天昏地暗，此刻精神奕奕，又看到一栋完全对胃口的屋子。

他飞快地转身，朝詹和青逼近说：“快，把这地方卖给我！”

詹和青在取钓鱼器材，才懒得理他。

周书画也环顾一周，心情不错，拉住宋怡自拍了几张。

拍照时周书画把手机给宋怡拿着，自己在后面搭住她的肩，微微倾斜着头，露出飘飘长发与窄小可爱的脸。

宋怡不太擅长自拍这种事情，面对镜头束手束脚，不会找角度，表情也很严肃，整个人几乎僵硬成石头。

分配住处时，四人都面面相觑。

唯一一间能住的卧室比较暖和，但并不宽敞，两个人住有些勉强。住起居室要在地上铺床。

宋怡先一步开口："我睡地上就好。"

"我也不要紧。"周书画微笑，"但是宋怡这么瘦，应该很怕凉吧。我们稍微照顾她一点儿会不会更好？"

猝不及防被点名，宋怡像闪电一般快速应答："不用的，谢谢。"

"我也无所谓。"池招歪着头，发梢被窗外的光线笼罩，他打量了一阵周书画，才慢慢地扭头："弟弟，你那么娇弱，要么你睡床好了。"

詹和青当即暴跳如雷："滚！谁是你弟弟！"

四个人又讨论了一会儿，周书画忽然把宋怡拉到一边，怯生生地说："不好意思，宋怡，其实我例假刚走，睡地上有点儿凉。你可以帮我说几句吗？"

宋怡愣了愣。在两位男士面前直接说女生的私密问题当然不行，最后她只能开门见山："不然就书画睡床吧？"

詹和青与池招没有异议，这件事情就这么定下了。

然后他们便下山去钓鱼。

宋怡对钓鱼一窍不通，既然去了，就当散散步，呼吸新鲜空气。

她家住市区，但每年都会乘车回乡下奶奶家。那边山路崎岖，时常要在草木泥坡上走，所以她对这样的路还算熟悉。

池招在前边如履平地，与詹和青讨论钓鱼的事儿。

周书画则一路小心翼翼，宋怡时不时停下来等她。

宋怡看到前边詹和青的背影，忍不住想：这家伙到底是不是真心想谈恋爱啊？钓鱼怎么比钓女朋友还重要啊？！

两个人好不容易追上去，问起他们在聊什么，池招一边把玩手里的草梗一边笑着说："我买了个越南的组装厂。"

"哎？"正伸出一只手搀扶周书画的宋怡扭过头去，问，"什么时候？告诉夏助理了吗？财务那边……"

"没事啦，小詹同志在这里啊。"池招知道她转化成了办公的态度，云淡风轻地说道，"再说了，我买完立刻就脱手了。"

"什么？！"

池招说得好像自己在游戏里获得资产一般轻松："抬价卖给昨天跟我吵架的那群韩国人了。"

詹和青也在笑，一副拿池招没办法的样子：“宋秘书，你放心，他就这样，没事的。”

池招倏然走来，靠近宋怡时神色恢复平静。

宋怡不由自主地起了戒备心，扶周书画的手也抽了回来。但她没有后退，直勾勾地回望池招。

池招站在她跟前，突然朝她伸出手。

宋怡下意识地闭上眼睛，然后感觉一缕头发被捉住。再睁眼，池招从她头上取下一片叶子，走回前面说：“现在是放假，你也好好放松吧。”

不过下半句是：“游戏开服了，回去做好每天拿加班工资的准备。”

宋怡望着他的背影。回头时，她看到周书画的脸色宛如白纸。

几人来到池塘边，池招和詹和青钓鱼，而周书画和宋怡则坐在一边看风景。

时候差不多了，詹和青打算回车上去取一些矿泉水。

池招起身说“我陪你去吧”的时候被拦住了。

“你走了谁看鱼竿啊？”詹和青回答，“我一个人就行。”

搬水还是有些辛苦的。原本蹲坐着的宋怡起身说：“那我和你去吧。”

詹和青也没推辞，这时候始终没出声的周书画开口。她抱歉地微笑：“不好意思，我刚才好像有点儿崴到脚了……”

“没事，没事。”詹和青这时候才想起自己此次踏青的初心，连忙拿出体贴的态度，“没事吗？需不需要拿医药箱过来？你就坐着好好休息吧，千万不要动。”

“谢谢詹副总。”周书画也善解人意地回答。

“叫什么副总？多生疏啊。”詹和青过分热络，令人浑身起鸡皮疙瘩，“叫我名字就好了。”

宋怡和他相约吸烟室和崇名游戏附近的咖啡厅那么多回，就从没见过詹和青这种态度。

她看一眼池招，他也是恨不得拿鱼线勒死詹和青的表情。

最后，宋怡与詹和青两个人步行去停车地点取水。

他们单独一起的时候，气氛并不尴尬。凭借二人私下的合作协议，宋怡也算拿着一笔不菲的收入。

她又想起李梅的事情，忍不住多问：“请问副总这里可以预支工资吗？”

宋怡帮詹和青锁了车门，她提着医药箱，他抱着水，两个人一同往回走。

"你最近急用钱？"詹和青问。

宋怡摇摇头，又点了点头："也不是。"她承认自己还没下定决心究竟要怎么办。

"可以是可以，"詹和青说，"但你能不能多帮我一点儿？"

"什么？"

接近池塘，詹和青弯腰放下水前朝她挤眉弄眼："帮我打听周小姐对我的印象啊！"

说着他先一步把矿泉水放下来，宋怡会意后转过身去。

她朝前走了几步下坡，然后就看到这样的画面。

还是凉风习习的春天，池招却已经穿着短袖，把玩草梗的手苍白而有力，正漫不经心地盯着水中的浮漂。

周书画则坐在他的身边，两个人靠得很近。她面带微笑，睫毛长而密，正低声说着些什么。

好漂亮。

阳光与林间的风声，静美安逸，他们都是极其漂亮的人，气质也合拍，乍一眼看上去好像偶像剧的男女主角。

宋怡顿在原地，直到詹和青从身后拍她一下，才回过神来。

"怎么了？不下去吗？"詹和青问。

听到声响，池边的两个人才转过头看向他们。周书画原本坐在池招身旁低着头，现下站起身来，冲他们招手。

不过崴到的脚似乎又在痛了，她微微抿嘴立刻弯下腰去。

下去之后，宋怡陪周书画去旁边的树荫下涂药。

宋怡蹲下身，查看周书画的脚。的确有些红肿，但并不严重。

"对不起，麻烦你了，宋怡。"周书画非常惭愧地说，"我是那种痛感比较强的体质，一点儿小伤都难受得不行，不好意思。"

宋怡专心致志地给她检查伤处，随口回答："没事。"

宋怡把药交给周书画，在她自己涂的过程中站起身来。

周书画俯身涂抹着药膏，忽然又抬起头朝宋怡苦笑："其实我很羡慕你，你这么坚强，又很能干，能帮池总很多。他其实很难相处吧？办公室里大家都这么说。要是我有你一半优秀就好了。"

"你谬赞了。"宋怡出神地观察着树枝，霎时间想起刚才詹和青的委托，"周小姐，对于詹副总，你感觉如何？”

周书画像是没料到她会问这个，一时慌张，摆着手说：“哎！你怎么突然……我能有什么印象呀！”

“你之前跟我说的时候也知道副总在追求你。”宋怡继续问下去，“你觉得他怎么样呢？”

周书画沉默了一会儿，再抬头时，她轻轻地叹了一口气。

“我可能，还是有点儿不习惯。”周书画面带微笑，身上散发着柔和的气场，“我知道他对我很好，但是，我觉得他对我来说还是更像哥哥。”

宋怡弄清楚了想知道的问题，点点头说：“我知道了。”

直到吃完午餐，宋怡也没找到机会跟詹和青单独说话。

她陪受伤的周书画回去休息，而池招和詹和青则继续钓鱼。

两个人回到住处，周书画卸完妆涂了素颜霜出来，宋怡正坐在木沙发上看手机。

她本意是想了解一下父母的近况，点进社交软件时却不小心手滑。

然后她看到了周书画更新了一条公开动态。

文字是概述踏青旅行，几张配图有山水、别墅、宋怡的自拍以及一张她与池招的合影。

唯一能用来形容的词是“漂亮”。池招正在钓鱼，丝毫没有看镜头的意思，而周书画则在他身边闭着眼睛微笑。她倾斜着头，不仔细看的话，就好像靠在他身上一样。

看到这张照片的宋怡握着手机。片刻后，她不带感情地开口：“周小姐。”

周书画起身眨了眨眼睛：“嗯？”

言辞缺乏亲和力是宋怡的缺点，她明明知道，却还是逐字逐句地说：“麻烦你删除这种会对池先生造成不良影响的照片。”

第七章 光与承诺

♡ ♡ ♡ ♡ ♡ ♡ ♡

河边，钓鱼的二人百无聊赖，掏出手机打发时间。

池招平时很少刷社交网站，詹和青先看见了周书画的那条动态。

“哇，好难得，有宋秘的照片。”他挑眉，没有多想便拿给池招看。

池招从游戏里没精打采地别过头。他眯起眼，随后伸手滑动界面，脸色渐渐难看起来。

最后，他转回身去，面无表情地说：“让她删了。”

“哎？为什么？”

“宋怡本来那么好看，拍成这样，还非发这张。”池招说，“那个女人好奇怪。”

“对不起！”漂亮的年轻职业女性柳眉紧皱，真心实意地高声道歉，“真的对不起！”

周书画在众目睽睽之下拖着受伤的脚站起来，深深地把头低下去鞠躬。她咬紧嘴唇，眼眶通红地说道：“我不是故意的，我真的没多想。非常抱歉。”

宋怡坐在木沙发上玩手机游戏，詹和青在开装柠檬的保鲜盒，而池招在冰箱旁边喝冷藏的矿泉水。

三个人齐刷刷地把目光投过去，沉默着交换眼神后，詹和青先开口：“也不用这么正式道歉吧。”

宋怡也抬起头来说：“是的。只是一点儿小失误，我也是防患于未然才请你删掉。不用放在心上的。”

池招问："晚上吃泰式沙拉可以吗？"

"我来切菜。"宋怡起身，然后朝周书画抛去一个眼神道："周小姐也来帮忙吧。"

四个人一起吃了晚餐。

趁着池招和詹和青在洗餐具，宋怡与周书画坐在起居室里乘凉。

"宋怡，真的很抱歉，我真的没注意那些……"周书画开口又是这件事情，"池总那张照片我真的没注意。你那张我觉得挺好看的……"

宋怡绕开话题，问她："你是美术大学毕业的？"

"嗯，"周书画点点头，"经过艺考上了美院，后来又顺其自然地读了研究生。"

"原来是这样，"宋怡的语气并不严肃，却没有多余的表情，"挺好的。"

周书画问："你呢，也喜欢画画吗？虽然功底可能没那么好，但美术相关的专业很多。你那么聪明，肯定也有能学的。"

宋怡没回答。时至今日，比起画画本身，小时候的她可能只是想寻求个人价值。

她们的聊天到此结束，詹和青从厨房走出来。

他一边擦手一边用侧脸和肩膀夹住手机，朝起居室的女士们打了个招呼便出去了。大概十分钟后，他拿着手机回来说："不好意思，几位，我可能要扫兴了。"

池招也走出来靠在门口听他说话。

"我这边出了一点儿状况，必须赶回去。"詹和青苦涩地笑着说，"抱歉。"

宋怡和周书画只能说"没关系"，而池招则挑眉把他拉进厨房。他们刚讨论了几分钟，来接詹和青的车就到了。

他把敞篷车的钥匙留给池招，随后匆匆忙忙地与大家道别。

他没说是什么事，但宋怡无端地觉得不会是什么好事。

至于周书画对他的看法，她觉得也不急于一时去说。

山上没有电视机，因为周书画受伤，宋怡和池招也不方便安排晚上的外出活动，洗漱过后只能在室内玩卡牌游戏。

尽管已入春，天仍然黑得很早。差不多快要休息时，灯忽然灭了。

童话小屋别有一番风味，唯一的缺点就是老旧失修，安装了电路也容易跳闸。周书画吓了一跳，池招和宋怡去后院找电闸。

外面一片漆黑，夜间风又很凉。宋怡抱着手臂跟在池招身后。池招忽然停下，害得她刹不住脚步往他背上撞去。

“找到了。”池招说着，把充当手电筒的手机递给宋怡。她替他拿着，然后他上前摆弄电闸外的密码隔离箱。

手机刺目的光线下，宋怡盯着他的侧脸问：“副总那边出了什么问题吗？”

“嗯……”他拉长尾音，一边输入密码一边说，“詹叔身体不是很好。”

“什么？”

“今天晕倒了，”他说着，把箱子打开，“进了医院。”

池招重新扳动电闸，屋子恢复了供电。

宋怡关掉手电功能，把手机归还给池招，问：“要不要紧呢？”

“不知道。”池招说，“等回去了去探望一下吧。”

宋怡点点头：“日程我会和夏凡沟通，尽量安排妥当。”

“那就麻烦你了。”他低着头走在前面。

两个人回到室内，电器都重新启用，周书画正可怜巴巴地等他们回来。不愧是游戏公司的员工，她正用手机玩着手游，平板电脑放着漫画，见他们进来立刻笑道：“辛苦了！”

但是起居室的灯仍旧暗着。

“大概是烧坏了。”好像越是有钱人越喜欢这种充满DIY（自己动手）性质的旅行。

宋怡在壁橱里寻找可以替换的灯泡，池招则从门背后取出梯子，周书画也站起身来，帮忙把椅子扶定。

池招踩上去更换灯泡，宋怡走到开关旁，先一步把灯关掉。他的手指修长又骨节分明，拧着灯泡仔细旋紧，同时对宋怡说：“开吧。”

“好的。”宋怡打开开关的时候，心情不错，一时将脑内的句子脱口而出，“神说……”

“要有光……”几乎同步，池招下意识地开口。

在灯亮起来的一瞬间，黑暗散去，池招和宋怡望着对方，都不由自主地笑起来。

“你也有这个习惯啊。”池招说。

宋怡把笑容收回去：“我小时候还住小区楼，每次开楼道里的声控灯都会喊这句。”

“啊！我也是。”池招走到铺好的床边坐下，“回住的地方开灯，一定要说一句——”

神说要有光，于是便有了光。

周书画也笑起来：“你们说的都好有趣啊。宋怡和池总都信教吗？”

池招和宋怡不约而同地沉默半晌，随后异口同声地回答：“那倒没有。”

气氛一时尴尬，宋怡及时打破僵局：“要不要熄灯睡觉？”

“你们还想玩一会儿的话我也等等。”周书画微笑着说。

宋怡和她去了卧室。

躺下以后，周书画的眼睛亮晶晶的，她望着宋怡说：“宋怡，你真的好优秀，长得也很漂亮。我都有点儿敬佩你了。”

宋怡站在门口准备关灯，停顿了几秒，终究只是说：“你客气了。”

宋怡为她关上门，往前走了几步，忽然意识到了一件事情。

她和池招要一起睡觉。

虽然也不是第一次共度一晚上了。但是上回，池招根本没睡，熬了一整个通宵，而这一次是正儿八经地铺了床。

两张床铺并排，隔得不算很远。宋怡并不担心，毕竟对象是池招。她只是在感慨，不知不觉，自己已经入职这么久了。因为詹和青，她的试用期相当短，对时间的感官难免迟钝些。

宋怡先一步躺下。

池招洗完脸出来时，关上灯，又打开冰箱，打算找东西吃。

黑暗中传来一阵窸窣声。

宋怡撑着床翻了个身问：“你要干什么？”

冰箱里的灯光伴随着冷气迎面扑来，他说：“好饿。吃完我会再刷一次牙的。”

于是宋怡重新躺倒下去。

她闭上眼睛，等待睡意降临时，又忽然感觉到不适。再次睁眼，她发现池招没在吃东西，而是盘腿坐在床上，一只手抵住脸颊盯着她。

“对不起。”他首先为自己无所顾忌的视线道歉。

宋怡摇摇头，问：“怎么了？”

“没。我在想，宋怡只是个普通的女生。”他说，“虽然无所不能，工作快速又到位，但其实也只是个需要休息的人。”

明明是平淡无奇的几句话，宋怡却突然感到双颊滚烫。假如不是关着灯，那她面红耳赤的样子一定会暴露。

她支吾起来，刚想说什么，门忽然被推开。

周书画抱着被子说："在山里，一个人还是有点儿怕。"但她还没来得及放下被子，池招的电话就响了。

他站起身，走到门口去接电话，语气平淡，对方似乎是詹和青："干吗？没事就好……可以啊。明天早上？好急啊，你确定他没事……哦，知道了。"

池招挂断电话后，靠在门边对二人粲然一笑："有一个好消息和一个坏消息。"

宋怡正侧身坐在床上，周书画则呆呆地站着。她们都在等他说下去。

"好消息是，"池招看了一眼时间说，"现在出发，两点前赶回去，我喜欢的餐厅还没打烊。"

她们已经知道他要说什么了。

"坏消息是，"池招说，"我们要回去啦。"

宋怡神情平淡，默不作声地开始收拾东西。周书画问："突然就要回去吗？"

"没办法啊，"池招坐下，一边系着鞋带一边说，"一大清早就有工作。回去让小詹补偿你吧。"

他们真的开车回去了。进城时池招说："我和宋秘书回公司，你家在哪儿？"

周书画自从上车起就一言不发，这时候别过头低声说："我跟别人合租，室友应该都睡了，就一起去公司吧。"

池招一怔，也没问。三个人一起回到公司。周书画走路还是一瘸一拐的，到她的楼层时，宋怡和池招在电梯里目送她出去。宋怡想扶她，结果被她以"没关系，我自己可以"婉拒了。

经过池招身边时，周书画一不小心绊了一下。他下意识地伸手，一把抓住她的手臂，这才使她没摔在地上。

她扶住电梯门站起身来，充满愧疚地说："我耽误你们时间了吧，真的很对不起。"

池招和宋怡对视了半秒钟，他们都在这一层下楼，宋怡扶着周书画，池招则玩着手机，三个人一起进了办公室。

平时他们也没少来楼下办公室，池招站在门口，等待宋怡把周书画送进去。刚坐下，周书画便有气无力地说："宋怡，我好像有点儿过敏了。"

"过敏？"宋怡问，"怎么会过敏？"

"不知道。"说着说着，周书画的声音就带起了哭腔，"对不起，我其实对很多菜都过敏。今天吃泰式沙拉的时候，我怕你们觉得麻烦，就没说……”

宋怡说：“严重吗？需要挂急诊吗？”

周书画说：“没关系……你有抗敏止痒膏吗？”

宋怡拿出手机，先查找附近24小时营业的药店。她和池招说明情况：“我去买药，麻烦池先生留下吧。她不方便走动，有什么情况的话，男性在场会更方便些。”

池招来不及回答，宋怡已经出去了。

她深吸了一口气开始跑，药店也不远，不过不巧遇上不称职的店员。她打了应急电话，生生地等了十来分钟才得以结账出门。

等回到楼上时，已经过去了将近半个小时。池招坐在门口，罕见地有些局促不安。他收起手机，抬头看了一眼周书画，问：“你很不舒服吗？”

周书画睁开眼睛，微微开口：“好像好些了。”

池招点了点头，站起身说道：“那我出去接一下宋秘书。”

这句话不是问句，因为他没有征得她同意的打算。不等回复，他已经转身，干脆利落地往门外走去。

宋怡就是这时候走出电梯的。

她拐过走廊，一边往前走一边点开手机。池招发了好几则消息过来，她刚才着急走路，没来得及回。

其实崇名游戏大楼所在地带的安全系数非常高，根本用不着担心。

她拿着手机，就在这时听到了前方设计部传来的声音。

池招往外走，身后的周书画忽然开口。她几乎要哭出来了：“池总，可不可以……别让我一个人吗？”

池招的背影顿住。

他转过身，如月色般冰凉的目光落到她的身上。

周书画微微抬起头，泪光在明镜般的双眼中荡漾。

池招回过身来看向她，脸上的微笑如同水面泛起的涟漪缓慢地展开。

“你不想一个人？”他笑着问。

周书画迟疑地点点头，泫然欲泣的神情甚是惹人怜爱。

池招甩下一句“你等等”，就头也不回地走出门去。他一边掏出手机，一边踏过门，突然在走廊里看到宋怡。

他离开的脚步也随之停下，拿起手机放到耳边，在等待对方接通途中跟宋怡抱怨："你怎么跑得那么快？现在是晚上，你一个女生……"

正说着，电话就接通了。

他跟那头随口聊了几句，挂断电话时宋怡已经进门，把药交给周书画。周书画拿起药膏，一直在手背涂抹着，目光却向上扬，不知道在打量什么。

池招仍旧坐在门口的椅子上发呆，不到二十分钟，深夜的崇名游戏大楼变得灯火通明。

因为池招打电话给企划部，让他们联络其他没睡的同事过来，准备一起开派对，费用他出。

游戏公司的员工大多是对开派对充满兴趣的年轻人，秉持着"工作的时候好好工作，玩的时候好好玩"的人生准则。尤其是企划部，被公认是一群会玩的神经病。听说费用全部由老板出，整个部门除了出差人士全员出席。一问才知道，刚刚这群人都聚在一块儿打游戏。

其他部门有一些人也到场了。灯光调暗，开鸡尾酒，放音乐，拿投影仪看电影，玩 VR 游戏，订外卖比萨、烤肉和巧克力喷泉。

周书画一个人坐在中间，只有"茫然"能形容她此刻的状态。

她瞠目结舌，对现在的情形有些始料不及。

在派对开始后不久，池招就示意大家安静，然后堂而皇之地宣布："前些日子大家都辛苦了，接下来还要麻烦各位一段时间。今天就开开心心地玩吧。另外，设计部的周……周什么？她今天被詹副总丢在山里了说不想一个人，大家多陪陪她。"

企划部历来跟池招最要好，他们甚至吹起口哨，还拿聚光灯照到周书画身上，使她瞬间变成全场焦点。

"好，"池招说，"那大家玩得开心。今天我埋单。"

好糗。

看着此刻的周书画，就连向来自认缺少共情能力的宋怡都忍不住在心中感慨。虽然池招说的都是实话，但是，这措辞，这场合，尴尬又突兀，让人很想找条地缝钻进去。

然而池招本人对此丝毫没有察觉，转身时还对宋怡义正词严地问道："怎么样，我这个上司是不是做得很体贴？"

说着他还小声地叹了一口气，得意极了，看起来对自己的决策引以为豪。

"是的，池先生非常体贴。"宋怡回答。

她用余光去看周书画。周书画呆若木鸡，坐在一群跳舞、打游戏的同事中间，旁边有几个隔壁部门的在跟她搭讪，而她则目不转睛地望着这边。宋怡与她对上目光，在那一刻，她的眼神变得阴冷而刻薄。

池招远远地站在门口，嘱咐企划部的部门总监一句“别弄得太乱”，随后转身离去。

宋怡摇摇头，假装没注意周书画，跟着池招走出去：“这样没关系吗？”

“嗯，她不是说她不想一个人。我早就想开放松派对，”池招云淡风轻地回答，“现在不是一个人了。”

“那您不参加，是想休息一下吗？”宋怡回答，“我现在去检查热水和加湿器——”

没想到池招摇摇头。狭窄的电梯里只有他们，他说：“快两点了。”

池招喜欢的那家日料店离公司并不远，但他们还是开车过去的。他一开始还犹豫了一会儿要不要骑摩托车，最后还是放弃了。

这间餐厅的营业时间是晚上十点到半夜两点，可以说是任性至极。

进门以后，没有侍者问候，池招轻车熟路直接在吧台坐下。宋怡落座时，颇有一番异域味相貌的老板走来，用日语打招呼：“你交女朋友了？”

池招一边翻看菜单一边哂笑：“关你什么事儿？”

老板立刻换上标准的普通话，没有伸出准备料理食材的双手，只是略微点头：“你好，小姐。鄙人三岛。很高兴认识你。”

宋怡也回以同样的问候。池招合上菜单，点的却不是上面陈列的菜品。他侧过头，望着宋怡问：“我帮你点可以吗？”

“好……谢谢你。”宋怡磕磕绊绊地回答。

问她意见的时候，池招吐字很慢，语气舒缓，无端让人觉得很温柔。

三岛又忍不住多问一句：“你今天怎么有空过来？不用盯着你的玩具吗？”

这里的“玩具”指的并非真玩具。偶尔，池招会在私下聊天中将公司旗下的游戏称作自己的“玩具”。将自己喜欢的玩具分享给大家，按他的话说，这就是他的工作。

“做你的菜去。要饿死了。”池招与他显然很熟，说话也没那么多顾忌，像老朋友一样打趣。

“我们是同级。高二的时候是同班同学。”出乎意料，池招忽然开口，“他很喜欢摩托车，所以我们有共同的话题。”

宋怡沉思片刻，忽然鬼使神差地问："那您今天为什么不骑摩托车过来呢？"

"啊……"池招缓了几秒钟说，"骑那个载人，难免要肢体接触。"

他说得没错。摩托车后座一般要抱住前面那个人的腰。

宋怡这才意识到，池招其实有在考虑她的感受。气氛顿时安静下来，池招别过脸，随意地打量日历。宋怡则目视前方，默默地欣赏烹饪过程。

菜为什么迟迟不送上来？

宋怡不由自主地开始思考这个问题。

池招倏然回过身来。他没头没尾地补充了一句："我不是讨厌跟你……肢体接触。我不讨厌你。"

"嗯，"宋怡回答，"我知道。"

池招也低下头，望着茶杯里的茶叶，目不斜视地询问："你呢？"

传统日料店里灯光昏暗，来往没多少客人，他们坐在香楠木制的吧台边。静谧的夜晚，后厨有人在洗盘子，碗碟碰撞时清脆的响声偶尔零星地传来。

宋怡抬头，同样不跟他有任何眼神交流地回答："我也不讨厌池先生。"

身边的人仿佛松了一口气。她慢慢地看过去。池招面带微笑，伸手拢着茶杯说："谢啦。"

刺身很鲜美，搭配米饭也恰好，二人吃过以后回去休息了一下。临走时，三岛追出来，拿包装好的清酒给池招。

他挤眉弄眼，用日语问他："真是女朋友啊？"

池招收下礼物冷冰冰地回答："不是，是秘书。"

"那什么时候能变成女朋友啊？"三岛追问。

池招没回答，转身走了。坐到车上时，宋怡才出声问道："其实我有点儿好奇，刚才你们在聊什么啊？"

"那个啊，"池招放下手刹，随口编了一个话题，"他问我喜不喜欢吃咖喱，什么时候过去吃咖喱。"

宋怡恍然大悟。车开出去几百米，她突然说："我喜欢吃咖喱，最近要是能吃到咖喱就好了。"

他们稍微在公司休息了一下，一大清早就赶往医院。詹洛原本在家休养，收到医院朋友的邀请才入住。单人 VIP 病房需要预约，宋怡递过名片，对方即刻放行。

要去给詹洛探病，池招打扮得比平时正式。他在镜子面前打领带，宋怡正好经过。看着平时敲打键盘的手指游刃有余地摆弄着缎面布料时，宋怡一时挪不开视线。

直到他完弄好，宋怡才走上来递交日程。她仍然留意着他领口那条黑色的领带。要走时，她才开口：“不好意思，恕我冒昧。”

她伸手，为池招将领带稍微调正，然后退开到一边。

“谢谢。”池招转身去照镜子，问，“宋怡，将来你会帮别人做这种事情吗？”

得到预想之外的询问，宋怡思索了几秒钟，回答：“丈夫？”

池招在乐高积木前蹲下身，伸手去挪动零件。这一天他穿着西装，然而因为身材修长，所以衣服很是服帖，显得更加纤瘦。

“我是说上司。”说着他抬起头来，前发恰好被风吹得凌乱，双目清澈，整张脸闪闪发亮。

宋怡如实回答：“目前我没有想过跳槽。”

“那就好。”池招抬手按住额头，声音里夹带着笑意，“最近有点儿被害妄想症。詹叔生病也要瞒着大家。因为担心董事会算计他，把他踢出公司。万一是我呢？”

“不会的。”没等她回过神，否认的话已经脱口而出，宋怡觉得自己有些冲动。她想，她一定是被池招刺激到了。周书画说过的话闪过脑海，她接下去说，“我不会让池先生一个人的。”

池招经常刺激到宋怡。

他有点儿可怜的表情里隐匿着温柔的神色，甚至就连那种不快而果断的冷漠都能刺激到她。

她不明白这是为什么。

然而就在她这么说完以后，池招忽然起身。他朝她走过来，神色意外地冰冷。

宋怡没有后退，注视着他靠近。他走到她身前，为了与她对视而俯下身。那双幽深的眼睛慢慢靠近。

池招望着她，随后展露一个微笑。

他的笑容像在薄冰下，模糊，却非常干净。

“那好。”池招不疾不徐地回答，“就这样说好了。”

设施配备齐全的单人病房里，詹洛正在吃早餐。他看起来气色不错。詹和青立在一旁，每回在父亲面前，他都表现得拘谨又尊敬。

“你来了，”詹洛取走餐巾，“小招。”

“有什么事吗？”池招开门见山地问。

“是这样的，”詹洛拿起纸巾擦了擦嘴，“近几天崇名文化在大学有场讲座，本来是我去的……”

这种讲座一般有两个作用，一是宣传崇名文化，顺带吸引优秀的应届大学生应聘；二来则是维持与校方的友好往来——崇名文化投资的都是国内顶尖的院校。

不论如何，这都是代表崇名文化总部形象的工作。

池招不动声色地挑眉。

“这一次，你代替我去。”詹洛派发任务，就像用刀叉切开烤焦的培根，干脆坚决。

一年前，詹洛曾在宴席上对池招呵斥过“丢人现眼”这四个字。他们其实关系并不差，听说以前詹洛还带池招去游乐场玩。但谈到工作问题，叔侄俩总是针锋相对。

而这一刻，他居然要让池招代表崇名文化的形象，去下一代“崇名人”面前宣讲。

“这不对劲，”池招坐在儿童适用的电动四驱车上，推着迷你方向盘转来转去，“这里头有猫腻。”

宋怡在旁边整理干洗店送回的衣服，夏凡在分打印好的文件，听到他这么说时甚至懒得抬头。毕竟这几天里，他已经说了不下三十次这句话。更何况，当务之急是把他从那个不知道怎么塞进去的座位里拉出来完成工作。

即便不用替他准备材料，宋怡也知道，这所大学是国内的名校，也是詹洛的母校。

“学校里有四栋教学楼都是崇名文化出的钱，”池招总算脱身，坐上办公椅，与此同时转动压感笔说，“当初他们学校说要做一个詹叔的半身像，跟那些伟人摆在一起。”

“结果呢？”

池招笑得很幸灾乐祸：“詹叔说，要是他们真敢弄，第五栋楼就别想了。”

日子过得很快。

大学大多都差不多，不过不得不说，这里环境的确不错。图书馆门口有假山池子，宿舍旁挨着纳入物质文化遗产的传统建筑。一干学校领导浩浩荡荡地陪着池招参观，学生会几个干部跟随，还有些看热闹的学生不明情况，在外探头探脑。

池招表面云淡风轻的正派模样，实则拿起手机，给宋怡发了一则消息。

冰梦蝶殇："想吃香草奶昔。"

宋怡正对着校方的讲解频频点头，手机振动，她掏出来看了一眼。寥寥几个字，池招的崩溃已可见一斑。

宋怡："不可以。"

池招本来就不喜欢这种场合，这一刻看来，詹洛的阴谋大概就是让他承受这种磨炼。

回复池招的话虽然无情，但宋怡还是适时拉住校方领导的秘书，私下交流了一句："这些流程能省则省，我们池先生今天不太舒服。"

于是，沟通后，池招总算喘上了一口气，坐在空无一人的礼堂里休息。

宋怡从学校超市买了矿泉水，进门时，却发现里面多了几个人。

原来是几个学生，其中半数是学生会干部，齐刷刷地在门口站着，想跟池招搭话，又忌惮这人面无表情时慑人的气场。

宋怡瞥他们一眼，快步走近，给池招递水："要请他们离开吗？"

池招摇摇头："算了。反正等会儿他们也要听讲座。"

"祝您一切顺利。"

"完了，"他仰头自嘲地感慨，"我是崇名文化的代表！但是我德行超烂，太好笑了。"

现在是工作时间，但宋怡还是逐渐放松了。她坐到他旁边的座位，一边试着拧开水一边回答："哪里超烂了？池先生太妄自菲薄了。"

不知是什么原因，她一下子没拧开。池招伸手过来，自然而然地接过去拧开。他接着说下去："我感觉下个月的董事会，詹叔会拿刀逼我去。他好像开始想逼我了。"

宋怡接过已经打开的水，喝了一口后说："这不是挺好的吗？"

他不再说话了，两个人并排坐着沉默了一会儿。

即便开始前池招对发言是百般不情愿，但等到满座正式开场，他还是走上前去。

正式场合他自然是西装革履，浑身洋溢着掌权者的气息，在台上脱稿陈词。不得不说，池招理应光芒万丈。身上的反差感给众人可靠的印象，他的创造力非同一般，说话也感染力十足。

“每个人都想成为伟大的人，然而，往往会混淆伟大的定义。”池招面带微笑，锃亮的皮鞋踩在木质讲台。他身材很好，将正装撑得笔直而不厚重。灯光将那张脸映得熠熠生辉，仿佛意气风发的少年。他一字一句地说，“永远不要放弃自己。”

场内掌声雷动。

讲稿是夏凡写的，池招只看了一遍，提出了两个要求：第一个是字数少点，再少点儿，不想讲那么多废话；第二个是能不能插入一点儿《acdf》的广告。

下个环节是自由提问，趁着大家专心致志沉浸在他方才的演讲中，他对台边的宋怡做了个鬼脸。

宋怡轻轻地拍着手，同样朝他微笑。

最先提问的是个男同学，他满脸藐视，接过话筒说：“一派胡言。我们这种人努力又有什么用？还不是给你打工？高低贵贱，出生就决定了。说实话，你也没什么本事吧？我对这个社会早就失望了。”

池招神情镇定自若，仿佛事不关己。等到对方说完，他才漫不经心地拊掌回答：“高低贵贱的标准是谁教你的？”

男同学一阵迟疑。

“抱歉，你非要说自己贫所以贱的话，我也没法儿干涉你。不过，少用你的标准衡量别人。”池招丝毫不生气，语气淡淡地回复。

“假如你要以‘我出生是这样，我努力也没用’为由，理直气壮地游手好闲，我建议你环顾四周，看看身边正在不断为了实现自己价值而奋斗的同龄人。我很尊敬他们。”他高高在上地直视对方，“高低贵贱真正的分别，来自这种地方。”

男同学原本只是想彰显叛逆，但被转移矛盾后难免面红耳赤，坐下去时还收到周围同学关切的视线。

然后就是一些零散的提问，例如游戏产业，例如职业就业前景。最后有个小女生站起身来，结结巴巴地问了一句：“那个，请问您现在有女朋友吗？”

此话一出，礼堂里一片哗然。

池招一顿，不动声色地回答：“我单身。”

又惊起一片起哄声。其中女学生的尖叫十分响亮。

宋怡无可奈何地掏出手机，随手点开消除糖果的游戏。

小女生在起哄下开起了玩笑："那……那我也有机会啦！而且，我今年想到贵公司实习！"

池招不是开不起玩笑，有可能只是害羞，在口哨声和尖叫声中没再开口。

"可以合个影吗？"小女生天性热情，此时此刻在工作人员要回麦克风的催促下继续说，"池总，我经常在论坛跟骂你的玩家吵架哦！求留个社交账号吧！"

众目睽睽之下人声嘈杂，大家好笑地看热闹，池招却回过头。

他看向宋怡。

游戏暂缓，宋怡呆滞地看向台上。她听到有人在叫她。

"宋怡！"池招旁若无人地叫着她的大名。

她恍恍惚惚，却发现全场焦点正在朝她聚拢。所幸她站在幕布后，台下学生只是齐齐地盯着这里而已。而罪魁祸首池招还在不停叫着她的名字："宋怡，可以吗？怎么办啊？！"

宋怡抬起头，在旁边校方人士的解释下快速了解现状。她抬手在声带的位置一划，示意这种事情她不方便说话，他要么自己做决定，要么问夏凡。

池招等待着回应，结果看到她在脖子上一划。于是当机立断扭头，欢快地回答："不行，我秘书说要是我敢就杀了我。"

——不是杀了你，是说我没有话语权。

宋怡发现自己的动作有歧义，立刻改做捂住嘴的动作。

池招看到以后扭头："她还说要我闭嘴。"

宋怡头一次明白了詹和青常说的"想暴打他"的感觉。

不过讲座总算落下了帷幕。

前些日子下班回家，宋怡都会更换路线。她清楚这样下去也不是办法，以往的经验告诉她，有朝一日，她还是会被李梅牵连。

她只是没想到，牵连的方式如此丧心病狂。

这天下班，她正盘算着回去时顺路买些速食米饭，路边一辆面包车上突然冲下来几个人，不容分说便把她往车上塞。

宋怡猝不及防，用力挣扎，却被一巴掌狠狠地扇了一下。

她的脑内顿时传来剧烈的嗡鸣声，眼前有金星快速汇聚。她拼命地甩头，却已经被强行拖到车上。

车上是几个青壮年男人，其中一个宋怡认识，是李梅热衷赊账的赌局老板。

“宋怡，我们也是老熟人了吧？”他从副驾驶座上转过身来说，“我想想，你十三四岁，我们就认识了，是不是？”

宋怡感到脸颊火辣辣地疼，她回答：“留下我你们才能要到钱。”

“我们都跟人家谈好了，一口气能把你爸妈的债还清。”他笑起来，伸手拍拍她的肩，“别怕，宋怡，人生在世，卖什么不是卖啊？你现在干这活儿也是卖你自己。好好地听话就没事儿，到时候你爸妈接你回来。”

不可能。

宋怡想为法制健全的二十一世纪做辩解，又清楚对方的确有这样的门路。贫穷与富有，光明与阴暗，这世界终归有这些分别。

好不容易得到稍微幸福一点儿的生活，她是不可能放弃的。宋怡想打量四周，却被蒙上眼睛，还想再迂回几句，一首《战友战友亲如兄弟》突然响起来。

几个彪形大汉都被这洪亮的歌声吓到，男人从她口袋里摸出手机：“冰梦蝶……这字念什么？”

“殇，”宋怡喘息着回答，“这是我老板的电话。我是做秘书的，不接的话，上司一定会来找我。”

“骗人，”男人冷笑，“你不会给老板这种备注吧？再说，谁会起这种奇葩名字？”

宋怡冷静地回答：“认识他以前，我也没想到有人跟我的音乐品位一样。”

男人愣了愣，居然被说服了。

“那你小心点儿说话。否则把你打残了卖过去。告诉他你要请几天假，听到没？！”他说着踹了一脚椅子。

一把水果刀抵住她的腰，电话就此接通了。

宋怡深吸了一口气说：“喂？”

电话那头传来熟悉的声音，除却工作话题，池招说话时总有些漫不经心的味道。

“宋怡，”他开口，“你在哪儿？我需要你——”

“池招——”刚脱口而出这个名字，宋怡发现自己哽咽了。

十二岁以后，她都没有这样过了。

对某一个人充满希望，对某一个人充满期待。就像被继母与两个姐姐逼去炉灰里拣豆子的灰姑娘，想要鸽子的帮忙，想要水晶鞋，想要王子来救自己。

她将委屈与恐惧吞咽下去，朝手机那头说道："我也需要你。"

听说这天正好是詹洛出院，他一回去上班，刚进门就开除两个手脚慢的下属。池招腹诽，难怪父亲那么信任他。估计过些时候，他也不能清闲了。

池招忙了一天，总算有机会休息。他斟酌片刻，决定把游戏翻出来玩一会儿。

然而他踩着地上的大富翁棋盘，翻开排列的HELLO KITTY（凯蒂猫）布偶，找了半天也没看到游戏机。

最后，池招只能拿起手机拨通宋怡的电话。

秘书已经下班，但是秘书的薪水要求她24小时待命。电话响了好几声才接通，一听到那声熟悉的"喂"，池招立刻开口："宋怡，我需要你——"

——告诉我游戏机的位置。

听筒那头沉默了。

池招拿起手机，看了一眼屏幕，微妙地感觉到奇怪。

"池招——"是宋怡的声音，她说，"我也需要你。"

好安静。

池招没问发生了什么事情，转身靠到办公桌边："我在找游戏机，你在哪儿呢？"

宋怡没回答他的话，只是继续说下去："我需要你给我批假。这几天……我要回乡下老家。"

"乡下？"池招垂下眼睛看了一眼时间，"最近很忙，不方便请假。我给你一个小时十倍工资，回来加班可以吗？"

电话那头，宋怡迟疑了一会儿才说："对不起，看样子是不行。那个……"她想说什么，忽然又停住了。

"可以请假，但有件事情要问你。"池招说，"上回从阿根廷带回来的咖啡豆放哪儿了？"

宋怡沉默片刻，朗声回答："在放国际象棋的抽屉里——"

说到这里，通话就被掐断了。

池招将手机从耳边拿开，调出录音，发到夏凡的电脑上，随后走到隔间门口敲了敲窗户："发加班费了。"

夏凡取下耳机。

"联系一下宋怡家，还有员工宿舍，问问她到家没有。她下班那条路有我们的店吧，确认一下。”池招给出指令，语气仍旧闲散，咬字却很用力，“立刻，现在。”

夏凡接收那段音频：“怎么了？”

“太安静了。”池招说。

“这个点才下班，应该在路上。”池招说着走出去，他点开社交软件回答道，“她那边安静过头了。”

试探的问题也得到了回应。池招的办公室绝不可能有咖啡，他坐到座位上，难以言喻的焦灼感从胸口源源不断地溢出。

他的余光忽然扫到抽屉。

他拉开来，游戏机正躺在国际象棋上。

第八章 遥控飞机与恋爱游戏

♡ ♡ ♡ ♡ ♡ ♡ ♡

面包车不停地行驶着，宋怡被强行夺走电话挂断，她喊出声来："拿开！好痛！"那把水果刀抵着她的腹部。她刚才想多说些什么的时候，就是这东西粗暴地制止了她。

她手脚都被捆住，嘴好歹没被堵上，但车在路上，喊也没用，反而会被暴力对待。

这些个人还不算专业，居然带着她去拿钱，还没有封住她的嘴。看守她的小青年玩着手机。她借机打量四周，看见车门的槽沟里有把起子。挪动位置肯定会被注意。

宋怡只能试着开口："你好。"

那小青年正专心致志地玩着手机游戏，冷不丁听到身边传来这么一声，一扭头，就发现宋怡堆起官方微笑看着自己。

"想上厕所？"他没好气地喝道，"憋着！"

一直以来，宋怡待人接物只知道客气。她绞尽脑汁，拼命思考表达亲昵的方式。

最后，她用网购客服的语气说："亲亲，这边看你游戏卡关了。怪的移动路线是有规律的，你可以网上查一下，过关更快呢。"

显然，这种套近乎的方法不奏效。

小青年踢了一脚椅子："要你管！"

在他踹这一脚的时候，宋怡顺势往另一侧车门撞去。她摆出摔倒的样子，手指飞快地掏出那把工具，然后转移视线道：“我只是告诉你而已。”

再坐好时，她偷偷地握住起子，随后开始试着挣脱绳子。

这不是个小工程。

她折腾到一半，眼看着天也渐渐黑了下来。其余人都上车，开赌局的那个人又坐上副驾驶座。他再次转过身来，这次朝着宋怡发笑：“等了很久吧？这就走。”

宋怡正在背后捣鼓着，为了不被发现异样，于是开口挑起话题：“你要把我送去哪儿？还能回来吗？”

他们以为她终于死心，心照不宣地一阵嬉笑：“放心好了，客人都有手有脚，应该是没病的。难道不行你还能挑吗？”

真是令人作呕。

要是真逃不出去怎么办？想到这个可能性，宋怡忽然觉得身上很冷。

心里有个问题纠缠着不放，最后，她还是艰难地问出口：“是我妈要卖我吧？是她一个人的主意吧？我爸——”

又是几声冷笑传来。那人说：“哎，你真是死脑筋。你妈卖你，你爸不也是帮着数钱的吗？这还用问？！”

暮色苍茫，吞噬整片天幕。面包车在人迹罕至的公路上行驶，这一带太偏僻，就连正常发光的路灯都寥寥无几。

宋怡在他的回答中陷入惘然。

她忽然想起好多年前，宋作为来家长会接她的时候。他脸上的关切与悲伤仿佛涌动的河流，潺潺流过童年的记忆。

那些全部烟消云散了。

宋怡忽然明白，没有希望了。至今还相信着宋作为的自己已经没有希望了。

冻僵的心缓缓地停止摆动。

她握住起子的手也渐渐松开了。

面包车持续向前，路灯照亮前面阴森而昏沉的路。

刚才看守宋怡的小青年忽然抬头：“是不是……有什么声音？”

司机仰起头张望。就在这时，他也发出惊呼：“这是什么？！”

黑暗中，只见一团灰色的东西在车上方盘旋。

他们正全神贯注研究着那是什么，前方灯光所及之处忽然出现一道影子。刹车声猛地响起，车顶的不明飞行物突然坠落，重重地砸下来。

那是一架遥控飞机模型。

风挡玻璃在重物袭击下出现裂痕，突发情况让车上的人无一不是大惊失色。

在车前方的昏沉夜色里停着一辆明黄色的跑车，光看车型就知道价值不菲。一个男人百无聊赖地靠在车边，手上握着遥控手柄。

池招散漫地抬起头，视线扫过车上惊疑不定的几个壮汉。

就在这时，他忽然笑起来。

他的笑非常好看，透着善意的气息，然而在这一刻，只叫人感到不舒服。

遥控手柄朝着车前盖被扔过来，这个昂贵的玩意儿击中副驾驶座前方的玻璃，吓得车上的赌场老板身躯一抖。然后，赌场老板做了一个错误的决定。他打开了车门，只可惜等待他的是池招挥出的一拳。

赌场老板显然不擅长打架，他平时都仰仗打手，一下子被打昏了头，居然忘记了自己所做的事，含混不清地喊道："你再打我就报警了！"

"报警？"池招笑出声来。他穿着白衬衫，袖口向上挽起，笑容清朗，"怎么可能让你报警？难道要我去看守所揍你们吗？"

车上的跟班们总算缓过神，他们骂着脏话要下车。

宋怡身上的绳子被挑断，她挣脱开来，握住起子朝身旁人的腹部捅去。

此时此刻，不远处的夏凡正对着电话那头郑重道谢："麻烦各位警察叔叔了。"

最终，池招还是没能泄愤。

警察来得很快，将赌场老板等多名涉嫌犯罪的人抓获。

后来，夏凡还因此获得了"见义勇为好市民，疾恶如仇好青年"的锦旗。

料理完所有事务已经是半夜时分，宋怡在医院输液时便困得不行，药水大概有催眠作用。她只依稀记得在医院走廊里，池招俯下身来问："没事吗？不要紧吗？还有哪里痛？"

她的意识模模糊糊，觉得他的语气很温柔，比曾经的父亲还要温柔，以至于眼眶微微湿润。

不过她没哭。

最后，池招送她回家了。

宋怡太过疲惫，挣扎着想送他出门，却被他按下去说："没事，你睡吧。"

宋怡觉得自己真的松了一口气。

在这一天的梦里，她又变回十二岁，放学回家，宋作为在看报纸，李梅系着围裙在煮饭。

她放下书包，母亲说："去洗手吧，快开饭了。"

爸爸称赞她说："又考得这么好，周末一起去看画展吧。"

这个梦太美好了，好得她面无表情地醒来时，发现已经天亮了。

看到池招时，宋怡以为是自己的起床方式不对。

池招正坐在床边翻看一本相册。

"池先生？！"宋怡坐起身来，立刻下床欠身，"我这么失礼，真是抱歉。您怎么在这里？"

池招抬起头，显然一夜没睡。他撑住膝盖起身："可以冲个澡吗？"

"当……当然。"宋怡见他没回答，也不好多问，只能带他去淋浴间。

她深吸了一口气，在池招关上门后开始反省。

宋怡对着镜子把着装和头发先调整好，收拾了一下房间，随后便开始琢磨池招刚才的表情。

门铃忽然响起。

透过猫眼，宋怡看到一群素不相识的人。

她又看了一圈儿，总算发现眼熟的面孔。

是班长。

就是那个大学期间热衷于充当老大哥的班长。

对方摆足了有要紧事的派头。

在对方报上身份以后，宋怡仍旧不明白他们的来意。

班长和班长的母亲、两个姐姐以及侄女来找她能有什么事情？

总而言之，她先请他们坐下，茶也泡上了。谁知刚歇下来，对方便如连珠炮弹般发射。

"小姑娘，我不知道你是什么来头，也不知道你有什么想法，但是，"班长的大姐先发制人，"你让我们家大成给你花钱，就是不厚道！"

"什么？"宋怡没明白她的意思。

接下来是班长的母亲："你妈进拘留所了也好，赌博欠了钱也罢，要拿钱，你自己去啊！"

这一次，宋怡直接看向班长："江大成先生，可以请您向我解释一下吗？"

班长畏畏缩缩地开口，平时仗义大方的影子荡然无存："宋怡，那个，我爸是警队的。我刚听说你的事情，就想着来帮你一下——"

"怎么？你要装不知道？"另一个姐姐开口，"我告诉你！他今天一大早抱着钱去给你亲戚还债去了！”

“你说你这臭小子！是怎么想的？！怎么就着了这狐狸精的道了！”班长的母亲恨铁不成钢，“她就是个靠男人的东西！你不是也听你同学说了吗？！她是被人包养的！专门靠男人吃饭的！”

而班长则开口：“我这不也是想着帮帮她嘛。大学的时候，我们关系其实挺好的。她也对我有意思，真的！”

原来是这样。

宋怡大约明白了。

她的脑海中闪过许多人的脸，李梅、宋作为、刘俊、刘俊的同学、名叫江大成的班长，还有眼前这几个蛮横的女人。

讨厌的人，只会令人越来越讨厌。

在嘈杂的相互埋怨中，宋怡平静地抬起头来。

“请尊重我。”她重重地说了四个字。

宋怡用冰冷的目光注视他们说：“第一，我跟你们毫无关系，我的事情不需要你们插手，也不允许你们侮辱我。”

气温似乎降到了冰点。

某种意义上，童话其实就是谎言。

“第二，”她接着说下去，“我没有被包养，那的确是我男朋友。”

淋浴间的门把拧动，走廊里传来了脚步声。

浴室门打开，池招走出来时正在穿衣服，头发也是湿漉漉的。他一面套上衬衫一面穿过走廊，走到起居室时眼睛都没抬，径自拿起桌上的水壶倒水。

咕咚咕咚，玻璃杯很快盛满凉白开。他拿起杯子，喝水的同时打量四周。

他放下玻璃杯时，一道不重不轻的清脆响声砸在所有人心上。

意料之外的角色登场，戏剧性的场景终于在这一刻升到顶峰。那一刻，方才还咄咄逼人的几名来客全部体会到莫名其妙的感觉。

池招朝前走，靠着那张单人沙发椅背。宋怡正坐在那里，神情平静，仿佛审判者般居高临下。然而，她完全是装的。说实话，此时此刻，她心中已经被惴惴不安与负罪感填塞到极限。

她为什么会说这种蹬鼻子上脸的谎话？为什么又搬出这种理由？为什么仗着上司对自己的好有恃无恐？她觉得自己有点儿不像自己。截至目前，宋怡和池招的确是一清二白的上下级关系。他假装她男朋友为她出头两次，当下她的行为无异于得寸进尺。

而且他刚到场，也不知道对现状了解多少。

不过她显然低估了他。

池招轻飘飘地环顾一周，微笑着开口：“男朋友？”

宋怡看见对面几个女人的脸上露出一丝狐疑。

“你就这么跟别人介绍我？”池招压低身子，贴在宋怡耳边问，“都要结婚了，就不用这么害羞了吧？”

对面的人都是满脸不敢置信，倒吸一口冷气。就连身为当事人的宋怡也愕然地看向他。

过……过头了吧？！

——虽然你愿意配合我我很感谢。

不过宋怡毕竟是他的秘书，立刻缓过神来，恢复冷静地说道：“正是如此。”

“话说这几位你很熟吗？”池招仍在微笑，但这一次，这个笑容单单只作为一个表情存在，实则冰冷又刻薄，“有必要报警吗？这算不算私闯民宅、寻衅滋事？请他们来调查一下吧。”

宋怡看向他们，语气毫无温度：“我和他们不熟。”

“报警？！”班长总算找回他的大哥风范，此时暴跳而起，“我告诉你们，我们在局里可是有关系的！”

对方底气十足，池招却像听到什么笑话一般。他说：“你要不要试试你的关系在我面前有没有用？”

江大成还想说什么，结果噎住了。

“来试试吧。”池招言简意赅，语气相当轻松，但字句好像锋利单薄的刀刃。

仿佛引力失控，高压从天花板降下来。场面变得复杂，闹剧也该落幕。

“不好玩了，”池招懒散地说，“滚吧。”

那几个人连对池招怒目而视的时间都没有，掉头就走。关门时宋怡看到对面的池遇刚好出来扔垃圾，二人对视之下，她也不好解释。

“来客人？怎么走得慌里慌张的，”池遇问，“不知道的还以为你拿菜刀在后面追他们。”

宋怡客气地微笑一下，没有回答。

她关上门，池招已经在系领带了：“下午我去总部开会，你留在办公室吧。”

“知道了。”宋怡回答，“那个，谢谢您。”

池招忽然抬头。他望着她，面无表情，也没有掺杂任何情绪地问：“什么？”

“昨天也好，今天也好，都非常感谢您。”宋怡说。

池招没回答，继续整理袖口。宋怡想起什么，弯腰在柜子里翻出毛巾。她递给池招，但他已经开始专心致志地回复短信，接过后随便在头上蹭了两下。

宋怡看不过去，终于还是绕到他身后，又说了一次：“老板，谢谢您。”

她给他擦头发。不带任何感情，内心也没有分毫变化，就好像执行任务的机器。这种接触程度对她来说不算什么，但是，池招渐渐停下了打字的动作。

他一动不动，什么都不做，任由她摆布，仿佛全宇宙最听话的男孩儿。

池招突然说：“我们很聊得来。”

宋怡放慢擦头发的速度。

他说：“我很少遇到像你这样的人。我们是朋友。我是这么觉得的。”

朋友在困难时理应出手相助。这是孩子都明白的道理。

她忽然忍不住想，在他小时候，有没有别人给他擦干头发呢？

对于池招这一天说出的某些话，宋怡心里还是存在困惑。

直到后来，池招在办公室看电视剧，某个角色高声说出如下台词：“你要不要试试你的权力在我面前有没有用？”和他之前在她家说的话仅有一词之差。

池招看得很认真。

宋怡在背后观察良久，最后还是忍不住问：“请问您在做什么？”

“看最近流行的情感电视剧。”池招回答，“是企划部那群人推给我的。”

“为什么要看呢？”而且他竟然还在做笔记。

池招毫不犹豫地回答：“我们的受众主要是年轻人，当然要了解他们喜欢什么。而且，最近有人说，《acdf》的恋爱元素太烂了。”

随后，宋怡被塞了电视剧的光碟。

话说回来，这年头谁还看 DVD？

宋怡最近假期格外多，她知道这是池招和夏凡在关心她。

家里的事情，的确在短时间内达到了某种高峰，虽然是不太好的那种。

李梅因赌博被抓，这会儿在等待结果。而宋作为则好不容易东拼西凑地把债还上了，当然，其中宋怡出了大部分。

他们父女俩没有直接见面。宋怡把钱打过去，然后发了一条提醒的短信。

回到家，宋怡刚推开公寓门，不小心打到门背后的池遇。

池遇正穿着他那身标志性的格子装，背着双肩包，手里握着相机往外走。他盯着相机，太入神，没抬头看路，结果被撞得摔倒在地。

宋怡连忙去扶他。

她帮忙捡起相机时，看见上面的照片。

那是池招从她家出来的照片——

他打着哈欠，满脸困意，看起来毫无防备。崇名文化继承人的花边新闻，相信多少会有一定的热度。

池遇跌跌撞撞爬起身想抢回相机，却发现宋怡已经全部看见。她没有松手的打算，像切换杀戮状态的机器人，用红色激光对准敌人："请问，这是什么？"

池遇垂下头，靠在墙上沉默许久。

宋怡表情低沉，语气咄咄逼人："您现在是要去见谁？"

在宋怡的逼问之下，池遇总算出声："杂志……"

宋怡握紧相机往里走，同时掏出手机翻找夏凡的联系方式，池遇则急急忙忙地追上来。

"对不起！对不起！宋秘书！"池遇抓住她的手臂，"我真的没有别的意思！要是我真想对付他，直接发到网上不就好了吗？！这家杂志社会先跟崇名文化谈判，我真的只是想给大哥讨个说法……"

宋怡转过身来，甩开他的手臂问："池崇？"

"嗯，"池遇叹了一口气，"上次，单家的二公子来找我。他跟我说，大哥的事情，池招有些东西还瞒着我……"

"所以你就诬陷他？"宋怡说，"池先生，这样的行为欠妥。"

池遇闷不出声。

他本来就优柔寡断，不敢当面跟池招对质，同时为如此懦弱的自己感到羞愧。池崇的事令他疑神疑鬼，同时，又想要跟池招有谈判的砝码。

到最后，池遇将照片删除，宋怡也没联系夏凡。

两个人在便利店吃着泡面，开始认真地讨论此事。

池遇吃的是咖喱口味的，辣得他一把鼻涕一把泪，诉苦道："我真的只是想跟池招平等地聊聊。但是，我手里一张有用的牌都没有！"

这些天来，他几次试图拿到池招的把柄。然而，他手头没什么崇名文化的股份，一直以来接到的工作也无足轻重。他越说越觉得自己惨，说到动情处声泪俱下，然后听见身旁传来吸面声。

宋怡全神贯注地吃着海鲜口味的泡面。

“宋秘书，”池遇问，“你在听吗？”

宋怡回答：“我在吃面。”

池遇哭得更厉害了。

宋怡将纸巾递过去说：“说实话，您的方法根本行不通。这种照片，崇名游戏肯定会回应说是他体察员工宿舍。”

“是这样吗？！”池遇真不愧对他“崇名集团的刘阿斗”之名，这一刻才反应过来。

“再说了，”宋怡说，“您要是真想知道，直接去问不就好了吗？”

池遇又打起退堂鼓：“他是不会告诉我的。宋怡，你不明白，我们家跟普通人家不一样。亲子和兄弟的关系都乱七八糟。他们根本不顾及家人的心情，只有等我拿到把柄……”

“虽然我不太清楚具体情况，但是，有的时候其实没有那么严重吧？”宋怡开口，语气舒缓，专注地望着落地窗。

马路对面是一处公交站台，广告牌上陈列着《acdf》的宣传，那是崇名游戏发行的作品，也是池招这么久以来努力的结晶。

“至少先试试，”她说，“可以吗？”

几天之后，一场艺术品的慈善拍卖会在市内一间音乐剧院举行。

这场拍卖会持续三天，池招是最后一天去的。他想避开人流，没穿得太正式，穿过长廊时为墙壁上挂着的画驻足。宋怡穿着女式西装，跟在他身后，一边阅读资料一边发问：“这是拍卖的作品吗？”

池招摇头，轻笑着回答：“要是他们真舍得拿爱德华·马奈去拍，那我第一天就来了。”

来慈善拍卖会，主要还是为了公司形象。

拍卖的艺术品都是由他人捐赠的。宋怡替池招选了牌子，号码是六十九。两个人刚找到位置，宋怡隔壁座位便坐下一个人。

是熟人。

单景一穿着一身米白色的西装，有些浮夸，却奢侈得很到位。他微微一笑，仿佛从前什么事情都没发生过一般打招呼：“好巧啊，你们也来啦。”

宋怡给予回应，池招也点了点头。

池招没什么兴趣，随便参与抬价，买了一个骷髅头形状的雕塑说是回去可以拿给树蛙玩。单景一也同样没精打采。看样子，比起台上的拍品，他有更感兴趣的。

“宋小姐，前些日子我去了一趟伦敦，给你带了一些礼物，不知道你什么时候——”单景一笑眯眯地搭话。

“谢谢，单先生有心，东西我也不好意思收，就请单先生自己留着吧。”宋怡应答如流。

各色艺术品轮番转变为不同金额的数字，变成慈善款只是它们最终的去处，仅此而已。在这场拍卖会上不断竞价的，无疑都是来自社会的各界名流。为了名誉他们要出钱，然而，又有许多讲究。

品鉴商品的眼光，抬价时逼退其他人的气势，以及出手的豪迈。

竞标差不多进行到尾声，拍卖师的助理取出一幅画。

“这幅画是由一位先生匿名捐献的，没有作者署名。按卖家要求，起拍价为26.4元，加价额度不变。”拍卖师宣布，“请各位提出自己的价格吧。”

他将画展示给众人，这一次，台下所有人都看清了画上的图案。

那是一幅人像。上面是一个金发碧眼的白人女子，神色安然，笑容圣洁。作画者相当成熟老练，即便不知道是不是名家之作，买回去也赏心悦目，绝不掉价。

前排有人举牌：“一百元。”

随后有人小幅度地跟进：“五百元。”

“一千元。”一位女士的声音响起。

叫了几圈儿，最终这幅画的价位也就停在五万元左右。

“五万三千元一次！”拍卖师举槌。

池招全程在打瞌睡，这时候打起精神，百无聊赖地问宋怡：“你觉得这幅画怎么样？”

宋怡沉默了。她摇摆不定了许久，最终还是如实作答：“我很喜欢。”

与此同时，拍卖师高昂的声音再次响起：“五万三千元两次！”

“你喜欢吗？”池招支起身，像是有些怀疑地看向她。他微笑着，好奇的目光在她面颊上掠过。

“非常喜欢。”宋怡说。

于是池招突然举牌：“十万元。”

全场立刻都看了过来。

然而，下一秒，单景一拿起牌子开口：“二十万元。”他的号码是八号。

“五十万元。”池招没有退让。

“六十万元。”有其他人开口。

“七十五万元。”单景一看样子是非买这幅画不可。他目不斜视，嘴角却微微上扬。

池招头也不抬，往嘴里塞巧克力糖：“一百万元。”

这样一幅作者不明的画，居然值一百万元？这是哪个知名画家的作品吗？有好事者在旁边议论。池招和单景一都算不上默默无闻，不少人已经认出这场无端竞价的双方。

“二百万元。”单景一没有善罢甘休。

“二百五十万……”池招刚说出口，又想了一下，“这个数字不好，三百万元吧。”

拍卖师扶了一下眼镜，毕恭毕敬地询问：“请问一下，六十九号先生给出的价格究竟是二百五十万还是三百万元？”

池招咀嚼着糖果举牌，漫不经心地回答：“三百五十万。既然是做慈善，多点更好。”

宋怡一愣。预算还绰绰有余，她只是不明白他为什么抬价。

他很悠闲，甚至拿起糖罐给她倒糖果吃。

就在这时，单景一像是下定了决心，终于还是举牌高声加价道：“四百万元。”

这个价格已经超出他的预算。来这里之前，单景一根本没想过自己要花这么多钱。他对艺术作品没什么兴趣，鉴赏力也平平无奇。这幅画，他只觉得看着还不错，究竟有什么底细却一头雾水。

不过宋怡很喜欢。

之前在第一大厦告白的这件事情上，他已经吃过亏了。这一次，绝不能再让池招肆意妄为。

单景一想好了，等他把这幅画买下来，就当场送给宋怡。届时，池招的脸色一定会非常好看。

“八号给出了四百万元。”拍卖师吐字铿锵有力，“四百万元一次，四百万元两次……四百万元成交！”

落槌时，单景一总算尝到胜利的快感。

而此时此刻，池招正拿起糖罐子，研究里面的糖为什么不滚出来。

宋怡伸手说："还是我来吧。"然后她先小幅度地摇晃罐子，将所剩无几的糖果倒到罐口那一侧，再小心翼翼地晃动任其滚出来。看着掌心的糖果，她总算露出一丝会心的笑意，"拿到了！"

"神奇啊。"池招似笑非笑地看着她。两个人回过头去时，恰好对上单景一的眼神。

单景一满脸"这是在干什么"的表情。

他并不像池招有自己的公司，只是因为单家少爷的身份，所以拥有挥霍的资格而已。

花了整整四百万元，只是为了让仇者痛罢了。

然而，回过头，池招和宋怡完全沉浸在一罐二十块钱不到的巧克力糖中无法自拔。

"哦，拍卖结束了。恭喜你啊，"池招被他过分悲伤的眼神打动，下意识地站起身来，"我没拍到，真是太可惜了。"

宋怡连忙帮他拿起外套，起身朝单景一颔首："单先生为慈善一掷千金，令人佩服。"

单景一总算回过神，深呼吸，清了清嗓子，刚想提出送画，没想到池招先一步开口。

"不好意思，宋秘书，你很喜欢那幅画吧？"池招将手插进口袋，笑着侧过身。

宋怡摇摇头，也跟在他身后出去："没关系。以后有机会的话，请您再多创作一些吧。"

短暂的安静后，他在穿外套，而她则拉开门。

"你知道那是我画的吗？"

"嗯，毕竟画的是《acdf》里的NPC向导精灵不是吗？而且我看过一次您的画。"

两个人旁若无人地交谈着往门外走去。

单景一目送着他们离场，站在原地，感觉身体仿佛被混凝土层层包裹着，动弹不得。

拍卖会结束以后，池招很长一段时间都待在办公室里。

他平时生活也很简单，偶尔回家休息，偶尔去画室，有时候也去跑步。但是最近，他全心全意地钻研着一个问题。

切了一半的舒芙蕾蛋糕，还没开始吃，他忽然将叉子一搁，没头没脑地说：

“你们知道吗？在应对傲娇的时候，绝对不能跟他开玩笑。”

宋怡在做剪报，夏凡在收拾猫窝，他们不约而同地看向池招，发出同样的疑问：“什么？”

“这是我最近玩美少女游戏研究出来的。”池招说。

“别玩了，”夏凡扶住额头，非常无奈地说，“你不适合，真的。”

“我看了他们改的恋爱剧情，更新以后玩家反响很好，但我看不出来有什么不同。”池招露出百思不得其解的表情，“这到底是为什么？”

夏凡说：“因为你不会谈恋爱。”

办公室里有三个人，但只有夏凡一个人是恋爱过的。池招问宋怡：“你有什么看法吗？”

“我觉得，”宋怡回答，“作品里要展现的，跟现实是两码事。”

池招打了个响指：“非常正确。我很赞同，所以我研究一下别人作品里的。”说着抄起一本《霸道总裁爱上我》继续翻阅。

与此同时，桌上还堆放着一大摞少女漫画、言情小说，以及情感电视剧和恋爱游戏的光碟。

前面几个都还好，池招自己研究就行了，但玩游戏的时候，他就免不了要咨询身边人的意见。

游戏里的校园美少女问玩家：“今天天气好好哦，要不要一起出去呢？”

给出的回复选项如下——

A：好啊，早就想跟你一起去海族馆了。

B：没问题，去我家可以吗？奶奶会做饼干给我们。

C：天气不错，效率一定会很高，一起学习吧。

D：你还是回家待着吧。

“D肯定是错的。”池招握着手柄说道，“能判定出这一点的我一定是个正常人。宋怡，是你的话，哪个比较好？”

宋怡正在清理废弃的文件，将纸张塞进碎纸机，抬头浏览了一下选项：“我是谁？奶奶？”

“不是，”池招头也不回，专注地看着屏幕问，“你代入一下美少女。”

宋怡走到他身后，撑着腰看了一会儿，她说：“C吧。既然是恋人，那就要一起前进才行啊。”

池招选择第三个选项，游戏角色的好感度猛减四十。

看到这一幕的宋怡默默地转身，回去碎纸机旁边工作。

池招抛开游戏躺倒，又咬牙切齿地做仰卧起坐："真不该问宋怡。"

平时堪称铜墙铁壁的宋怡头一次有些委屈。她再开口时，语气里听不出异样："我没有看过攻略。每个人的选择都不一样，那也不是我的错。"

"嗯。我知道。"池招重新撑住地板起身，走回办公桌旁边接收文件，再检查一番这天的回馈，"你跟我太像了，想的选项也一样。所以问你根本没有意义。"

他扬起嘴角，笑着敲打键盘回复邮件："不过，我们这样也没什么不好吧？"

碎纸机运作的声响未停，在偌大的办公室里回荡，宋怡盯着闪动的指示灯。

"当然，"她露出微笑，"没什么不好。"

回到办公室，夏凡发现屏幕上运作的已经不是恋爱游戏了。

池招和宋怡正在玩"魂斗罗"。

他们打得很用心，游戏的音效接连不断地配合着按键声响起。夏凡走进去，宋怡恰好直起上半身来："我还是死啦。"

"没事，"池招还在操作手柄，"只剩一点儿了，应该可以通关。"

宋怡转过身来，看到夏凡时说道："夏助理，你回来了。"

夏凡也点头发问："你们怎么玩起这个来了？"

"美少女游戏太难了。"宋怡一边回复一边拿起一旁的薯片，用筷子夹起一片送到嘴里。

夏凡又问："为什么用筷子？午休时间结束了，快起来做事。"

"因为会弄脏游戏手柄。"宋怡又夹了一片喂给池招。

游戏结束，池招松了一口气。他咽下薯片，起身坐回电脑前，顺势抱怨了一句："我认输了。我对谈恋爱一窍不通，还是魂斗罗比较好。"

宋怡把薯片包装放进垃圾桶，弯下腰时说："魂斗罗是很有趣的游戏。"

二人默契地恢复工作状态，仿佛空中对接的空间站和宇宙飞船，毫无误差。

目睹一切的夏凡一言不发，转过身去时忍不住腹诽——

神一样的一窍不通。

詹和青长长地叹了一口气。

工作时间的吸烟室人迹罕至，透过玻璃窗能一览周遭的街市。宋怡立正站好，等待詹和青开口。然而，自她进门以来，詹和青就一言不发，自始至终在叹气。

上次度假回来后，工作令人应接不暇，宋怡还没来得及把周书画的事情告诉詹和青。但是，目前看来，似乎已经没有必要了。

詹和青终于停止唉声叹气：“宋秘书，你觉得我这个人怎么样？”

宋怡以为他会问池招的近况，没想到开口就是这种问题。

她思考了一会儿，郑重其事地回答：“挺好的。”

“满分十分的话，你会给我打多少分？”

宋怡说：“八分。”

“有两分扣在哪儿？不用在乎我的感受，随便说。说实话才是真的帮我。”詹和青抬起头来可怜巴巴地望着她。

虽然他长得不像池招那么好看，但在一般人里也绝对是上乘。身材高挑，家世又好，工作得力，脾气也相当不错。

宋怡说：“一分扣在有点儿迟钝。另一分……有时候有点儿婆婆妈妈，比如这个月项目的主线流水跌了，你居然还有空纠结这种事情，不知道该说你不务正业还是心态好。”

“讨厌！啊，你怎么这么讨厌！”詹和青抱住椅背，摆出欲哭无泪的表情，“宋怡，你这个机器人！你跟池招一样，是不会明白我们人类的感受的。”

宋怡心说是你要我实话实说的。不过她也知道，不能继续顶嘴，于是只轻声回复：“怎么了？您遇到什么麻烦了吗？”

詹和青和周书画的关系很复杂。

至少在人际关系处理能力是短板的宋怡看来，相当复杂。

上个星期，詹和青一如既往地请周书画共进晚餐。一来是要送她礼物，二来则是为之前踏青旅行那一次的突发事件赔罪。

法国大餐、乐队小提琴首席倾情演奏、夜色美景，一切都很顺利。

然后，詹和青开车送她回家。他们还没有确定关系，但在詹和青的心中，他们已经渐入佳境。

在车上，他甚至放了一张迪士尼公主电影的原声大碟。

等到了周书画家楼下，他彬彬有礼地为她打开车门。

周书画目光微微发亮，温和如水地笑起来，有些娇羞地伸出食指指了指楼上说：“我合租的室友今天不在。要不上楼喝杯茶？”

詹和青是一个活了二十多年的成年男性。

他当然知道这句看似简单的话语之下蕴含着什么深意。

于是，就像大多数男性会控制不住自己那样，他答应了。

但是，在楼梯间里，他就开始动摇了。

——你们还没确定关系呢。小詹同志，你这是在做什么？！

这是不正确的行为。

一进门，詹和青就想赶紧转身，然而，对方的速度异乎常人的迅速。

她立刻就去倒茶了。

把茶送出来的时候，周书画巧笑倩兮，又让詹和青忍不住动摇——喝了茶再走也可以吧？

只是喝茶而已，真的只喝茶！

詹和青拿起杯子，一饮而尽，结果茶水太烫，即便捂住嘴，还是喷了一些在裤子上。

好尴尬。

周书画连忙拿纸巾来擦，然而，茶水沾湿在大腿上，位置非常尴尬。最后她还是讪讪地笑着停手了。

“不如你洗个澡吧？”她提议，“把衣服脱下来，我帮你用吹风机吹干。”

詹和青脑子感觉晕头转向的，一时间恭敬不如从命。等他反应过来，自己已经在淋浴头下面了，手机、包和衣服都搁在外面，他赤着身子，感觉剧情已经脱离了自己的控制。

看样子，这晚的成年人情节，是必须进行下去了。

等洗完澡，詹和青鼓起勇气走出浴室。

他心里乱糟糟的，经过半个小时的天人交战，最终理智还是战胜了冲动。

然而，一走出去，周书画就把吹好的衣服给了他。

“好了。时候也不早了，您赶快穿好衣服回去吧。”周书画说。

她的态度突然一百八十度大转弯，带着浅浅的微笑把他往门外推。

总而言之，到最后，詹和青洗了个澡就回去了。而且，还穿着那条仍然湿润的裤子。

讲述完全程，詹和青义愤填膺地握紧拳头，愤愤不平地说道：“不管怎么想，都是池招那张迪士尼公主原声大碟的错！”

“是吗？”宋怡双手抱胸，暗自想，这其中的原因，难道不正是她刚才给他扣分的那两点吗？

只说他是“迟钝”，已经足够给面子了。

“一定是这样！周小姐肯定误会了我的音乐欣赏水平。”詹和青骂道，“池招实在太无耻了，难怪他自己从来不放那张碟！”

因为他不听原声专辑啊。他都是买来收藏的。

这些话，宋怡自然不会说出口。她试着安慰他：“或许是周小姐没想那么多呢？”

詹和青再次起身，对着无动于衷的宋怡质问：“宋怡，你知道一个女人允许一个非亲非故的男人在自己家洗澡意味着什么吗？”

“她家热水器烧了足够的热水？”

“No！”詹和青摆摆手，笃定地回答，“意味着她信赖这个男人。她相信这个男人不会伤害自己，又或者，换句话说，她允许这个男人‘伤害’自己。”

太复杂了。

“概括一下，就是说他们之间有进一步发展的可能性，懂了吧？”詹和青说，“没有交往的话，就可能发展成恋人。”

宋怡仔细想想，竟然觉得詹和青说得有点儿道理。

“怎么样？虽然不绝对正确，但大部分情况还是说得通吧？”詹和青问，“好了，你说说看，有没有过陌生男人在你家用过浴室？”

“没……”下一个字还没吐出来，宋怡忽然卡住。

好像有这么一个人。

她脑海中浮现的，是池招湿漉漉的头发，喝水时滚动的喉结，穿衣服时露出的肩膀和锁骨，以及她给他擦头发时颤抖的眼睫毛。

看到她表情的改变，詹和青笑出声来：“看样子是有了。你要不要考虑跟他发展一下感情啊？”

宋怡犹豫了一下，然后呆板地吐出池招曾说过的话：“我们是朋友。”

第九章 地狱模式与少年的心

中午池遇来到崇名游戏。

办公室里的三个人恰好准备去食堂，电梯门打开，双方迎面撞上。池招手疾眼快，下意识地就想按关门键，结果被宋怡以一句“不吃饭吗”制止了。

然后池招走出去，故作镇定地同池遇颔首致意，但刚擦肩而过，就立刻逃进洗手间。

“没完没了了是吧……”最后还是夏凡出马，在洗手间外边跟池招做了好几分钟的思想工作，他才出来。

池遇整个人畏畏缩缩，反而吓得手足无措，却见池招摆了一下手。

“吃午饭了吗？”池招问。

于是四人一起拼了一桌。

池遇没来过崇名游戏的食堂，选餐和取餐都需要宋怡手把手地教。好不容易拿到套餐一起坐下，池招与夏凡坐一侧，宋怡跟池遇坐一侧。

池招坐在里侧，一开始池遇要坐到他对面时，他艰难地开口问：“宋怡，你可以坐我对面吗？不然我吃不下去。”

宋怡一怔，顺着他的意思调换座位。

四人进餐时，都默不作声。看到池招吃的儿童套餐，池遇忍不住开口：“你还是喜欢吃这些东西啊。”

池招没理会，只点点头，随后问：“最近没钱了？”

好几年间，池遇每回来找池招，都是问他要钱。

池遇想反驳，又倍感无力，只能垂下头去，闷闷地回答：“不是。”

过了一会儿，池遇又开口：“你呢？最近过得怎么样？”

“唔——”池招喝了一口奶昔，回答，“和平常一样。”

“多亏了宋秘书和夏助理，你总不太会照顾自己，”池遇不动声色地叹息，“有人能帮你，大哥和我都会安心的。”

听到这个问题，池招却笑了两声，爽朗地说：“大哥不会担心我的。”

池遇抬头看了他一眼，没再说什么。

话题已经涉及家事，夏凡和宋怡不约而同地握住餐盘，相互给对方眼神，准备找机会起身离席。

然而，就在这时，池遇又问：“谈恋爱了吗？喜欢什么类型的？”

宋怡的餐盘重新放回了桌上。

夏凡见她无缘无故地留步，只好也坐下了。

池招没急着回答，用勺子搅乱布丁。他说：“谈恋爱没什么意思，而且，公司也有很多事情需要处理。为什么突然问这个？”

“对不起，”池遇说，“我只是想跟你说说话。最近我想去见我的前妻和孩子，结果被拒绝了。爸妈那边，你也知道，他们很早就懒得理我了。其实你也不愿意见我吧，都是我自作自受。到了这个年纪，发现自己孤零零的一个人……”

宋怡头一次听说池遇离过婚，夏凡倒是波澜不惊，看样子早就知道。

其他人都默不作声，只有池招将勺子戳进布丁的声音。

池遇接着说下去：“很久没见了，今天看到你，就忍不住想，你别像我这样就好了，至少，谈个恋爱什么的……”

池招忽然抬起勺子，上面盛着一块光滑的焦糖布丁。他用勺子指向池遇，毫无礼貌可言地说：“孤单的时候还是去找玩伴吧。家人是不可能换了，但你离婚了，不是吗？”

他继续说：“玩伴的话，这个不行，就再换一个。这样就好。”

说这些话的时候，池招面无表情。随后，在池遇诧异起来的目光中，他缓缓地勾起嘴角。

池招微笑着，把那勺布丁送进池遇因惊讶而张开的嘴里。

在那一刻，旁观的宋怡恍惚间产生了一种错觉。

她好像看到了池招的内心。

除却维持身体与头脑运转的精密零件，那漂亮得无可挑剔的皮囊下空无一物。

从前，她不是没有察觉到池招的心是空洞且透明的。

他比谁都纯粹，比谁都干净。他不冷酷无情，但是很难对人坦诚心扉。

假如用游戏难度的等级“简单”“普通”和“困难”来判定，想跟池招发展感情，以上三种都不足以形容其难易程度。

跟池招关系更进一步的难度是“地狱模式”。

这一天下班，宋怡回到公寓时，池遇显然是在门口等她。

设计部每人每天要赶一张贺图，她被安排去催稿，不得不在设计部奔波了大半天，结果累得筋疲力尽。

他为她推开楼下的门，她走进去问：“你没问池崇先生的事情。”

“我纠结了很久还是问不出口！”池遇捂住脸哀号，“池招太可怕了！”

宋怡也不是恨铁不成钢，只是单纯觉得费解：“那是你的亲弟弟。”

他们一起走进楼道。池遇叹息着说道：“他不笑的时候，我不敢大喘气。他笑起来，我直接就窒息了。大哥又温柔脾气又好，我不论性格还是能力都是一摊烂泥，怎么偏偏就小招——”

他忽然想到什么，不过并未说出口。

宋怡走在前面，察觉到他的停顿。她猜他想说的，大概是池招和他们同父异母这一点。

回到家里，宋怡总算能一个人待着。

她做了饭，打扫了一下房间，走到床边时，偶然想起那天看见了池招在翻的相册。

说是相册，其实里面放的相片并不多。

她拍照的机会不多，小时候的照片有几张，等上了初高中，除却学校集体活动和证件照，几乎就没再有过新相片。

不过，里面夹了一些过去的奖状，三好学生、优秀团员，等等。她看到这些，又不禁回想起宋作为和李梅。

宋怡没再看下去，把它盖上塞回柜子里。

隔日上班，她刚好下楼，还在零食区便感觉到奇怪的气氛。

周书画的眼睛红红的，撞开宋怡便往外走。而其他女员工也闷不出声，在宋怡进门后便一言不发地扭头工作。倒是有几个男员工，专程拉了拉她说道：“宋秘，她们又吵架了。麻烦你去劝劝书画吧。”

按理来说，事不关己，高高挂起也可以。但宋怡还是放下文件转身，走到洗手间，就看到周书画正在里面补妆。

宋怡走进去问：“发生什么了吗？”

看到是她，周书画虚弱地摇了摇头：“没，都是我不好。”

透过镜子，可以看到周书画红红的眼眶，十分惹人怜爱。

宋怡神情淡然地走近，问：“今天的草稿还能交吗？”

听她面不改色地谈起工作，周书画的头埋得更低了。

宋怡猜自己说错话了。她不太懂得如何安慰人，只好生硬地转移话题说：“官方每天发一张贺图，又买了话题热搜，顺带请了几个网络上影响力大的画师，现在大家都在宣传《acdf》。你和你的同事都付出了很多，也经历了很多吧？”

良久，周书画都没有出声。等宋怡准备离开时，她的肩膀忽然抽动起来。

周书画哭了。

她哭得梨花带雨。

目睹她哭泣的宋怡愣了半晌，才想起来要递纸巾。

“都是我不好。”周书画哭哭啼啼，抬起白皙孱弱的手扶住额头，“我太笨了，根本不知道怎么跟人相处。”

宋怡把纸巾塞到她手里：“不会的。我也不知道，但现在也过得挺好啊……”

周书画又摇拨浪鼓似的摇起头来，一头青丝如柳条般舞动。她闭上眼睛，一颗透明的泪珠滑落：“宋怡，我可以叫你小怡吗？”

宋怡神色凝重地回答：“你还是不要叫我‘小姨’吧。”

拜这个“怡”字所赐，从小她就没有昵称。大学时刘俊叫过她一次“姨姨”，她心情复杂地应了。那就是唯一一次。

“宋怡，”周书画说，“其实，我只把你一个人当朋友。你跟别人都不一样。”

话题转变得很快，宋怡一时反应不过来。

周书画不容她拒绝地说下去：“所以，有个秘密，我只告诉你一个人。”

毫无缘由，宋怡萌生了一种不好的预感。她下意识地想堵住耳朵，但到底赶不上音速。

周书画说：“我喜欢上了池总。”

空气变得死寂。

宋怡沉默了。她像是一台运算卡壳的电脑，一动不动地注视着周书画。

周书画低下头说："对不起。我真的喜欢上他了。宋秘书，你也喜欢他吧？"

程序得以继续运行，宋怡蹙眉，不疾不徐地开口说："我和池总……是很好的朋友。周小姐，你是认真的吗？"

没在对方脸上看到预想中的表情，周书画反而有些不安。她反问："什么？"

"你喜欢池先生，是指想跟他恋爱、结婚、生子，与他共度一生的那种喜欢吗？"宋怡问，"你下了这种决心吗？"

周书画脸上的眼泪已经干了，妆容仍旧美丽，她用好听的声音回答："当然。我当然想跟他在一起，想被他爱，虽然还有点儿早，但我也想嫁进池家成为池太太。"

宋怡迟疑片刻。

"那么，祝周小姐顺利。"许久，她这么说，"收拾完以后请尽快回去吧，大家都很担心你，今天也还有图要画。"

语毕，宋怡转身就走。她不想平白无故地打击周书画的积极性，但是，她也不觉得自己是周书画的朋友。

宋怡不否认，和池招在一起，她也产生过动摇的感觉。但是……

和宋怡觉得周书画高深莫测一样，事实上，在周书画看来，宋怡的行为也是难以预测的。

周书画楚楚可怜地哭泣一番，又搬出拉近距离的说辞，给宋怡冠上朋友的头衔，但从头到尾，宋怡居然不为所动。

周书画无比确定，宋怡和池招的关系非同寻常。这对老板与秘书站在一起时，一种无声的气场在肆意地朝周遭人疯狂地叫嚣——他们是同伴，是狼狈为奸的上下级，是天生一对。

然而，当她说出"我喜欢池招"后，宋怡却没有反应。

与其说没有反应，倒不如说是太从容了。好像无比肯定，自己的位置不会被撼动。

这种确定感真让人不舒服。

在那一刻，周书画做了某个决定。

"宋秘书，"在宋怡踏出洗手间前的瞬间，周书画再次开口，这一回，她脸上的柔弱一扫而光，"你和池先生关系很好吧？"

宋怡回过头。

"你知道你不在的时候，大家偶尔也会议论你吗？"脱下面具的周书画同样游刃有余，“你和池总是情人关系吗？”

宋怡转过身来直视她，咬字清晰地吐出答复：“不是。”

“说实话，我一开始瞄准了詹副总。他很好，出手大方，对人也温柔。但是很快，我发现池总更好。”周书画一字一句地说下去，“但是，池总身边只有你一个女人。”

宋怡静静地等待她说下去。

有的女人有两张脸，一张是天使，另一张是魔鬼。这句话在周书画身上可谓体现到了极致。

周书画微笑着说：“上个星期，詹副总去我家了。我们什么都没做。但是，我一不小心，看到了他手机里和你聊天的记录。”

惊雷被抛掷到宋怡的大脑中，她的手不自觉地扣住门把，将洗手间的门关上。

“他的手机有密码，记录也删了很多，但是很可惜，我会用的软件可不只PS。”周书画笑着说，“你是詹副总，不，是崇名文化高层——詹和青他父亲安插在池总身边的吧？”

是詹和青从中联络，将她安排到池招身边的。

但是，要说她没察觉到詹和青是依詹洛指示行事，那绝对是骗人的。

池招的一言一行，宋怡全部如数汇报给了詹和青。她知道的也不多，并且，詹洛也没做什么加害池招的事情。所以一直以来，她的罪恶感并没有那么强烈。

“你不想詹副总和池总反目吧？”周书画的笑容慢慢变深，“万一这件事情被池总知道，你会被开除不说，池招和詹和青，他们有一个必须离开崇名游戏。”

崇名游戏是池招创造的，詹和青也是不可或缺的成员。

“或者，你有自信，即便如此，池招也离不开你？”周书画又挑衅地说道。

没有。

宋怡不假思索地得出结论。

她只是池招的一个玩伴，就像之前那些被开除的秘书一样，随时可以换成别人。

而且，池招那么难以相信他人，但他是信任她的，向崇名文化总部提供他的情报无异于背叛。即使她不想伤害他，但结果已是如此。

缄默蔓延，严寒将她逐渐冻住。她平静地问：“你要怎样才能清除那些记录？”

这无边地狱。

崇名游戏顶楼的办公室里，池招伸了个懒腰起身。他拿起电话，接通隔间说：“宋怡。”

夏凡用肩膀和侧脸夹着电话，一边填着表格一边回答：“宋秘书今天提前回去了。”

池招若有所思地点头。他披上外套，转着车钥匙下楼，结果在电梯间遇上了詹和青与周书画。

“池招，”詹和青一副急急忙忙的样子，委托他说，“你能不能帮我送一下周小姐回家？我都答应她了，结果詹小红临时打国际长途来，要我回家给她签收快递。”

“哎，不用这么麻烦。我自己可以坐公交车回去……”话虽这么说，但电梯门开时，周书画还是自觉地往池招那边站了站。

池招没拒绝。

周书画坐上他那辆薄荷绿的车时看了一圈儿，没发现什么女性待过的痕迹。她脸上带着出水芙蓉般清雅的微笑，荷叶边连衣裙修身又精致。

池招一边问一边抬手，习惯性地打开车载音乐：“你家住哪儿？”

电台流淌出军旅音乐。

周书画一愣，眨了眨眼睛，望着电台，又看向池招。

池招按下暂停：“不好意思，你想听什么？”

周书画松了一口气。她如银铃般的笑声响起来，十分清脆，尤为悦耳：“哎呀，我平常听得不多，就放池总喜欢的吧。”她说。

池招安静了一会儿。

他把车载音乐关了。

车里重新被死寂占领。

周书画尚未回答自己的住址，只是说：“嗯——我家住的地方比较偏，可以先送我到附近吗？然后要走巷子里，所以比较麻烦……对不起啦。”

她的声音软绵绵、甜丝丝的，香气四溢，像水蜜桃馅儿的糯米团子。

池招应了两声。

池招费了不少力气才到周书画家门口，天也渐渐暗了。他给她打开车门，转身回到驾驶座上说：“那我走了。”

“嗯，”周书画站在月光下，皮肤白得发光，她抬起手挥了挥，“明天见。”

车窗关到一半，口袋里的手机振动起来。池招留了半截窗户，掏出电话，看到屏幕上闪动的“宋怡”二字。

他接通来：“喂。”

电话那头传来宋怡一如既往平稳而舒缓的嗓音，不甜也不软，措辞永远恪守礼节。她说：“池先生，很抱歉这个时间打扰您。”

“没事。”池招系上安全带，“明天多余的日程能不能压一下？这么忙，哪有那些时间跟老爷子们应酬……”

宋怡感到有些难办，难得一见地打断了他：“好的，请放心，我会转达给夏助理的。”

周书画仍笑靥如花地在车边等候。

池招没说话，宋怡抓住这短暂的机会。或许是错觉，她的气息有些紊乱：“池先生，我有一个问题想问您。假如介意，您可以不回答。请问，如果我不在，您会怎么办？”

他不知道她为何突然问这个，漫不经心地问：“什么怎么办？”

片刻后，宋怡恢复了原本的冷静说：“对不起……”

池招没有细想，许久才像背诵固定规则一般给出回答：“换掉……吧。以前都是这样。”

他听到电话那头安静下来。

随后，宋怡再次开口。

“池先生，”她说，“我想向您提出辞职。”

黄昏渐渐地落入低垂的夜幕，周书画站在车边静静地等待。池招还说了几句，终于挂断电话，将手机搁到一边。

周书画上前一步，伸出做了透明美甲的手指搭住车窗。

“池总，”她问，“我舍友今天不在，要不要上去坐坐？”

车窗忽然继续上升，她连忙抽回手。池招面无表情地打开车载音乐，放下手刹，然后踩下油门。

深沉的暮色与夕阳难舍难分。

车子飞驰而去，如少年狂奔的背影，承载着一颗空荡荡的心。

按照崇名游戏的规定，正式员工辞职需要提前一个月提交辞职报告。

宋怡的辞职信是第二天送到池招桌上的。

她没再来上班，公寓也清理完毕，人事部门那边收到了缺勤赔偿的费用。

宇宙飞船持续在星空中航行，地球照常运转，在属于崇名游戏公司与百万游戏玩家的盛大时节，没有太多人去注意某一个人的消失。

因为《acdf》开放公测了。

公开测试指的是游戏正式对公众开放，免费并且不进行账号限量，为的是获得更多玩家的反馈。

接下来的日子里，池招全身心地投入工作当中。

两天不睡是家常便饭，夏凡过来叫他去吃早餐。他点头，起身穿过办公室时被地上的毛绒玩具绊倒在地。

倒地的一瞬间，他坠入梦乡，直接昏睡过去。

夏凡急急忙忙地冲过去，叫来私人医生。测血压时，池招才恍恍惚惚地睁开眼睛。

“哈利路亚。”他说完后又睡着了。

一人肩负起两个人工作的夏凡本来就累得够呛，而且原本的工作量还要增加，每天还要提醒池招摄取维生素。

夏凡抱怨道：“人手不足，你考虑一下聘新的秘书来吧。”

池招嚼维生素片嚼得嘎嘣响说：“这个好像橙汁糖啊。”

等终于能消停一会儿，池招戴上眼罩躺在沙发上刚要睡觉，詹和青突然闯进办公室，环顾四周高声大喊：“池招！出来！哥带你去玩！”

池招假装睡着，却被他强拉着起来换了衣服，然后带出门去。

说是玩，其实就是和广告商应酬。这年头营销和作品一样重要。

客户爱吃京帮菜，于是主菜选的北京烤鸭。

在车上时，池招就一直在玩手机，等到了饭局上，他也没精打采，哈欠连天。

几个老板都上来同他搭话，毕竟“池”这个姓氏在圈子里足够响亮，而且平常他不太出席这种场合，因此更加难得。

詹和青替他解释：“池招最近忙坏了，除了上班，平常都是没什么精神的。还请各位多多包涵。”

吃过饭以后，他又开车带池招去兜风。

这时候池招总算清醒了一点，一脸莫名其妙地问他：“你没事献什么殷勤？”

詹和青笑脸一僵，继而亲热地拍着他的肩膀道：“我……我们是小学同学！再说了，这就算献殷勤？我以前对你不就这么好吗？今天我心情好，有什么要求尽管提！”

池招思考片刻说：“什么都可以？”

“什么都可以！”詹和青赔着笑脸。

“那你原地转三圈学狗叫听听。”

“池招，”詹和青强压下怒气说道，“你可要想好了。”

“是你自己说什么都可以的。”池招别过脸去，“突然装孙子，是不是做了什么对不起我的事情啊？”

詹和青沉默了半晌，才干巴巴地笑了两声：“怎么会，不然我给你安排一场面试吧？”

他等了好久也没听到回应，再一看，池招已经睡着了。

过了几天，池招办公室里就多了一排人。

詹和青走进那间魔王巢穴般的办公室，拍了拍手，紧接着，就有一排精心打扮过的年轻女性拿着简历鱼贯而入。

池招正在打字，敲键盘的手不由自主地停下来。他看向隔间里的夏凡，夏凡连忙摆摆手表示事不关己。

詹和青解开两颗外套纽扣，坐到池招办公室的沙发上，大手一挥说道：“来，面试吧。”

“什么？”池招的目光重新回到显示屏中间，漫不经心地说。

“你办公室里缺人了。”詹和青客观地评价道，“夏助理一定很辛苦吧？”

夏凡已经自觉地走出来，站在门边一边看池招的眼色一边回答：“没有的事儿。”

“她们经过了我的挑选，都很有能力。总之，”詹和青宣布，“至少面试看看，好吗？”

池招突然改变姿势。

他踩到椅子上，抬头朝詹和青露出一个微笑。

“好。”回答的同时，池招在椅子上站起身来。

他手插进口袋，扭头从最左边的人开始依次向右逐个发号施令：“请你去给我弄杯喝的来。”

“楼下咖啡厅的草莓甜甜圈，买两个。”

“可以审查你玩超级马里奥兄弟的水平吗？我借给你。后退，退，倒数第二个柜子里有游戏机，你挑一个吧。”

“劳烦帮我找一下树蛙。我的猫，刚才不知道哪里去了。谢谢。”

堪称胡闹的面试。

不过话说回来，说是招秘书，实际是招聘玩伴的行为本身就是胡闹。

池招说完一连串的话，才重新坐下继续工作，任由这些预备秘书忙成一团。

送来的饮品是咖啡，还没等池招开口，夏凡已经把替代的牛奶送上去。

池招接过杯子说：“等会儿选一个最合适的留下来，其他的也不要浪费她们太多时间。”

本来最先提议招秘书的是夏凡，可事到临头，他反而犹豫了。

“真要从她们中间选一个吗？”夏凡问。

“不然呢？”池招笑着瞥了他一眼，“等你忙到过劳死再说？”

夏凡白他一眼。池招喝了一口，垂下眼睛一看，又把杯子塞回去：“为什么是牛奶？”

“您平常也喝牛奶啊……”夏凡不解地回答。

“我想喝可乐。”池招说。

最后夏凡还是挑选了一个。

那个女生抱着猫咪怯生生地走进来，得知自己被留下时忍不住振臂高呼。她是名牌大学刚毕业的，对游戏很感兴趣，也注册了刚公测开服的《acdf》。

“池先生，”她感激涕零，“我终于见到你了！”

池招头也不抬，甚至连话都没回，叫人根本无法确认他有没有听见。

“之前你来我们学校演讲，我还想找你合影和要你的联系方式来着。没想到今天能在你身边工作！”她兴高采烈地说。

旁边的夏凡咳嗽了两声，开始向她交代注意事项：“你目前只是短期工而已，还不确定是否会被长期录用。总之，接下来我说的你都记一下……”

这时，池招才将余光投向他们。

每个秘书都是这么过来的吗？

宋怡也是吗？

女生忽然回过头来。池招猝不及防，没来得及将目光收回去。

她望着他，忽然龇牙笑起来：“池先生。之前你那个很恐怖的秘书呢？”

“嗯？”池招不知所云。

“上次你去我们大学，不是有位女秘书跟着你吗？”她天真烂漫地笑起来，“她去哪里了呀？”

沉默像浪潮涌上海岸，将办公室里的人们从头到脚冲击一遍。

池招收回手。他什么都不做，只是单纯地坐着，目光飘忽不定地落到前方。

随后，他笑起来，爽朗地说：“换成你了。”

《acdf》的反响比预想中还要热烈，有媒体预测它将成为国产游戏的里程碑之作。

崇名游戏公司上下都欢呼雀跃，虽然与婚礼无关，但企划部还是在池招的支持下于一楼大厅搭起了香槟塔。

池招站在电梯间门口看了半晌，决定回去打游戏庆祝。

因为前段时间的忙碌，他囤了许多最近出的新作，没空玩，只能放在抽屉里。

池招先玩了几个推理游戏，然后是动作游戏，这都是他的强项。

体验过后，他把新秘书叫进来，然后开始让她用他的账号在网上写评价。

年轻女生大大咧咧，也很活泼，帮他敲完那些内容后便走到树蛙身边坐下。

池招则拿起平板电脑阅读其他人的评论。

就在这时，办公室的门突然被推开了。

所有员工跟着一名手里端着蛋糕的员工在音乐声中走了进来。

这首音乐是《铁臂阿童木》第一版的片尾曲。大家都认真地咨询过詹和青，这是池招很喜欢的歌。

众人一起其乐融融地吃了蛋糕。

在送走他们之际，池招问：“你们里面就没一个人懂日语吗？”

当然不是，大家面面相觑，也没发觉有什么不对劲。

等办公室重新恢复安静时，池招忍不住笑出声来。

小秘书好奇地问：“这首歌怎么了吗？”

池招回答：“这首歌叫《Boy's heart》。”

是一首为自己变成孤身一人而感到悲伤的歌。

不过池招没说下去，他对上小秘书疑惑的眼神，倾诉欲在刹那一扫而光。他说：“好无聊，要不要来看《哆啦A梦》？”

小秘书摇了摇头，傻乎乎地笑着说：“我很小的时候就不看《哆啦A梦》了。”

池招沉默了一会儿，又问：“那一起玩《魂斗罗2》？里面加了很多异形的元素，我很喜欢。”

“啊？”小秘书说，“那个，我不太敢玩这种刺激的。”

他突然看到拼接好的迷你轨道，于是俯身捡起玩具四驱车。面对这个，小秘书总算没再推辞。

然而，打开开关，却发现四驱车已经动不起来了。

“没电了，有电池吗？”他问。

小秘书局促地徘徊了一阵，然后往门口快步跑去：“我马上去买！”

“算了。”池招叫住她。

记忆中，有人小心翼翼地去咬电池，然后恭恭敬敬地将它放回车里。接过去时，她的手很温暖。

办公室陷入一片深不见底的沉寂中。

池招拿着游戏机缓缓地拍到自己手心里，一下又一下。到最后，他说：“为什么呢？”

小秘书望着他反问：“什么？”

“为什么？”池招喃喃自语一般地发问。

在《Boy's heart》这首音乐的主歌部分，深沉的声音唱着这一句歌词——为什么，为什么？

透明的心脏停止运转，他不由自主地去思考这个问题。

到底是为什么？

池招转身走出去。

路上遇到王妈，他随便打了招呼，乘电梯下楼后去门口开车。

等坐到驾驶座上，池招才深吸了一口气。

他掏出手机，在备注为“宋怡”的手机号码上停顿了许久，最后还是换了另一个人。对方接得非常迅速，仿佛这么多年的工作经验已演变为条件反射。

“告诉我宋怡在哪儿。”池招说。

即便是春天，田野里还是遭受着日光的暴晒。宋怡穿着洗过后缩水的运动衫，脖子上搭着白毛巾，下半身宽松的花裤脚扎起，双手戴着劳保手套，头上顶着草帽。

她以这副村姑的打扮站在田间，望着剩下的半园杂草，不由得叹了一口气。

半个月前，她离开城市回到乡下老家。

在这之前，她和詹和青见了一面。在他们以前习惯去的咖啡厅。

宋怡先到，点了白开水和一杯詹和青喜欢的猫屎咖啡。

这是他们认识以来詹和青唯一一次没有躲躲藏藏地出现。他已顾及不了那些，快步下车，进门后坐下便问："怎么回事？"

宋怡简洁明了地将事情陈述给他，他听闻后严肃地撑住下巴。

他没把内心的话全盘托出，反而问："所以你要走？"

她安静一阵，末了迟缓地点点头。

詹和青考虑过后开口："好吧。不过……这件事情，我的确不那么想让池招知道。"

宋怡舒了一口气："我应该不会去公司了。她说我什么时候走她什么时候删，不让我告诉你。但你还是小心一些吧。"

詹和青没有多说，只是回答："我会转一笔钱到你账户上，缺勤的赔偿我来承担。人事部那边，我也会操作。"

"那就多谢了。"说完，宋怡起身，从座椅背后拎出行李箱。

她转过身要走，詹和青看着这个刻板却柔弱的背影，忽然忍不住出声，原本的称谓吐出一半又临时改口："宋秘……宋怡。"

宋怡回过头，脸上没有多余的表情。

"真的要走？"他模棱两可地问。

"没关系，"宋怡说，"反正父母出事以后，我就动过离开一段时间的念头。"

詹和青一愣，以前他从没听宋怡这么说过。不过，他也知道，她家的确发生了翻天覆地的变化。

父母试图把她像东西一样卖掉，母亲被拘留，这样的经历放到谁身上都不会好过。

但宋怡太坚强了，以至于总令人忘记她也是个普通的女孩子。

詹和青本来还想说什么，然而看到宋怡温和淡然的脸色，还是词穷了。最后，他只问了这样一个问题："你为什么没有当面跟池招辞职？"

神情总是平静如死水的女人忽然愣住。宋怡慢慢地垂下眼睛，好像在思考，又仿佛只是酝酿回答的语气。

"我没有自信。"她说。

"什么的自信？"詹和青看着宋怡的脸。

他无端地感觉自己不会得到回答了。

果然，宋怡没有再说下去。她只是静静地望着詹和青。

然后，她转身走掉了。

关于崇名游戏最后的记忆褪色消失，回到现实，宋怡重新打量面前这些有待清理的杂草。

——拔草好累，为什么我会在做这个？还是去拿锄头来比较省力吧。

她这样想着。

将来的事情，宋怡并不是没有规划。詹和青给了她一笔数目不小的补偿，她打算换座城市，或者索性就留在乡下也好。

恍惚间，宋怡想：在崇名游戏的日子好像已经是上辈子的事情了。

与此同时，在别的地方，还有一个人正在反省。

老旧巴士颤巍巍地开走以后，池招表情沉重地伫立在站牌下，脑海中翻来覆去的是这两天以来一直缠绕他的问句。

——为什么？我为什么会在这里？

几天前，他打电话给夏凡问宋怡的事情，夏凡办事效率一如既往很高，没过几分钟就给他回消息："她回乡下奶奶家了。"

这句答复有些似曾相识。

还记得某人险些陷入人口贩卖时打电话给他，一时情急撒谎，她说的就是这个。

真的假的？

崇名游戏还有工作等着他去做，得到的地址也值得怀疑，但池招纠结半天，等他反应过来的时候，就已经站在这里了。

沿着公路往上走，总算来到有人的地方。这是一块小篮球场，大概是村里公用的活动用地。篮球架和一旁的单杠上晾着衣服，一些大妈、大婶在石凳上说话歇息。

池招浑身上下散发着外乡人的气息，出现时立刻吸引了她们的视线。那些村民中有不少奶奶辈年纪的女性，他不由得想，没准儿这里面就有宋怡的奶奶。

不过话说回来，就算宋怡的奶奶在其中，他肯定也认不出来。

这么想着，池招打算上前打听一下。他刚走上前，一位刚才背对着他的老人转过身来。

她头发花白，却烫着时髦的大卷，看到池招时微笑起来："小帅哥，你从哪里来啊？"

池招反倒语塞了。

然后，他就看到了这位时尚老太太身上穿的衣服。

池招立刻把刚才心里想的那句“肯定也认不出来”给推翻了。

崇名游戏时常制作广告衫，每个员工都会免费获赠几件。

而这位奶奶身上就是这年年初制作的其中一款。

这时的宋怡还在田里拔草。

在上小学前，她一直和奶奶生活在一起。

奶奶是个温柔又坚强的人，年轻时非常美丽，曾经去国外留学过，老了也积极而充满热情地生活着。

除此，奶奶喜欢打扮，擅长和人打交道，不论到哪里都很有人气，堪称完美女人。

然而，这样完美的基因，宋怡只继承到了长相。

她的个性与奶奶天差地别，冷淡、死板，与人交往常常遭到诟病。

而且她受人疏远往往并非出于性格的原因。

想到一些童年往事，宋怡忍不住加快锄草的速度。然而锄头翻动几下，她就气喘吁吁起来。

已经忙了大半天，也是时候休息了。这样的念头刚浮现出来，远处就传来了奶奶的喊声。

“宋怡——回家了——”

宋怡抓起脖子上的毛巾擦了擦汗，转过头去回答：“知道——”

然而，在她回头的那一刻，声音猛地中断在草籽香气四溢的田间。

那是太阳所在的方向，日光灼灼，烫得视线都扭曲变形。奶奶轻车熟路地朝田垄走来，然而，在她身后还跟着一个人。

大学毕业面试时，求职者时常会受到这样的提问：“你有什么优点？”

宋怡在老师指导下整理的材料中，面对这种场合，她一般会拿出自己大学期间获得的各项奖学金和各种获奖证明，然后尽最大的努力来展现自己的优秀之处。

然而，在面对池招时，她曝光了自己不尽如人意的地方：“我很无聊。”

面对她的自暴自弃，池招笑着接受了她。

正如这一刻。

池招看见了她。

宋怡的面颊被阳光铺满。与往日一板一眼、西装革履的她不同，她在农田里忙碌了一天，这一刻可以说是蓬头垢面，穿着也土里土气。

本该在总裁办公室玩电子游戏的人出现在眼前……她仰头，惊讶的表情占领了那张被汗水沾湿的脸。

与她四目相对时，池招笑起来。就好像当初那样。

三个人并排坐在小卖部门口，奶奶一脸欣慰地双手合十道："哎呀呀，小帅哥和我们宋怡真的认识呢！突然有男孩子特地找到这么偏僻的地方来，奶奶也吓了一跳呢！"

坐在奶奶左边的宋怡握着果汁盒，左右为难了半天才开口："为什么池先生会在这里……"

池招撕开干脆面的包装袋，从中取出附赠的卡片，漫不经心地惊呼："哇，还有赠品。"

"池先生！"宋怡打断他。

池招这才注意到她的问题，说："你不是交了辞职信吗？不用再这样称呼我了吧？"

"哎呀！"就在两个人僵持不下时，奶奶突然拍了一下手，"既然是朋友，那就不要吵架！"

二人异口同声："我们不是朋友。"

断绝职场上下级关系后就不是了。

奶奶睁大了眼睛："男女之间不是朋友，那你们难道是……"

"奶奶。"宋怡忽然抬起手，指缝里夹着一张钞票，"麻烦您去给池招买罐可乐，谢谢。"

池招笑着抬头："辛苦奶奶啦，牛奶就好了。"

"真是个好孩子，"奶奶笑眯眯地回答，"那奶奶去去就回哦。"

"谢谢奶奶。"池招故作乖巧地挥挥手。

等奶奶走进小卖部，宋怡立刻重申问题："请问您究竟为什么来这里？"

第十章 迎接与回归

♡ ♡ ♡ ♡ ♡ ♡ ♡

沉默。

风吹过时，草木像不倒翁一般轻轻地摆动身体，村子里的人们悠闲又快乐地来来往往。

池招把干脆面递给她，他抬起头，双眼明亮而清澈："我是来找你的。"

宋怡诧异地看过去，刚要说什么，小卖部的帘子突然掀开，奶奶抱着一大堆零食走出来。

"小招，这是牛奶。"奶奶亲切地笑着说道，"奶奶跟你说哦，别看宋怡总是板着脸，其实傻乎乎的，好相处得很！难得有朋友来，我还多买了一些吃的。走，来都来了，一定要在我们家多住几天！"

宋怡难以置信地发出声音："奶奶？你知道他……池先生他不可能……"

池招利索地起身，用真挚的笑脸看向奶奶："奶奶，我能住到过年吗？"

"那当然了！"奶奶拉住他的手道，"你住到我曾外孙生出来都行啊！"

于是，池招便在宋怡的强烈抗议却无果的情况下跟着她们回了家。

三个人并排在路上步行，奶奶毕竟年纪大了，不得已要握着宋怡的手，池招也贴心地在另一边帮忙。

两个人这时候又不约而同地沉默起来，一左一右地陪护在奶奶身边。奶奶身上那件崇名游戏广告衫的正面写着一行大字——我搞到真的了！

宋怡绞尽脑汁，却还是无法给池招的来意找到一个合理的答案。

心中的天平不由自主地往"他离不开我"偏移，但宋怡很快强迫自己冷静下来。

就在她苦思冥想时，奶奶笑眯眯地提议道：“今天晚上广场有露天电影看哦，你们一起去吧。”

所谓广场，其实就是池招遇到奶奶时的那个水泥篮球场。

“是吗？”池招温和地接话道，“打算放什么片呢？”

“哎呀，我想想。七点有一场，好像是个外国的爱情片子，”奶奶说，“叫《爱乐之城》。”

“原来是这样啊。”池招仍旧笑着，眼睛里的光悄然熄灭。

宋怡知道，这是池招没有兴趣的信号。

果然他很快又说：“不好意思哦，奶奶，今天晚上我要跟我们公司的副总通个电话。”

池招不喜欢看爱情题材的商业电影。宋怡以前听詹和青说过，詹妮曾经约池招去电影院看《暮光之城》。结果他从头睡到尾，电影散场后独自精神焕发，跑回去画图。

宋怡也兴致缺缺：“今天锄草已经很累了。奶奶，回去休息吧。”

奶奶显然有些失落，只好接着说下去：“那好吧。其实十一点还有一场《拯救大兵瑞恩》，不过你们小年轻肯定——”

奶奶身侧两个人齐刷刷地把视线投过来。

池招当机立断：“我们公司副总已经是个大人了，应该要学会自己处理工作上的问题了。”

宋怡斩钉截铁：“其实也没有很累。”

奶奶家并没有那么拮据。纵使她的谈吐像个不谙世事的天真少女，但她其实相当精明能干。

人到中年丈夫去世。等到本该安享晚年时儿子又突然和家里反目，娶了不合宜的妻子不说，还就此坠入嗜赌的深渊。她快刀斩乱麻地与儿子断绝关系。他的赌债，她绝不往身上揽。唯一令人放不下的只有生活在这种环境中的孙女。

奶奶数次想把宋怡要来，可惜李梅看破后死死地咬住这一点，始终将女儿束缚在身边，并定期向婆婆讨要生活费。

很长一段时间里，担心孙女的奶奶无可奈何，只能向这对不孝的儿子、儿媳支付费用。

万幸的是，宋怡好好地长大了。

家里的房屋装修简陋但还算宽敞，池招被安置到一间主卧。奶奶出去后，宋怡不动声色地叹了一口气，一边给他铺床一边问："打算什么时候走？"

"你呢？"池招靠在门边反问。

宋怡头也不回："也许不会走了。奶奶年纪大了，也该有人照顾她。"

池招若有所思地点点头说："奶奶想去城里吗？"

"这个啊……"宋怡漫不经心地回答，"她和别人不同。一般老人都想留在老家，她却喜欢热闹。"

"那接奶奶一起去城里好不好？"他忽然问。

宋怡侧过脸看他一眼，没出声。

"跟我回去吧。"池招在她身后说道。

宋怡的动作渐渐放慢。崇名游戏的工作对她来说的确很理想，当初她也曾无数次下定决心，一定不能丢掉工作。

然而事与愿违，她也不能将自己离职的原因全盘托出。

宋怡没再回答，只是说："等会儿一起吃饭，晚上再去看电影。"

他们想起第一次一起看电影是在崇名影院。

电影晚上十一点才开场，等奶奶上床以后，宋怡和池招才往外走。

广场并不远，天色很暗，宋怡走在前面带路，池招却走得很慢。她明明不再是他的秘书，却还是下意识地放慢脚步："太暗了吗？"

池招抬起头，有车从旁边经过，灯光一时将他的脸照亮。

"不会。"他说。

果不其然，气氛还是有点儿尴尬。

宋怡想：他们恐怕回不到从前了。

两个多小时过后，池招和宋怡都异常兴奋，立刻把之前的拘谨彻底抛在脑后。回去时，池招感慨万千："这也太好看了。"

宋怡则止不住地叹气："不愧是经典影片。"

两个人就像小孩子一般兴高采烈、滔滔不绝聊起共同喜爱的电影类型，完全忘记彼此之间原本沟通困难的样子。

回到家时已经半夜了。偌大的家里只有他们还醒着，宋怡以池招是客人为由让出先洗澡的机会。

从浴室里出来时，池招穿着宋作为年轻时的衣服，过时的衬衫是超大号的宽松风格。他不见外地坐下，看到宋怡正蜷缩着看电视。节目早已停放了，此刻的电视里只有一则接一则的广告，但她仍旧看得津津有味。

隔日起床，宋怡没有下田，而是在奶奶的要求下陪池招到处转转。

“村里有一所学校，要去看看吗？”她问。

池招没有拒绝。

那间小学的教学楼只是简单的一排平房，学生也不多。宋怡小时候的朋友正在任教，于是她和池招打了个招呼，便转头去了教室。池招在树下等待，旁边有些低年级的孩子在上体育课。其中几个正在树荫里下五子棋，看到他时好奇地问：“大哥哥，你是外地人吧？”

池招侧过头去，计算了一下他们的年龄差，随即回答：“应该叫叔叔。”

还没说完，一群孩子突然交头接耳，跑到他面前，好像在参观动物：“真的是外地人！”

“他不是跟着宋怡回来的吗？”

“我知道了！肯定是像电视剧里演的那样，他想入赘到我们村！”

“你个傻瓜！除非是小白脸，不然谁会入赘到我们这种乡下来啊？”

“小白脸是什么？！他的脸不是很白吗？！”

孩子们七嘴八舌，争先恐后地使用着自己都不太清楚含义的词汇。

“大哥哥！”一个孩子喊道，“要不要一起下棋？”

池招心平气和地回答：“不好意思。大人很忙的，每天要面对的生活也相当复杂，不能陪你们玩这种把五个棋子连在一起就算赢的简单游戏。”

“哦，哦，哦！没事，没事，我懂的！”又有小孩儿举手发言，“输给我们确实很丢脸——”

池招当即转身坐下：“接受挑战！”

等宋怡走出来时，只见一圈儿小孩子都在五子棋棋盘上被池招虐得一把鼻涕一把泪，为首的孩子王更是满腹委屈，不服输地大喊：“等我修炼结束，我一定会赢过你！”

而池招毫不为自己欺负小学生的行为感到羞耻，满脸欣慰地点点头：“小朋友，努力成长，然后再来打倒我吧！”

宋怡抱着朋友送的桃子，面无表情地问：“你在干什么？”

池招还没回答，他对面的男孩儿便开口了：“宋怡！他现在是我们的大哥了！”

不只是宋怡，就连池招都愣住了。

“池招哥哥太强大，我决定让贤了！”

在男孩儿抑扬顿挫、满脸沉郁地说出这句话后，池招和宋怡缓缓地对视一眼，然后一同笑起来。

已经不记得上次这样笑是什么时候了。

回去以后，宋怡把桃子洗干净，再切成块，准备拿去给奶奶吃。

池招正在旁边用手机跟别人联络。宋怡问：“《acdf》最近流水如何？”

“很好。”池招的嘴角带着微笑，但眼睛里没有笑意，“比上个月好了太多。”

宋怡觉察出什么，并不完全顺着他的话：“有什么不对的地方吗？”

“嗯，”池招收起手机回答她，“单记买了一家游戏公司，呆瓜估计要第一个跟风了。”

“恐怕都开始挖崇名游戏的人了吧？”宋怡淡淡地说。

“大概是吧。”池招说，“估计一切都想向我们看齐。”

她将一小瓣桃肉拿起来，什么也没想，朝池招伸过去。池招侧过头，正对上她认真的眼神。

“我是洗了手的。”她说。

池招张嘴咬住，然后抬手把粉红色的果肉推进去。桃子的香气十分充沛，混杂着甜味将口腔填满。

“或许您还是回去吧？”宋怡问。

池招笑了两声：“放心好了。要是呆瓜这么轻易就能赢我，那他也不至于天天在《acdf》里给我发好友申请了。”

此时的崇名游戏里，夏凡记录完池招交代的各个事项，詹和青便径自进门。

夏凡点头问候“副总好”以后便想离开，然而，他往左，詹和青也往左，他往右，詹和青也往右。

看样子，老鹰抓小鸡是詹和青堵人的唯一方式。

夏凡保持着客气的语气问：“请问詹副总有何指示？”

“池招去哪儿了？”詹和青开门见山，“他已经好几天没出现了吧？他到底去哪儿了？他住的地方我都去了，甚至还鼓起勇气跑去问了我爸，结果被骂得在被子里哭了一晚上！

“夏助理，你告诉我，池招是不是穿越到游戏里面去了？就像那些电视剧里一样，被电脑吸进去，然后到了外星球，被外星小孩儿告知自己寻求快乐的欲望是百分之三百之类的……”

“詹副总，”夏凡及时打断他的幻想，“请您先冷静下来。那是《快乐星球》的情节，现实中是不会出现的。”

詹和青都快哭出来了：“所以说池招到底去哪儿了啊？”

“池先生有自己的计划和日程，”夏凡回答，“请您放心。”

趁着詹和青没注意，夏凡一个箭步逃出生天，扬长而去。

詹和青受到打击，倒地不起。这些天以来，他一直坚持不懈地给池招发消息，但“冰梦蝶殇”给出的全是“我在听，你说”的自动回复。

祸不单行，就在詹和青好不容易爬起身来时，手机振动了起来，他掏出来，看到屏幕上显示的那行文字。

另一边。

连续几天，池招和宋怡天天都不缺席露天电影的最晚场，结伴看过了几部战争片，在一众大爷、大伯中尤为激动。

走在回去的路上，池招说：“我真喜欢这种电影啊。”

宋怡回答：“我也喜欢。很残酷，又能感觉到自己的弱小无力。”

“就是说啊！”池招笑起来，“身体在这种时候才会因为审美发颤啊。”

宋怡说得太过入迷，往前走时绊到路边的石墩，还好及时稳住身体，这才没有摔倒。

半夜一两点，春日的夜晚弥漫着沉甸甸的露气。黑暗之中唯有月光透彻，将他们的面颊照亮，池招忽然向她伸出手。

宽大的衬衫将他衬得更具少年气息，他平静地问：“要牵吗？”

宋怡一怔，一时无法再跟他对上目光。她蹙眉，又听他说：“这样走路会比较安心吧。”

听到这种理由，宋怡总算把手伸过去。指尖刚碰到他的手心，她又下意识地想收回。然而，池招却先一步抓住了她。

她索性顺从，与他牵着手沿田边平稳的道路走回去。

池招的手仍然是冷的，宋怡忍不住叨念了一句：“你的手很冷。”

“抱歉。”池招给出简短的回复。

他突如其来的道歉，害得宋怡的耳郭又温热起来。

两个人握住对方的手以后，不知不觉，话语便少了下来。

她在拖延时间。宋怡知道，自己已经在不自觉地开始逃避。池招对崇名游戏而言不可或缺，他一定要回去，但她不想。

不能再继续拖累他了。她必须离开他才行。

宋怡屏住呼吸，决定现在做出回应。

她刚要开口，脑海中倏然闪现一些画面。

池招曾经对她露出过薄冰之下的笑容。他笃定地说“那好，就这样说好了”。

宋怡渐渐地回想起来，她曾经与池招许过这种承诺——我不会让池先生一个人的。

可是她食言了。

负罪感顿时将她吞没，她一恍惚，不慎错过说话的机会。

池招率先发出声音，夜色里，他的侧脸白皙又冷漠：“树蛙很想你。”

“什么？”宋怡试图甩开杂念，回忆起那只猫咪，“有时候……我也会想它。”

“还有夏凡，虽然他想你是因为工作做不完，办公室没人陪他说话也很无聊。”池招说。

听到这样的玩笑，宋怡的心情顿时轻松些许。夏凡的确是个很好的同事。

“那还真是辛苦夏助理了。”她回答。

月光皎洁，无声无息如雾气般将他们笼罩。池招与宋怡并肩往前走着。他忽然于沉寂中开口：“我也是。”

宋怡回过头。她正握着他的手，心中思绪紊乱。她想：为什么会这么冷？不要道歉，又不是你的错。

他的手太冰冷了，感觉很孤独，所以让人很想更用力地握紧这双手。

然后，她才反应过来他说了什么。

池招接着把话说下去：“我也想你。”

完了！池招肯定是穿越了！

穿过办公室时，隔板后面的员工们此起彼伏地跟副总打着招呼，然而詹和青只是眉头紧皱，随意地抬手回应。

他一脸沉郁，大步流星地走入办公室，坐下后才开始唉声叹气。

他实在想不到池招能去哪儿了。

之前在夏凡面前，詹和青并没有撒谎。他的确破天荒地主动联系了一次詹洛，詹洛听了他结结巴巴说出的问题，立刻呵斥：“没有池招你就不能上班吗？

浪费自己的时间就算了，居然还来烦我？”

骂完后，詹洛又缓和了语气：“小招那孩子压力大，偶尔出去散散心也好。夏助理说了没事就不要紧。”

詹和青说：“爸爸，我压力也大。”

“你留在崇名游戏好好努力。”说完，詹洛就挂断了电话。

詹和青握着手机，独自一人伫立在寒风之中，不由得想起小学六年级时，詹洛带他和池招去游乐场玩时的情形。

池招想玩过山车，詹洛就陪他玩了三趟过山车。詹和青想坐旋转木马，詹洛点点头：“去吧。我们在这里等你。”

那一天，詹和青孤身坐在寒风中的旋转木马上。当时的风也是这样凛冽。

年幼时，他不止一次委屈地哭诉：“爸！你到底是我爸还是池招他爸？”

詹洛并不回答他，只交代他要用功读书。但是，詹洛身边那位跟了他二十多年的助理却不忍心。

有一回，詹洛托助理买了生日礼物给詹和青送来。当时助理便多说了几句：“对于詹洛先生来说，您和池招是不一样的。您也好，小红小姐也好，从小受到的关注已经够多了，但池招不是。

“不论如何，在詹先生心中，您和小红小姐永远是第一位的。希望小詹先生不要误会您的父亲。”

詹和青拆开纸盒，里面的生日礼物是他前段时间随口一提想读的书。

虽然其实是秘书帮忙选的。

后来，詹和青长大了，也陆陆续续了解了池招。他见过了池招那个不苟言笑的父亲以及那个待所有人都无比疏离的母亲，还有认为“母亲”这个身份会束缚自己的生母。他时常觉得自己与池招中间有一道不可逾越的壁垒。但是，在他努力翻越的过程中，池招偶尔也会靠到那面墙上，从墙壁的另一端扔软糖过来，顺便用带着笑的声音说：“这个超好吃，你也试试吧。”

晚上，詹和青去了一间酒吧。

他点了一杯鸡尾酒，一边喝一边思考着池招可能的去处。

池招的生母好像去美国一个电影奖项当评委了，前几天传出跟好莱坞男星热恋，估计池招不在。

最近世界范围内也没什么游戏展览啊……

就在这时，詹和青脑海中忽然闪过一个可能性。

宋怡。

这些年来，池招在与人来往这件事情上始终很难捉摸。

他对待任何人都冷漠又亲切，即便刚才还亲密无间，下一秒就可以立刻换人。

宋怡有什么不一样吗？

詹和青正思索着，身边的座位忽然坐上了好几个漂亮女郎。为首那个身材火辣，眼角有颗痣，笑容仿佛一杯热过的葡萄酒。她将手搭上他的肩，红唇轻启："一个人？"

詹和青毫无兴趣地别过目光。他知道，吸引她们过来的罪魁祸首大概是他这身正装的品牌、手上的腕表以及随意搁在一旁的车钥匙。

"抱歉，在等人。"这显然是谎话，毕竟他都在这坐了半个多小时了。

对方大概没想到他会拒绝，旁边又有姐妹围观，丢脸程度可想而知。刚要发作，却又被别人拉到一边。

詹和青心中松了一口气，然而，另一个人却作为替代靠到吧台边。

她长发飘飘，微笑文静而澄澈，身上穿着雪纺连衣裙。

"对不起，"女声温软清甜，"我朋友鲁莽了。我给你道歉。"

詹和青举着杯子，一瞬间愣住了。

她让他想起了周书画。

看清周书画的真面目以后，詹和青就对自己的审美产生了怀疑。他已经了解了她们的不好惹，但不得不说，他对这个类型的女生毫无抵抗力。

"她也没有恶意，就只是看到你一个人，所以想陪陪你而已。"女生柔柔弱弱地说，"其实……我也看你好久了。要是你不介意，或许可以交换一下联系方式？"

不行。

要拒绝才行。可是，无论如何他也开不了这个口。

就在詹和青刚要发出声音时，远处忽然传来了一道嘹亮的喊声："弟弟！"

这声呼唤就好像一束光照到了詹和青身上。

他和对面的人都顺着声音回头，结果看到应是刚拿到毕业证不久的年轻女生朝这边走来。

詹和青眯起眼睛，打量了好一阵才依稀记起这个人。

好像是他给池招聘的新秘书。

叫“叽喳喳”还是“呜啾啾”来着？

下班时间，小秘书穿着一身年轻人时兴的皮衣和破洞牛仔裤，走来一把揽住詹和青，也不顾两个人截然不同的画风，继续说下去：“姐姐来了！让你久等了吧？”

詹和青一脸狐疑，却看到小秘书朝自己眨了眨眼睛。

这是什么美女救英雄的桥段？！

詹和青清了清嗓子，当即朝对面表情渐渐冰冷的翻版周书画开口：“不好意思，我等的人来了。可以的话，麻烦让个座位吧。”

等到旁人走远，詹和青才对着女生道：“小秘书？你什么情况？！”

“啊，别叫我小秘书了。夏助理已经给我办了离职。大公司真难生存啊，还好池总帮我写了推荐信。”她笑嘻嘻地伸出手，“请叫我的名字，吴秋秋吧！”

还真是“呜啾啾”啊。

詹和青没有和她握手：“你刚才……谁是你弟弟了？”

吴秋秋已经端起酒杯啜饮，傻乎乎地笑着说：“因为我看副总你满脸都是‘快来人救救朕’的表情！”

詹和青认输了。

“她点的都记在我账上。”他随意地跟酒保打招呼，随后起身就要走。

“哎！等等！詹副总！”吴秋秋没喝几口，就起身要追。

不知道为什么，詹和青总觉得很难面对背后这个小女生。他下意识地加快脚步，然而身后的吴秋秋也加快了速度。他拔腿就跑，没想到她毫不犹豫地脱下高跟鞋，拎在手里追了上来。

眼看着两个人在大街上就要展开生死时速，气氛一点就燃，即将引发爆炸。

就在这时，詹和青趔趄了一下，摔倒在地。

他身后的吴秋秋吓了一跳，愣了一会儿，最后还是跑上前去：“副总！你的车钥匙落下了！”

从繁华的都市到夜深人静的村落。

与崇名游戏大楼中忙碌的人不同，这世上有其他角落的人正处在悠闲当中。

看过露天电影的二人手牵着手在昏暗中走回家。

“我也想你。”池招于月色中说了这样的话。

宋怡惊讶地望着池招，十指不由自主地蜷缩，到最后紧紧地握住对方。她一怔，有什么顺着月光滑落进心脏的缝隙中间。

“我也是，”最终，宋怡用冰冷的声音说，“在崇名游戏工作的日子让我非常想念。”

“那就回来上班吧。”池招坦然地回应，“我们都很想你。《acdf》步入正轨了，正是缺人的时候，办公桌和你的西兰花盆栽都还留着。”

宋怡觉得胸腔里沉甸甸的。可是池招越表现出信任，她就越感到惭愧。她从他手掌中抽身，尽可能冷静地开口：“之前，我承诺过不会让池先生一个人。但是，最后，我还是做了背离原意的事情。如今回去也已经没有意义了。”

池招的神情纹丝不动，没有恼怒，反而一如既往沾着点滴笑意。

他突然问：“你还在画画吗？”

尽管宋怡对话题的突然转移感到讶异，但还是立即回答：“已经不画了。”

“好可惜，其实我很喜欢你的作品。”池招淡淡地说。

“是吗？谢谢。”宋怡客气地应对了一句。两个人继续朝前走，她踢着路上的石块，霎时间，她意识到什么。

“等一下，”宋怡侧过头去问，“您怎么……”

宋怡从没告诉过池招有关那场全国中小学生绘画比赛的事情。

那时她的卑微，她落空的希冀以及她久违的眼泪，都是她觉得已经无所谓的往事了。

然而，池招轻而易举地提起了。

他说：“那次我去你家，不小心弄掉了你桌上的相册，里面夹了当时的奖状。”

宋怡不禁停下脚步。

池招仍往前走了几步，又回过身来说：“其实当时还有获奖者合影，要交十五块钱才能洗。我觉得没什么意义，就没给，看样子你也没有吧？”

的确，对于那时的宋怡来说，十五块不是一笔小钱。

“当时觉得没有意义，但是现在想来，要是那个时候洗了就好了。”池招说，“时限没到，你的辞职信还有返还的余地。”

宋怡感觉喉咙像被什么复杂的情绪堵塞得说不出话来，眼睁睁地看着池招往前走。

她看着他的背影，悬挂着的心因不安而剧烈地摆动起来。

宋怡的一颗心摇摇欲坠，脚下的钢丝在被温柔对待的一瞬间仿佛断裂开来。夜晚的风，田野里的香气，池招即将消失的背影，她终于跌落下去。

她朝他喊道：“池先生，对不起。”

仿佛你进我退的游戏，坦诚相待后的焦灼刚空缺出来，对詹和青的歉疚感又将其填满。她只能尽可能含糊其词。

“入职以来，”宋怡说，“我一直在监视你，而且向别人提供关于你的情报。”

她看到池招的背影微微停滞。

他转过身，看向宋怡时脸上没有表情。

他远远地望着她，目光清冷，像清晨的潮水悄无声息地涌来。

宋怡咬紧牙关，做好了承受侮辱与白眼的准备。就在她垂下头去闭上眼睛的那一刻，风中传来一声嗤笑。

她抬起头，看见池招忽然笑起来。

他笑时垂下头，双手抱胸后退了一小步，随后再加快步伐走上前。

宋怡被他吓到，无意识地伸出双臂防备，退了几步，又想起自己的立场。她再次开口想要道歉，却听到池招给出回应。

“就这样？”池招笑着问。

就这样？

透过两条手臂之间的缝隙，宋怡疑惑的目光在他身上流连。

五子棋让贤事件之后，每天都有一大群小孩儿会来宋怡家的院子外面大喊：“大哥！大哥！一起玩吧！”

他们家是只有一层的平房。宋怡正在晾衣服，奶奶则看着电视，宋怡仰头对着屋子里叫池招的名字。随后靠外的窗户被推开，他直接从那里一跃而出，一边扣着衬衫领口的纽扣一边往外跑去：“来了——”

奶奶总是掩着嘴笑起来：“小朋友还真是可爱啊。”

没过多久，池招便会回来。含着从孩子们那里拿来的水果糖，坐在奶奶旁边等宋怡一起出门。平时奶奶不看京剧，对新闻也没兴趣，最爱看的是恋爱电视剧。之前池招曾经塞给宋怡好几张情感电视剧的DVD，离职后她全部带了回来，奶奶很喜欢。

电视机里，女主角对着恶毒女配角厉声喝道：“还没闹够吗？请你自重，谢谢。”

电视机前，奶奶看得津津有味。

宋怡又穿上她那身村姑打扮。草帽、劳保手套，最近还加上奶奶年轻时的玫红色墨镜。

池招则一如既往很随便，只是多戴了一双劳保手套。之前钓鱼时也是，詹和青都戴了顶渔夫帽，他倒好，一点儿防晒的概念也没有。

结果晒伤了还要去医院。

但晒黑了几天就能白回来，简直是天赋异禀。

“哎呀，”在他们出门时，奶奶捧着脸开口道，“宋怡，既然都决定要把田租出去了，那等租户来除草也是可以的吧？”

宋怡淡淡地回答：“给别人添点儿方便，是希望别人同样能方便我们。”

奶奶顿时笑起来，又朝池招开口：“你看，我们宋怡就是这么死脑筋。明明是为别人考虑，还能说得一点儿都不中听。”

池招也只是笑了笑。

奶奶继续问：“小帅哥，等去了你们那边，我真能跟宋怡住在一起吗？”

宋怡走上前，在奶奶的座位前蹲下身来，细心地替她整理好裙摆道：“崇名游戏的员工宿舍很宽敞，待遇又好，家人是可以一起住的。”

“那就好！”奶奶又看向池招：“小帅哥，到时候，你也到我们那边去玩吧？”

池招没有表情，却突然抬起双手点头。直到宋怡推着他转身都没放下。

她低声问：“你这是干吗？”

他也低声回答：“我也不知道。”

他们一起去了田野里。

原本宋怡料想池招是绝对不会割草的，然而，他刚到便利索地忙碌起来。

那双冰冷的手适合在奢侈品店掏出漆黑的信用卡，也适合转着压感笔在键盘上敲打，拔起野草来却充满违和感。

宋怡站在一旁问：“你怎么会做这些？”

“你之前是不是还以为我没坐过巴士？”池招埋头笑着说。

“因为，池先生，”宋怡迟疑着说下去，“你确实看起来不像是会做这些事情的人。”

池招下意识地略过这个话题：“等回去以后，记得把落下的工作都补上。有好些文件夏凡都来不及看，临时工才签的保密协议，没法儿放心交给她。结果堆在那里，越积越多，麻烦死了。”

“好的，我知道了。”宋怡轻轻地点头，公事公办地承接下来。

几天以前。

他们站在夜晚田间的道路上，面对鼓起勇气实话实说的宋怡，池招给出了这样的回应："就这样？"

宋怡满脸迷惑地看向他，却听到池招接着说下去："你就只是因为这个辞职的？"

宋怡因摸不着头绪而大脑一片空白，点点头又摇摇头。

池招笑起来，转过身去，平静而散漫地问："那个'别人'是詹和青吧？"

"是……等一下，咦？"宋怡那张总是过度冷静的脸上难得出现慌乱，皱着眉道，"您知道？"

"嗯，"池招也没迂回，大大方方地点头承认了，"我知道啊。"

宋怡更加诧异了："那詹副总他……"

"应该不知道吧。他试探过我好几次。在这件事情上，他做得很谨慎。假如是用来对付别人，我一定会夸他。"池招随性地迈着步子说。

"那，请问您是什么时候知道我是的？"

"一开始。"池招毫不犹豫地回答。

这次轮到宋怡沉默了。

"怎么样？"末了，池招说，"工作还要不要？"

宋怡垂着头，深刻地反省了半分钟。

"谢谢池先生。"最后，她还是向生存低头。

回到白天的田垄间，宋怡和池招忙碌了几个小时以后，一起去了不远处的小卖部。

坐在门口歇息时，池招问："你爸妈的事情怎么样了？"

宋怡看了他一眼，随后冷静地答道："我爸爸还在家里。听说我妈被诊断出精神问题，送到医院去了。"

"治疗费用是谁在承担？"

"我付一部分，我爸好像也开始工作了。"宋怡话音刚落，口袋里的手机忽然响铃。她掏出来，看到来电人是詹和青。

在得到池招的同意以后，宋怡接通："喂，您好，詹副总。"

电话那头，詹和青的声音听起来很忧虑："喂？！喂！宋怡，宋怡，池招在你那里吗？"

宋怡用波澜不惊的语气果断地承认："在的。"

“啊，我就知道，这个外星人，肯定不会那么容易找到。神经病，死小孩，他到底死到哪儿……什么？他在吗？”詹和青的语气难以置信得颤抖起来，“他在的吗？！啊？！那他是不是……”

“他知道了。”宋怡的语调毫无起伏，回过头看见池招朝自己招手，“副总，您要和池先生通话吗？”

“等等！现在吗？不，不要，不要把手机拿给他！啊！”詹和青一声惊呼，却还是在电话那头听到了池招的声音。

池招两只手拎着水杯，只是单纯地侧过身来。而宋怡则按住座椅，拿着手机倾身靠过去。

她把手机贴到池招耳边时，他回头略微看了一眼，随后抱怨：“屏幕裂得好厉害，等回去给你买一部新的当入职礼物吧。”

宋怡没有推辞，只是请他及时回复詹和青。

“喂，”池招说，“小詹同志，是我哦。”

也不知此刻得到他消息的詹和青有何感想。

“这些年来，”池招没有诘难他，只是声音不紧不慢地说下去，“你和詹叔一直努力关心我。辛苦你们了。”

电话那头的詹和青闷声不响，听筒里只剩下他有序的呼吸声。

池招说完最后的话：“我很快就回去，带着宋秘书。所以，到时候见。”

语毕，他回头示意宋怡拿开手机。宋怡将手机放回自己耳边，并与詹和青地郑重道别。

刚才替池招拿着手机时，宋怡忍不住打量他的侧脸。他的睫毛在眼下落了一小片阴影，脸上没有笑意，因而衬得整张面孔没什么生气，却漂亮得毫无疑义。

她看得出神时，池招忽然偏过头。他捕捉到她的视线，随后探究的目光变得疑惑起来。

宋怡没解释也不慌乱，只是淡漠地别过脸去。

“您和詹副总的关系很好呢，”挂断电话以后，宋怡收起手机说道，鬼使神差地，她忽然做了一个不合时宜的对比，“好像比兄弟还亲密。”

“是吧？”池招却没有介意，“二哥还需要人保护，和青却不用。”

面对上司的隐私，宋怡不吭声，只是悄悄地抬起眼睛。

池招站起身，面朝日光，背影却跌入阴沉的深渊。

“所以才不能告诉池遇，”他说，“大哥是自杀这件事情。”

与此同时，副总办公室里的詹和青挪开手机。

他神情茫然，恍恍惚惚地抬头看向架子上的照片。里面有他刚进崇名游戏时与公司早期成员一起的合影，还有某一年年终会时他喝醉酒后被人偷拍的窘态。

视线下滑，最终落到他、池招以及詹洛当年在游乐园时拍下的旧照。

相片里，詹洛仍旧静静地微笑着，池招神色自若地吃着草莓味的冰激凌，只有詹和青满脸不高兴。

他依稀回想起那时，年少的自己也曾对池招发表过不满："你抢我爸爸！"

但池招不以为意，只是带着笑意回答："不好意思哦。作为补偿，我来做你爸……"话没说完，就被詹和青的一句"滚"给堵了回去。

正当詹和青沉浸在童年的回忆中，电话铃声忽然响起。他接通，助理询问是否要见一位没有预约的小姐。

"是谁？"詹和青问。

"她说……请问您叫……她说她叫'呜啾啾'。她说就是那天追着您跑了三条街，害得您摔倒的那位。"

詹和青知道那是谁了。

他心情复杂地扶着额头回答："让她上来吧。"

几分钟后，曾经在这家公司短期任职过的女生就堂而皇之地走进了他的办公室，并且，带着一袋子菠萝。

"詹副总！"吴秋秋一路小跑着冲来，将菠萝放到他的桌上，"我买了些慰问品来给你赔罪了！"

詹和青还没开口，她便掏出一把菠萝专用的削皮刀，热情洋溢地说道："我这就给您削一个！"

"别，吴小姐，你的好意我心领了。"詹和青神色凝重，腹诽以后要把安检纳入他办公室的必要流程之一，"假如没什么别的事情，喝杯茶就走吧。"

他拿起电话，一边按下联络秘书的快捷键一边问："咖啡和白开水，你要喝哪个？"

"嘿嘿！奶茶，不加糖，多点奶，谢谢！"吴秋秋乖巧地坐下来。

还真不客气。詹和青腹诽。

"你的工作怎么样了？"毕竟对方也给自己千里迢迢拎来了菠萝，出于礼貌，詹和青还是问了一句。

“我去当主播了！这是我大学时就想试试的行业，”吴秋秋说，“签了一个小平台！”

毕竟也没少接手网络传媒的工作，詹和青对此没什么偏见，只点头说道：“那祝你顺利。”

等吴秋秋喝完那杯奶茶，詹和青才送她出去。其实他很想让她把慰问品带回去，但菠萝太沉，她一个小姑娘，提过来已经很不容易了。

到了电梯口，詹和青刚要与吴秋秋道别，便见走廊尽头一个白色的人影飘然而至。

周书画人如其名，仿佛书画中拓印出的古典美人，优雅地朝这边走来。

目光触及她的一刹那，詹和青条件反射地扭头想走，却被吴秋秋一把抓住。

“怎么了？副总，你不舒服吗？”吴秋秋回头，周书画正笑意盈盈地朝这边挥手，“那是谁啊？”

其实詹和青完全能够占据上风，但一想到自己被周书画耍得团团转的悲惨经历，他就抬不起头来。

“别抓着我，快让我走，她是魔女啊，魔女！你不是之前想知道宋秘书去哪儿了吗？就是被魔女吃掉了你知不知道……”詹和青几乎已经意识混乱，拼了命地想挣脱开来。

但来不及了，周书画已经走到了他们面前。

“詹副总，还有这位，有点儿眼熟的是……”周书画优雅地微笑着，“詹副总，最近没怎么见到你，你过得怎么样？我很担心呢。”

“是吗？托你的福过得很糟糕呢。”詹和青面无血色地回答。

周书画面露难色，紧接着轻轻地叹气，低下头时，眼眸里竟然有微微闪动的悲伤：“对不起，副总，其实我没想过要伤害你。真的，你是我在公司里最尊敬的人。”

詹和青只觉得她好诡异。如果可以，现在他想掉头就走，然后回到办公室抱着膝盖看从池招那里借来的《小马宝莉》。

“我一直把副总当作很好的哥哥。”周书画说，“只是池先生他……当然，也不是池先生的错，都是我不好。对不起。”

吴秋秋在职时间太短，没有认识所有员工的机会。但光凭这几句，她大概感觉到了一些他们的恩怨情仇。

她眨巴眨巴那双闪亮的眼睛，看了看詹和青生无可恋的脸，又看了看周书画悲伤而美丽的神情。

“请问一下，像小姐姐你这样的人，”吴秋秋露出一个大大的微笑，看向周书画，用百分之百天真烂漫的语气问，“就是传说中的‘绿茶’吗？”

她的问题里没有掺杂任何恶意，笑脸就像无邪的天使，径自射出毫无中伤动机的利箭。

不只是周书画，就连詹和青也不由得瞠目结舌。他大吃一惊，吴秋秋则对他们突然的沉默不解：“怎么了？我搞错了吗？”

仅仅因为“呜啾啾”的这一句话，他们周围仿佛卷起了一阵飓风。

然而，与几日之后的状况对比，这样的风浪，也不过只是春日里一阵微不足道的清风而已。

因为三天以后，池招回来了。

第十一章 劝退与漫展

♡ ♡ ♡ ♡ ♡ ♡ ♡

池崇是自杀的。

这就是池遇苦苦追寻的真相，也是单景一挑拨他们手足关系的凭据，且还是池招与父亲达成共识决定隐瞒起来的秘密。

人或多或少有缺点，但是池家的长子池崇没有。

池崇是完美的。学生时代的成绩常年稳居年级第一，从国内一流大学毕业后远赴国外深造。没有乱七八糟的传闻，生活作风也无可挑剔，与初恋女朋友相识多年、门当户对。

在长辈眼里，他是懂事而优秀的继承人；在弟弟面前，他是温柔而成熟的大哥；在外界评论中，他是领导崇名文化的不二人选。

崇名文化改名前叫“池氏”，在当时的池氏晚宴上，池崇常常会钢琴弹奏。他的钢琴声悠扬而有力，所有人都不由自主为之驻足。没有人不爱他，尤其是他的两个弟弟。年少的池遇望着这样的哥哥偶尔喃喃自语：“简直是维纳斯亲吻过的人。”

池招站在他身边，侧过头看了二哥一眼，又继续注视演奏中的长兄。

“好痛苦的声音。”少年池招说。

有时候，池崇会搂着池遇的肩膀，又摸摸池招的头发说：“成功当然很重要，但假如不快乐，成功了也没有用处。”

就是这样完美无缺的池崇选择了自杀。

他开车撞翻护栏冲进了大海里。崇名文化宣称这是一场事故，并出示了尸检报告与跑车刹车故障的检验结果。

一切就此尘埃落定。

去车站乘坐回去的巴士以前，宋怡带池招去逛了镇上的早市。

他用吸管喝着袋装的牛奶，跟着宋怡在各色商铺间闲逛。看到其中一间店时，他不由得停下脚步，从摆在门口的摊子上拿起其中一样商品。

那是一间儿童文具店。

说是文具店，其实杂七杂八卖很多东西。男孩子爱玩的游戏卡片，女孩子喜欢的魔法仙女棒，门口还摆着形形色色的香水橡皮。

宋怡停下脚步，折返回来提醒他："池先生，等会儿还要回去接奶奶，所以不能逗留太久。"

"嗯，"池招拿起一根粉色、蓝色和紫色交汇而成的仙女棒，不辨喜怒地发笑，"我想买这个。"

宋怡看了看那个魔法道具，然后毫不犹豫地付钱。

他们刚要走，就看见一个女孩儿和她的母亲一同走来，她们也想买同样的仙女棒。不承想女孩儿鼓着腮帮子问了一句："这个是正版的吧？"

这里民风淳朴，老板也是个实诚人，乐呵呵地笑着说："哎呀，我也就是随便进的货，不清楚呢。"

一旁的池招忽然开口："是真的哦。"

他熟练地将仙女棒倒过来，在底端有一截纺织标签："假如这里有写'克拉拉'三个字，就是正品。"

等到离开商铺走上回去的路，宋怡忍不住道："您了解得很详细。"

"嗯，"池招说着，随手把玩着那根仙女棒说，"这个是国内第一部这类题材电视剧的周边。"

他说了一些行业内的故事。

当时这部魔法少女电视剧筹拍时预算很低，刚播出时反响不错，有玩具厂商主动找来讨论周边制作的问题。

然而，那一年发生了一起儿童被不合格玩具炸伤眼睛的事件。事情闹得很大，一时间，玩具制作商都遭到严格审查。魔法少女的负责人畏首畏尾，担心发生类似事件，反而影响到电视剧的续集制作，于是没有答应周边授权。

然而事与愿违，官方不制作也挡不住小观众们想要魔法棒的热切心情，于是盗版应运而生，并泛滥成河。

而且续集也因为各种各样的原因未能通过审核。

“追回版权或许可以拿到赔偿，但是这种事情谁也说不准，盗版厂商太多了。况且打官司也需要钱。”池招说，“他们本来时要放弃的，不过运气好，拿到了一笔赞助。虽然也没讨回多少。”

赞助？

宋怡默不作声，从池招手里接过仙女棒的塑料包装。

“总而言之，盗版对正版的打击是毁灭性的。”池招说，“好在国内的版权意识已经比几年前强多了。”

她知道自己无须回应，不过，池招此刻突然谈起游戏的问题，她忍不住望着他平静的侧脸，猜想他究竟有何打算。

池招没打算说，她也不问。

宋怡又朝前走了几步，看到仙女棒的包装袋里有说明书。她随手取出来，翻动时在底页看到一行文字：特此鸣谢崇名游戏对本产品的支持。

宋怡抬头，静静地看向池招的背影。

一部续集“流产”又颗粒无收的电视剧，谁会无端给他们钱？

宋怡恍然间知道了什么。

但她不知道的事情还有很多。

比如“呜啾啾”小姐的大驾光临。

与宋怡、詹妮和周书画不同，假如用一句小说里的台词来形容詹和青对吴秋秋的印象，那一定是——女人，你这是在玩火！

第二次见面以后，詹和青就控制不住自己点开吴秋秋的直播间。

她签约的的确是个小平台，新人主播，人气一般。直播间名叫“秋天不回来”，与其他全职女主播一样，她会在直播间玩游戏、唱歌、吃饭……以及进行其他日常分享。

一开始詹和青点进去的时候，只是准备看看她的工作状况，并给她送点儿礼物，能帮忙的地方就帮一下。

他没有别的意思，毕竟那天在周书画的精神攻击下惨败时，是吴秋秋及时出手，为他扳回了一局。

他真的不是去看她直播的。

首先，詹和青注册了一个账号。

他正打算一如既往使用“青年文摘”这个固定ID时，犹豫了。万一被人认出来，那多丢脸啊！

于是詹和青琢磨着换一个名字。

“青青草原”也不行，这名字揭示了他追求周书画的悲惨历程。太悲伤了，不妥当。

那就“青春有你”吧。结果输入时显示重名了。

最后，詹和青用“会宾楼老板柳青”这个名字注册成功。

詹和青刚进直播间就吓了一跳，因为吴秋秋正在削菠萝。话不多说，詹和青给她刷了一批礼物，就听到她笑着抬起头，看着屏幕说：“谢谢会宾楼老板柳青！”

——哇！我被点名了！

詹和青坐在屏幕前神色凝重，一种自豪感油然而生。

就在他想敲一句回复时，楼下突然打来电话，是他在技术部门交好的员工。对方一副“搞事了”的兴奋语气：“副总，你快来！美术那边快打起来了！”

和池招这种公认“可怕”的上司不同，詹和青在下属面前的形象更加亲切，好处当然不少，但弊端也一大堆。

比如这种鸡毛蒜皮的小事，他也躲不开。

詹和青无可奈何地把直播间搁置，起身调整着领带下楼。当他到达楼下时，只见办公室外的会客区里站着几位设计部门的员工，其派别也相当明显。

大多数女职工站在一侧，而另一边则是周书画，身边还有好些正在安慰她的男员工。

詹和青走过去问道：“怎么了？”

主美很早就进了公司，与高层都算熟悉，此刻率先开口：“周书画整天跟PM（产品经理）吐槽我们，自己却老耽误事情，搞得大家要重做。还和PM吐槽我们做得差，PM把截图发出来了，又推锅给PM，真好笑……”

没等詹和青开口，周书画便抽噎起来，眼眶红红的，像是马上要哭出来：“我真的没打算这样做。”

“你们也消消气。”一个男同事插话，“其实书画也没说什么，干吗这么小心眼儿啊。大家相互体谅、相互帮助。你们这几个姐，别搞得这么尴尬好吧……”

听到这里，周书画低头哭泣起来。

在她双臂掩盖之下，那张和谐静美的脸动情地哭泣着。

在周书画的人生中，哭泣是她再擅长不过的事情了。

周书画不是鼠目寸光的白痴。在这过程中，她也逐渐悟出了前进的法则。

男女之间的差异是与生俱来的，女人踩在男人身上前进无可非议，而驾驭男性对她来说易如反掌。

眼泪是女人最锋利的武器。

不过她也不是没有过失误。例如这一刻，她不小心得意忘形，忽略了那群同性的感受。

但那又怎样？掌权者是男性就没关系，男女比例照旧失衡也没关系，詹和青都来了，那就更加没有关系了。

近期她唯一没有越过的障碍就是池招。

即便如此，周书画仍旧胸有成竹。

他让她坐了他的车，送她回家，还被她支走了秘书。攻略他只是早晚的事情。

她专心致志地哭着，殊不知，詹和青已经开始考虑是否要动用直接开除员工的权限。

这会儿是非常时期，不能因这点儿小事动摇大家的心神。

他刚要开口，手机忽然响铃。

副总要接电话，周边原本吵闹的众人也不得不安静下来。只见詹和青把手机贴到耳边，认认真真地聆听，随口应和了几句，然后放下手机。

“池招回来了。”詹和青挂断电话说。

驻守在门前的安保人员朝来人点头致意，正在通电话的前台小姐也捂住话筒向他问好，大厅内的旁人遵从本能地压低声音，纷纷闪躲。

秘书上前为他按下专用电梯，恭敬地开口：“池先生请。”

他单手抱着中华田园猫。不论是合身高级的正装，还是出众得闪闪发亮的外貌，浑身上下都透着闲散的骄矜。

他回来了。办公室里刚才还争执不下的众人顿时消停。

尽管刚才吵得不可开交，此刻，所有人心里都只剩下工作——

收费运营的准备工作是否完成？总结是否定稿？新的限定活动还要改动吗？

然而人群还来不及散去，电梯门已经打开。池招板着脸吓人，笑起来也吓人，表情意味不明的时候最吓人。他从电梯里走出来时，手里拿着一支仙女棒——这可以说是他这一年里最奇怪的登场。他没有急着问候大家，只是在非同寻常的死寂中缓步上前。

“你——”他用仙女棒指向刚才开口的男美工。

池招走近时，员工们下意识地让出道路。他用那支魔法少女的道具依次指向几个人：“你，你，你，你。”

最终，他看向双眼泛着泪光的周书画。

“还有你。”笑容严丝合缝地贴在脸上，池招一字一板，像念魔法咒语一般地说下去，“劝退。”

有人诧异，有人哗然，有人并不感到意外。

作为一间无时无刻不追赶甚至引领潮流的游戏公司，效率跟不上的，水平落后的，淘汰员工是家常便饭。主美松了一口气，双手抱胸，将赞许的目光投向池招。这才是崇名游戏，这才是池招。

池招转身，把仙女棒塞到詹和青手里：“跟人事那边说赶紧招人吧。”

他毫不迟疑地抱着树蛙上楼。

周书画满脸茫然，这时才难以置信地冲上前去：“池总！池先生！您是不是误会了什么？我……”

话语突然卡壳，周书画无法再往前走任意一步。

因为宋怡拦在了她的面前。

“宋怡？”周书画在见到她的这一刻，脸上完美无缺的柔弱面具头一次松动了。她震惊地来回确认，那个本该已被她踢出擂台的宋怡竟然又出现了，“你怎么在这里？”

宋怡只是沉默地注视着她。

周书画不禁摇头。不，来了就来了。她咬牙切齿地压低声音：“你就不担心我把那件事……”

她的话还没说完便被打断。

“还没闹够吗，周小姐？”宋怡神色冰冷，毫不动摇地开口，“请你自重，谢谢。”

周书画猝然失去重心，身体一歪就要跌倒。

背后的电梯发出提示音，宋怡再次环顾一周，客气地告知其他人：“打扰了，感谢各位的配合。”

池招走进电梯时，正靠在墙边摆弄手机，见她进来，忍不住戏谑地问了一句：“那是前两天看的电视剧里的台词吧？”

即便被戳穿，宋怡也泰然自若，开始汇报这一天的日程："过几天有董事会，在此之前建议您先熟悉不在的这几天里的工作进度。"

"不急，"他说，"先跟小詹同志聊一下。"

此刻詹和青还留在楼下。

周围的员工们差不多都回去各自的工作岗位，被宣布开除的几名神志尚有些恍惚。詹和青握着那根仙女棒。

他在原地愣了好一会儿，这才回过神来上楼。

詹和青推开办公室的门时，看到池招正站在窗边向外远眺。

他走进去，放下手里的东西时问道："一回来就开除人，你不会只是一时兴起吧？"

池招头也不回，目光落在远处百货大楼《acdf》的宣传海报上说："呆瓜想赶着跟在我们后面做网游，现在肯定很缺人。"

"所以你在给他送员工？"詹和青蹙眉，就在这时忽然想到什么，问，"那些人里有你的卧底？"

"怎么可能？我只开除没用的人。再说了，"池招笑出声来，转过身朝詹和青看去，"我和某些人不一样，是不会安插什么眼线的。"

詹和青知道他是在挖苦自己。

池招气定神闲地走向门口说："在这里对我来说没用，但到了呆瓜那里可能就有用了。他那么想跟我们一样，肯定什么都向我们看齐。"

"所以？"

"限定活动的稿子已经交下去让做了？改成竞稿吧。多选几个能用的出来。"

詹和青望着他的后脑勺儿，稍作迟疑后豁然开朗。

"你不会打算……他会上套吗？"詹和青忍不住笑起来，"这也太阴险了吧？你就这么讨厌单景一？"

池招没否认，走出门去，突然又探回身来。

"那个，小詹同志，我觉得你能培养一点儿兴趣爱好很好，但是，"池招说，"不要在上班时间做这些。"

一开始，詹和青有点儿摸不着头脑，直到他走回电脑面前。

吴秋秋的直播间赫然置顶在浏览器最顶端。

詹和青惊叫一声，手忙脚乱地跑去关掉，然而在最后，他看到吴秋秋朝着摄像头笑着说了这么一句话:“下个星期日我去ACGJOY(动漫动画展会)出外景!到时候请大家记得来看我直播!有缘的话现场也可以跟我打招呼!谢谢!”

詹和青盯着变成灰幕加一行“主播不在家”的播放器,渐渐地冷静下来。

ACGJOY是国内知名的二次元展会,一年举办两次,极佳的地理位置与悠长的创办历史使它成为御宅族们心目中的盛典。

在漫展上,大家可以购买同人周边,观看角色扮演表演,参加知名创作者的签售会和二次元同好见面,除此,还可以体验一些游戏产品。

说起来,最近快到展期了。

崇名游戏的作品每年也都有专区。之前他们作为代表的主要是几个国外授权的网游,然而这年《acdf》进展飞速,这次宣传的必要性可想而知。

不过即便要宣传,这和他们这些高层并没有直接关系。詹和青要做的,只不过是在一份又一份的文件上签字罢了。

詹和青这么想着,刚要退出去,就看到主播“呜啾啾”又更新了一条文字动态——

“忘了说,到时候我会穿泳装去哦!”

詹和青被一口咖啡呛住,扶住书桌剧烈地咳嗽起来。

几天以后,宋怡第一次去了崇名文化总部。

之前每次都是夏凡去,但这回夏凡忙着处理别的工作。

宋怡对崇名文化大楼的第一印象是“天花板好高”。

另外,周围还有几栋同样气派的建筑与崇名文化遥遥相望。透过观景电梯,宋怡发现那些都是能与崇名文化相匹敌的大企业。

几位之前当面见过或在资料里看过的董事陆续到场,但池招的父亲仍旧缺席。听说他在西班牙,没有时间赶回来。宋怡提前上了洗手间,以确保自己能全程跟在池招身边,不会掉什么链子。

正如墨菲定律所说,越担心的事越有可能发生。

在起身替池招接收材料时,宋怡的高跟鞋鞋跟断了。

“咯噔”一声,幸亏大家都专注于正在播放的幻灯片,没注意到这边。

鞋店是不可能去的,时间根本来不及。宋怡只能硬撑下去。她将重心稳定在脚尖,尽管这样很累,但也是不得已而为之。

好不容易熬到散会,池招又被某一个董事叫去说话。宋怡站在一旁等候,脚已经濒临抽筋。这时，身后忽然有人拍了拍她。

宋怡和这人说过话。之前崇名晚宴上，他给池招倒咖啡，结果被她直接挡了回去。

“詹先生请您过去一下。”他是詹洛的助理，“放心好了，我们会知会池招先生的。”

宋怡知道自己没有拒绝的资格。

到达那间充斥着英国梨香气的办公室时，宋怡的心情难免有几分忐忑。她穿过隔间的门，看到詹洛正独自一人站在书架前。

“宋小姐，”詹洛微笑，“请坐。假如不介意，试试桌上的那件礼物。”

宋怡坐下，打开桌上的礼盒，里面是一双柠檬黄的高跟皮鞋。

“这个……”

“你现在很需要吧？送给你了。”詹洛说，“面对长辈，太客气可是会很失礼的。”

面对这位年长的绅士，宋怡最终还是弯下腰去换鞋。她穿上了，不是她的码数，但也相差无几。

“非常感谢。请问，这原本是准备给詹小姐的吗？”她问。

“是给女朋友的。”詹洛微微一笑，原本要点燃香烟，但顾虑到她在场，又熄灭了。

宋怡一怔，忽然想起有所耳闻的信息。詹洛很早就和妻子离婚了，之后一直未婚。

注意到他的细节动作，宋怡抬手：“您请便。”

詹洛却摇摇头，放下烟问：“小招最近还抽吗？”

宋怡如实回答道：“很少。”

“我和他爸都是老烟枪了。我对孩子不怎么严苛，他爸就不同了。”詹洛笑道，“你知道池崇的事情了吧？”

宋怡一怔，甚至不由得怀疑自己身上是不是有窃听器。他为什么会知道？

詹洛看穿她的心思，慢悠悠地坐下：“我只是猜的。”

宋怡也挤出一丝微笑：“请问您找我有什么指示吗？虽然很歉疚，但相信您也能猜到，我不能再向詹先生提供情报了。”

“的确，有一件事情要委托你。”詹洛说，“陪在池招身边吧。”

突然听到这样的话，宋怡一怔。

詹洛淡淡地说下去："池崇过世，他参与了很多后续工作。面对社会各界的公关也好，安抚他自己剩下的那个哥哥也罢。但其实，他一定也很伤心。"

他忽然伸出手，在桌面上放下了一枚什么东西，并朝宋怡推了过去。

为了对外界解释成事故，池崇的手机作为关键性证据得到回收。任何资料中都不曾提及这个物品。

而此刻，经过修理以后，它好端端地出现在宋怡面前。

长久的沉寂过后，詹洛开口，问的却是听起来毫不相关的事情。他说："宋秘书，你有没有相信过什么人？"

宋怡脑海里第一个闪现的是父亲。暑热中在树荫之下紧紧抱住她的父亲以及在输钱以后气急败坏、双目通红扑向她的宋作为。

池崇在坠海前一直在拨打某个人的电话，但对方始终没有接通。于是他便一通又一通地拨打。

与此同时，池招也一次又一次地给他打电话。

死前池崇没有接弟弟的任何一通电话。

"池崇是个无可挑剔的好孩子，但也是个愚蠢透顶的笨孩子。"詹洛夹着香烟，并没有点燃，目光带着笑意落到未知的方向，"他相信了错误的人。"

宋怡已经顾不上上下级之间的界限，忍不住将问题脱口而出："那个不接他电话的人是谁？"

但詹洛没有回答，只是微笑着说："小招相信你，我希望他没有犯和池崇一样的错误。"

在池招看来，他没能挽救他哥哥的性命。或者可以这么说，池崇拒绝了他的挽留。

宋怡离开詹洛的办公室时，换回了自己的鞋。

她的脚痛得要命，但仍旧健步如飞，等回到崇名游戏的地下车库才一瘸一拐起来。

宋怡扶着墙缓慢地往前走，池招则不得已放慢脚步，又好笑又可怜地问她："要不你在这里等一会儿？我去给你借一双下来。"

宋怡摇摇头拒绝了。

她想起刚才在詹洛办公室里自己的回答。她说："鞋子，我还是没法儿收下。但是不用您说，我也会陪着池招。他不会犯那种错误，我绝对不允许再有人这样伤害他。我绝不会丢下他一个人。"

话是那么说，但扶着墙艰难行走的过程中，宋怡望着池招的背影，忍不住想，那是什么感觉呢？

在一次又一次被挂断电话的途中，他一定卑微地哀求过吧，大约会为兄长的冷酷而感到无力吧，或许也会陷入绝望当中。但他的电话持续到手机因落入大海而失去信号的时刻。

他哀求到了最后。

“池招。”宋怡忽然开口。

池招转过头，满脸散漫的样子。

“可以牵手吗？”她伸出手去，“就像那天晚上一样。”

池招怔了片刻说：“走不动了吗？可是我的手很冷。”

宋怡摇头回答：“没关系。”

于是他伸出手来。

她没来得及回过神，就已经和对方十指相扣。池招用另一只手收起手机，侧过头，朝她微笑：“痛就不要硬撑了。”

宋怡跟着他缓步朝前走。面对自己的困难也许久不曾流泪的她，忽然有点儿想哭。

池招用电脑浏览器的语音功能朗读单景一新游戏的首发文案时，正在自己跟自己下国际象棋。他一边检查自己一边高声抱怨：“这故弄玄虚得一点儿都不好！怎么可能有宅男买账啊！”

“有哦，数据看起来还不错。”夏凡根本不给上司留面子，径自戳穿道，“你要看吗？脱水版。”

池招把眼罩从脖子后面拉到前面，再从下巴拉上来，遮住眼睛说：“呆瓜也是有点儿中二病在身上的啊。”

下棋很无聊，他也有问过宋怡要不要来玩，但在这间公司里能够理直气壮游手好闲的人不多，为自己的工作着想，宋怡明智地婉拒了。于是池招又转动座椅，翻出围棋棋盘，并不急着落子，先对照棋谱开始摆棋局。

原本，《acdf》的限定活动只是普通环节，以往也有，一般是轮流交给可靠的人做。

这一次却突然竞稿。

不过他们多半习惯了池招的心血来潮，加上原创项目向来会给充足的发挥空间，所以员工们还是挺积极的。

池招中午为了犒劳大家，给大家叫了比萨外卖。宋怡刚走出门，便被王妈一把抓住，带到了楼下食堂。平时几个热衷拉她一起八卦的同事都在，见她过来，纷纷朝她挤眉弄眼。

前台小姐先一步上前把她拉过来，将她按到座位上说："祝贺你复职！今天我们请客！随便吃！"

"哎？"宋怡始料不及，再看了周围一圈儿，大家都是一副欣慰的表情。

她也就恭敬不如从命了。

大家都没问她离开和回来的缘故，因为詹和青之前打过招呼，用高层纠纷以及职场不当竞争的理由给搪塞过去。

午餐进行到中途，有人不经意间提起了一句："其实大家都看得出周书画有问题吧？"

餐桌上沉默了片刻，有个就职时间长的前辈摆弄着筷子回答："只有办公室里那群宅男看不出来吧？"

"同性啊，"又有人插嘴，"对'绿茶'最敏感了吧？"

"你们知不知道她一边收着詹副总的礼物一边勾搭池总啊？"消息灵通的立刻回应，"听说池总不在的那段时间，她还天天发消息给他呢。结果当天就被拉黑了。"

宋怡吃得差不多了，收起餐具坐在一边旁听，这时她听到了一个新的消息。

詹妮回来了。

有关詹小红的记忆，还停留在崇名晚宴上她站在阶梯上目送他们远去时的表情。满是委屈，充满痛苦，又带着一点儿羞愧的表情。

隔天宋怡就见到了她，在崇名总部的楼下。

宋怡是顺便过去送东西的。几天以前，她签收了一份来自崇名的快递，打开一看，是之前那双柠檬黄色的高跟鞋。按詹洛带来的话说是："你穿过我也不好送给别人了，就请收下吧。"

宋怡只好把它带回家。

奶奶得知她过意不去，让她把老友送来的草莓带过去一份。虽然詹洛不缺这种东西，但至少能表达她的谢意。

宋怡原本想在楼下登记一下，放下东西就走，没想到身旁忽然落了一道影子。

詹小红径自打开纸盒道："是草莓啊。"

她前段时间才回国。提前一个月寄回了行李，没想到，飞机落地给哥哥发短信时，那家伙跟见了鬼似的。

詹妮阻止宋怡继续写下去："等会儿我帮你拿上去。"

"那就谢谢詹小姐了。"宋怡客气地回答。

詹妮摇摇头，但也不走。宋怡见她不离开，自己也不方便先走，两边僵持不下，过了半晌，才听到一脸高高在上的大小姐结结巴巴地开口："你的脚，没有问题了吧？"

她说的还是很久之前，晚宴上宋怡绊倒的那一下。

宋怡没想到詹妮会关心自己，更何况，当初她本来就没怎么受伤："没有问题，劳您费心了。"

詹小红叉着腰，一副气鼓鼓的样子说下去："我没打算跟你和解，我只是觉得，自己做的确实有问题。"

"下个星期我主演的音乐剧，一般人求都求不来票。"詹妮打开手提包，从里面翻出三张票递给她，"喏，带你家人一起来吧。"

说完，她这才收尾，抱着那盒草莓从前台离开。

宋怡望着那三张票。詹妮的本意或许是想她带父母前往，但是，对于她而言，家人的人选自然要进行更换。

奶奶一定会很喜欢的，除此，还有谁能一起去呢——

被叫去 ACGJOY 现场为两位大少爷购票时，宋怡都还没决定最后一个人选。

也不是没考虑过詹和青或池招，但话说回来，詹妮主演的音乐剧，这两个人想去的话会搞不到票吗？

假如放在从前，宋怡一定会毫不犹豫地给出肯定的答案。但这天，她不由得动摇了。

这两个人去漫展，不也要乖乖地凭票入场吗？

分发门票以后，詹和青解答了她的疑问："作为崇名游戏的高层，确实是打个电话给主办就能进的。但是，也没必要所有时候都用特权吧？"

池招昨夜通宵工作，刚刚午睡醒来，头很痛，精神很差，此刻浑身低气压地开口："所以说你叫我来干吗？还叫我的秘书去给你买票？"

像 ACGJOY 这种级别的漫展，参展人员年龄跨度很大。詹和青、池招以及宋怡这样的成年人在其中非常常见。

他们到场时门口并不拥挤，詹和青一边走进去一边说："我这不是想来视察一下崇名游戏专区做得怎么样吗？！”

池招漫不经心地随手掏出手机，翻了翻之后开口：“哦，你喜欢的女主播今天要来这里直播啊——”

“哎？”詹和青一脸被曝光的震惊，“你怎么知道？！”

“她之前做过我的临时秘书啊，那天在你电脑上看到什么平台，我就用你的手机登录了。”池招打了个哈欠，把手机翻转过来，在他打开的界面上，詹和青看到吴秋秋的直播已经开始了。

詹和青大为震惊：“你怎么知道我的密码？”

“我不知道你密码，但我知道你的密保答案。”形影不离的发小总能抓住对方的一些把柄。

宋怡及时开口，一针见血地说：“即便如此，也没必要差使不相关的人来陪同吧？”

“对不起，”詹和青坦诚地交代，“我实在不好意思一个人来。大周末的，大家都有安排了，我又没有朋友。我想着，只有跟我一样没有朋友的你们——”

“我有朋友的啊，”池招根本没心思理他，玩着手机打岔。

“什么？！”

宋怡面无表情地打断他：“不好意思，我也是有朋友的。”

詹和青难以置信地来回怒视着他们：“不可能！”

“宋怡是我的朋友。”池招收起手机抬头。

仿佛为了配合一般，宋怡立刻点头站到他身边：“我是池先生的朋友哦。”

詹和青沉默了片刻，咬牙切齿地挣扎道：“也让我加入你们……”

“不行！”池招斩钉截铁地拒绝了。

在詹和青自顾自地打开手机收看吴秋秋直播的同时，池招觉得来都来了，去游戏专区看看也不错。宋怡是第一次来漫展，身边形形色色的年轻人、屏幕上的动画以及各处五颜六色的摊位都很让人感到新奇。她觉得自己有点儿像闯入仙境的爱丽丝。

池招对此却好像轻车熟路。

“您来过很多次？”宋怡忍不住问。

“也没有，”池招说，“一两次吧。都是为了工作。”

他们在人流中穿梭着，忽然遇到一群结伴而来、穿着角色服装的孩子。宋怡不由得被隔开。

她正有些不知所措，池招忽然回过身来，握住她的手往身旁一拉。

宋怡踉跄着朝前走了两步，立刻贴到了他身边。

突如其来的接触使她下意识地后退，池招却仿佛没发觉一般。他向她伸出手说："把包给我。"

宋怡把手中的公文包递给他，池招替她拿好之后说："走吧。"

他没有着急去自己公司的专区，而是到处逛了逛。国内其他公司生产的游戏他都试玩过，偶尔还要去论坛上参与讨论，再与自家产品进行对比。

正当他们认真工作时，先前掉队的詹和青总算找过来："太好了！那谁没穿泳衣来！她是开玩笑的！"

"哦，是吗？我们真的好感兴趣哦。"池招正在试玩专区体验对手公司新出的手游，此刻头也不抬非常无情地反讽道。

宋怡看了一眼时间："差不多可以回去了吧？"

三个人往回走时，池招还是关心了一下："你真的不用去跟那个吴什么打个招呼吗？要个手机号什么的。"

詹和青扯了扯嘴角道："不用啦。我都老大不小了，又不是什么纯情少男。"

刚要出门，他们便听到一声尖叫。

往声音源头看去，一个极其面熟的女生正用力护住自己的裙子。

是吴秋秋。尖叫声就是她发出来的。

她还没开口，旁边一个拿着相机的男人便质问道："你穿成这样不就是让我们拍照的吗？"

"那……那你也不能掀我的裙子啊！"吴秋秋满脸通红地说。

对方理直气壮地说："我看你刚关直播，你是职业主播吧？我的粉丝很多的，你的这些照片火了，到时候你也能赚钱。我这是帮你宣传啊！"

事情的前因后果从对话中显露无遗，周围人也不由得停下脚步，但事发突然，没人上前帮忙。

池招朝宋怡使了个眼色，她立刻拿起手机。

而此时，詹和青神色凝重。他忽然把手里的东西塞到池招的怀里："帮我拿一下。"

"你要做什么？"池招猝不及防被塞了一怀抱的东西。

"别说了！"詹和青严肃地说道，"我知道我体育很差，但是我一定要上去帮她。"

“不是，”池招对热血场合有着生理性反感，单纯地想解释一下，“我已经让宋怡通知安保了。”

已经来不及了。詹和青将外套往宋怡身上一甩，毫不犹豫地朝吴秋秋飞奔而去。他从小就是别人口中的“书呆子”，对体育一窍不通，更不用说打架。但他还是毅然决然地朝她迈开了脚步。

只见詹和青挽起衬衫袖口，大步流星地走到那个男人身边，在众目睽睽之下夺过他的相机，不假思索地砸到地上。昂贵的镜头在地上轰然裂开，詹和青面不改色地抬头，直视着那人的眼睛说道：“滚。”

此时此刻，看到这一幕的池招与宋怡都愣住了。

池招随即笑起来，彻头彻尾看热闹：“是真爱啊。”

宋怡侧过头打量他：“真的没关系吗？”

目睹自己的相机被砸，男人怒不可遏。他伸手推向了詹和青的肩膀：“你谁啊你！”

但他也没想到，自己一推，詹和青就“啊”的一声倒在了地上。

好端端的耍帅场合，居然转眼就崩塌。体能上，詹和青本来就不怎么占优势。小学时跳绳考试，都是池招帮他多报了一百个才及格的，长大以后一起去晨跑，他也总是气喘吁吁地掉队。

“搞什么啊？！这么弱还敢来逞英雄！你是这女主播的粉丝吧？！”男人骂骂咧咧地朝詹和青走去。

见情况不对，池招准备把东西交给宋怡，然而并没有他出场的机会。

一只手搭上了那人的肩膀。

詹和青狼狈地仰面躺着，眼睁睁地看着那人一回头就被踢中头部摔倒在地。

连续四年蝉联全国大学生跆拳道锦标赛冠军的可爱女主播吴秋秋超凶地呵斥道：“浑蛋！不准欺负我的粉丝！”

幸亏保安及时赶到，将无良参展的摄影师带走，否则，这天的突发情况恐怕很难收场。

当四个人面对面坐在价位不菲的茶餐厅里时，詹和青才有几分后怕。这样熟悉的感觉，他不由得想起了小学时的一段往事。

当时他和池招是同班同学。他是万众瞩目的优等生，鼻梁上架着眼镜，头发梳得一丝不苟，总是高高在上的样子。

而池招则是坐在教室后排，不知道整天在想什么的问题学生。

他们身处两个世界，直到小学三年级，班上甚至没人知道他们认识。等到了四年级的学校体育抽考，不知是谁给詹和青报了跳绳的项目。他惊呆了，试图装病躲过去，结果被詹洛的秘书发现，当场教育：“男子汉不能逃避困难。”

等到比赛当天，詹和青颤颤巍巍地走到指定位置，握紧跳绳的手心里沾满汗水。就在这时，一个声音响起：“我帮你拿眼镜吧。”

詹和青抬头，看到池招平淡的表情。他的体育成绩一直很不错，所以这天在帮老师做后勤。

詹和青纠结了很久，最终还是什么都没说，只是憋屈地将眼镜交到池招手里。

最后他一分钟跳了不到三十个，结束时，他气喘吁吁，满脸都是优等生形象破灭的绝望。他不敢看面前池招的眼睛，近视外加被汗水模糊视线的他也看不清，但就在此时，他听到池招的声音。

“詹和青，一百二十一个。”他说。

从那一天起，虽然詹和青和池招还是不熟悉，但是他心里渐渐不再那么抵触他了。

假如你以为这是一个温暖的友情故事，那就大错特错了。

因为几年过去以后，池招高中回来过春假。他们并排躺在草坪上看星星时，池招忽然开口：“当初那个跳绳考试，其实是我给你报名的。”

“什么？！为什么？”詹和青惊讶地坐了起来。

“那什么，”池招忍着笑说，“因为很好玩。”

当时同为高中生的詹和青感觉自己再也不会相信别人了：“池招，把我最初的友谊之光还给我！”

此刻的咖啡厅里，池招熟练地点单过后，折叠着桌上的餐布。他的手法相当专业，仿佛经验充足的西餐厅服务生。

是吴秋秋先开口的。她仰头打量着这家店的装潢说：“哇！我还是头一次来这种下午茶的店呢！”

她高兴地说完后，又用怯生生的目光看向詹和青：“那个，我很喜欢这家店，但是，不好意思，我觉得我可能付不……”

“我请客。”池招微笑着插嘴，“就当感谢你救了小詹同学。”

詹和青当即不满地抱怨：“明明我是去救她的。”

“谢谢詹副总！副总当时真的好帅啊！”吴秋秋摆出仰慕的姿势说道。

只见詹和青的脸立刻涨红了。池招和宋怡不约而同地用视线盘问他，他则疯狂地摆手道：“被突然这样夸奖，是个人都会脸红的。”

“是的！吹‘彩虹屁’是联络感情的方式！”吴秋秋也笑眯眯地搭腔，“不要吝啬赞美！最近很流行的‘夸夸群’就是这样！池总和宋秘书也可以试试呀！”

池招和宋怡对视了片刻。

“谢谢，”宋怡给出官方回答，“有机会我们会尝试的。”

“宋秘书！”吴秋秋忽然情绪高涨，把大家吓了一跳，她双目闪闪发亮地看向宋怡，“你就是宋秘书吧！我想见你好久了！”

她是天生的自来熟。

“忘了自我介绍了！之前我在池总身边做临时秘书。说真的，你的工作真的很累。因为池总的心思实在太难猜了……”

吴秋秋满脸纯真，当面肆无忌惮地吐槽着前任上司。池招不气不恼，但也板着脸开口道：“你是不是以为不在我手下工作就可以随便吐槽我了？”

吴秋秋傻笑起来：“那当然……哎呀，别说得这么直白啊！”

“你这种粗神经肯定不知道吧？你签的直播公司要被收购了。”池招喝了一口红茶，不紧不慢地说道，“崇名网络会是你的新东家。”

“哎？”詹和青问道，“崇名网络来找过你了吗？”

“嗯，来了。没什么大问题，我就直接签字了。”

一直以来，崇名网络在他们的业务中没什么存在感。

宋怡询问：“请问，崇名网络不是崇名游戏的上部吗？”

詹和青作出解答：“按理说是这样的。可惜和崇名游戏比起来，崇名网络其他子公司的收益几乎可以忽略不计。拿破仑虽然一心复辟、刚愎自用、个子又矮，但能力确实令人折服……所以，自然而然，实权就到了你身边这位池先生手中。”

手握实权的池招正在用叉子切开朗姆蛋糕。

第十二章　接吻镜头与触碰

♡ ♡ ♡ ♡ ♡ ♡ ♡

这天下班以后，宋怡并没有急着回公寓。

她兜兜转转，最终还是来到了一栋摇摇欲坠的危房前。

母亲被医院带走之后，没有退路的父亲总算破釜沉舟，决心开始还钱。因担心过去赌局的人来报复，他换了住处。

那一天詹妮给她票时说起了“家人”这个词，对方的好意在她心上沉甸甸的。她当初刚逃离这个家时，决绝地想过，自己再也不会回来见他们了。但那毕竟是她的亲生父亲。更何况，在过去的回忆里，父亲也不是一直这么丑恶。

她敲了门，里面没有回音。于是她把那张音乐剧的票塞在了门下边，想了想，又留了一张字条。

等到演出当天，宋怡和奶奶提前出发。她带奶奶先进去坐下，又站到门口等候了好一会儿。

其间她正望着远处发呆，忽然有人握住她的手臂。

宋怡抬头一看，是在戏服外面套着风衣的詹妮。她的假睫毛上下飞舞着：“宋小姐，你在这里做什么？”

宋怡来不及回答，远处忽然走来一群观众，詹妮一着急，拉着她从侧门进去了。

侧门直通后台，结束最终排练的工作人员都在进餐。化妆间里空荡荡的，詹妮一坐下便点燃一支香烟。

她叼着烟问：“你的脚没事了吧？”

这个问题上次她已经问过了，由此可见，她到底对此有多在意。

“没有什么问题。”宋怡客气地回答。

烟雾缭绕中，詹妮毫无预兆地开口：“我放弃池招哥哥了。”

“为什么？”尽管觉得这和自己没关系，但宋怡仍旧做出了反应。

“我觉得人要懂得亡羊补牢、进退有度。毕竟我手里的好牌还很多，”詹妮吐了一口烟，忽然越说越激动，仿佛在讲台上发言一般地伸手握拳，“他已经做不成我的丈夫了，但至少，我要他做我的哥哥！”

宋怡沉默了半晌：“那，詹副总……”

“啊，对哦，还有他啊。”詹妮面色深沉地掸掉烟灰，认真地思考起来，“我才没把他当哥哥！”

亲兄妹大概都这么不客气吧。宋怡大约能理解。

直到最后，持票者也没有如期到来。她独自一人回到座位上。

詹妮演的是格林童话中被困在高塔上的莴苣姑娘，终日用自己的长发作为软梯，从而与爱人约会。

舞台上的她很有魅力，宋怡也忍不住为她鼓掌。但是，身边空落落的座位始终刺激着她的心神。

这天回去，宋怡翻来覆去直到天亮也没睡着。她给奶奶做了早饭，离开公寓时状态很糟，就连池遇在背后打招呼，她也没注意。

到了办公室，宋怡刚开始收拾东西，池招一边在电脑屏幕后面按着鼠标一边开口：“你昨天去看詹小红的音乐剧了吧？”

宋怡抬头。

“你请了谁去？”他问。

宋怡直起身来回答：“奶奶。”

“没有别人了吗？”池招抬起眼睛，短暂地微笑了一下，但眼里没有笑意。

宋怡说：“没有了。”

“你骗人。”池招重新看向屏幕，轻声回答。

“您的座位在哪儿？我没有看到您。”宋怡已经猜到了，池招一定也在场。她懒得跟他迂回，单刀直入地问出口。

“你猜。”池招言简意赅地回答。

说实话，这时的宋怡内心深处有些难堪。

她吸了一口气，随后用没有起伏的语调说道：“既然您都知道，就不用问我了。”

说完以后，宋怡不感到后悔，但不可避免地开始反省起来。

其实她没必要对池招发脾气。

这积淀了一夜的心情大约是悲愤，她对此不熟悉，因而无法确定。可是她知道，她真正想倾诉失落和愤怒的对象是宋作为。

宋怡背对池招站着。她抬起手臂，撑住额头的同时抵抗彻夜未眠的眩晕感。

身后传来椅子挪动的声音，池招跨过地上形形色色的玩具来到她面前。他坐到她面前的沙发上，仰着头，仔仔细细地望着她。

他伸出手，轻轻地牵住她垂在身体一侧的手。

池招没说话，安静而耐心地等待着她。她松开额头时，眼睛里没有光。她低头对上池招的眼神，懊恼地开口：“我请的人没有来。”

“嗯。”池招闷声回答。他给了她很充裕的空间，让她可以自如地说下去。

“我可能有点儿难过。”她说。

“嗯。”池招的目光像小狗湿漉漉的舌头。

最终宋怡冷静了下来说：“对不起。”

那张卡片里，她写了这样的话——爸爸，我是宋怡。距离妈妈离开已经有些时候了，我们都已经开始了新的生活。爸爸，听说你也开始重新工作了，有机会的话，我觉得我们可以坐下来聊一聊。爸爸，过去有很多不愉快。但是我知道，伤害我不是你的本意。

宋怡想和他聊聊，想得知他的心情，想听他说“之前伤害你不是我的本意”。

就算是谎话。

只要他道歉，她就会立刻原谅他。

但是这一刻，宋怡的心情已经平复下来了。池招忽然起身，她下定决心，跟随着转过头去。这个状态上班还是太失职，她刚准备开口请假，结果看到池招拿起车钥匙朝她晃了晃：“要不要去吃冰激凌？”

宋怡在原地呆滞了几秒钟。

然后，她的目光不由自主地挪开。

“池招，”宋怡说，“你超帅的。”

她记得，不要吝啬赞美。

池招的目光落在她身上，漫长的缄默过去之后，他的神色不动，仍是那副似笑非笑的表情。

“谢谢。”说着，他转身先一步出门，脊背笔直而清瘦。他接着说下去，“在我心里，全世界你最漂亮。”

宋怡茫然地看向他的背影。她睁大眼睛，恍惚了好一阵子，直到电梯提示音响才急忙跟进去。

在电梯里，他们都一言不发。

停车场内，宋怡走了一步，最终还是忍不住掏出镜子。她看着镜子里自己和平常没有任何不同的脸，忍不住心想：漂亮？真的吗。

池招低头摆弄着手机，百无聊赖地发起与“阳光大男孩”的文字对话。

冰梦蝶殇：“夏凡，怎么办。”

阳光大男孩：“怎么了？”

冰梦蝶殇：“不小心把真心话说出来了。”

几周以前，国内流量最大的社交网站来采访池招。

平时池招不排斥抛头露面，但也不热衷。倘若不是为了《acdf》的宣传，他恐怕也不会亲自接受采访。

当时由夏凡作陪，说是作为了解崇名游戏的员工，能为采访组提供帮助，其实是在必要时刻矫正池招的发言。要知道，那家伙可是在“年度十大品牌游戏企业”的领奖台上说“感谢楼下咖啡店的甜甜圈和外卖，在关键时刻帮助我们崇名游戏全体员工渡过难关”的人。

对方过来时，为了表示尊重，池招把沙发上堆积的玩偶全部推到地上，然后郑重其事地抬手说：“请坐。”

采访组组长受宠若惊地坐下了。

问游戏相关的问题时，池招的回复都很完美。条理清晰，措辞谨慎，没有涉密，也不乏趣味性。

到最后，组长说：“那么，专业类的问题就到这里了。”

池招当即起身准备去逗猫，结果被夏凡按着重新坐下。

“接下来，我们想问一些有关您个人的问题，”组长试探着问，“不知道方不方便呢？”

“你想听真话还是假话？”池招回答。

组长侧过头，看了夏凡一眼。

夏凡进行了翻译：“池先生的意思是，您请问。”

组长开口："在崇名游戏的玩家中，不少人对您本人也是特别有兴趣，特别是女玩家……"

"男玩家也挺多的。"池招捧着脸没精打采地说，"每次服务器崩了，要改参数，或者出新限定的时候，他们都把我往死里骂呢。"

组长默默地擦汗："不，我指的不是这个，我们的意思是您是人气很高的企业家，但至今还是单身，请问近期有什么打算吗？"

为了防止池招脱口而出"我打算出家"之类的玩笑，夏凡抢先回答："池先生目前想先专注于事业，其他事情都随缘，还请多关注我们的游戏作品。"

这个回答滴水不漏，在被请出去以前，组长最后问了一句："请问您目前有抱有好感的女性吗？"

池招在拆棒棒糖的糖纸，此时抬起头问："有好感是什么？"

"就是……"组长偶然瞄到了架子上的手办，"就是觉得看着很漂亮的。"

池招叼着棒棒糖稍作思索后回答："有啊。我觉得我的秘书特别漂亮。"

然后，气氛就冻结了。

夏凡花了很大力气来劝阻对方乱写。

《acdf》已经运行一段时间，发行限定角色原本是定在小长假的，然而，单记游戏那边匆忙公布了公测日期。

和《acdf》的新限定活动正好撞上。

这当然不是巧合，是单景一有意为之，为的是和《acdf》分流。

看到这则消息以后，池招立刻给出提前维护更新的指令。

"让出小长假的流量不要紧吗？"詹和青问。

"没说要让啊。"池招露出捉摸不透的笑容。

这天计划内的限定角色更新，在线人数一时达到高峰。池招早有预料，事先安排好的技术部门带领着服务器挺过了热潮。

这一次并非池招授意，企划部自作主张在一楼搭雪碧塔。

雪碧塔，顾名思义，是香槟塔的改版。除了倒满的饮料不是香槟是雪碧，没有其他区别。

宋怡是第一次在电影外看到这种设施，经过一楼大厅时有点儿吃惊。池招得知以后非常愤怒，因为——可乐才是王道！

看着池招套上外套冲出门去，宋怡留在办公室，和夏凡一起收拾东西。

有同事发了视频到群里，宋怡趁着夏凡不注意，关掉声音，把手机藏在文件底下点击播放。

这段时间，所有人都忙坏了，现下好不容易得到放松的机会，都玩得很尽兴。在他们之中，宋怡看到池招和詹和青在角落里说着什么。大概是聊到了什么有趣的事情，池招笑起来，打闹式地肘击詹和青。詹和青本来在笑，结果笑着笑着就捂着肚子蹲下去了。池招吓了一跳，立刻去检查他的伤势。

看着两个人傻乎乎的这一幕，工作途中的宋怡忍不住笑起来。

然后对面的夏凡就敲了敲桌子。

“想下去玩就去。”夏凡咳嗽了两声，宋怡尴尬地恢复镇定。

最近的池招，对宋怡来说太显眼了。

有关“超帅的”这句话，她没有说谎。

崇名网络已经沦为崇名游戏附庸这件事情得到了印证。为了商讨收购的一系列问题，崇名网络的高层们竟然像无头苍蝇似的跑到崇名游戏来开会。池招应对的态度也很随便，穿着广告衫就去和他们见面，还被比他年长二十岁的总负责人搭了肩膀。他对收购没兴趣，但该走的流程还是要走。

这种场合宋怡不用跟去，她下楼去见新员工，刚好从会议室外的走廊经过。

她停下脚步，下意识地用目光搜寻池招的位置。

会议上尚有员工在滔滔不绝地发言，池招专注地垂着头，手中的圆珠笔始终摆动着。宋怡猜他在画速写。

她忍不住在原地驻足。就在她看得出神时，池招忽然抬起头来，准确无误地捕捉到她的视线。

宋怡吓了一跳，不慌不忙地颔首打招呼。

池招则朝她抬起下巴，意味深长地盯她着看。在他们的对视之中，她先认输错开目光。过了片刻，又忍不住看回去。池招却笑了，笑着笑着别过脸。

那个笑容仿佛枪里的子弹，笔直地射出，击中宋怡的胸口。

她感到窒息。

虽然胸口很难受，但她并不觉得讨厌。恰恰相反，她希望这种折磨越多越好。

面对池招时，宋怡常产生这种陌生的感觉。

但是，忙碌的工作总能让她及时从中脱离。

身为一家部门健全、盈利目的清晰的企业，社交是必不可少的。

崇名游戏名下的游戏产品目前没有涉猎电竞，但崇名总部在国内的电竞产业中有所投资。小长假期间，一款策略类游戏的大奖赛赛场正好安排到国内。主办方给池招送来了位置极其不错的门票。池招看着那两张票默不作声了许久，夏凡经过时搭话：“那天是我妈妈生日，我们一家人要飞去环球影城，所以我不加班。”

“不，”池招蹲在座位上说，“我在想拿到网上去卖能换多少钱。”

“最好不要，如果你不想害得崇名游戏在这种小事情上落下话柄。”夏凡目不斜视地回答。

池招回过头问：“宋怡，你晚上有没有空？”

“奶奶最近去跳社交舞的朋友家了，所以暂时有空。”宋怡如实回答道。

最后只能池招和宋怡同去。

在车上，池招有些感兴趣地开口问：“社交舞……是什么？”

“就是家附近的老年社交舞教室。”宋怡解释道，“以前在乡下可以跳广场舞。但是城市里的广场都进行噪声管制，所以奶奶就去跳社交舞了。她年轻时好像学过一些。另外，用的是自己的钱。”

池招笑出声来，握着方向盘说：“这不是超厉害的吗？”

“有自己的兴趣爱好是很好。”

“你呢？”池招忽然问，“有什么爱好吗？”

宋怡稍作思索，侧过头说：“最近我在玩‘粘粘世界’……”刚说到一半，手机提示音忽然响起，是单景一的消息。

他打电话没通，于是接二连三地发来短信。

“池招在你旁边没有？让他接电话！”

除了这句，大部分都是语序混乱的谩骂。

宋怡难得看到单景一这么失态。要知道，他可是被骗花高价买下池招的画之后也能面不改色心不跳地照常把那幅画搬回去的超人。她将问题抛给驾驶座上的人：“发生了什么？”

计算一下日期，这天是单记游戏公测的日子。

按理说，《acdf》都已经改变日期，避开撞车，也算是做出让步了，单景一应当得意才是。

这么气急败坏是为了什么？

池招用余光瞄到屏幕上的文字，轻笑着回答：“我才不接他的电话。接了跟他小学生对骂？我有那么幼稚吗？”

来不及继续争论这个话题，车已经到达目的地。他们下车，与主办接待方联系，随后找到位子坐下。

不愧是主办方直接提供的票，座位的视野好得无可挑剔。有关这款战略游戏，池招只在大学时玩过，宋怡则从未接触过，因此此次出席是完全的外交行为。

刚坐下时，宋怡便注意到了巨大的电子屏幕。

在宽阔的场内，现场的实时屏幕对于在场观众而言非常重要。

宋怡环顾四周，看到后排座位一大片观众都带着某一位选手的应援牌，大概是集体前来的粉丝。

他们的应援上统一写着一个单词——Tennis。

宋怡当然没有迟钝到以为这只是“网球”的英文。

大约是一位选手的名字。

她刚回过头，就听到后面有女观众发出声音：“不知道今天有没有 Kiss Cam 环节。”

“上次比赛摄像拍了两个人，结果他们真亲了，哈哈哈。”

“Kiss Cam 是什么？”有人插嘴。

“你有没有看过比赛啊？居然不知道？”

“不是篮球比赛那个吗？”

“Kiss Cam 是赛场很常见的互动游戏啦。比赛休息时间，被镜头拍到的邻座两个人要当场接吻。”

后排年轻孩子们叽叽喳喳，即便是与比赛无关的事情，也照常讨论得热火朝天，不愧是精力最旺盛的时期。

宋怡默不作声，身旁的池招掏出手机，被一通又一通署名为“呆瓜”的电话骚扰得索性关机。

好在比赛很快开始了。

解说是中英双语，选手们年轻的面孔意气风发，纵然是不尽了解的游戏，宋怡也不由自主地拿出十二分的注意力观看。

她看到了那个名为 Tennis 的选手，他从属的队伍叫作 Cor。

最初他低着头，宋怡没有多想。直到他喝水的镜头出现在屏幕上时，宋怡才略微认真地打量起来。

有点儿面熟。

不过，这样的想法在心中转瞬即逝。

比赛休息场间，宋怡掏出手机来检查是否有工作消息，池招则用备用手机玩着抽卡游戏。二人各自低着头，直到周围嘈杂得不正常起来。

镜头不知何时切到他们身上。

在 Kiss Cam 环节，导播与摄像一般会拼尽全力地寻找场内邻座的男女，希望能拍到陌生男女或是情侣的浪漫瞬间。

然而，他们大概没想过，座位相连的异性可能是职场上下级这种尴尬的关系。

尽管落到这般境地，宋怡仍旧神色平静，另一边的池招也露出无所谓的神情。

摄像没打算把镜头移开。毕竟恶作剧环节不能轻易放过每一个人，况且，能凑巧抓到外貌条件如此上乘的邻座观众，实属千年难得一见。

其他观众的起哄声此起彼伏，兴奋的浪潮水涨船高，纷纷吵嚷着催促他们亲吻对方。

宋怡不由自主地回过头看向池招，她的神情从容而散漫，池招也望着她。

他们长久地对视，周遭的嘈杂声越来越大，宋怡的目光没有躲闪，池招也丝毫没有回头的意思。

池招似乎要往前倾身，宋怡搭在座椅两侧的手指下意识地往下压。

就在这时，场内的灯忽然灭了。

舞台上的灯光以及屏幕也在一瞬间熄灭了。

场馆陷入黑暗中，宋怡仰头，身边却立刻亮起一道光。

池招打开手机的手电筒功能，仰着头，自言自语地问：“断电？”

身后的孩子们也哀叹起来：“不是吧？比赛都进行到这里了！”

反应过来的游戏迷们都开始抱怨主办方，轻一点儿的只是谴责要求赔钱道歉，重一点儿的难免会考虑到比赛问题：“搞什么啊？！垃圾主办！你们对得起选手吗？！”

备用电源导入也失败，从某种意义上说，主办的名誉可以说是彻底完蛋。

宋怡仰着头看向出来做疏导的工作人员。池招单手托着手机，有些幸灾乐祸地笑起来：“好可怜啊。”

“总部不是也有资金投入吗？”宋怡的言下之意是“这不会影响到崇名游戏吗”。

“放心好了，跟我们没关系。”池招起身说，“先回去吧。”

他们与其他退场观众一起离开场馆。到达门口后，池招低着头操作手机，宋怡忽然想，假如刚才没有停电，他们真的会接吻吗？

池招的头发与衬衫领口间露出一截后颈，宋怡站在他身后，忍不住把手伸上去。

她没想到池招会忽然回头，原本她只想替他翻一下衣领，此刻手指却碰到了他的脸。他似乎也没预料到她的行为，错愕地望着她，并条件反射地抓住了她的手腕。

“你想干什么？”他问。

人的动机是会改变的。刚才宋怡的的确确只是想替他翻衣领，但是，看到他那双明亮清澈的眼睛以后，她的想法变了。

“就是……单纯地，”她说，“想碰你一下。”

池招的目光偏离，略有几分戏谑意味地笑起来，随后松开她。他很擅长让人慌张：“那你碰吧。”

然而宋怡只是把手收回去。池招满不在乎地继续低头摆弄手机，好像根本不介意她的举动。

原本宋怡可以直接下班回家，然而夏凡这天不在市内，池招要加班，只能由她去顶上一助的工作。打开公司群聊时，她看到其他同事发来的消息。

《acdf》临时增加了限定的角色皮肤，原本说好只有一期，却无缘无故地增加了一期。珍稀度不同不说，充值方面要求也更高。此举无异于违背承诺，理所当然地引发了玩家的不满情绪。

重点是，单记的游戏本就有意对阵《acdf》，因此也模仿《acdf》增加了限定。

对于已经运行了一段时间的《acdf》而言，这种失约引起的争议并不会影响主流玩家，弥补玩家的方式数不胜数，而且还能试探玩家的消费能力和接受底线，有一部分“洗粉提纯”的意思。然而，单记游戏毕竟是新出的游戏，连固定玩家都还没有，直接就给人“捞一笔钱就要跑、吃相难看”的印象。

再加上《acdf》这边刻意带节奏，事态更加一发不可收。

这大概就是单景一源源不断打来电话的原因。估计玩家的反馈令他很惊讶。

但池招看起来完全没有接他电话的意愿。他心情不错，甚至在车里放起了民间传说故事的经典唱段。

因为宋怡也很喜欢这一段，所以她也没多问。

在那一天开除大量员工之后，池招让夏凡在公司内部组织了关于限定活动的竞稿。这场竞稿是为单记办的。

不仅如此，单记游戏为了赶进度，截稿期短。而且为了与《acdf》争夺玩家，单景一选择的背景也和他们的很相似。加上对方录用了不少崇名游戏出去的员工，画风更是明显相似。

回到公司，詹和青难得一见地留了下来。宋怡去找他交材料，顺带问起这件事情。

“的确是手段没错。”詹和青大大方方地承认了，“热搜也是我们买的。”

宋怡迟疑道：“视觉上的相似也容易形成舆论导向。”

“不过我们是不会真打官司的，”末了，他又补充道，“毕竟在国内，游戏对《著作权法》来说还是一片新的领域。打官司难免得不偿失。”

相关的事宜，当初在面对那根魔法仙女棒时，池招也提起过。

国内的版权问题数不胜数，版权意识也有待普及，还有很长的路要走。崇名游戏这种拥有相对健全法务部的公司勉强有追究的能力，即便如此，也难免有不少要闷声吃亏的地方，更不用提那些没有起诉资本的版权方。

几天以后，詹和青代表崇名网络前往即将被收购的直播平台公司。他在镜子面前换了十多套衣服，并且一大清早就拍下照片，用社交软件疯狂地轰炸宋怡。宋怡被消息提示音吵醒，坐在床上睡眼惺忪地查看他发来的那些试衣照。

“哪件都一样。”宋怡无情地给出回复。

下一秒詹和青就打电话过来，语气激动难耐：“宋怡怡小朋友，你不知道吗？直播公司里最不缺的就是美女，没准儿今天一去，我就能摆脱单身了呢？”

“原来如此。”宋怡平躺下说，“不过，你去吵池招不好吗？”

“你不知道，池招这人的起床气极其可怕……”

没等詹和青说完，宋怡就把电话挂了。

詹和青最终穿了和往日没什么两样的正装。

去那家即将改名为“崇名直播”的公司前，他做过调查。这一天，吴秋秋会去公司和经纪人面谈。事先说一句，他不是想见她，也没有在她面前展现工作风范、一雪前耻的意图，他只是觉得一个年轻女孩子，如今就业困难，工作不易，能了解一下她的工作情况，或者请她喝杯咖啡也是极好的。

詹和青到达公司后，了解了他们的运转状况，也观察了一下办公的环境。他看了一圈儿后，借口上洗手间，独自在员工活动的楼层转了转。

这一楼有许多主播。有游戏类的，也有生活类的；有靠土味博人眼球的，也有长相相当漂亮的。他走到一间休息室外，刚好听到里面有几名女主播在闲聊。

“你们听说了没有？前两天有个新人直播被罚了黄牌。”

“啊，听说了。公司不是通报了吗？虽然匿名了，好像是有观众发弹幕让她用鳝鱼，结果她问鳝鱼是什么，笑死我了。”

“你说这女的是真蠢还是想出位想疯了啊？”

“真蠢吧。反正公司直接让她停播了。”

“经纪人还让我转发她的动态、带带她来着。我是真不想。”一个整容痕迹明显的女主播笑道，“她的真名好像也挺蠢的，叫‘呜啾啾’还是什么的。”

听到这里，詹和青的目光微微冷了下去。

他伸出手打算推门，然而，就在这时，一道元气满满的声音在身后响起：“詹副总！”

詹和青回头，看到吴秋秋正兴高采烈地朝这边快步走来。

她这天穿着牛仔背带裤和浅色衬衫。本来就是娃娃脸，这种打扮，不知情的一定会以为她是哪所学校的中学生。

笑意无声无息地浮上詹和青的脸。

与此同时，走廊尽头，直播平台的老板也总算找到了詹和青。他原本是一脸讨好的笑容，看到吴秋秋时，又像川剧变脸般换了一副脸色。

“吴秋秋！你来干什么？！”那人压低声音，看了一眼詹和青，立刻朝她嫌恶地挥手，“现在不是时候！赶紧回去！”

吴秋秋的笑容僵在了脸上。她懵懵懂懂朝老板点了点头，再看向詹和青时，她微笑着挥了挥手，用口型说“拜拜”。

詹和青眼看着她转过身去，愣在原地。他头一次见到她如此落寞的背影。

“吴小姐。”他听到了自己的声音。他迈开步子，朝吴秋秋走去。

詹和青毫不在意旁人的目光，直接走到吴秋秋面前，然后用在场所有人都能听到的音量问：“今天你有空吗？我想请你吃饭。”

另一边。

秘书的早晨是很忙碌的。

宋怡挂断詹和青的来电以后，飞快地洗漱、化妆，然后去往公司上班。

最近池招都住在办公室，但从电脑上他的在线时间来看，大部分的时间，他都在熬夜。在他眼里，午睡比晚上睡觉更重要。

宋怡进门时，办公室里静悄悄的。她蹑手蹑脚地走进去，看到池招正躺在羊绒地毯上。各种宝可梦的毛绒玩偶把他包围，他眼睛紧闭，她走到他身边。

她站了一会儿，最终缓慢地蹲下身，放任视线仔仔细细地从他的眉骨滑到下巴。

他睡觉时好安静，虚无缥缈的感觉却越发清晰起来。

真好看。

鬼使神差般，宋怡伸出双手，捏住了池招的耳朵。

他睡着了，所以完全没有察觉。平日里，他总是充满了少年的锐气，只有少数时候，才会流露出这种安静的乖巧。

宋怡的嘴角毫无征兆地上扬。

她轻轻摩挲着他的耳朵，就像摆布玩偶。

睡梦中的池招略微蹙眉，迷迷糊糊地发出声音，大约因为生活过的地方太多，就连说梦话都语种混乱。

他说了半句日语，里面掺杂着英文单词，句末又是中文。

宋怡为了忍耐笑意，肩膀轻轻地颤抖。这样静默的快乐，她已经好久没有体会过了。

起身以后，宋怡张望了一周，发现办公室里的猫不见了。

夏凡不在，平时都是他照料猫。宋怡走出门去询问王妈，得到“好像看到它下楼了”的回答。

于是她乘着电梯下去，离开时没听到隔间里的电话响。她一边喊着“树蛙”一边来到一楼，却看到詹和青正在聆听什么人说话。

此时此刻，詹和青脸上所拥有的，是高度警戒的表情。

这种他在詹洛面前才会有的表情。

宋怡没多想，一边喊着“树蛙”，一边走下阶梯。她的呼唤在这时格外突兀，霎时就吸引了詹和青与他所面对的那个人。

她轻而易举地抓住了这位来客的注意力。

第一眼看到他时，宋怡就愣住了。

在搜索引擎里，在崇名文化的宣传广告里，在闪光灯频频亮起的电视台采访里，宋怡曾经见过这张脸。他比她认识的任何人都更高高在上，傲慢与威慑感从眉目中无法抑制地涌出。

池树人。

他是崇名文化的创始人兼首席执行官，绝对的高马基雅维利主义者，在打捞长子尸体的场合也能理所当然缺席的冷酷人士。

他杀伐决断，敢于当面斥责一众董事，只因知道，他们找不到能与他能力相当的替代者。

他是池招的父亲。

宋怡停下脚步，毫不畏惧地望着这位长辈。她微微欠身，权当是初次见面的问候。詹和青却快步走上前来，一把拉住她的手臂，领着她往旁边走。

“你乱喊什么？！”他心急如焚地质问道。

宋怡茫然地回答：“树蛙不见了……”

詹和青露出无话可说的表情，说：“别当着池先生的面说这两个字。”

“为什么？”

“池招当初给猫起这名字的时候，他爸差点儿把崇名游戏给撤了。”事关生死存亡，詹和青神色凝重地说下去，“池招的亲妈不是大陆人，喜欢用‘哇’这个语气词。她称呼池招他爸，就喜欢喊‘树哇’。”

四人餐厅。

圆桌使得座位的安排不那么拥挤。宋怡垂头收敛着眼神，她对面是暗自喝茶的詹和青。而在她的左手边，池招睡眼惺忪，维持着刚起床时的懵懂。

池招正对着的方向，池树人正在翻看菜单。

哪怕已经年过半百，池树人仍旧保养得当，仪表英俊，自始至终态度也非常冷静，即便看到池招穿着T恤和牛仔裤态度散漫地出现，也没半点儿皱眉的神态。

这里的服务生不愧是专业的，一见到顾客盖上菜单，立即走近询问：“请问各位需要些什么？”

只见这位浑身散发着上位者气质的崇名文化高层十指相扣，神色严肃地开口道：“一份焦糖拔丝泡芙塔，要淋上草莓酱。”

宋怡沉默了。她回过头，看到詹和青正用“习惯就好”的眼神望着她。他说：“一杯拿铁。”

宋怡也淡淡地点头：“我也要一杯拿铁，谢谢。”

而根本没有翻过菜单的池招打着哈欠说道：“我要糖渍苹果可丽饼。”

这真是对甜食狂热爱好者父子……

就在这时，池树人一本正经地说道：“和青，还有这位宋秘书。”

詹和青与宋怡以为他要说什么要紧事，不约而同全神贯注地看过去。

“这里的马卡龙很不错。”池树人严肃地说道。

一片死寂。

他一说话，大家就都安静了。

就在詹和青和宋怡不知道怎么应对时，池招忽然对服务生说：“不要马卡龙。”

詹和青与宋怡再次沉默了。

点餐完毕，池招抬头问道：“过来有什么事情吗？”

池树人喝了一口温水，说道：“没事就不能来找你了吗？”

“上次你主动找我，”池招百无聊赖地回答，“还是小学我在院子里踢足球，把你书房窗户打碎了的时候。”

池树人冷冰冰地回答：“你在温哥华滑冰摔骨折的时候，我也联系了你。”

“来学校看我的是你的秘书，”池招说，“你的联系是指那封问我公共安全负责人是谁的邮件吗？”

池树人一脸正经地给予特殊关怀：“我是想确认你没伤到脑袋。”

不知道为什么，詹和青和宋怡都觉得自己不该出现在这里。

就在旁观父子吵架这种尴尬的境况下，詹和青忽然想起了什么——他约了吴秋秋吃晚餐。时间还充裕，但池树人亲自来崇名游戏，他不能不作陪。

而且，要他丢下宋怡一个人夹在这对外星父子中间，也未免太过分了。

于是，詹和青只能硬着头皮说：“请问，池叔今天一起吃晚餐吗？我这就订您喜欢的娘惹菜。”

“不用，”池树人总算停止了与池招的争执，优雅地擦拭完嘴角才道，“我晚上还有去纽约的航班。这次来，我有东西要交给池招。”

“是麻烦吧。”池招撑着侧脸微笑道。

池树人没再和他斗嘴，继而说道：“你看过 Cor 的比赛了吧？”

Cor 是之前那场电竞比赛的其中一支队伍。

难怪那场比赛的主办方一直强硬地塞票给池招。宋怡想，原来是有人委托。

“Cor 是几年前我组建的电竞俱乐部。”池树人说，“你们最近签直播公司了吧？我想让 Cor 过去直播。”

餐桌上的宋怡和詹和青同时一震。

宋怡侧过头观察池招的反应。他倒是很平静。

收购这家直播公司本来是崇名网络自作主张，但池招的确有接手过来的准备，所以才会让詹和青出面考察。

他想打造一个以ACG直播为主的互动平台，但起步晚，积攒人气最好的方法是请有人气的主播入驻。

Cor涉及了多项热门游戏，俱乐部的战队也获得过国内甚至世界级别的知名大奖，其成员有不容小觑的粉丝基础。

“不是白给吧？”池招说出关键问题。

“当然。”池树人对亲生儿子坦然地说，“那家直播公司已经改名了吗？打算叫什么？崇名直播？”

池招冷漠地微笑着，说：“随便。”

“我要的不多。合约，我秘书会寄给你。”池树人说，“另外，再帮爸爸个忙吧？”

池招微笑着骂道：“你这个一大把年纪还吃糖的老头……”

“等你老了也一样。”池树人无所谓地表态，“那天大赛出状况了吧，主办方想用黑科技读取数据，从当天断电的时候继续比赛。但是……”

“但当时Cor处于下风，所以你不想继续比赛，打算申请重新比赛，对吧？”池招漫不经心地问。

“你认真看了比赛啊？”池树人往茶杯里一块接一块地添加方糖，“我动手的话，太大张旗鼓了，你明白吗？”

“我会代替你去跟主办方还有对方战队施压。”池招说，“不过麻烦你信守承诺。”

池树人难得一见地露出了些许笑意。他端起茶杯，喝了一口后忽然想起什么：“高洁小姐好像在找你。”

听到这个名字时，最先有反应的是詹和青。

他不动声色地望向池招。在那个眼神里，宋怡捕捉到警惕的信号。

然而，池招抬起头，神情淡然地问了这样的问题：“那是谁？”

第十三章 紧张与温柔

闷热的气息中，吴秋秋蹲在公司更衣间的储物柜里。

她抱着膝盖，仰头望着不锈钢柜门内侧的纹路，忍不住想到底是哪里出了问题。

一直以来，吴秋秋知道自己是个笨孩子。

身边人都这么说。明明上了小学，还总是栽跟头，摔得头破血流，却还傻乎乎地笑着。这样的吴秋秋听说了“笨鸟先飞”的故事。

她拼尽全力地努力念书，成绩总算混到年级上游，老师也在全班面前夸奖她。但同学们对她的看法不会只停留在她的成果上。

大家都知道，她真的很拼命。

别人一个小时能学会的东西，吴秋秋要花一晚上才能研究透彻。她很笨，所以必须比别人耗费更多的努力才能达到同样的结果。

吴秋秋就是这样跌跌撞撞地考上了名牌大学。

大学以前，成绩能代表很多东西，但大学以后不是。

世界变得复杂起来了。

人际交往、社团活动……吴秋秋遇到了很多努力也没用的事情。

她不会看气氛，过于天真率直，逐渐变得越来越不合群。为了不惹人讨厌，她学会了用傻笑来代替发表观点。

那时，除了跆拳道，她最沉迷的事情是看直播。

漂亮的小哥哥、小姐姐们在摄像头前滔滔不绝地说话，他们自如地谈天说地，表现自我，和看不见长相、素昧平生的观众交流。

好厉害。

要是她也能变成那样就好了。

毕业以后，她误打误撞真的成为主播。吴秋秋觉得自己也算取得了进步，加上遇到了一些即便不合群也照旧特立独行还过得很好的人，她想，或许她也可以勇敢一点儿了。

但是，最终还是搞成这样了。

在其他女主播走进更衣间时，吴秋秋下意识地躲进了柜子里。

她知道她们不太喜欢她。

“那个新人就勾搭上新上级了？”一个以美妆直播出名的女主播说，“这动作也太快了吧？”

“还说她蠢呢，这不是很聪明吗？”

“都在直播间聊那些了，能蠢吗？不知道私下有没有勾搭几个有钱老板。”此话一出，几个女主播都暧昧地笑起来，“今天来的那个新上级，恐怕也玩得很大啊。”

“你们听说没有。崇名文化说要整顿直播风格，以后也不让拉小群打赏了。”

“真是事多，以为自己是网警啊。”

其实，吴秋秋也不知道自己为什么要躲。她忽然想起之前在崇名游戏做临时秘书的时候，她拿到了一本原秘书——也就是宋怡小姐的笔记。

在那本工作手记里，宋怡整齐而高效地针对各类问题做了总结。

她听说过，宋怡也是名牌大学毕业生。但显然，宋怡和她这种笨鸟不一样。宋怡是典型的“比你聪明还比你努力”的人。

吴秋秋记得很清楚，宋怡在那本笔记的第一页写了这样一句话——少说话多做事。

为什么宋怡小姐能那么坚强呢？

她忍不住想。

手机振动，吴秋秋看到来自詹和青的短信。

他说：“你在哪儿？不好意思，今天被一些工作上的事情耽搁了。”

詹副总好温柔。

吴秋秋看着那则消息。不知为何，刚才一直麻木的她，忽然有点儿难过。

她回复消息说：“没关系。你去忙吧！我自己就可以了！拜拜！”句末还加上了一个可爱的表情。

她再难过一会儿就好了。

吴秋秋告诉自己，这是在休养生息。就像游戏里一样，只要躲起来稍微花点儿时间回血，等会儿她就能满血复活了。

她低着头，然而，这些日子里遇到的挫折却止不住地浮现在脑海。

直播时被骚扰和辱骂、在漫展被掀裙子偷拍、在主播中间被排挤和误会……她的眼眶渐渐湿润，头越压越低。

一串急促的敲门声响起。

更衣室里的女主播们纷纷抬高音调："谁啊？！老板吗？没人没穿衣服，进来就好了。"

门被猛地推开，紧接着女主播们又是一阵议论："你是……"

"吴小姐呢？助理说她在这里。"隔着柜门，吴秋秋听到了那个熟悉的声音。

她错愕地抬起头。

主播圈的平均学历都不高，刚被新东家接手，听说直播风格也要改，大家都有怨气。

此刻，一个人气比较高不愁没去处的女主播嘀咕道："原来是来找关系户的。"

詹和青猛然回过头，说："你可以不尊重我，但请你尊重你的同事。"

"她是靠聊奇怪的东西博打赏的，难道还要脸吗——"

"你再说一个字，"詹和青忽然打断她，他的音量不大，但每个字都很有分量，"我就让你从所有直播平台消失。"

詹和青慢慢地回过头，望着那人镇定地说："我说到做到。"

"你——"那个女主播被堵得面红耳赤，刚要发作，储物柜忽然发出响声。

然后，吴秋秋握着拳出现在那里。

她也满脸通红，直勾勾地盯着发生争执的众人。

"我都听到了！"吴秋秋突然抬高声音，"你们可以讨厌我！但是——"

她忽然抬腿，在众人都没反应过来时飞起一脚，将一旁放杂物的桌子给踢倒了。

这就是全国大学生跆拳道锦标赛四连冠的实力。

"詹副总是很好的人！请你们不要误会他！也不要污蔑他！我这么笨，他……他是不可能看上我的！"说到这里，吴秋秋忽然深吸了一口气，像下定了什么决心一般，用力地说完，"是我单方面喜欢他！"

室内陷入寂静当中。

然后，吴秋秋转身看向詹和青。她的眼睛里有星星在发亮。

“詹和青！”吴秋秋结结巴巴地说，“你……虽然你体育不好，走路有点儿外八，穿衣服品位很差。然后你好像比我还笨，起‘会宾楼老板’这种傻名字，还以为我没认出来……”

“但是，我好喜欢你。”吴秋秋望着詹和青的眼睛大声地说道，“全世界我最最最喜欢你了！”

“综上所述，”詹和青抱住自己，叙述完毕后，可怜巴巴地缩在一堆米菲兔的毛绒玩偶中间问，“你们抓住了这件事情的重点了吗？”

崇名游戏总裁的办公室里，池招正在玩飞镖，宋怡在整理桌上的废纸，而夏凡则在铺猫砂。

“你们能假装理我一下吗？”詹和青压下怒气开口。

听到他暴怒前夕的召唤，池招总算回过头看了他一眼。

“重点……”池招说，“是你被人说走路外八和穿衣品位差吗？”

詹和青沉默了。

宋怡神色冷漠地插了一句话：“应该是詹副总偷偷看吴小姐直播被她发现这件事情吧？”

“都不是！”詹和青从小兔子和小猪的毛绒玩具中间一跃而起。

夏凡在旁边静静地围观。他看得出池招是在故意整詹和青，不过难得的是，宋怡居然也配合。他眼看着詹和青马上要火山爆发，及时出面：“您被告白了。不过请问，您真的就这样落荒而逃了吗？”

“呃……”詹和青再次被挫败感覆压到沉默。

没错。

他逃跑了。

明明对方这样坦白地对他说了喜欢，他却慌不择路，支支吾吾地以“我要上洗手间”这种借口逃走了。

太丢脸了。

这几天吴秋秋也开始复播了，但他甚至不敢再进她的直播间。

“这些都无所谓，”池招扔完最后一支飞镖说，“不过你啊，能不能回你自己的办公室？”

然后，堂堂副总就被无情地赶了出去。

詹和青拖着疲惫的身躯往回走。多日来，吴秋秋当时闪闪发亮的脸在他的脑海中挥之不去。

不是没遇到过向他抛橄榄枝的女性，只是，在告白前先一脚踢翻桌子的，还是头一个。

面对异性，詹和青一直不算游刃有余。他的母亲怀着詹妮时就与詹洛离婚了，偶尔来看望孩子，也不会多说什么。

缺乏母爱的詹妮脾气很坏，他身为兄长，不知不觉养成把所有女生当作妹妹爱惜的习惯。

那吴秋秋呢？

她和其他人有什么不同吗？

对此无法做出判断的詹和青感到迷惘。

不过，在被告白以后逃之夭夭的确是他不对。

吴秋秋也该对他失望了吧？

这么想着，詹和青往回走。助理恰好从办公室里急匆匆地走出来。

“詹先生，有位没有预约的小姐想见你。”对方拿着电话说，“她说她叫‘呜啾啾’，给你送哈密瓜来。”

终于送走詹和青的办公室里，宋怡把废弃稿纸打包装好，准备交给王妈。

她的思绪忽然飘到几天前。

池招的父亲对游戏也有涉猎。

这是宋怡没想到的。

网络上的资料不可能将一个人概括完整。真正的池树人出现在面前时，宋怡觉得他并没有新闻里说的那么可怕。

詹洛也是。宋怡望着脚上那双他送的黄色高跟鞋，之前那双被她送去了修鞋店。

另外——

“池先生，”宋怡问，“你骨折过吗？”

“啊？”池招正在将飞镖从靶上拽下来，“嗯。初三的时候，在冰场滑得太快，结果跌倒了。”

宋怡说：“现在没事了吗？”

“早就没事了。”池招活动着手臂回答。

“您当时为什么要去加拿大读书呢？”

池招一怔，继而说下去：“是我姑姑提议的。她在育碧的工作室上班，可以提前拿到一些没公开的游戏，所以我就去了。”

她从没听说过他还有姑姑，网上倒是有提到池树人有一个妹妹。

“育碧”是一家总部位于法国的游戏公司，其代表作有“刺客信条”系列这样的神作。这家游戏开发商在加拿大、瑞士和国内都有分部。

“不过我读的是寄宿学校，放假才去她那里玩。法国的语言也是那时候学的。”池招重新开始投掷飞镖，“怎么突然问这个？”

宋怡停顿了片刻，随后语句清晰地说：“因为突然发现，池先生的很多事情，我都不了解。”

池招握住飞镖的手暂停动作，身体愣了半秒。

他说：“你有什么想知道的吗？”

“有的。”宋怡毫不犹豫地回答。

“那你问吧。”

“您是什么时候学会的滑冰？骨折的时候伤到了哪里？姑姑是怎样的人呢？后来为什么去日本？和上次日料店的三岛先生是朋友？”宋怡抬头看向池招，她的神情寡淡，鲜少有情绪起伏，语气却郑重其事，仿佛记者会上严肃提问的记者。

池招望着她，目不斜视地把飞镖投掷出去。

十环。

除了猜透人心，他好像没有不擅长的事情。

宋怡重申：“我想更多地了解您。”

“你——”池招开口，他说，“不要若无其事地说这么吓人的话。”

“什么？”宋怡没能明白他的意思。

“一次性不能回答太多。”池招走过来，虽然天气还很凉，但在室内，他只穿着黑色的短袖T恤。

池招径自抬起左侧的手臂，给她解释在冰场跌倒、骨折外加擦破皮的经历。宋怡看着他低下头去。

池招敛起目光时，垂着眼睛，睫毛根根分明，鼻梁也很漂亮。薄薄的嘴唇令人怀疑他是否薄情寡义，但当他抬起眼睛时，那双清澈见底的眼睛又使人立刻打消这种顾虑。

他拥有这样干净的眼神。宋怡忍不住想，能被他长久注视的人，大概会很幸运吧。

“你在听吗？”察觉到她在走神，池招面无表情地问道。

“嗯？”宋怡少见的失态，她马上回答，“抱歉。我在听。”

“骨折还好，擦伤痛死了——”池招没有说谎，当时的确伤得很厉害，至今手臂上还残留着模糊的痕迹。

宋怡忽然下意识地伸出手去。

她轻轻地摩挲那片淡淡的伤痕，恍惚之间想象到他滑冰的样子。

对于加拿大人来说，滑冰是很常见的运动。池招也很熟练，穿着这样的短袖直接随意地去社区冰场滑冰，可能会因为冷所以双手抱胸，自如地说着外语。

宋怡准备收回手时，池招忽然身体一歪，倒在了地上。

他睡着了。

倒不算什么稀奇事，通宵工作后，池招时不时会这样突然睡着。

“没办法啊，他最近都没好好睡觉。”夏凡走过来，把毯子盖到他身上。

“嗯。”宋怡想了想，回想了一下日程，道，“让他睡一个小时左右吧。”

“一个小时？十分钟就够了吧？他今天不是要去Cor俱乐部的训练基地吗？”夏凡问。

“没关系。”宋怡已经转身去取手提包，“我先过去和他们打个招呼。到时候你叫醒池先生，他再赶过来就好。”

不等夏凡再开口，宋怡已经走了出去。

办事高效是崇名游戏每一个优秀员工的品质。

宋怡下楼，打算请司机帮忙，却在门口遇到驾车来找詹和青的詹妮。她大方地说要送她。

“明明不顺路，真是麻烦詹小姐了。”宋怡说。

詹妮握着方向盘漫不经心地回答：“没事啊，反正我不用上班，每天都很闲。”

真是直白又残忍的回答。

她问：“你去电竞基地的话，会见到电竞选手吗？”

“可能会。主要还是跟负责人沟通。”宋怡说，“本来应当是他们过来，但池先生说他们准备比赛太忙，我们过去就好。”

“真体贴啊。”詹妮笑起来，“池招这人看着很让人摸不透，其实很会从别人的角度考虑。”

年少时，詹小红性情暴躁。她认为母亲是因为她才离开家，于是抵触和抗拒所有人，认为全世界自己最可怜，她理应成为世界的中心。

父亲忙于工作，哥哥的温柔又笨拙令她难以理解。

那时池招偶尔会来詹家。他长相好看，待人也亲切。早熟的詹妮本能地向他示好，把喜欢的影星签名照送给他。

那是一位港城女明星。她曾是一个时代的神话，当年几乎所有男生都想娶她，而所有女生都想成为她演的女侠。

詹妮通过父亲的人脉，轻而易举地和她见过面，也弄到了她的签名照。印象中，这位女明星温柔可人，身上还有很香的气味。

她把女明星的签名照送给池招。

她想，他一定会激动万分，从而对她充满感激。

但是，当时池招的反应出人意料地平静。

他收下以后说：“谢谢你。我很喜欢。”

这就是全部。

詹妮有点儿失望。不过至少，他对她说了“谢谢”。

后来这件事情被哥哥知道了。詹和青难以置信地问她：“你怎么能这样？”

詹妮则不以为意道：“这有什么好大惊小怪的？池招哥哥说了他很喜欢啊。”

随即，便是漫长的沉默。

后来过去了很多年，她得知池招和签名照上那个女演员的关系以后，还时常回想起那一天。池招为了照顾她的心情，所以表现得和往常一样。

他就是这种人。

詹妮默默地从回忆中脱身，忽然从包里翻出一个东西扔过去：“你涂一下这个。”

那是一支口红。

只听詹小红说得头头是道：“电竞是年轻人的圈子！你这么土里土气地去像什么样！这个色号是最新潮的！年轻人中话题度最高的！”

宋怡拧开那支口红。

看到那个颜色时，她总觉得有点儿不对劲，

但最后她还是涂上了。

传说中的死亡芭比粉。

宋怡离开以后的办公室里，夏凡喝了一口乌龙茶，随后走到池招旁边，低下头。

他看着躺在地上的池招，突然开口说："她走了。"

池招闭着眼睛说："好了，关下灯。我还能睡五十六分钟。"

"你干吗突然装睡？"夏凡走到开关边把灯关上，"吓人一跳。那么直直地摔下去，你没有痛觉神经吗？"

昏暗的光线中，池招睁开眼睛。

他目光放空地看向天花板，毫无预兆地说："太紧张了。"

"什么？"正在拉窗帘的夏凡回过头。他看到上司为了抑制住什么而皱眉的表情。

"她之前说想碰我，"池招发出声音，"我很紧张。"

浑身发烫、无法对视、不知道该如何反应的紧张。

夏凡抬手摸了摸耳朵，问："她终于忍不住想打你了吗？"

"嗯，大概吧。"池招笑了一下，然后再次闭上眼睛，静静地说，"她打我也可以。"

《莴苣姑娘》是个怎样的故事？

在大多数人看来，它与《格林童话》中其他的故事没什么不同。

莴苣姑娘被邪恶的巫婆囚禁在高塔上，以她秀丽的长发供巫婆进入高塔对她进行监视。所幸有一日，莴苣公主遇到了王子。

他们打败了巫婆，然后幸福快乐地生活在一起。

故事内容的确如此，以上的叙述没有差错。

但是，在詹妮看来，这是一个母亲和女儿分别的故事。

莴苣姑娘与巫婆是养母女关系。原本通往高塔的长发只为巫婆一人放下，但莴苣姑娘逐渐长大，有一天，她为一个陌生的男人放下了头发。

她与王子相爱了，和他结合，生下了他的孩子，并背离了母亲巫婆。

詹妮在最近的那部音乐剧中所扮演的，就是一个这样的角色。

假如可以，她希望能邀请到母亲。但这是不可能的事情。

与池家不同。池叔叔他们离过婚，之后发现自己离不开对方，于是顺理成章复婚。

詹妮和詹和青的母亲却和别人再婚了。

她再也不会回到他们身边了。

“那天的音乐剧，其实我很想请我妈妈来看，不过她不能来。”停下车时，詹小红眼神空洞地笑着说，“所以我把票给了你。你妈妈来了吗？”

宋怡已经打开了车门。她想了想，如实回答：“没有。”

詹妮也没有懊恼，只是轻轻地点头：“哦，这样。”

“不过我有邀请她，她也很谢谢詹小姐对我的照顾。有机会的话，”宋怡说，“下次我一定带她一起。”

“嗯，”詹妮真心实意地回复，“谢谢你。”

詹妮从电竞基地一个漂移大转弯后又开回崇名游戏办公楼下，堂而皇之地步入大门。

她没有门禁卡，但身为崇名文化第一大小姐，不需开口，自然有人来请她进去。

前台小姐打去通知的电话显然没来得及，因此，当詹妮推开詹和青的办公室时，看到的是这样一个场景——

吴秋秋正在詹和青的办公桌上切哈密瓜。

詹妮内心疑惑了一瞬，吐出两个字：“你谁？”

吴秋秋连忙自我介绍。

“你好！我叫吴秋秋！是……”她看了一眼坐在角落里生无可恋的詹和青，继续说道，“我是……詹副总最近交的朋友！”

“他的朋友？”詹妮用做着漂亮美甲的手叉腰。

詹和青立即起身，抓住詹妮快步将她推出去。他压低声音：“你来干什么？！”

“我怎么不能来了？”她说，“你都多大年纪了，还交朋友？这就是那什么，付了钱然后假装做你朋友的钟点工吧？”

詹和青对妹妹的挖苦感到不屑：“我告诉你，这姑娘可是前些天刚说了全世界最最最喜欢我的……”

詹妮满脸震惊，她侧过头，目光越过詹和青看了一眼吴秋秋。

“真的？”她说，“想做我嫂子的人我没少见，但这女孩儿怎么看也不像——”

詹和青还没开口，詹妮就扒着他的肩膀问吴秋秋：“小妹妹，我问你，平常你是不是很容易被欺负，经常被人骗？”

“啊！你怎么知道？！”吴秋秋一副惊喜的样子，“对啊！我经常被人说很笨呢！”

詹妮恍然大悟："这样的话，一切就说得通了……"

"姑奶奶，你到底是来干吗的？赶紧走吧。"詹和青恨不得立刻把她请出去。

詹妮原本就只是来找他打发时间，此时也不想打搅他。走之前，她问："上回我音乐剧首场的票，你给了池招哥哥没有？"

"我和他一起去了。"詹和青多问了一句，"你是不是还给了宋秘？"

"嗯。我让她跟她家里人一起。"

詹和青忽然竖起了耳朵，抓住她的肩膀靠近问："家里人？你没说别的吧？"

"又怎么了？"

詹和青迟疑了一阵，最终还是将实情告诉她："宋怡家的情况不比我们家简单，她爸妈都赌博欠了债务。尤其是她妈妈，之前还联系人贩子要卖她抵债。总之，你别在她面前乱说……"

接下去，他还啰唆了一阵，但詹妮已经没再听进去了。

宋怡微妙而柔和的表情与多年前池招接过那张签名照时的微笑重叠。

等詹和青说完，詹妮忽然懵懵懂懂地开口。

"哥——"她望向詹和青说，"搞不好，宋怡跟池招真的很配。"

"哈？"

另一边，在Cor电子竞技俱乐部的其中一个战队训练基地，宋怡正在工作。

基础的交流与问候结束，宋怡把具体状况通过网络汇报给池招。池招给出回复："那我不露面了。你给个地址吧，我来接你。"

这次来的主要原因，是因为Cor战队有关重赛的观点在网上引起了热议。

比赛主办方最初给出了继续上次比赛的提案，但是由于各种各样的原因，Cor这边要求将上次那半场比赛作废，从头开始进行比赛。

最初，主办方、对方战队和粉丝中间是有很多反对意见的。

但是，在崇名文化的施压之下，这种声音渐渐平复。毕竟也没什么大不了，重新比赛同样是公平竞争。

然而，前几天，有自称是Cor粉丝的用户在网上发布消息，曝光这种事高层也要插手，让Cor自己的队员都心生不满。

作为这次高层行为的负责人，池招打算亲自过来一趟。但目前宋怡所了解到的结果是，领队和教练表示："我们已经处理过相关队员，就不劳烦领导关心了。"

刚才进门，她也经过了队员们训练的房间门口，但并未没多注意。资料上显示，他们就是那天被迫中断比赛的战队。

战队也需要面子。他们都这么说了，崇名文化再擅自多事，反而会令情况更复杂。

反正后续的事情不需要他们负责。

池招的决策没有问题。宋怡也起身辞行。

经过吸烟室，里面有几个听说来了客人所以跑来围观的队员。宋怡走过时偶然听到他们窃笑中提起的“荧光芭比粉”。

果然不该涂这支口红。

詹小红这种在外国住惯了的人不能信。

宋怡想着，一边编辑给池招的信息一边往外走。就在要离开时，她身后响起一道少年干干脆脆的喊声：“宋怡姐。”

宋怡回过头去，看到戴着连衣帽的男生站在门边。

他摘下帽子，头发有些长，眉目间如野犬似的有几分桀骜不驯。

Tennis。

这是宋怡首先想到的名字。他是 Cor 战队的职业选手之一。

然而就在这时，另外几个汉字也与破碎的记忆一同钻进脑海。

“罗伽鸣。”宋怡叫出了他的名字。

罗伽鸣沉默了片刻。最后，他回答道：“是我。”

他望着宋怡。

这个淡然而肃穆得如死水，却一次又一次不断出现在他梦里的女人，此时此刻，居然就在他的眼前。

他对她的印象很深。

一开始，只是源于父母一次又一次的唠叨。别人家比他高几个年级的孩子如何优秀，而他听得厌烦，偶尔也会顶撞回去：“她不努力就没办法了啊。”

年幼时，他最后的自尊源自宋怡的可怜之处。

他们家和宋怡家只隔着一条街，当时她刚上初中，他还在读小学。

但他们做邻居的时间并不长，因为宋怡的父母很快就带着她搬家了。

为了躲债。

罗伽鸣不止一次在窗户后面窥视宋怡。

放学回家的她会站在家门口发呆。

他们家的墙上有红色油漆写着的“还钱”字样，还有她和家人的姓名。

他们家被泼过排泄物，门缝里塞过死老鼠，钥匙孔时常被堵住。

但是宋怡从来没有流过眼泪，她只是静静地看着，然后冷漠而镇定自若地处理。

他们邻里之间关系不错。宋怡送过他东西。好像是她参加了什么学科竞赛，班主任奖了她的一只网球。

她拿着回家，但她没有球拍，对这类运动也没兴趣。回过头时，视线恰好抓住缩在窗后偷看的罗伽鸣。

“你要吗？”她说，“送你了。”

那是罗伽鸣和宋怡第一次说话。

后来她就搬走了。

回到属于崇名游戏的建筑里。

詹和青好不容易送走詹妮，把办公室的门关好。他背靠着门对吴秋秋说：“不好意思啊。”

吴秋秋摇摇头，笑眯眯地回答说：“该道歉的是我。”

“什么？”

“我没想到詹副总有女朋友了。”吴秋秋忽然低下头去，脸上仿佛浮着一片烧红的云朵，抿起嘴唇说，“对不起呀，我没想太多。”

“啊，呃，那个，她不是……”詹和青结结巴巴地开口。

“不要紧的！”吴秋秋忽然伸出手，模样很害羞，但因为手里抄着一把硕大的切瓜刀，所以画风又有些诡异，“其实我也不太懂，我到底对詹副总是怎样的喜欢。”

詹和青忽然动不了了。

吴秋秋接着说：“但是看到你女朋友以后我就懂了。她好漂亮，个子很高，打扮好时髦，美甲也很可爱。感觉……感觉跟我不是一个世界的人。”

她把刀放下，站起身来背上包。

哈密瓜已经切成好下口的小块儿，办公桌上没有留下一丁点儿刀痕，流出来的汁也擦干净了，可见切瓜的人有多小心。

“其实我就是来道谢的！谢谢说完了，瓜也切好了，那我先走啦！我的喜欢只是对恩人的那种喜欢，没有别的意思。”吴秋秋笑着说，“幸好没给你造成困扰！”

她站在詹和青身边，詹和青则呆滞地看着她。

他们对视了许久，然后，吴秋秋笑嘻嘻地说：“麻烦您让一下！”

詹和青这才意识到自己挡着门了。

他赶紧让开。

吴秋秋挥了挥手走出去。

她看起来像真的松了一口气。

詹和青重新把门关上。他转过身，看着那一桌的瓜。

你这个白痴！她让你让开你就让开啊？！

他很想扇自己一记耳光，然后在办公室一边学小猪佩奇吹口哨，一边做两百个深蹲，以便铭记自己是个白痴这件事。

他好像喜欢上她了。

“你要吗？”躁动而混沌的暑热中，宋怡回过头，参差不齐的黑发垂落在脸颊两侧，眼神的低温足以冻伤人，“送你了。”

罗伽鸣从宋怡那里收到的东西，不仅仅是网球。

不过，一开始他并没有意识到。

少年独自长大。

后来他也考上了初中，到了宋怡当初的年龄，在属于他的这个年纪里，他与其他春意萌动的同龄人没什么两样，也会暗自观察不知不觉产生变化的女生。

可是，他没有再在任何人身上找到过宋怡的影子。

那种绝对安静，又无休止彷徨的冷漠感。

初中时某一个夏日的清晨，他梦到她。然后在沸腾的蝉鸣中，他终于明白自己在她那里收到了什么。

几天前，他在大奖赛赛场偶然看见了屏幕里的女人。还是那么冰冷，还是同样的平静，倘若不是在比赛中途，那他肯定会控制不住自己冲出去。

但一场突如其来的停电及时阻止了错误的发生。

此时此刻，她就出现在他的面前。

罗伽鸣走到宋怡面前。与几年前不同，如今的他比她高出许多，手臂也更加有力。而且，这时不是夏天。

他仔细打量着宋怡的脸。她倒是很自然，浑身散发着终于想起他是谁的释然："你是之前住在隔壁的……小孩儿对吧？"

小孩儿。

罗伽鸣顿了顿，轻轻地咳嗽两声。他回头，远远地看到有队友似乎在注意这边。

"嗯。宋怡姐，"他说，"难得见到了，附近好像有可以坐的咖啡厅……"

宋怡稍稍犹豫。在她考虑的这几秒钟里，罗伽鸣非常紧张。

事实上，谁都不会相信，这个游戏赛场上以超高手速著称的明星选手，即便队友悉数阵亡也能冷静应对，最终逆转战局的Cor-Tennis居然会紧张。

"那就一起去吧。"万幸的是，宋怡给出了肯定的回答。

罗伽鸣走在前面，而宋怡则在后方将地点发给了池招。

这家咖啡厅建在训练基地附近，偶尔也有战队粉丝过来碰碰运气，希望能遇到队员。他们刚进门，便有一些难以忽视的视线投来。

宋怡注意到以后选了靠里面的座位，那里的私密性比较好。

"我请客。"罗伽鸣说，"喝什么？"

宋怡摇摇头，说："好久没见了。"

那时候他们两家关系很好。

一般面对负债累累的邻居，大多人都避之不及。但罗伽鸣的父母都是大大咧咧的率直个性，加上宋作为刚开始步入赌途，他们对他的印象还停留在补习班老师的形象上。

罗伽鸣的母亲有时煲了汤，会让他去给隔壁送一碗。下雨了，宋怡偶尔也帮他们家收衣服。

"没想到你做了电竞选手。阿姨的身体还好吗？叔叔呢？"宋怡微微露出一点儿不易察觉的笑意，说，"你和以前相比没什么变化。"

"以前我们住的那条街都拆迁了……我爸我妈都很好。"罗伽鸣回答。

电竞职业选手的职业寿命短，但收入也的确不算低。罗伽鸣的父母学历都不高，过去他们对他的学习也没有太多要求。当初他说要退学打游戏，他们也没太反对。

他有天分，训练很努力，运气也不错，没多久就正式上场打起了比赛，崭露头角后更是如鱼得水。

罗伽鸣知道自己改变了许多。

外貌是，家境是，气质是，命运也是。

宋怡却对他说“你和以前相比没什么变化”。

罗伽鸣回答：“我觉得，宋怡姐……变了很多。”

“是吗？”宋怡问，“下次我再去拜访阿姨，要是她还没忘了我就好了。”

她一直记得当初阿姨对她的关心。在李梅从未承担起母亲责任的过去里，邻居家这位热心的阿姨给了她太多的帮助。

“不会忘的。”罗伽鸣立即回答，他支吾了一阵，随后说，“我说宋怡姐变了，是说好像变得外向了。”

他忽然有点儿不好意思。

宋怡缓了缓。她好像是变得开朗了。

自从进入崇名游戏，家里发生了许多改变，但帮助她的人也很多。如今烦恼变少了，问题也在一个接一个有条不紊地解决。

而这些，都和一个人有关——

他们的寒暄到此也差不多了。就在这时，随着开门的动静，廊檐上挂着的风铃摆动着发出清脆的响声。

池招比之前在室内多穿了一件外套，进来时环顾四周。宋怡站起身来，脸上是不动声色的微笑：“这边。”

他快步走来，看到罗伽鸣时脸上带着笑意。他抬手作出“等等”的姿势，然后认真回想了一下罗伽鸣的名字：“你是……Tennis，对吧？你的打法太不平衡了，不过真的很精彩，难怪是现役同职业里最强的。好厉害，要是我有那么快的手速就好了——”

池招一边说着一边熟练地坐到宋怡身边。宋怡则简单介绍起池招：“这位是我的上司，也是崇名游戏……”

“我知道。”罗伽鸣微微点头，“他是《acdf》的……我往你们游戏里充过钱。”

“多谢支持，”池招仍旧微笑着，但显得漫不经心，淡然的神情衬得他有些冷漠，不过这对陌生人而言已经足够友好，“你们是熟人？”

“以前我们是邻居。”宋怡回答。

池招忽然专注地看着宋怡，问：“这是什么颜色？”

宋怡视线下移，意识到他指的是口红，于是实话实说：“今天是詹妮小姐送我来的，她借了一支口红给我。我也意识到了，色号好像有点儿……”

池招取了桌上的纸巾递给她，她接过去开始擦拭嘴唇。她没带镜子，只能借用手机屏幕。

涂的时候没想太多，这一刻才知道后悔。宋怡努力地将口红擦掉，过度鲜艳的颜色在动作下移位，反而挪了不少在嘴角。

池招认认真真地看着她，就在这时支起身来。

“不好意思，”他说，“可以吗？”

言简意赅，但宋怡能不费吹灰之力地会意。她说：“没事。”

池招得到她的同意，才从宋怡手里接过纸巾。

他对她没有其他丝毫不必要的肢体接触，目光端正，小心翼翼地擦掉她嘴角那点儿颜色。

罗伽鸣坐在对面，眼睁睁地看着池招给宋怡擦掉口红。男方可靠而轻佻，女方冷漠却温顺，两个人身上都会聚着矛盾，又并不令人感到突兀。

他发不出半点儿声音，只因为那一瞬间，他发现自己被隔绝在外。

宋怡假意垂着眼睛，实则也在偷偷打量池招的面孔。他的笑意消散了，脸上有白炽灯的光以及打下的灰蒙蒙的影子。那是一种显而易见的温柔。

沉默，池招像是屏住呼吸在划一艘缄默的船。

她也不敢吐息。这样的池招温柔过头了，叫她有点儿胆怯。面对池招的时候，她常常会有内心动摇的感觉。

店里有人在说话，谈笑声零零碎碎地漂浮在空气中，同咖啡杯与勺子的碰撞声交织在一起。

“好了。”末了，池招将纸巾握在手里，坐了回去，说，“其实不擦也挺好的。”

宋怡说：“擦都擦了。”她没有责怪的意思，只是随口一说。

“宋怡怎样都好看。”池招说着掏出皮夹，他抬起头，已经笑起来，方才的疏离感烟消云散，“可以埋单了吗？”

罗伽鸣这才回过神，仿佛电影散场，雨落了他一身，身心冰凉。他说：“我付就……”

但池招已经将现金递给了服务生，顺带没忘记提醒对方：“这盏灯好像有点儿松了。”

他们起身出去。

罗伽鸣没能做什么，反而被池招请了一杯没喝几口的咖啡。

第十四章 池招招与宋怡怡

♡ ♡ ♡ ♡ ♡ ♡ ♡

宋怡临时接到一个工作上的电话，她朝两位男士打了招呼，随后走到一旁去接听。

池招闲散地握着车钥匙，像是为了打发时间一般不断地按亮车灯。

事实上罗伽鸣并不擅长与人单独相处，他有些尴尬，想先走，又想和宋怡亲口道声再见，另外还想交换联系方式。

“那个，”池招猝不及防地开口，他看着远处说，“最近你们队里闹得那么厉害，管理骂你了吗？”

罗伽鸣错愕地回头。

“跟粉丝抱怨我们插手，然后我们被发到网上的那个人是你吧？”池招说。

罗伽鸣愣住了。他问：“你怎么知道？”

池招没回答，只是说：“好好比赛。我很期待你们赢。”

远处，宋怡挂断电话正走回来。

罗伽鸣感觉胸口有什么剧烈地起伏着，好失败，他忽然意识到自己输得很彻底，又说不清输在了哪里。大约是为了挣扎，他突然开口：“宋怡姐！”

宋怡看向他。

“大奖赛重赛，”罗伽鸣说，“Cor 赢了的话，可以再跟我见面吗？”

他感觉自己像是正在等待审判。

宋怡望着他，回答：“可以啊。”

他们顺理成章地交换了联系方式，在此期间，池招什么反应也没有，只是耐心地等待着。

双方开以后，池招坐上驾驶座。宋怡关上车门，系安全带时，忽然说：“请问一次最多能回答多少问题呢？另外，下一次要等什么时候？”

池招有些没明白：“什么？”

“我想更多地了解您的事情。”宋怡认真地回答道。她没打算让他用睡着来蒙混过关，坚持要将之前的话题继续说下去，“您是什么时候学会的滑冰？是在日本哪里念的高中？大学呢？法国好玩吗？坐飞机会晕机吗？姑姑结婚了吗……”

她想问的还有很多，却见池招倏然背过脸去。

“我也不知道你过去的事情。”他说。

她居然还跟职业选手是青梅竹马。

宋怡想了想道：“您先回答我。”

池招不留任何余地地拒绝：“不行。”

“为什么？”

“要是我全说了，你对我没有新鲜感了怎么办？”池招叹息般地说，“到时候谁负责啊？”

他突如其来的坦诚令人措手不及。宋怡没想到会是这种缘由。

她转身，在思索中默不作声。

车内太过安静了。

“我负责。”宋怡说。

后来，池招把车停到路边。宋怡知道自己没资格问他要做什么。他下车，回来时随手抛了一个纸袋给她。

里面是一些小玩意儿。

发夹、胸针和耳钉之类的。

池招嚼着软糖，重新驱车上路。之后他们没再说话。

后来宋怡和同事一起吃午餐，听她们谈论时尚话题，才知道光是那个发卡就要一万多块钱。池招像路边精品店买来的杂货一样随意扔给了她。

詹妮来崇名游戏找詹和青，遇见宋怡时还问道：“哎？这是今年的新款？是你网购的仿货吗？”

詹妮不愧是出身名门娇生惯养的大小姐，说话有种与生俱来的刻薄。

假如不清楚她的为人，大概会觉得她傲慢无礼。但要知道，大部分的误解都来自差异。

站在詹妮的角度来看，平时不可能在衣食住行外多花一分钱的人忽然打扮自己，还是购自奢侈品店，买仿货的可能性相当高。

宋怡没有生气，只是简要地给出了解释。

“难怪，池招哥哥的品位一直很好。”詹妮说，“而且这个品牌也足够有面子。你都开始打扮了，下次我也送你些东西吧。”

宋怡思索片刻，忽然纠正道：“倒不是这个原因。”

“嗯？”

“因为是池招送的，”宋怡说，“所以我才戴了。”

詹妮望着脸上缺乏表情的宋怡，挣扎了半天，才把那句“你们怎么还没结婚”给咽下去。

池招本人对此一无所知。

在《acdf》步入正轨，父亲交代的工作也完成以后，他就从办公室里消失了。

按夏凡的说法，没什么好大惊小怪的。池招就是这种人，闲暇时间会越发自由散漫。有时心血来潮，隔天就去练定点跳伞。不知道他人在哪儿很正常，不影响工作就行。

“就算他三更半夜忽然打电话来说想在崇名游戏楼顶开个天窗，”夏凡吃着石锅拌饭，摆出经验充足的姿态说，“也不要骂他是个混账。”

宋怡受教了。门外突然有员工送快递上来。这种状况很少见，要知道平时他们都是自己下楼取件。

宋怡拆开包装，发现里面是一部手机。

是送给她的。

之前在乡下时，池招说过要给她换部新的。

宋怡打开以后，里面存放了一则留言。她点开功放，以便夏凡也能听到。

“我有一个提议，”音频文件里，池招毫不拖泥带水地宣布，“我想让夏凡带树蛙去冰岛参加全球宠物选美——”

夏凡忍无可忍，拍案而起：“池招你这个混账！”

然而，这时的池招正在所有人猜想不到的地方。

他在社区提供给中老年人的社交舞教室里。

池招坐在窗边的座位上走神，突然听到有人呼唤自己时，他才抬起眼睛，朝穿着运动服、面带微笑的老人回应道："要喝水吗？"

宋怡的奶奶从一群热情的老爷子中间脱身。走来时，她和蔼地问道："看你一个人好像很无聊。"

池招摇摇头，漂亮的面孔在一群满脸岁月痕迹的长辈中间格格不入。

但他就这么旁若无人地待着，也没人敢赶他，反倒是几个平日被父母逼着送爷爷奶奶来上课的小姑娘一改常态，不再抱怨家里老人了，成天巴不得过来，还要多留一会儿，找池招说说话，要个联系方式什么的。

人家小姑娘向他发出好友申请，纷纷兴高采烈地铆足了劲儿要撩他。不过也难免有点儿疑惑——为什么他的昵称叫"青年文摘"？

宋怡的奶奶看在眼里，她知道但她不说。

她在舞蹈教室很受欢迎，有池招陪同以后更受欢迎了。

他们偶尔一起坐着聊天。

奶奶说："小帅哥，我还是头一次见着你这样的年轻人。"

"从小到大我一直被说奇怪。"池招笑笑。

"这也没什么不好吧？"奶奶笑容里的意思不是安慰，"宋怡小时候也常被其他小孩子当成怪人。"

其实池招也不知道自己为何要来，只是无聊时偶然想起宋怡说过的社交舞教室。加上他也很久没见过奶奶了。

奶奶自然而然地说了属于她的往事。

爷爷生前是个性格严肃、一板一眼的人，对儿子要求严苛，希望他什么都能做到完美。

即便在一般人都有的叛逆期，宋作为也丝毫没有过松懈。但这并不是什么好事，压力日益积累，直到成年后的某一天终于爆发。

矛盾如洪流泛滥成灾，亲子关系最终难以挽回。

宋作为像是下定决心要和家里作对到底，娶了只活在当下、相貌却相当出众的妻子，然后开始了艰难的生活。

宋怡的冷漠或许就是遗传于祖父。

"宋怡懂事过头了。"奶奶望着远处的吊灯说，"没得到应有的呵护，不过还是好端端地长大了。她没有什么昵称……虽然我们都说是因为'怡'这个字不太好起什么小名，但是，这件事就好像那孩子出生这二十来年的缩影。"

远处有许多花甲之年的老人在拉伸身体，阳光温暖，这样的画面也显得很美好。

池招沉默了。

另一边，宋怡拿着池招送给她的新款智能手机。

她心情不错，发了一条消息给奶奶，询问这天舞蹈课结束要不要去接她，结果收到了“我和朋友在一起哦”的回复。

好像奶奶不管到了哪里，从来不缺朋友。

宋怡回到家以后把厨房的垃圾拎出去扔掉，就在这时，恰好和要出门的池遇撞见。

先前奶奶每次都称呼池遇为“小帅哥的哥哥”，这让池遇很有挫败感。从此以后，他出门都下意识地避开邻居。

看到她时，池遇忽然开口：“宋小姐，可以请你帮我一个忙吗？”

然后他们一起去了城市里的高级住宅区。

一开始，宋怡是不知道他要做什么的，直到到了某间公寓前，他才坦白：“我前妻不让我见我儿子和女儿。”

“他们住在这里吗？”宋怡问，“不过我陪同您来对局面能有什么改变吗？”

“之前，”池遇吞吞吐吐了好久，声音越来越小，到最后几乎轻得听不见，“每次池招过来，她就会让见的……”

——这种情况，你还是反省一下自己比较好吧？

虽然很想这么说，但宋怡总觉得继续打击他是一件残忍的事情。

池遇的前妻显然不是什么省油的灯。刚按下通话铃声，对方就出言讽刺：“怎么？找到新女朋友来跟我显摆了？！”

池遇连忙解释：“不是，这是小招的秘书……”

对面陷入沉默，大概在鉴别这句话的真实性。

“那个，”宋怡觉得自己还是澄清一下比较好，“我的确是池先生的秘书。”

结果还是被拒之门外了。

两个人又等了好些时候，最终只能原路返回。坐在回去的巴士上，宋怡多问了一句：“之前的事情，您有没有跟池先生开口呢？”

她现在已经知道了池招瞒着池遇的是什么事情，但是，身为局外人，她也不好擅作主张开口。

池遇正撑着下巴看向窗外，这时恍惚着回头，说：“没有，我想通了。”

“这是什么意思？”

“我仔细地想了想，池招也没做过什么对我不利的事情。”池遇说，“而且我爸来找我了。”

宋怡微微停滞。的确，前些时候他们也见到了池树人。

“宋怡，”池遇忽然说道，“你知道吗？前几年，国内发生过地震。”

宋怡没有出声，只是静静地听着。

当时池招在法国读书。池树人所在的城市刚好受到地震波及。

池招匆忙乘了最近一趟航班赶回来。

池树人没有受伤，及时坐车回到了家。

池招进门，他是跑进来的，胸膛仍然微微起伏，喘息了一阵方才开口。

“奥斯曼大道的闪电泡芙。”池招说，“我觉得很好吃。”

池树人抬头看着他。就连一旁刚洗完澡的池遇也屏住了呼吸，唯有池崇扑哧一声笑出来。

在大家不约而同地看过去时，池崇摆摆手说：“不好意思。你们继续，继续。”

池招回头，看着池树人说：“你试试。”

“谢谢。”池树人言简意赅地回复，“泡芙呢？”

池招两手空空。他说：“你自己去买了吃吧。”

听到这里，池崇终于再也按捺不住，仰头放声大笑。

叙述完几年前的这件事，池遇靠在巴士车窗上淡淡地开口：“其实池招是个很笨拙的人。他不知道怎么表达感情，关心人的方式也很奇怪。”

宋怡随着巴士晃动稳定身体重心，她缓慢地开口，语气舒缓而笃定：“嗯。”

巴士途经崇名游戏附近的车站，宋怡原本可以跟池遇一起回去，但到了公司楼下，她莫名又想再去一趟楼上。

宋怡与池遇道别，进门时询问门口的安保人员，结果得到“池总还没走”的答复。

她上了楼，推开办公室的门时差点儿被吓到。

室内没有亮灯，但开着冰箱的门。池招正在努力往里面塞着什么。

宋怡打开电灯开关，问：“请问您在做什么？”

看到她以后，池招停止了原本的动作。他支起身来，手里托着一个纸盒：“我在想你。”

宋怡正在脱外套，听到这句话时不由得一怔。

突然之间，池招若无其事地说了好厉害的话。

但她侧过头去，发现池招似乎对此毫无知觉。他径自说下去：“我刚好在想你。这东西跟冰箱尺寸不合，我本来还在头痛要怎么办——”

池招把那个纸盒放到桌上，然后将盖子打开。

宋怡顺其自然地走近，看到里面是一个蛋糕。

上面用巧克力酱写着“祝宋怡怡生日快乐”。

“我知道不是你生日，但是这家店的蛋糕真的很好吃。”池招说，“宋怡，跟你说……

“一般人不会把‘招’当成名字吧？”池招拆开包装，取出切蛋糕的刀握在手心，说，“跟‘崇拜’和‘遇见’不一样，我妈起这个名字的时候，想的意思是‘招之即来，挥之即去’。”

宋怡静静地注视着他，而此时，池招把蛋糕刀递过来。他望着她的眼睛说：“名字是什么不重要，重要的是谁在用它。”

宋怡看着他的眼睛，霎时想起刚才在巴士上听到过的话。

池先生真不会安慰人。

她把蛋糕刀接过来回答：“谢谢。”

就在宋怡开始切蛋糕时，池招站在旁边撑着桌子认真地思考：宋怡真的没有什么好听的昵称吗？

“宋怡，”他不由得开口，一边琢磨着一边说道，“宋宋，宋怡怡，宋怡大人，宋怡姑娘，宝宝，我的小姑娘……我的宋怡。”

宋怡切蛋糕的手突然一歪。她抬起头，看到池招斟酌当中狡黠又带有笑意的表情。

向吴秋秋小姐道歉方法研讨会于某日午休时间在崇名游戏吸烟室如期举行，与会人员有宋怡、詹小红、池招，会议主持人为詹和青。

“咯咯，”詹和青将鱼食投入鱼缸，随后转身清了清嗓子说，“具体情况我就不再赘述了，接下来有请各位依次发言。”

“我还以为你特意叫我过来有什么要紧事……”詹妮是全场唯一一个真的在抽烟的人，“你们公司高层每天都在关心些什么乱七八糟的？业绩真的不要紧吗？”

池招在用勺子吃牛奶泡巧克力麦圈，百无聊赖地回答詹妮：“放心好了，还过得去。”

宋怡则坐在位子上问：“我确认一下，您的确说了来参加的话分配午餐吧？”

“话说我们这样不要紧吗？”詹妮伸手示意吸烟室外透过玻璃窗争先恐后跑来偷窥的崇名游戏员工，“因为高层聚到吸烟室开会，所以大家好像都很感兴趣……”

詹和青二话不说就把帘子拉上了。

他拊掌再次宣布道：“请大家给我提一些有用的建议。”

在吸烟室开会的传统，怎么想怎么熟悉。宋怡望着詹和青的脸，默不作声地低下头去。

几天以前，她私下找过詹和青。

不是透露情报，而是向他打听一件事——高洁是谁？

宋怡吐出了那天从池树人口中听到的人名。

提到这个名字，詹和青又摆出戒备的姿态：“你很在意吗？”

“这个人池先生有关，同时副总觉得很危险，身为池招的秘书，我有了解的必要。”宋怡冷声回答。

这是她头一次见到詹和青露出那种表情。防备、警惕，并且对此感到棘手。

“宋怡，”詹和青一字一板地说，“这和你无关。”

回忆到这里终止。

回到吸烟室里，詹妮率先发言。

“要我说，”她把烟头按熄在烟灰缸里，不快地指责道，“你当时大喊一声‘她是我妹妹’不就没事了？！还不是你自己畏畏缩缩……”

詹和青被踩到痛处，结结巴巴地说不出反驳的话来。

“你穿套正经点儿的衣服，”池招说，“提点人参、白酒、补品之类的送到她家去就好了。”

詹和青欲哭无泪地看向他，然后露出一副恍然大悟的表情，随后转身离去。

池招望着他的背影，忽然向宋怡问道：“我说着玩的，他不会真信吧？”

气氛好安静。

宋怡安抚般地朝他微笑了一下。

詹和青穿上西装外套，对着镜子扣上纽扣，摆动头部检查仪表——完美。然后他又伸手拎起桌上的人参礼盒——完美。最后他健步下楼，路上没有丝毫意外，顺利地坐到车上。

完美！

一切都在按计划进行。

詹和青依据当初吴秋秋在职时填写的地址找到了她的住处。

之前他听素来有“崇名游戏情报女王”之称的王妈说过，吴秋秋是本地人，一直跟父母住在一起。

詹和青鼓起勇气，走进狭窄的楼道，然后终于来到了吴秋秋的家门前。

他不是孤身一人。

詹和青不是一个人在战斗。跟他一起上楼的，还有一名身穿蓝色冲锋衣、头戴蓝头盔的年轻小伙子。

小伙子熟门熟路，手中拎着一个塑料袋，袋子上用鲜红的宋体字写着“XX小吃”。

他们停在同一扇门前，二人一言不发地对视片刻，外卖小哥朝他露出了和善的微笑。

为什么要露出这种表情？！

詹和青还没来得及敲门，防盗门就向外打开，猛地撞上他的额头。

他吃痛地捂着脸俯身，终于明白刚才外卖员离门足足一尺远的原因。

在女生娇甜的惊呼声中，詹和青抬头，随即看到了呆若木鸡的吴秋秋。

她素面朝天，穿着粉色的小猪睡衣，目瞪口呆的同时也没忘记接过那份小吃。

等外卖员扬长而去，詹和青捂着脸，心想鼻子肯定红了。而吴秋秋则尴尬于她丝毫没有打扮。

“詹——詹副总，你怎么来了？”吴秋秋连忙抓住他的手臂，作势要检查他的伤口，“对——对不起，我没想到你会站在门后……”

詹和青当然不愿让她看到自己的脸，但他一个手无缚鸡之力的普通人，怎么可能是全国大学生跆拳道锦标赛四连冠的对手？没挣扎两下，他的手便被拉开了。

其实伤得不重，脸上稍微有几道红印而已。

詹和青长着一张很清秀的脸，上中学的时候戴着眼镜，他收到的情书里常常有女生说他“文质彬彬”。

在公司也有女员工背后用“斯文败类”来形容他和池招。他负责斯文，而池招是败类。

吴秋秋头一次这么近距离注意他的长相，脸一下子涨红。

她吞吞吐吐地说："啊，那个，詹副总，你……你先进来，我给你涂点儿跌打损伤的药膏。"

"不用了，我就是来送下东西……"詹和青试图推阻，但吴秋秋已经回过身去找药膏了。

他不得已换鞋进了门。

屋子不宽敞，但摆设井然有序，很温馨。

电视机前的茶几上搁着一家三口的照片，似乎是在海边，父亲魁梧憨厚，母亲温婉和蔼，吴秋秋则天真无邪，一家人冲镜头露出灿烂的笑容。

詹和青看得出神，就在这时，房间里传来一声剧烈的闷响。

他立刻加快脚步走进去。

原来是吴秋秋摔倒了。

他的第一反应是关心吴秋秋，但是她的卧室令人无法忽视。

詹和青这辈子只见过一个女性的卧室，那就是他的妹妹詹小红。

詹妮的卧室永远空旷，试衣间里的各色奢侈品依据品牌和款式摆放得整整齐齐。商品一旦过季马上扔掉，新款源源不断地运进来，佣人会替她重新整理好。

不那么严格来说的话，詹和青还看过宋怡住的地方——她有时候在休息室过夜。

但像宋怡这样严谨的人，只要出门，东西一定会被收拾到位。

总而言之，面对吴秋秋的卧室，詹和青一不小心看呆了。

其实吴秋秋的房间只是普通的乱。

与其说是"乱"，倒不如说只是随性而已，加上她家又不宽敞。

被子胡乱叠了两下，刚看过的漫画书搁在桌上，各种游戏卡带里里外外地堆积着，化妆品也还没来得及收。

但和孤陋寡闻的詹和青之前了解的两位女性比起来，这里的确不是很整洁。

"对不起！"吴秋秋害羞得快要哭出来了。

谁能想到詹和青会突然过来啊！

她顿时起身将他推了出去，然后手忙脚乱地收拾起来。

詹和青猝不及防被推出门外，一愣，随后边敲门边解释："别……别道歉啊，是我不好。而且这也没什么……"

吴秋秋把游戏机和化妆品一股脑儿放进抽屉，但抽屉塞得太满，无论如何都关不上了。

她拼尽全力，结果又挤到了手。

“啊！”好痛，她忍不住叫出声来。

为什么会这样？！

吴秋秋忽然好想哭。

她只是想在喜欢的人面前表现得好一点儿。为什么会搞成这样？

詹和青听到她的叫声，一时心慌，立刻拧开门冲了进去。

他进门时绊到桌边卷发器的线，倏地往前摔了下去。但他顾不上自己，连忙起身，来到吴秋秋跟前蹲下道：“没事吧？”

他看到吴秋秋抓着的手，于是赶忙握住她的手。

詹和青反复检查着她有没有受伤，抬头发现她正眼泪汪汪地看着自己。

“怎么了？”詹和青问，“这么痛吗？”痛到都快哭了？

吴秋秋像摇拨浪鼓一样摇头。

“对不起，”詹和青松了一口气后苦笑起来，“看样子今天我们的运气都不是很好啊。”

没想到这句话受到了激烈的反驳。

“刚才我也这么想，但是现在我觉得，”吴秋秋无比认真地说，“今天我的运气特别好！”

“哎？”

“詹副总来找我了……”吴秋秋差点儿真的要哭了，“好像做梦一样。我以为你再也不会理我了……”

詹和青又好气又好笑：“我为什么不理你了？”

吴秋秋可怜巴巴地说下去：“我问了我朋友说我还有没有可能，她们都说，没有男人会喜欢送哈密瓜上门的女人的。而且，我那天还叫你让开，我以为你肯定生气了……”

她说着又要哭，詹和青只好伸出空着的另一只手，像哄小孩儿一样拍她的背：“我没生气，我没有生气。我怎么可能生你的气？我是来跟你道歉的……”

吴秋秋带着哭腔问：“你为什么要道歉啊？”

听到这个问题，詹和青忽然一愣。

他为什么要道歉？

为他有女朋友？不对，他压根儿没有女朋友。为当初没有解释？其实他也没有必要解释。

詹和青愣在原地。漫长的思考过后，他艰难地得出一个结论。

他大概是觉得自己让她伤心了。

但，话不能这么说。

詹和青压低声音回答：“我只是单纯想来见你……”

他想确认吴秋秋听到这话时的表情，她却忽然把头垂了下去。

“怎么了？”詹和青关切地问。

吴秋秋藏起脸庞，用可怜的语气发出声音：“我鼻涕流出来了。”

詹和青一怔，哭笑不得地回答：“擦掉不就好了？”说着回过身去找纸巾。

“可是我想继续跟你牵着手，不想弄脏……”说着，吴秋秋另一只手也紧紧地握住他。她像一只小八爪鱼，死死地抓着他不让他离开。

她的整颗心像泡在温牛奶里。

詹和青已经摸到纸巾，试探着去擦她的脸。他温声细语地哄着说：“没关系的……”

就在这时，吴秋秋忽然撞进他的怀里，她抱着他，把眼泪和鼻涕都擦在他身上。

“詹副总，我真的最最最喜欢你了！”吴秋秋咬咬牙，最后还是把这话说出了口。

在没有好好收拾过的房间里，顶着没梳洗打扮、还哭得稀里哗啦的脸，吴秋秋再一次告白了。

她想，她真的太笨了。

她感觉自己抱着的人顿时松懈下来了。詹和青忽然放心了，他没有被讨厌，他也没搞错自己的想法。

“我好像比你笨。”詹和青回答，“但是吴秋秋小姐，我也喜欢你。”

仿佛在温牛奶里再加上两勺蜂蜜，吴秋秋心里又甜又温暖。

詹和青把吴秋秋的眼泪擦干净。他想，还是要理清一下现状的，然后准备打电话跟池招，想要谢谢他的建议。

詹和青想起身，然而吴秋秋拽他的力气太大，以至于他整个人再一次跌倒下去。

这一次摔倒时，他不小心压倒了吴秋秋。

就在这时，客厅的门打开了。

刚才在照片里见过的吴秋秋的父母出现在门口，他们拎着生鲜市场的购物袋，显然是刚买菜回来。

门一开，他们就看到了这幅画面。

自己的女儿满脸眼泪，被陌生男人按倒在地的画面。

“爸爸、妈妈！”吴秋秋怯生生地叫道。

詹和青艰难地咽了一口唾沫。

“叔叔、阿姨，你们好。”他保持微笑，以这种姿势开口，“我是来送外卖的。”

“詹副总一去就不见人影了，消息也都显示未读。”宋怡拿着叉子，在奶油海鲜意大利面前翻动手机界面。

“放心好了，不用担心他，”詹妮则轻车熟路地卷起番茄肉酱意大利面，用吸管喝了一口青汁以后回答，“有些时候，我哥他是很可靠的。”

宋怡有些怀疑地看向詹妮，似乎没能理解她的意思。

“这么说吧，”詹妮说，“假如你现在身处无人岛，只能选择一个人陪伴，你会选谁？”

宋怡停顿了半秒钟，随后回答：“无人岛的话为什么还能选人陪着——”

“别管这个了。”詹妮果断地打断她，“这样吧，我哥和池招，你选谁？”

宋怡的思绪在问题本身的逻辑漏洞里难以挣脱。

“假如是池招，你不觉得凭借他的个性，很有可能突然袭击你，把你杀了吃掉吗？”詹妮忽然毫无理由地开始义愤填膺起来，“但是我哥就不同了，等没有粮食了，你可以轻轻松松地把他——”

“可靠”是用来形容这种状况的吗？

詹妮若无其事地说完后半句：“轻轻松松地把他当出气筒。他就是那种人，很笨，绝对不会伤害别人。等你放弃了生的希望，他还会一直努力鼓励你。总之，他是很可靠的。”

此时是午餐时间，宋怡偶然之下与詹妮来食堂共进午餐，没想到还能有这样的意外收获。

她发现，詹妮看着很嫌弃詹和青，但其实兄妹感情很好。

至于詹和青可靠这一点……

宋怡忽然又想起他说“与你无关”时阴森森的神情。

“詹妮小姐，”她开口问道，“请问您认识一个叫高洁的人吗？”

听到这个名字时，詹妮的反应比她兄长和缓很多，但显然也有片刻的迟疑。

她说："她又怎么了吗？"

詹妮的这句话别有深意。那个"又"字委婉地展现了她对此人的态度。

宋怡大概地陈述了一下自己得知这个名字的前因，随后在詹妮的口中得知了这个人的身份。

高洁是崇名文化其中一位元老的女儿。

她的父亲高枫曾经是池树人在英国时的大学校友，也是他创立崇名文化时的头号响应者，是崇名文化不可或缺的董事之一。

高枫与池树人曾经要好到能随口玩笑称"我女儿就托付给你儿子"的地步。

但这只是曾经。

高枫是个老好人。后来他被骗得血本无归，自己也摊上牢狱之灾，还给当时的崇名文化带来不少负面影响。

高枫引咎辞职，这也是池树人亲自授意的。虽然池氏私下给予了高家许多帮助，但总而言之，高家无疑是没落了。

高枫的独女高洁生来很要强，她不甘心。

事情发生时她还是中学生，从此废寝忘食地努力，如今是国内一流时装杂志的执行主编。

她就像从地狱里回来的女修罗，与昔日眼睁睁看着她家坠亡的精英们彼此相安无事。但是——

"那本杂志原版在美国，两边举办交流活动的时候，国内请了很多名流和艺人举办宴会。当时池招和我都去了。"说这话时，詹妮打量着自己精致的美甲，"高洁刚升职，又被美国版主编邀请合影。我也不知道她是怎么想的，可能觉得时候差不多了吧……"

她去找池招表白了。

众人都没想到事情的展开竟是如此，别说是作为听者的宋怡，就连对事情的来龙去脉一清二楚的当事人詹妮都吓了一跳。

"长辈们的话能信吗？池叔叔恐怕都不记得了吧？再说了，虽然说后来池崇哥哥有了女朋友，池遇哥哥也结婚了，但十多年前大人开的玩笑，她怎么就确定自己要嫁给池招了？"詹妮满脸轻蔑，"喜欢池招的人多了去了，她算老几？"

在詹妮的解释里，高洁的自尊心很强，性格也偏执，在她眼里，池招就是她的命定之人。她的告白也像命令对方履行义务一般。

那一天夜里，游轮上凉风习习，池招身着正装，拿着香槟靠在船舷走神。

高洁穿着高定的裸色长裙款款朝他走去。

他回头，神情淡漠地听完她的话，随后，他开口问了一件事。

“你是谁？”池招脸上泛着和煦的笑意说。

宋怡知道，池招一定只是单纯在问对方是谁，但在高洁听来，这无疑是轻视与侮辱。

“最恶心的地方来了。”詹妮咬牙切齿地说下去，“这女的还没死心，只是不去找池招了，她跟圈子里的朋友说是‘时候没到’。然后，她几乎每年都去池家拜年，还动不动给池妈妈送礼物，就好像妄想症患者一样。而且，我爸还要我和她和睦相处。”

宋怡大致了解了。

这样的话，当初高枫也是可怜之人，因此作为高洁父亲的旧友，池树人与詹洛都要给她留几分情面。

“我哥不希望你插手这件事，大概也是为你考虑。”詹妮说，“她的问题很复杂，会牵扯到崇名文化那群长辈……”

她下一句其实想说“你跟池招扯个结婚证就什么事都不用担心了”，但没想到宋怡忽然盯着手表起身。

“我还有安排，就先失陪了。”宋怡客气地点头，“感谢詹小姐今天的帮助，您真是一位值得信赖的朋友。”

她甚至顺带帮詹妮捎走了餐盘。

詹妮还想说些什么，却停住了。

“什么啊……”詹妮鼓起脸颊，捏着吸管快速搅拌冰块，心情没理由地好起来，“我当然是值得信赖的朋友啊！”

宋怡所谓的安排不是工作，而是私人日程。

她掏出手机，点开用户名为“Tennis”的对话框，刚要打字，就看到对方正在输入。

罗伽鸣断断续续地输入了半分钟，直到最后，他也什么都没发。

宋怡觉得很奇怪。

她直接打了个电话过去。

之前那场大奖赛，最终的获胜队伍是Cor。

就像约定的那样，罗伽鸣也及时联系了宋怡。

他们去看望了罗妈妈，之后还有剩余时间。

宋怡想了想。她很久没有出去游玩了，思考过后，她用平静的声音回复："游乐场可以吗？"

"哎？"罗伽鸣大吃一惊，在宋怡疑惑的目光下，他将心里话说出，"没什么，只是觉得有点儿不像你。"

记忆里的宋怡总是闷声不说话，对所有事都冷静而镇定。

游乐场有些太热闹了。

"抱歉，"宋怡平和地说下去，"突然有点儿想坐摩天轮。"

更不像她了。

罗伽鸣怀揣着满满的违和感沉默着。

他成年以后考了驾驶证，但摸方向盘的机会不多，平时俱乐部怕出意外，也提出过不能随意开车的要求。

但这天他特意提前申请过，穿着上也注意了许多，争取做好万全的准备。

站在镜子前，罗伽鸣有种说不清道不明的感觉。

他觉得自己好像在试图证明自己是个男人，而不只是个小孩儿。

即便提出了不符合她人设的要求，但宋怡还是宋怡。

一到游乐场，宋怡就直奔摩天轮。

罗伽鸣之前也和朋友来过游乐场，他当时的女朋友也在。进门以后，一般都会在门口的喷泉池前拍照。

女生们还要进行带有各式各样贴纸的自拍。路上的冰激凌和爆米花同样必不可少。

除此，大家自然而然会按照地理远近或是事先准备好的攻略来游玩。

总之，极少有人像宋怡这样。

"您好，打扰了，请问一下，摩天轮在哪里呢？"刚进门她就直接询问路边贩卖气球的员工。

罗伽鸣懒得改变她的决定，只是开口试探："要不要买只气球？感觉很可爱。"

宋怡抬头看了一眼。她说："可是，这个可以带上摩天轮吗？"

对话卡壳，沟通失败。

这里是市内最大的游乐园，同时拥有国内最大的摩天轮。此时是下午，工作人员所分发的宣传册上有夜间摩天轮的照片，罗伽鸣看到时忍不住惋惜了一下——早知道就换个时间来。

但宋怡没有察觉。

她的心情真的很好，坐上去时握起拳。那是她高兴时才会有的动作细节。

摩天轮缓缓上升。宋怡主动搭话：“你是第一次坐吗？”

“我是第二次。”罗伽鸣回答。

第一次乘坐时的情形忽然涌来。他和那时的女朋友也是这样面对面地坐着。

他们接吻了。

毕竟摩天轮就是这样的设施。给予两个人封闭、狭窄而私密的空间，在这种时候，除了亲密，异性之间能做别的事情吗？

想到这里，罗伽鸣忽然感觉迎头被雷击中。

他知道，宋怡的邀请一定没有这层含义。

可是——

“我是第一次。”宋怡忽然开口。她望着窗外，好看的侧脸在夕阳中柔和起来，“但是，我以前画过一次摩天轮。”

“哎？”

宋怡回过头。她罕见地笑着，神情充满了沉浸在回忆中的温和：“十二岁的时候，我参加了一个画画比赛。那幅画，我画了摩天轮。但其实我没坐过。今天跟你一起，突然就想起那时候了。”

“原来你还画过画……”罗伽鸣说。

霎时间，他想到什么，并因此胆战。

十二岁正是宋怡家搬走的时候。也就是说，虽然他每天窥视到的宋怡那么沉闷、那么冷静，但她其实仍旧是个会幻想摩天轮的普通女生。

罗伽鸣从来没想到过这一点。

摩天轮在寂静中缓缓地升到顶端，他突然问了这样的问题：“宋怡姐，你现在……结婚了吗？”

“嗯？”宋怡摇头，说，“没有。”

“那你有男朋友吗？”

宋怡的目光停留在摩天轮的窗外。

“没有。”她漫不经心地回答。

有些话即将跃出，罗伽鸣缓慢地吞咽，问：“为什么？”

宋怡忽然撇过头。她直勾勾地看着罗伽鸣，在那一刻，他忽然有种释然与紧绷的矛盾感。

第十五章 摩天轮与独属关心

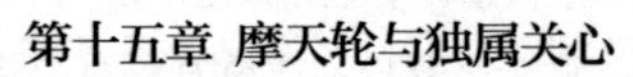

为什么？宋怡问自己。

大学时，她和刘俊交往过。但他们的感情进度相当慢。

不过身为寻常的男青年，面对女朋友有些想法是正常的。他去过宋怡的家，在宋作为和李梅不在的简陋房间里，宋怡给他煮了一锅酸梅汤。

她没想到那么突然，刚把汤送上去，刘俊就将她按在了身下。

那时的宋怡感觉好像灵魂出窍。她悬浮在空中，看着面无表情的自己像尸体一样躺在地上。

不过她的意识很快就回笼了，在刘俊进行下一步之前开了口："不要。"

刘俊也没再强迫她。只是，后来想起来，他们感情从此便越发淡薄了。

一直以来，她所遇到的男性大多如此。刘俊也好，大学时的班长江大成也好，那些收债的，在周书画身边盲目帮腔的男同事，还有宋作为。

他们都是这样，不打招呼就袭击，张口向她讨要东西。要么是身体，要么是说法，要么是钱。

这种事当然不能全盘告诉罗伽鸣。

因此，宋怡仅仅只是微笑："我想更慎重一些。"

算是一个中规中矩的答案，也的确是实话。

然而就在这时，罗伽鸣霍地伸手按住了她的肩。

她尚未回过神，他就已经靠了过来。

即将贴上她嘴唇的那一刻，罗伽鸣感觉一股力量钳制住了自己的脸。

他没能吻到她。

宋怡扼住了他的咽喉。

她的表情在一瞬间失去颜色，寒气扑面而来，仿佛用冰雕成的美人，在南极尘封已久，她缓缓开口："你在做什么？"

——我在做什么？

这是这一刻詹和青的真实想法。

凭着一时冲动自我介绍完毕以后，詹和青立刻飞速一跃而起，爬起身朝着门口的二位长辈鞠躬："对不起！不是你们想的那样——"

"啊，我明白的！我明白的！"抢先开口的是门口的吴妈妈。这位气质温婉大方的女性有一头乌黑柔顺的长发，她摆摆手笑眯眯地说道，"你是秋秋的男朋友吧？"

"哎？"詹和青吓了一跳，他们还没确立关系，虽然就在几分钟前的确互通了心意。

"毕竟这世界上能压住秋秋的人，"旁边的吴爸爸也一脸睿智地开口，"至少也得是八十二公斤级吧！"

为什么要用摔跤级别来形容自己的女儿？！

詹和青目瞪口呆。

然而，就在他想解释一下自己的身份时，吴妈妈一把环住了他的左手臂，而吴爸爸则揽住了他的右肩。

他感觉自己好像被架上了什么刑具。

吴爸爸豁达坦荡地笑着说道："欢迎你来我们家！年轻人！自我介绍一下，我们家呢，条件一般，但热情绝对不比别人家差！我以前是学柔道的，现在在大学当体育老师！哟！还带了礼物过来了？有没有带酒？今天就陪我喝一杯吧！"

柔……柔道？！詹和青慌了。

——要是以后我和吴秋秋吵架，她爸找上门来的话，我立刻下跪磕头有救吗？！

——等等，在跟吴秋秋本人吵架的时候我就已经凉了吧？

吴妈妈则善解人意地笑道："今天一定要留下来吃饭。我们家比较寒酸，粗茶淡饭，就请你多担待了。我如今是专职做家庭主妇的，平时我给秋秋的教育就是这样，女人啊，最重要的是幸福。忘了说了，我退役之前是练拳击的。假如你有兴趣……”

“人不可貌相”就是在这种状况下使用的。

詹和青猛地回头，觉得自己好像落入了龙潭虎穴。

他心跳加速，非常紧张地克制住发抖说：“谢谢各位。”

说完他就想对着自己的脑门儿来一拳——谢你个头，你以为你在公司主持年终汇报呢？

詹和青太难受了。

他觉得自己像一只缩在狮子和老虎中间的小猫咪，弱小无助又可怜。

吴秋秋是他唯一的救星了。

詹和青回过头，吴秋秋不知什么时候已经走到了他身边。

她伸出两只手指，无声无息地拽住他的衣角。

吴秋秋抬起头，朝他抿着嘴唇用力地眨了眨眼睛。他被拉着低下头去，然后听到她在自己耳边开口：“不要怕，我爸爸妈妈不是坏人。”

——我知道他们不是坏人。

詹和青忽然感觉鼻子有点儿酸。

他没把心里话说出口，只是用力地点了点头，像个被安慰了的小孩儿。

吴秋秋的父母真的做了一大桌子菜。

蛤蜊汤、香椿炒蛋、拔丝苹果、小炒黄牛肉、干煸土豆丝、糖醋鱼……还附带用纸杯随意盛着的酒。

詹和青被请到了上座。平日里他连应酬都会推辞一下，但到了这天，晕乎乎地就坐了下去。

他还没喝酒就已经醉了，但不愧是崇名游戏的二把手，表面仍然很镇定，还能云淡风轻地说着俏皮话。

吴秋秋的母亲忙着准备时，吴秋秋的父亲就与詹和青有一搭没一搭地聊天儿。

其实他们这一辈人对游戏了解得不多，詹和青也没深入地聊，但明显感觉得到吴秋秋的父亲在认真聆听。

到最后，他一拍大腿直言道：“我真不懂这些，但总之我们秋秋爱玩的游戏就是你们家做的吧？”

“嗯，”詹和青笑着说，“有一些是的吧。”

吴秋秋的确是忠实的崇名游戏粉丝。

吴爸爸说道：“那你们能不能出个秋秋专属的防沉迷系统？这孩子整天整夜地玩游戏！”

“那当然行了！”詹和青毫不犹豫地一口答应，结果被沙发后头的吴秋秋拍了背。

到了吃饭的时候，吴妈妈一直在给詹和青夹菜。她笑着说：“我们秋秋啊，如今在做什么网络直播，不知道你介不介意啊？”

詹和青盯着碗里女子拳击冠军夹来的鱼肉，目不转睛地回答：“不会的。她所在平台如今被我们公司收购了。您放心，我一定多照顾秋秋。”

“天！”吴妈妈夸张地捂着嘴道，“那小詹你现在岂不还是秋秋的老板？”

也可以这么说吧……詹和青笑得脸都要抽筋了。

“哎呀！”在父母面前始终沉默的吴秋秋忽然出声，她拉住詹和青说道，“你喝酒了？你不是开车过来的吗？”

詹和青仍旧在微笑，安慰她：“没事。我让司机过来接。”

好温暖的一家人。

“副总，真的没关系吗？”吴秋秋似乎察觉到了些许不对，皱着眉头，认真地望着詹和青。

“嗯。”詹和青点头，迟疑了一阵后，他再一次点头，笑容有点儿僵硬。在吴秋秋一家人的注视中，他的心情渐渐平复下来。

在遥远的回忆里，吃饭时，父亲不在家，他去敲妹妹的门。詹妮在里面歇斯底里地吼叫，一次又一次，她说：“我要妈妈！我要爸爸！”

久而久之，他放弃了邀请妹妹一起吃饭的念头。詹和青一个人下楼，坐到宽敞而华贵的餐桌前。

年幼的他独自吃着丰盛的晚餐。

一直，一直是这样。

他垂着脸，这时脸上只剩下一个有点儿寂寥的微笑。

“我很开心。”詹和青说，“喝酒没关系的。能跟你们一起吃饭，我真的很开心。”

他说着伸出筷子，手指却在发抖。

詹和青说：“我家人比较忙，平时吃饭总是冷冷清清的。难得吃得这么热闹，我真的很开心。”

他忽然意识到自己破坏了气氛，深吸一口气刚想道歉，吴妈妈突然又夹了一筷子菜给他："好孩子，多吃点儿。"

吴爸爸也把酒满上："别叫司机了。等吃完歇一会儿，我开车送你回去！"

"詹副总还有个妹妹吧？下次请她也一起来吧！"吴秋秋说着，眼睛里闪闪发亮。她朝詹和青毫无保留地绽放笑颜。

在詹和青吃这顿珍贵的晚餐时，宋怡正从摩天轮上下来。

罗伽鸣这一年刚满二十岁。

她想，正是年轻气盛、血气方刚的时候。做了这样的事情，或许只是他一时冲动。但是，她很清楚，作为被施加这种行为的对象，她不能给他留任何机会。

这是她作为姐姐给他的教育。

"今天就到这里吧。"宋怡说。

罗伽鸣已经道歉无数次，但还是只能眼睁睁地看着她径自走掉。在她的背影消失在人群中时，他才想起游乐场在郊外，没有车的话回去会有点儿麻烦，去地铁站也要步行十几分钟。

宋怡孤身一人朝越来越空旷的方向走去的途中，也想到了这一点。

天色渐晚，她不知不觉已经到了停车场附近。这里空无一人，只有成排陈列的车辆以及一望无垠的平地。

宋怡走着走着，忽然停下脚步。她微微喘息，刚才乘坐过的摩天轮在夜空中闪闪发亮，犹如宇宙里繁密的星星。

好安静，好漂亮。面对这样的美景，她身边却空无一人。

感觉就像身处无人岛一般。

宋怡第一次有了这样的感觉，仿佛遭受着岛屿周遭的海浪冲刷一般冰冷。

她摸出了手机，打开通讯录，里面几乎是工作上的联系人。

宋怡一个接一个将那些人的名字排除出去，直到最后，她点开其中一人的名片，拨了出去。

她觉得自己似乎在颤抖。

"喂。"电话一接通，宋怡便无法再喘息了，她也没给对方出声的机会，一鼓作气地把话说完，"喂，您好，我是宋怡。我在游乐园，请问您现在有时间吗？"

听筒另一端的人现在应该在公司。他沉默了几秒钟，然后问："你想要人陪你吗？"

"是的。"宋怡不假思索地回答。

她的心脏像是一只气囊，此时被填充进氢气，胀大，再胀大，即将要爆炸。

她听到他叹了一口气。

“刚好想坐摩天轮了。”池招说。

在挂断电话以后，宋怡坐在停车场的花坛边沿。她长久地思考着，但也并不明白自己究竟在思考什么。

她以为自己在做梦。

他出现的时候无声无息，就像仙境中那只能随时现身又随时不见的短毛猫，无时无刻不带着蛊惑人心的微笑。

池招走来时看着远处，宋怡则抬头望向他。他没作声，是她先拍拍裙子站起身来的。

“走吧，”她说，“宣传册上说晚上的摩天轮会很好看。”

想乘摩天轮的人很多。排队中途宋怡去洗手间补了一次妆，回来时前面等待的人都莫名消失了。

她没追究是不是池招做了什么。

毕竟他是柴郡猫。柴郡猫是能挑衅红皇后的刽子手，也能为爱丽丝包扎伤口。让她快速坐上摩天轮更是不在话下。

摩天轮缓缓地转动，他们看见了城市里的夜景。那是足以令人震撼的景色，心中充盈着的悲伤也因此消散。

宋怡注视着窗外，透过玻璃，她发觉池招看向那片光景时怜惜的神色。

宋怡转而观察起池招。

他忽然侧过脸与她对视。视线交汇，转瞬化成安格尔的《泉》里倾流而下的水。

宋怡的手微微攒起，将要握拳，又犹豫不决。

她想起那试图吻自己的少年。

“宋怡，”池招开口了，他维持着散漫的姿态提议道，“我们来玩词语接龙吧。”

宋怡眼睛里闪过错愕、茫然与恍惚，最终归于平静。

“好的。”她回答。

“窗帘。”池招说。

“帘子。”宋怡不动声色地吸了一口气。

“子弹。”

“弹孔。”

“孔明。”

“明天。”

“天外有天。”池招懒散地笑着眺望窗外。

天……天生一对。

宋怡别过头吐出同样的四字成语：“天外有天。”

“天外有天。”

“天外有天。”

…………

于是，池招和宋怡乘着摩天轮在城市上空相互重复了三百来遍的“天外有天”这个词。

等到落地，宋怡先一步起身。摩天轮的厢顶不高，她一个踉跄，失去重心，不小心朝前扑去。

池招立刻抬手揽住了她的腰。

池招身上有她喜欢的干洗店常用的清新剂香。宋怡靠在他的肩上，忽然感慨自己居然正在和一个男人亲密接触。

上一次拥抱的对象可能是刘俊。宋怡记得，当时她什么都没想。但此时此刻，落入池招臂弯的她却有许多思绪涌动。

男性对于女性来说无疑是不同的物种。

肩膀很宽，手臂很有力，有喉结，说话时声音干干脆脆的很好听，笑起来的时候懒散又漂亮。池招和其他男性又不同。

他是饱含着剧毒毒素的生命体，一旦松懈，就会被麻痹到身死被吞食而不自知。

“抱歉。”池招先一步道歉，即便他明明只是想阻止她跌倒。

“没关系。”宋怡撑着扶手站直，说，“是我没站稳，对不起。”

他们步行去取车，结果宋怡发现，池招居然是开着一辆陌生的车过来的。

这辆车不论是样式还是品牌都不是他的喜好，宋怡想都没想就能猜到是别人的：“您借了别人的车吗？”

“嗯，是策划部一个小朋友的。”即便是别人的车钥匙，他也照旧习惯性在指间摇晃，“我接你电话的时候在楼下，懒得上去拿车钥匙了。”

宋怡沉默了。她问：“您不会是急匆匆地赶过来的吧？”所以才到得那么快。

“对啊。”没想到池招毫不犹豫地承认了。

"为什么呢？也不是工作上的事情。"

池招说："我以为你哭了。"

他忽然停下脚步，站在混凝土砌成的平地上一动不动。回过头看向宋怡时，脸上没什么多余的表情。

宋怡一时晃神，等意识回到身体里时，她再次发问："您这是在担心我吗？"

夜色中，池招面容间的锋芒也不知不觉地变得很柔和。

"当然了，"他回答，"因为是宋怡啊。"

他回过头去时沉默的侧脸令宋怡目不转睛。

她刚想说什么，手机铃声突然响起。

宋怡去摸腰间，池招却先一步拿出了手机。他用眼神征得她的许可，这才接通。

是陌生的座机号码。接通以后，传出来的声音却很耳熟。

"池总！"那头吴秋秋的喊声震耳欲聋，"詹副总现在靠在我的膝盖上，我要把他送到哪儿去啊？"

池招眉头一皱，感觉事情并不简单："这个点了，你刚才说他在哪儿？"

按照詹和青的一般作息来说，这种时候，他应当已经做过运动，喝了一杯热豆浆，然后躺在床上看报纸了。

这个人在搞什么？

宋怡感觉到不对劲，立刻快步走上前来。池招朝她抬手，示意没关系，他问："他和你爸拼酒拼倒了？"

要知道，詹和青也是征战过诸多应酬沙场的崇名游戏副总。为了不让别人在生意上占自家便宜，他的酒量很好。

上次看到他喝醉的样子，还是詹小红硕士毕业的时候，他在庆祝的晚宴上哭哭啼啼。而灌醉他的罪魁祸首——他的亲爸詹洛先生反而神清气爽，转头还去俱乐部打台球。

总而言之，池招从吴秋秋那里问了一遍事情的来龙去脉。大致情况就是詹和青去他们家吃饭，吴秋秋她爸一时间太高兴，跟詹和青多喝了点儿。

虽然没问"他怎么就睡到你膝盖上了"，但池招拿开手机时还是纳闷儿了一会儿。

他让吴秋秋在家等着，他和宋怡去他们家接詹和青。

但是，吴秋秋并不只打电话给了池招。

因为他们到达吴秋秋家小区附近时，眼睁睁地看着一辆桃粉色的mini车飞驰而过。

池招踩了刹车，停在原地没急着再走。宋怡之前坐过一次詹妮的车，不得不说，她这辆六十周年限量版颜色并改装过的座驾太显眼了。

池招决定等一会儿再进去。

两个人坐在黑夜里不熟悉的车上，不说话难免会尴尬。宋怡先开了口："开自动挡习惯吗？"

"嗯，"池招点头，"没什么特别的。"他的几辆跑车都是特意从国外买来的手动挡性能车，显而易见他是有这样的爱好。

宋怡也不再问了，池招却忽然叫她的名字："宋怡。"

"嗯。"

"今晚发生什么事了吗？"池招收回手，不动声色地望着方向盘。

不然她是不会一个人去游乐园的。

宋怡露出静默的微笑："没有什么事。"

"宋怡，"他又说，"偶尔依赖我一点儿。"

他的话像往日上司给下属发布指令般不留余地。

"能摆平的事情，我都会帮你解决。"池招说着闭上眼皮，任由夜晚的黑影将他覆盖。

回去以后，宋怡仍旧惶惶不安，沉浸在池招的这句话里难以自拔。

她隐隐约约能察觉到这是独属于池招的关心。

毫不夸张地说，她感到很荣幸。

但问题是，他究竟是站在哪个位置给出这种关切的？

宋怡怀疑自己很贪心。她躺在床上直到天明，睁开眼睛时感觉自己仿佛彻夜未眠般肩颈酸痛，给奶奶煮早餐时情绪也异常低落。

奶奶倒是在社交舞教室受到很多老先生的欢迎，推拒了不少礼物不说，听说还有孤身的老爷爷给她写情诗。

"我虽然不喜欢你妈，但她的确长得挺好。宋怡你在长相上可以说是集合了我们两辈人的优点，"奶奶一边喝粥一边说，"怎么就还没找到男朋友呢？"

宋怡漫不经心地吃着酱菜，停滞了几秒钟后低头。她回答说："暂时没有这个打算。"

前一天晚上。

詹小红因为没有去过吴秋秋家那一带，险些急得跟电子地图的人工导航对骂起来。在她终于找对路抵达他们家楼下接到詹和青时，她真的很想当场给詹和青两个嘴巴子。

“怎么喝这么多！沉死了！”她一边嫌弃地说着一边把詹和青塞到副驾驶座上，“要吐的话记得跟我说。”

再扭头时，詹妮看到吴秋秋像仓鼠般发亮的眼神。

“今天打扰你们了。”詹妮说道。

“不会！”吴秋秋说，“原来你就是詹副总的妹妹啊！第一次见你就想说了，你真的好漂亮！”

外貌被夸奖的女人有点儿飘飘然，赞美的话听多少都不够。詹妮挤出一个笑容，说：“谢谢。我哥上次担心你误会，急得团团转呢。今天你们把误会都解开了吧？”

“嗯！”吴秋秋重重地点了点头，想到什么时，她的脸又飞快地红起来。

“你们……”詹妮歪着头打量吴秋秋越埋越低的头，“该不会确定关系了吧？”

吴秋秋虽然没吭声，但是表情已经说明了一切。

“也好，是你的话，应该不至于欺负他。”詹妮说，“你要坚持久一点哦，我看好你，别让我失望。”

说着她便坐上车，扬长而去。

詹和青正陷在昏沉的睡梦中，车轮经过一片起伏的路段时，酒精与梦境作祟，他忽然说了这样一句话：“我真的很开心。”

詹妮瞥了他一眼。

她深吸了一口气，不动声色地目视前方。红绿灯仍在工作，在某个十字路口停下时，她骤然自言自语般地发出声音。

“哥，”她说，“你会结婚吗？”

詹和青没有醒来，因此也无法回答。

“你会变得很幸福吧？”詹妮说，“跟别人一起吃晚饭，然后把爸爸、妈妈，还有我的事情都丢掉。”

车里只有她一个人在说话。她握着方向盘，视野里的交通灯发出灿烂的光。

她的眼眶酸涩，迫不得已抬起头。

“哥，”她说，“我永远支持你，加油吧。”

绿灯亮起，车继续朝前行驶时，副驾驶座上的男人再一次梦呓：“小红，吃晚饭了。”

几周以后，詹和青郑重其事地宣布：“与吴秋秋小姐约会事项研讨会正式开始。”

“你想耍宝我无所谓，”池招敲打着键盘说，“不要在我的办公室搞。”

此情此景过于熟悉，抱着扫描稿件经过的宋怡也目不斜视忙碌着说：“我们还在工作。您要喝点儿什么吗？可以回办公室让您自己的助理帮忙准备。”

这一次夏凡正为采访稿忙得焦头烂额，无暇帮他解围。詹和青只能抱怨着站起身来：“你们最近在忙什么啊？”

“日程还挺多的，半个小时以后就有杂志社的人过来。”宋怡露出除了客气没有其他意味的微笑，“请您务必尽早回去。”

被下逐客令的詹和青最终还是出去了。

他回到办公室，詹小红正扒开他的百叶窗看隔间里在工作的助理：“新来的？挺帅的，给我他的手机号码。”

“别了吧，到时候你把他甩了我又要换新助理。”对妹妹的作风习以为常的詹和青径自坐下。

詹小红作罢，转身低着头说道：“前些天，宋怡问了我高洁的事情。”

詹和青的动作一顿，不过并没怎么惊慌。

“那女人真恶心啊。”说着，詹妮撇过头去看向架子上的摆设，“我很少这么讨厌一个人。怎么说呢，她做什么都用力过度，为达目的不择手段，完全活在自己的世界里……她的那种努力劲儿，总感觉跟宋怡有点儿像。”

詹和青抬起头，稍作思索后，他开口：“是有点儿。”

虽然大多地方都截然不同，但高洁与宋怡的确有着一些共同之处。

“不过还是不同吧。”詹和青安抚道。

“嗯。”詹妮说，“毕竟我不讨厌宋怡。”

与此同时的总裁办公室里，宋怡看了一眼日程表。一会儿要接待的是时尚杂志社。虽说杂志刊登是时装、化妆品一类的内容，但似乎因为《acdf》等游戏的热潮，崇名游戏也被列入了时兴话题范围。

电话铃响，前台告知“对方临时换了执行主编亲自过来”。宋怡给出回应，与夏凡打招呼以后走到电梯口迎接对方。

电梯门开。

来人穿一身一尘不染的白色套装，短发卷曲过后垂在颈侧，脸上带着标致而不容侵犯的微笑。高雅、洁净，来者给人以这样的印象。

“您好，我是《NNI》A 版的执行主编。”朝宋怡颔首时，她自我介绍道，“我叫高洁。”

这个名字像一支利箭，在一刹那刺入宋怡厚如城墙的防御之中。

没有与宋怡多话，高洁径自迈开步子走向走廊尽头的那扇门。

进去时她的笑容越发灿烂。池招正低着头在座位上翻看一本日本原版的漫画，听到细跟高跟鞋踩踏地面的声响时抬起头。

高洁从白色的手提包里掏出一个纸盒，不紧不慢地放在他面前：“小招，好久不见。这是我个人给你带的礼物，《星之卡比》应援中抽取十人贩卖的玩偶特典。”

她很了解池招的喜好。

不仅是宋怡，就连一旁的夏凡都不由得一怔。身为助理，他忍不住朝同僚抛去一个眼神。

然而，与往日不同，这天的宋怡没能及时给他回应。

她也不知为何，总是健步如飞的双腿居然有些疲软，胸口仿佛有被什么堵塞。

她看到池招极为缓慢地展露出笑脸，就如同平日所做的那样。

他起身，朝对面的高洁伸出手。他的笑脸好看得令人目眩神迷。

高洁冷静的双眼中也似乎泛起涟漪，她握住他的手。

池招说：“我们认识吗？”

詹和青与吴秋秋这一刻很幸福。

他们先一起去吴秋秋家楼下吃了小馄饨，然后詹和青驾车送吴秋秋去直播的棚内，他再去公司上班。

等午休时间两个人会通视频电话，他们会发一点儿工作和生活中的牢骚，无话可说的时候就看着对方傻笑。

晚上詹和青去吴秋秋家接她，两个人一起去吃徽菜。

吴秋秋其实有点儿运动员体质，偶尔会觉得没吃饱。接着，他们会去便利店，并排坐着吃冰糕和面包。

吴秋秋满足地感叹说：“好幸福，谈恋爱真的好幸福。”

“是的。”詹和青也老老实实地承认，跟吴秋秋待在一块儿很开心。

“这个世界上应该没有人能拒绝谈恋爱吧？”吴秋秋低头望着冰糕的包装袋说。

有那么一会儿，詹和青没出声，只是静静地微笑着。倏忽之间，他开口，漫不经心地提起：“也不一定是这样，我有一个朋友——”

吴秋秋很敏锐，大概没少在网上看一些以“我有个朋友”开头的树洞帖：“这个朋友是副总自己吗？”

“不是，不是，”詹和青连连摆手，“真的是一个朋友。”

吴秋秋把下巴磕在饮料瓶盖上，认认真真地听下去。

“我有一个朋友，他的父母没有结过婚。他双亲的身份在社会上都很不一般。跟他爸确定关系需要经过很复杂的程序，他妈妈也根本没有结婚生子的准备。所以我朋友的存在纯粹是个意外。

“他出生后没多久，他爸就和以前的妻子复婚了。他妈妈直接把他放到外祖母家，然后专心投入复出的准备里。

“他爸妈的确相爱，这一点毋庸置疑。但是，他们都不相信爱情，婚姻只是一种工具。比起和对方共度人生、幸福到老，他们都选择了自己的事业，还有不用负任何责任的自由。”

詹和青说着回过头，便利店外面有路灯亮着光。

吴秋秋用力地点点头，说：“那你的朋友好可怜啊……”

詹和青默不作声。

池招高中时寒假里回国，詹和青晚上去他家玩。他去洗澡了，詹和青则在他卧室用他的电脑打发时间。

偶然间，他点进了池招社交网站的历史记录。

在形形色色独具池招品位的视频中间掺杂着一则港城某位女明星早年间的节目剪辑。

詹和青点开那则视频。

那集访谈节目已经有些年头了，不论是灯光、妆发还是室内装潢都有些年代感。

十几年前的女影星浑身是少女气息，在嗔怪男主持人以后故作害羞地说：

“我休息这段时间有快乐也有烦恼，就像玩了一款喜欢的游戏，虽然比想象中花的时间久一点儿，但及时解决了真是万幸。”

被问到爱情话题时，她眨着杏眼，以最上镜的角度思考起来。

“爱人很麻烦的。我想永远谈恋爱，永远快乐，也永远年轻。”说到这里时，她又俏皮地笑起来，“不过我也知道不可能啦！”

詹和青怔怔地看完了那则视频。

已经十七年了，但池招还在看这一段他生母不惜抛下他置之不理，潜心健身美容、练习演戏，复出以后第一次公开露面的录像。

他一直在看着。

在视频的尾声，无可挑剔的大众女神微笑着说：“我觉得人与人之间的关系点到为止就好，太亲近容易破碎，尤其是爱情。”

然后，詹和青背后传来响动。回头时，他看到池招擦着头发走进来。

他一时甚至忘记了遮掩，就这样看着刚洗完澡的池招擦着头发坐到床上。池招先指了指书桌上的冰镇牛奶问：“要喝吗？”

詹和青摇了摇头。

然后池招倏然笑起来，明亮的、刺骨的，好像浮冰在海面上漂浮时折射出的光。

他说：“看到了？”

詹和青皱眉说：“池招，你……”

这时，门再一次被推开。中年女人端着托盘进来，里面装着菠菜鲑鱼孜然炒饭，完全不和谐的搭配。

看到她时，池招仰头懒散地打招呼道：“不是别人，是小詹同志，所以不用勉强自己做消夜来。”

她没搭理池招。电脑上已经开始自动播放下一则视频，但不知为何，她仿佛看透了一切，开口说：“和青。”

詹和青莫名其妙有点儿紧张。

“替我向你爸爸问好。”女人的语气云淡风轻，“听说你读了私立高中。你们这个年纪的小孩子，应该也有谈恋爱吧？詹洛平时管你吗？你们家应该很自由，不过如果是池招，我们还是希望他挑适合一点儿的女孩子。毕竟结婚对象也是很重要的部分。”

即便问了几个问题，但女人显然并没有听他回答的打算。

说完，她将托盘放下，临走又用冰冷的目光瞥了池招一眼：“明早别让我看到你穿成这样下楼。”

门被关上，池招检查了自己的白T恤和牛仔裤，若无其事地坐过去搅拌那碗搭配古怪的炒饭。詹和青却愣在原地。

这段往事，他没有告诉吴秋秋。

假如他说了，吴秋秋一定会问，这个女人是谁。

詹和青不想回答。

总裁办公室里。

池招坐在办公椅上仰起头，在注视天花板三分钟后，忽然脱口而出两个字：“我妈。”

“什么？”夏凡看过来。

“回答刚才她问的问题啊。”池招说，“对你的成长帮助最多的人是谁。”

“那已经是上上上个问题了。”夏凡叉腰摆出教训的架势，“说起来，这个问题你有必要想这么久吗？”

池招郑重地回答：“嗯。我在我妈、我的高中同学三岛还有尼古拉·哥白尼中间犹豫了很久。”

“你把这三个人放在同一条线上抉择吗……”

一个小时前，在听到“我们认识吗”这种回应以后，高洁的表情没有任何改变。

她没有恼羞成怒，也没有慌乱不安，而是笑容无懈可击地回答：“嗯，我们很久以前就认识了。”

池招率先松开她。他把手插进口袋里，一如既往懒散地斜着眼去打量纸盒的包装，再抬头时粲然一笑，以亲切的语气说道：“这个我买到了，不过还是谢谢你。”

“那真是太好了。不用谢，是我应该做的。”说着，高洁把礼物熟练地收了回去。

旁观的宋怡不由得惊叹。

太厉害了。

高洁简直是无坚不摧的铜墙铁壁。

工作间隙，夏凡私下议论说：“这位主编好能干。”

不只是池招，他们也收到了礼物。

“是的。”宋怡也点头称是，“功课做得很充分，而且待人接物也很到位，反应又快，难怪这么年轻就能当上执行主编。”

高洁的思维很活跃，刚才经过楼下时看到崇名游戏的官方周边实体店，于是便提议一起下楼看看。

池招答应了。

他这一天没有乘坐专用电梯，因此途中遇到不少员工，也有不少人留意到高洁。

即便佩戴的只是访客证，她自信而端庄的微笑充满了优雅大方的主人气质。

崇名游戏周边的商店一般贩卖的是旗下游戏的相关产品，商品以文具为主。

在看到店内一款《acdf》的怪物黏土时，高洁神采奕奕地走过去说：“这个角色应该是致敬环球2005年的金刚对吧？”

池招双手抱胸，站在一旁，微笑着点点头。

高洁又走到笔记本加套装的商品面前说道：“封面用铜版印全彩，再加上和纸胶带，这种碰撞的感觉特别性感呢。”

仿佛被打开某个阀门，池招挑起一侧的眉毛迟疑片刻，随后上前一步，拿起试用装的胶带在笔记本封面粘贴示意：“其实设计的时候是想这样用的——”

“啊！”高洁也双眼发光，“原来是这样！我说呢……”

见他们沉迷于此，夏凡叹了一口气苦笑道：“看样子是碰到同好了。”他回头想从宋怡那里得到些许共鸣，没想到的是，宋怡神情平静地凝视着正在热火朝天谈论的二人。

夏凡敏锐地觉察到什么，自然地问道：“怎么了？”

身边的女人摇了摇头。宋怡眼睛里渐渐地亮起一点儿光，她居然微笑起来。

“总觉得有点儿敬佩高洁小姐。”宋怡说。

得到了预想之外的回复，夏凡的目光下移：“是吗？”

“刚才在楼上进行文字采访的时候，您在负责，所以我抽空随便看了几篇她参与的访谈。”宋怡说，“不论是哪个行业的采访对象，她都了解得相当透彻。真的很厉害。”

夏凡恍然大悟地颔首，说：“说起来，你好像也有仔细调查人家的习惯……”

不过这句话，宋怡没能听见，因为池招忽然叫她过去。

“这个，”池招拿起一顶龙猫少女的毛绒帽递给她，“他们拿给我看的时候，我就觉得你戴会很适合。”

宋怡看了一眼装有龙猫耳朵的帽子，目光放空了两秒，然后说：“还是不要了。”

池招也没勉强，趁着高洁把笔记本放回去，他突然靠近宋怡，压低声音问：“你和夏凡在聊什么？为什么把我一个人丢在这里？”

宋怡抬头，露出有点儿抱歉的微笑：“看您好像和高小姐谈得很愉快……”

“不要离我太远。”池招盯着她埋怨似的说，“1.5米不能再多了。”

“那也太近了……”宋怡客观地评价。

“我不想跟她单独一起。”说这话时，池招像个和班主任抱怨自己不想和某人同桌的小学生。

这时，高洁转过身。宋怡往后退了几步，就在这时，她发觉自己的头发缠到了货架上。

宋怡被拉扯得微微蹙眉，池招注意到这边。他转过身来走近，脸上冷漠的神情令宋怡下意识地想逃开，但头皮的疼痛立刻让她回过神来。

现在，她逃不掉。

池招伸出手臂。他的手肘抵住她的肩，绕到她脑袋后面去解缠绕的头发。

不过似乎没那么好办。

高洁也走了过来。看到他们之间的距离时，她不声不响地停下。

随后，她从包里翻出了一把剪刀。不过她似乎也在迟疑要不要递上去。

宋怡看到了她的举动，即刻推了推池招的肩膀，指着高洁的方向说道：“那个，用剪刀直接剪掉就好了。”

接收到信号的池招转过身去。他稍微眯了眯眼睛，打量一番高洁和那把剪刀，随后似笑非笑地开口：“不用。”

他转过身继续摆弄她的头发，三两下解开来。宋怡低头感受了一下，紧接着看到面前的人一边后退一边笑着说：“不要这么随便就牺牲自己的头发啊。”

宋怡望着他笑起来的眼睛，就在这时，剪刀掉落在地的声音响起。

他们一齐朝声音的源头看去。高洁已经弯腰去捡掉落的东西：“抱歉，我一时手滑。”

再起身时，她脸上的笑容仍旧无可挑剔。

“我们这一次访谈的主题是记录池先生的一些日常活动，所以，可能需要花费一些时间。这段日子里，我会时常来拜访。打扰各位了。”

基础采访结束以后，高洁朝夏凡和宋怡做了周到的感谢与问候。

负责送重要访客离开是宋怡的工作之一。

在电梯里，高洁出乎意料地主动向她搭话：“今天是为工作而来，没跟宋秘书说上什么话。但总觉得，我跟您似乎有些投缘。”

宋怡半客套半真心，镇定自若地回答：“我也有同感。”

“请问宋秘书今天晚上有什么安排吗？”高洁没怎么废话，直接提了这种邀约。

“没什么别的安排，您的意思是？”

“想约您一起吃个饭，”高洁微笑道，“在那之前，还有一个地方想去。假如您不介意，我们可以一起。”

宋怡有些疑惑：“请问是哪里？”

“池总的家里。”高洁目视前方回答道，“池总母亲的住处。”

池先生的亲生母亲和池家几乎已经撇清关系。

所以，她所指的，是池树人的妻子，也就是池招的继母。

宋怡一时失神。

“我去。”她听到自己的声音。

第十六章 五百万元与礼物

♡ ♡ ♡ ♡ ♡ ♡ ♡

宋怡曾经对池招说过这样的话——我想更多了解您的事。

然而，最后被池招以顽强又偏执的姿态回绝了。

他很少提到自己的家庭，但在旁人口中，池家是塑造池招性格的关键因素。

出于本心，宋怡给出了肯定的答复。

在此之前，她听说过有关高洁和池招母亲的一些传言。

詹妮告诉过她，高洁长年累月地在培养自己与池招母亲的关系。

毫无疑问，高洁在池夫人那里的好感度应是满分。

这也正是她会邀请宋怡去的缘由。

高洁弯腰去捡剪刀时，脸上其实是没有表情的。

她始终在关注着池招。如她所料，这些年来，他没有任何与人进一步发展关系的迹象。

然而，她也不知道为何，在电梯间里鬼使神差地向这个初次见面的女秘书发出了邀请。

与其说是邀请，倒不如说是试探。

她想试探宋怡的深浅，另外，不论宋怡是否有与自己为敌的意思，她只想一鼓作气让宋怡失去斗志。

这就是高洁的本意。

她们如约碰面，然后驾车去往市内最为高级的住宅区。在车上时，宋怡感到有些意外，因为池招在这一地带是有单独住宅的。

"不用紧张，"进门时高洁和蔼可亲地说道，"夫人是很好的人。"

池招的继母叫安思越。

精英子女，自己也才华横溢，结婚后低调而不失风度，《君主论》头号信徒兼践行者，以及池树人背后的女人。

宋怡还没有天真到因高洁的一句话而掉以轻心。

池招家给人的第一印象是冷清，装潢奢侈但秉持着欧式简约的风格。

很难想象池招是从这种地方成长起来的。

刚走进去，一个冷淡而沙哑的女中音就从楼上传来："你的香水品位太差了。"

宋怡尚未反应过来，走在前面的高洁已经笑着道歉："对不起，这是应酬用的……"

"你平时应酬不喷这个，今天去见了什么特别的人吧。"女人出现在了灯光里。

她的气质很难令人想到主妇，眉眼与池崇有些相似，但清冷冽高贵，使人感到高不可攀。

"这是谁？"她随性而傲慢地坐到沙发上，"我不记得允许过你带别人来。"

"这位……是小招的秘书。"高洁保持着笑脸。

宋怡立即欠身问候。

安思越扫了她一眼，说："那个叫夏凡的终于被开除了？"

真是一位说话特别刻薄的女性。

或许是托詹妮的福，宋怡早已对她们这一类女性有了一个大概的认识，来之前也做了心理准备，因此并不怎么慌乱。

安思越没让她们坐，但在高洁的示意下，宋怡还是坐下了。

高洁明显是这里的熟客，接下来说的话，都体现出她对池家的了解以及她时常来池招家与安思越来往。

宋怡被隔离在外。

她插不进话，但也没打算插入。光是静静地听，就已经令她觉得圆满了。

她终于来到了池招的家，这就足够了。

"今天我见到了小招，和他逛了逛公司，也聊了一些事情。"高洁笑意盈盈地说着，"这一次他跟我说了很多话，两个人相处的时间也长了很多。接下来我还会和他接触一段时间，要是感情能升温就好了……"

高洁滔滔不绝的大部分时候，安思越都沉默地吸着电子烟。

这时，安思越突然开口，还是那样高高在上、不近人情的语气："估计不行，别耽误自己了。"

"哎？"不知是不是顾及宋怡在场，高洁的神色难得一僵，说，"可是我跟小招……"

安思越吸了一口烟，波澜不惊地说道："你。"

正在观察周围的宋怡猝不及防，被拽回两个女人之间的会面中。

"你——"安思越点名宋怡说，"叫什么名字？"

宋怡定了定神，不明所以地回答："我叫宋怡。"

"宋怡，我给你五百万元，"安思越抬手，宛如《西西里的美丽传说》中美艳成熟的女郎，说，"你去跟我的儿子谈场恋爱。"

不要对人与人之间的关系抱有任何期待，不要向他人敞开心扉，不要变成弱者。

他们是这样教育后代的。

安思越吸了一口电子烟，由雾化器制造的白色悬浮颗粒如仙境中的烟雾将她笼罩。美丽的中年女人满不在乎地看向宋怡，说："我给你五百万元，你去跟我的儿子谈场恋爱。"

此话一出，这场女人的交流顿时陷入僵局。

宋怡在缄默中注视着对方，一时间落进更深层次的思忖当中去。

此时，先做出回应的是高洁。

"儿子是指……"高洁带着无懈可击的表情问，"池遇先生？"

安思越用鄙夷的目光看过去，不紧不慢地回答："当然是池招。"

高洁那张白瓷人偶般精致的脸庞头一次露出破绽，她努力保持着笑容问："您又在开玩笑了。不管怎么说，用这种方式直接使唤人家去谈恋爱也未免太不合理了……"

"不合理？"安思越似乎也斟酌了一下，随后说，"也是。嫁进我们家的话，财产没准儿都是池招的。到时候五百万元根本算不了什么。"

"不，我不是这个意思。"高洁转移话题方向，回头看着宋怡笑道，"宋小姐不是那种为了钱出卖尊严的人。这样的行为，或许有些不妥当。"

她的确是着急了，不然也不会在慌乱之中说出这种往枪口上撞的话。

安思越眼神一冷，连带着宋怡一起，目光仿佛刺刀朝她们刺过去：“你倒是好为人师。那就按你说的，当我开玩笑好了。”

高洁不由自主地站起身来。

这时，背后的菲佣刚好送来煮好的绿茶。她顺势接过去，将安思越和宋怡的杯子倒满。等重新落座时，她已经安定心神，变回沉稳的样子：“我当然不会干涉安伯母您的想法。”

这个提议的确有些出人意料，不过仔细思考过后，宋怡也并没有多么诧异。

安思越想让高洁放弃。

假如宋怡没有猜错，这位城府颇深的池夫人是想让高洁认清现实。

此刻是谁都无所谓，宋怡只是刚好在场而已。

她终于开口：“我如今的收入已经足够令我满意，确实没有靠这种工作来增加收入的打算。”

“哦？”安思越再一次上下打量她，忽然勾起一个深不可测的冷笑，“你把这个叫‘工作’？”

宋怡抬起眼睛，不卑不亢地回答：“您所传达的，不正是这个意思吗？”

这一回，如月色般清冷的笑容盈满安思越的嘴角。她说：“你叫什么名字？”

明明她刚才已经问过一次了。

“我叫宋怡。”宋怡回答。

“下个月月初单记的老头子办生日会，”安思越笑着站起身来，径自朝楼梯走去，“你也去。”

身材曼妙的成熟女性不疾不徐地踩上阶梯，指间还夹着精巧昂贵的电子烟。

“放心，我不会再强迫你跟我儿子谈恋爱了。”她说。

宋怡神色如常，但仍能感觉到胸腔里因突如其来的威慑而导致的颤抖。

高洁平视前方时，精美的五官没有沾染丝毫情绪，眼神也是空洞的。

“接下来，我让你做什么你就做什么。”安思越的声音从楼梯间传来，如空中坠落的刀子，无差别地扎进每个人的心中，“提醒你一句，作为崇名董事之一，我随时可以开除崇名游戏的员工。”

真是一位危险而任性的女士。

回去的路上，高洁全程一言不发。

拜她所赐，宋怡似乎招惹上了非常棘手的角色。

直到车停稳在员工公寓前，高洁才勉强开口，苦笑着说：“不好意思，好像把你卷到什么麻烦里来了。小招我行我素这一点，似乎有点儿遗传母亲呢……”

“没关系。”宋怡下车后俯身对车窗里的她回答，“我很感谢您今天向我提出了邀请。”

高洁觉得心中咯噔一下。

“能去池先生家，并见到他的母亲真是太幸运了。”宋怡认真地说，“谢谢您。”

高洁无语了半晌，随后只能艰涩地笑着说：“那就太好了。不用谢。”

宋怡目送她的车扬长而去，转过身时，看到准备出门去扔垃圾的池遇伫立在夜色中。

对视时，池遇的垃圾袋掉落在地，发出了一声闷响。

“那个……我没看错吧？”他问，“高洁？”

“是高小姐没错。”宋怡走上前去打开公寓的门。

“哇！”

宋怡还是头一次听到平时总一副“我颓废，我忧伤，我是你爱的堕天使”的池遇发出如此字正腔圆的感慨声音。

开门进去以后，宋怡留了门给那位急急忙忙丢完垃圾又追上来的大艺术家。

与池遇一起上楼时，宋怡忽然想到什么，回头问他：“你也认识高洁？”

“当然了。”池遇抬头道，“高叔出事前，她经常跟在我们后边玩呢。”

宋怡忽然站住脚，没有预兆的脚步急刹令池遇险些撞到她。

“那池招为什么不认识她？”宋怡问。

她忽然想到池招为了不和池遇见面不惜躲到办公桌下，甚至逃进厕所的行为。

宋怡看向池遇，而池遇则递给她“没错，就是这样”的眼神。

池招是假装的。

“高洁她的父亲，高枫叔叔是个好人。”池遇叹了一口气说，“他经常教小孩子折纸，我们都很喜欢他。但也正是因为这个，他才会被骗。”

小时候，池招和高洁就认识了，关系单纯，并不糟糕。高洁很黏人，池招又从不会无缘无故地排斥别人。

谁给他爱，他都悉数收下。他会回报给人亲切与友善，不论真假。

“但是高枫叔叔破产以后，高家颜面尽失，他还进了监狱。家人也受到牵连，以前有多风光，之后就有多落魄。服刑期间，高洁一次都没有去看过她父亲。

而且她自尊心比较强，事情发生以后总觉得全世界都对不起她。她说过一些过分的话，也做了一些过激的事情……”

总而言之，他们本来就到了命运的岔口。随着时间的推移，池招直接装不认识她了。

宋怡记起来池招确实很会折纸，尤其是开会的时候。每次听别人报告，他一边听一边能折一大堆。

宋怡收到过好几只，鸽子啊，青蛙啊，千纸鹤之类的，也不方便直接丢掉，她只好都收起来。

“你也不用觉得池招没人性。”池遇软绵绵地笑着说，“别看着他平时对谁态度都挺好，其实我爸妈教出来的孩子，没一个不狼心狗肺的……”

宋怡无暇追究“你这不是连你自己也骂了吗”，比起这个，她先一步吐出的回答是：“是这样吗？”

池遇看向她。

“我倒觉得池招已经处理得很好了。”宋怡说，“他一定是把高枫先生当作很亲近的长辈、很要好的朋友吧，所以才会因高洁小姐的行为感到不快。

“他也没有做什么实际伤害高小姐的行为，只是尽可能不声不响地远离她而已。”

池遇呆滞地望着宋怡。他是池招的兄长，然而这一刻，他产生了一种从未有过的羞愧感。

他从来没有从这种角度解读过池招。

然而，宋怡并没有觉察到池遇的踌躇。她忽然想到什么，在包里翻找一阵，终于找出一只纸折的鸽子。

池遇接过去打量着，不自觉地喃喃自语：“这种折法，是以前高叔叔教的……”

宋怡不再多说了。

池遇在原地愣了几分钟后，宋怡一把将纸鸽夺过：“还我，我没打算给你。”

“什么？”

“这是池先生送给我的。”宋怡面无表情，小心翼翼地重新揣回口袋里说道。

她最终没有告诉池遇自己见到安思越的事情。池招那里，宋怡也没有提起。

距离生日会还有一段时间，她猜测，高洁应该也不会擅自作主地说出来。

保密是她个人在审时度势后做出的慎重决定，然而，得知此事以后，安思越的反应是——你确定能瞒得住池招？

宋怡觉得自己研习“池招学”的水准，在安思越面前实在太低阶了。

安思越是在一个星期后突然叫宋怡出来的，理由是她要亲自给宋怡挑选参加生日会的行头。

“单记那老头儿没什么架子，用不着礼服。但你自己肯定没几件能穿出门的衣服……”说这些话时，安思越一脸倦容地打了个哈欠，随手取出一件套装，不容置喙地递给店员，“不能丢我的脸。”

没想到，有朝一日，她会跟安思越女士的颜面挂钩。

在店员的引导下去往试衣间前，宋怡多说了一句：“和池先生交往之类的话，您那天那样说，是为了告诉高小姐您的立场，使她知难而退吗？”

安思越原本在挑下一件衣服，这时回过头来。她眯起眼睛，冰冷的神情仿佛一头居高临下的猎豹。

“当然不是。”安思越以戏谑的语气回答，“只是觉得看你们惊慌失措的反应很有趣。”

宋怡的心没有丝毫摇摆不定。她挪开目光，若有所思地转过身去。

人们口中所说的话是否就是本意？

几分真实，几分虚假？

就在宋怡背过身去时，她听到安思越再度开口。

“不过，”安思越说，“还没能从你这里看到想看的。”

在她的指导下，宋怡接二连三地换了不下十套衣服。

熟悉的场景使她想到当初池招陪自己去挑礼服时的情形。

不过，安思越比池招不留情面多了。

她的不满意全部写在脸上，这张漂亮如玻璃工艺品的面容似乎不能摆出厌烦、轻蔑以及傲慢之外的表情。

宋怡被指教的次数还算少，比起周边待命的店员来说，她幸运很多。

她收到的批评不过是“站直别低头”“动作快点儿”以及“不用担心弄坏，大不了就买下来”。

不仅如此，在宋怡试穿一件泡泡袖连衣裙时，安思越甚至抵着下巴挑眉说道：“你长得不错啊。”

宋怡不动声色地看过去。

她对这条裙子有点儿兴趣，但是没什么能穿的场合，料想价位也不会太低。

“不过这种衣服，私下穿穿就行了。”最后安女士还是否决。

过于甜美，配上宋怡冷美人的脸，总归有待考虑。

安思越会逛的服装店自然非同一般，客人少得像是没开张。但宋怡注意到，店内风格的年龄阶层很明确，显然是特地为她挑的这里。

在宋怡穿上一套白色套装时，安思越总算做了有史以来最高的评价。她直接敲定了这套，但还想做最后一次确认。

店内很宽敞，安思越被店员簇拥着像女王般巡视最新款的服装时，宋怡不知不觉独自一人漫步到了这家店的另一片区域。

说实话，她不怎么喜欢身上这套衣服。

白色，总觉得是高洁给人的印象。

宋怡已经懒得琢磨安思越的用意，或许就如同她本人所说，只是因为“有趣”而已。

这边有零散的两三位客人。就在没有人看过来时，宋怡忽然感觉手腕被人抓住，然后就被带进了试衣间里。

靠墙上时，率先涌入宋怡脑海的念头是——衣服会被弄脏。

这里不是正在使用的试衣间，因此堆放了许多衣架与暂停使用的装饰物。

狭窄的空间里，宋怡被对方不容拒绝地抵到墙上，微微抬起头，就能近距离看清他的脸。

那是一张能令人心脏暂歇的面孔。

视线触及他的一瞬间，宋怡不由得屏住了呼吸。

“池……”

她还没说完，他就忽然贴近，手撑住她两侧的墙壁：“别说话。”

外面传来安思越的声音：“宋怡？跑哪里去了……”

不知是不是为了混淆视听，池招这天戴着黑框眼镜。他的长相原本就很显年轻，如此一来效果更甚。上司与平时不同的打扮叫宋怡有点儿吃不消。

她抬起手，在他和自己的脸中间制造出屏障：“太近了。”

“抱歉，”池招压低声线，似乎也很难堪，“太窄了。”

“您一直在吗？”她问。

“你穿刚才那条裙子比较好看。”他答非所问。

池招说话时，温热的吐息落到宋怡的手心，一侧膝盖穿过她双腿中间的缝隙，直接抵到后面的墙上。

两个人的姿势太别扭了。

他们离得很近，昏暗的光线中四肢无处可放，生怕碰到对方，又难以隔得太远，只能以尽可能避免接触的方式交缠。

“那件太可爱了，”漫长的缄默过后，宋怡勉为其难地侧着头回答，“不是很适合我。”

“谁说的？”池招也错开视线，仰头去打量天花板上的通风口，“我觉得很适合啊。”

又是沉默。

宋怡的手麻了，试图改变姿势时碰到他的侧脸。她缓缓道：“对不起。”

“没关系。”说完，池招也抬起手。他突然摘掉没有度数的眼镜，目光垂落，如斑驳陆离的光摩挲她的嘴唇。

宋怡则忍不住打量他的眼睛。

她不禁感到窒息。

他的眼中仿佛有熔浆决堤，即将焚毁郁郁葱葱的林地。

几秒钟后，池招说：“你出去吧。”

宋怡一怔，立即回复：“好的。”

出去以后，安思越正站在一件黑色连衣裙前。她侧过头来，敏锐地从宋怡的脸色上察觉到什么。

但她什么都没提：“试一下这件。”

之前宋怡去买礼服时，专业的店员郑重其事地告知过她，她比较适合黑色。

站在镜子前，宋怡也不得不承认，这件是最中规中矩的。

因此最终选了它。

结账时，宋怡独自走到之前那件泡泡袖连衣裙面前，在多次盘算自己的经济状况，犹豫良久后，最终还是朝店员问道：“这件多少——”

还没说完，冷冰冰的女声传来。

“那件一起包起来。”安思越目不斜视地刷卡结账，“我送给你。”

高档服装店中的商品都是少量，这款刚好只剩一件。宋怡刚要道谢，身后的店员便鞠躬致歉：“非常抱歉，这件刚才有别的顾客买下了。假如您有别的选择，我们很乐意再次为您提供服务……”

“别的顾客？”安思越只有片刻的皱眉，又忽然露出一丝笑意。

她的目光瞟向那条裙子，又在宋怡身上停留。

"死小孩儿，自己总穿得不像样，"安思越说，"给别人倒挺会挑的啊。"

"阿嚏——"

这一天，池招在召集企划部一起看新提案的时候，刚要发言，台下忽然有职工发出了这样的声音。

他看过去时，对方立刻掏出纸巾，充满歉意地抬手示意："对不起，最近有点儿感冒了。"

不知是什么连锁反应，在一个人打喷嚏之后，周围人都多多少少有吸鼻子、咳嗽的行为。

池招蹙眉，脸色糟糕地仰起头来，朝身后在用电脑做记录的宋怡说："高一点儿。"

宋怡微微抬头，立即会意，拿起空调遥控器起身将温度调高。

天热以后，崇名游戏很早就启用了冷气。

回去办公室时，池招的心情很差。

"为什么天气回暖，这群人反而感冒了？"池招目光放空地坐在沙发上，把头往后仰，说，"想吃东西。"

宋怡猜想，池招大概率在担心工作。

他平时看起来比任何人都孩子气，然而，这与他工作狂的身份并不冲突。

她没有多说什么，秘书关心上司，但秘书终归只是秘书而已。池招喜欢甜食，但实际上并不会真的吃太多。他体检很勤快，就算成年已久，周围还是会有不少人盯着他的健康状况。所以每样东西多半只能尝一点儿。

她递了之前没吃完的罐子蛋糕给他。

宋怡忍不住望着他年轻而严肃的脸。

他甚至没吃，只是把奶油和蛋糕胚搅乱。他放空了一会儿，忽然抬头朝宋怡微笑，笑容好像用燃烧着的烟头按在旁人的心脏上。

池招说："我有一样东西想送给你。"

宋怡垂着头看向他，对待池招，她有无限的耐心："是什么？"

然后池招指了指远处放着的盒子。宋怡其实知道那是什么——之前她在服装店试的那件连衣裙，但她仍旧装出惊喜的样子："我很喜欢，谢谢您。"

但马上，池招就开始了盘问。

"你和我妈怎么会一起逛街？"他的笑容和刚才分毫不差，但在宋怡眼里看来，却变得恐吓意味十足。

怎么办?

总不可能告诉他：你母亲给我五百万元，要我跟你谈恋爱吧?

她内心挣扎了许久，最终将五百万事件省略，含混地把事情经过概述了一遍。

总而言之，就是她被高洁邀请一起去了池招家，然后被安思越要求去参加单家老爷子的生日会，这才一起去逛街购物的。

出人意料，池招的反应竟然很平静。

然而，过了几秒钟以后，他说："那个，呆瓜他爷爷的生日会，我不会去……"

"好的。"宋怡一开始只当成工作来处理，掏出日程表想要记录，然而，刚敲打了键盘几下，她突然抬起头，发出一个在此刻看来有些失礼的音节，"啊?"

难怪。

霎时间，先前的某些不对劲之处豁然开朗了。

为什么安思越跟她提起单记的这项活动时她听都没听说过，按理来说，池招接下来三个月的每天要做什么，她都应该了如指掌才对。

因为他没打算去，所以日程安排上根本没有。

宋怡说不清是什么心情。她知道池招没有义务出席，他不想出席，并且这项活动去不去也无伤大雅。果不其然，池招同样没把这件事情放在心上，立即转移话题说："过两天小詹叫我们去他家吃饭，说是要招待朋友。"

宋怡仍在恍惚当中，此刻懵懵懂懂地点头。一切声音像被隔绝在身体之外，她缓了好一会儿，才起身去忙。

虽然她的"忙"是帮池招《acdf》里叫"冰梦蝶殇"的账号刷经验。

宋怡有游戏天分。

小时候罗伽鸣经常逃课去游戏厅，罗妈妈忙着摆摊儿，脱不开身，拿他没辙，于是请宋怡帮忙。

当时孩子们热衷于街机游戏，其中《街头霸王》系列是人气最高的。

罗伽鸣的非凡手速在童年就已经崭露头角，宋怡到游戏厅时，他正在将对面的高中生打得片甲不留。

他身旁围绕着一圈儿叽叽喳喳的同学，就连店里的有些成年人也被这热火朝天的对决吸引过来围观。

在连胜过后，罗伽鸣活动了一下手腕。身边的人都在啧啧赞叹，这一刻，他就是漫画里的主人公。

然而，一道黑影从后面落到他身上。

宋怡神色寡淡，慢悠悠地开口，听不出话语中的情绪起伏："你妈妈叫你回家吃饭。"

强者怎能轻易被撼动？再说了，同学们还在周围看着呢。罗伽鸣皱眉摆出抵触的姿态："连胜纪录马上要破了。我才不回去。"

说完，他回过头去面朝游戏机，根本不再理睬宋怡。

宋怡望着邻居家正处于叛逆期的小男生，旁边其他人嘀咕着重新围拢上来。她原本想就此罢休、打道回府，却忽然想起罗妈妈给自己煮过的银耳汤。

她走到对面游戏机旁，用极地凉风般的目光看向那个输得血本无归的男高中生。

她没说话，但对方还是接收到其中包含的信息，最终骂骂咧咧地让开座位。

宋怡坐下时，旁观的人们纷纷起哄。硬币已经投过了，罗伽鸣满腹狐疑地抬头。

有人议论："这女的有病啊？"

"我姐姐之前也来玩过，就是一个劲儿地乱按，什么都不知道。"

"来给罗伽鸣送连胜纪录的吧。"

又有人发问："角色的话，她是要选春丽、樱还是罗斯啊？"

——春丽、春日野樱和罗斯都是街霸系列游戏中具有代表性的女性角色。

然而，宋怡毫不犹豫地选择了鲁夫斯。

街霸系列中体形肥胖，有"巨汉狂舞"之称的男格斗家。

看着长相漂亮、瘦瘦高高、文文静静的宋怡，再看她选择的那个头顶梳着金色小辫，留着两撇胡子的彪悍胖子。

一种强烈的违和感冒了出来。

游戏开始。

然后，这种违和感很快扩散开来，席卷了周遭的所有人。

彪悍，这是所有观战者唯一能想到的词汇。

彪悍的不只是近战专家鲁夫斯，更是那个操作熟练的瘦弱白净的宋怡。

宋怡很厉害，非常厉害，可以说是太厉害了。

罗伽鸣一开始占据着上风，但很快就被没有一丝破绽的鲁夫斯反杀。

他眼睁睁地看着自己被游戏里那个胖子毫不留情地碾压，最终无力回天，他的心态也随之崩溃。

在遭到连续败阵以后，罗伽鸣难以置信地起身，快步走到宋怡身边。

说实话，那一刻，实施暴力的冲动侵略了他的头脑，然而，在看到宋怡镇定如常的表情时，他又冷静了下来。

“可以回去吃饭了吗？”宋怡波澜不惊地起身，“连胜纪录已经没了。”

升初中以前，有那么一段时间，宋怡也经常去玩街机。

那时宋作为还关心着她的学习，不允许她画画，但始终保证她零花钱的数额能和其他同龄人差不多。

偷偷画着画的草稿本一次又一次被父亲撕掉，久而久之，宋怡学会了忍耐。

但兴趣就像洪水，总要有发泄的出口。

她的压力曾对着街机游戏倾泻而出。

不过当然也是偷偷去玩。隐秘的快乐加上对胜利的执着，努力想要玩好的心情掩盖烦恼，很快使她深陷其中。

现在想来，那时对父母会来游戏厅找自己而担忧是多么异想天开。因为很快，情况就逆转成她去牌桌上找父母。

摩天轮那一次分别后，罗伽鸣给宋怡发过无数次道歉的消息。

宋怡想要置之不理，但一想到将来肯定还要去见罗伽鸣母亲的，最后还是回了一个《acdf》的周边表情——龙猫少女库库奇的微笑。

回想起这些，宋怡继续帮着“冰梦蝶殇”杀死野外的怪物，时不时地点开任务界面查看经验数值。

就在这时，一个用户名为“Tennis”的人向“冰梦蝶殇”提出好友申请。

说曹操曹操到。

罗伽鸣是怎么得知这个账号的？

宋怡一怔，接着抬头朝正与新乐高积木奋战的池招说道：“老板，之前那个 Tennis 在《acdf》加你好友，你要加吗？”

“他发申请过来了吗？”池招说着起身，不疾不徐地朝座位这边走来。

此刻宋怡在用池招的电脑，但没有坐他的位子。毕竟那张办公椅的摇晃程度太厉害，只有池招自己才习惯得了。

她随手搬了一张没有靠背的椅子坐着。

池招走到她身后，目光灼灼地在屏幕上扫了一圈儿。看他的表情那么认真，她还以为他对好友位有多慎重，没想到他开口是：“以前我们的系统文字就是这个颜色吗？”

宋怡没来得及回答，池招突然走上前来，手臂绕过她两侧的肩膀，自然而然地去碰键盘和鼠标。

她被圈进他的臂弯里，全身紧绷，动弹不得。

池招丝毫没有察觉，专心致志地导出其他界面检查，随后又用键盘快捷键弹出对话框，敲打了一些优化意见发送出去。

她的心脏忽然被攥紧。

宋怡双臂靠拢，身体前倾，努力不让自己贴到池招身上。

然而，就在她不动声色做着这些小动作时，背后忽然传来一道揶揄的笑声。

宋怡微微侧过头，池招目不转睛地盯着屏幕，嘴角却突如其来勾起笑意。他靠近的侧脸使人想起玻璃橱窗里被小心保护起来的钻石。

宋怡不明来由地感到头晕目眩。

下一秒，池招忽然说：“你洗发水的香味，好像迪士尼乐园 4D 影院里喷的那种空气清新剂啊。”

他说完随即撤离。宋怡则继续工作。她在池招转身的一瞬间抓住自己的一缕头发，试图辨别那上面有什么气味，不过什么都没闻出来。

池招坐回乐高积木中间，才突然想起，Tennis 的好友申请似乎被他忽略了。

池招骑着摩托车驶出地下车库时，被等候在门口的高洁吓到。

身穿白色职业套装，胸口别着陶瓷胸针的高雅女性微笑着拦在门口，左右看了一下道：“池先生，就你一个人吗？”

身着便装的池招摘下摩托车头盔，跨在摩托车上倾斜着身子打量她，微笑慢慢地攀上嘴角。她明明知道他会独自下班，却还明知故问。

“我一个人。”池招维持着微笑回答，“高洁小姐有事吗？”

“是这样的。”说着，高洁从手提包里掏出笔记本与钢笔，“我想跟你一起去外面逛逛，以便了解你工作以外的日常生活。这也是为了访谈。”

池招稍作思索，然后爽朗地驾驶着摩托车掉头。高洁不明所以地出声询问，结果得到这样的回复：“这个不方便。”

她一怔，随后地掏出早准备好的车钥匙：“我送你去吧。”

高洁没有想到池招会去社区老年人社交舞教室。

池招熟练地打过卡，与前台花枝招展的老阿姨笑着打趣几句，随后进门在休息的长椅上坐下。落座以后，池招在椅子上拍了拍，高洁立刻款款走去，落落大方地坐到他身边。

“你平时常来这里？”高洁问，“的确是个放松身心的好地方呢。”

池招无所谓地盯着舞池中的老人们，忽然问：“还有吗？”

“什么？”

“你不是为了写稿子跟来的吗？”池招说，“还有什么需要的，我都乐意效劳。”

高洁霎时目光闪烁，紧接着低下头去。

她没再出声，他也不开口，就这样安安静静地看了几个小时老人家跳舞。

等到散场时，池招与一位老太太多说笑了几句。对方侧过头来，看到高洁时笑容加深，却只跟池招说话：“小帅哥，那是谁呀？”

池招朝她笑得很温柔，言简意赅地回答：“工作上认识的。”

高洁漠然地站在原地，当旁人的视线投来时又立刻挤出微笑。

有一瞬间，她感觉自己的身体被寂寥填满。不只是宋怡，就连一个陌生的老太太，都能让她感觉到自己处境的悲哀。

然而，只是一瞬间而已。

看着池招早就成为她的一种习惯。

走到街道上，高洁说：“我前几天碰到南女士了。”

池招似笑非笑地看向她。

高洁嘴角挂着恰到好处的笑，说：“有时候我在想，她或许也想了解你的事情。”

这话显然触到听者不快的神经。池招打断她：“不论有或没有血缘关系，你好像一直对别人的母亲很感兴趣。”

高洁没有因他一时的冷漠而感到低落，恰恰相反，她像发现新大陆一般情绪激动起来：“你知道我一直在关心你？果然你是认识我的吧？我就知道。小招，你一直假装不认识我——”

“高洁。”池招回过头，对她的称谓也悄然发生改变。他专注的目光渐渐落向远处，“你知道怎么取修理的鞋子吗？”

“什么？”情绪正到高昂处，高洁毫无防备地被这样突兀的问题掐住。

池招看着马路另一头的一间门面房，仿佛刚才所进行的对话早已被抛之脑后。

“昨天，宋怡说她需要修的鞋子早到时间了，但是一直忘记来取。”池招径自说下去，“好像就是对面那家修鞋店。”

他朝她微笑，就像平日对所有不熟悉的人所做的那样。下一秒，他吐出警告的话：“见好就收。别再去打扰我身边的人了，尤其是南徵。”

傍晚六点，崇名游戏的办公室里仍亮着星星点点的灯光。

宋怡结束最后的工作，一边联系司机一边走出门去。

池招是下午才回来的，全公司基本无人有权过问他的去向，因此宋怡也从来不提。

况且，上司不在对她来说也便利。上午时，罗伽鸣发来消息说是正在一楼大厅，想当面同她道歉。

宋怡其实知道，罗伽鸣一定能觉察到，她给他的回复中充满了勉强。

不是她不想原谅他，而是在她看来，无论是否原谅，他们的关系都已经改变了。

但是，她就像学生犯错的班主任一样，发自内心明白他的本性并不恶劣。

为了应对晚上去詹和青家的轻松场合，宋怡没有穿西装。上半身是一件水红色的短袖，下半身则穿着白色的牛仔 A 字裙。

她领他去了楼下的咖啡厅，就像平时崇名游戏员工临时与人会面时都会做的那样。

用来表达歉意的话，罗伽鸣想了许多。那一天过后，训练时他都有些分心，因此被领队骂了很多次。

面对宋怡时，罗伽鸣重重地把头压下去：“对不起。”

宋怡撑着侧脸打量店内的透明橱柜。沉默片刻，她回答：“别说了，那天我心情也不好。”

他们心照不宣，对他试图吻她的理由避而不谈。

宋怡看了一眼腕表，准备起身结账，却听到面前的罗伽鸣忽然说道：“那个……之前我在基地附近的超市好像遇到了你爸。你们应该没住在一起吧？宋伯伯他瘦了好多，看起来感觉过得不太好。”

宋怡的动作骤然停滞，她看向罗伽鸣，长久之后才好像身处梦中一般地微微点头。

“这样啊。”她说着，若无其事地指向柜台，“我去埋单。”

罗伽鸣匆忙起身，想掏出钱包，却比不过宋怡的速度。

她背对着餐桌，头脑被刚才所听到的信息侵占。她一步一步地走到柜台边，拼尽全力用其他事情将那些悲伤的、烦恼的过去挤出脑内。

她深吸了一口气，再抬头时以镇静的脸色朝店员开口：“麻烦给我打包两个独角兽甜甜圈，是给池总的，所以再多加一点儿蓝莓酱。谢谢。”

然而，等到了办公室，她才想起池招不在。

于是甜甜圈最后用来犒劳她和夏凡了。

宋怡一边吃着甜甜圈，一边想，假如是池招，他也会因为这些已经下定决心远离的事情而感到难过吗？

在困扰的问题中间盘桓着，她忽然发现一件事情。

因为池招。

在过去的短暂人生中，始终孤身一人画地为牢，将自己变成干冰的她已经动摇了。她已经开始依赖他了。

傍晚下班，宋怡和池招一人拿着一瓶红酒，池招还抱了一盆芦荟，两个人一起去詹和青家共进晚餐。

说是要喝酒，因此詹和青事先提醒他们不要开车。

池招懒得让司机等待他们吃完，于是提前知会他提早回去。

坐在车后座时，他与宋怡不约而同地各自望着窗外，一言不发，陷入自己的困境与沉默当中。

不过这样情绪很快消散，他们走进了詹和青的公寓。

这是宋怡第一次来詹和青家。

“你们来得正是时候，”詹和青系着花边围裙，手持锅铲冲出来道，“快来帮我做准备工作！”

池招一边脱鞋一边挑眉问：“我们不是来吃饭的吗？”

宋怡则先一步走进去，将芦荟与红酒递到詹和青手里：“没有请吴小姐？”

“今天的聚餐是专门为詹小红准备的！”詹和青大大方方地承认。

池招停下脚步：“那我和宋怡换个地方——”

“哎！等等！你们是客人！”詹和青说，“詹小红是我的敌人！”

那天他在吴秋秋家喝得酩酊大醉，詹妮开着她那辆粉色 mini 车过来把他接了回去。

亲妹必须是亲妹。回去以后，詹妮把他抱着马桶呕吐、倒在玄关呼呼大睡以及学小猪佩奇吹口哨的丑态全部拍了下来。

然后发给了吴秋秋。

吴秋秋又转发到了她家一家三口的群里。

"太丢脸了，"詹和青握紧锅铲，"今天，我一定要一雪前耻！"

他买了一箱詹妮喜欢的米酒，外加荔枝口味的汽水饮料，后劲足，兑起来也好喝。

另外，他还准备好了数码相机，随时准备拍照。

在詹和青发表豪言壮语时，池招打着哈欠进门，绕过他走到茶几边找电视遥控器，而宋怡则一边说着"您的菜要烧焦了"，一边走进厨房里。

詹和青公寓的院子里有一条长廊，回声响亮。詹妮从小学声乐，有着在这种场所一定要唱两嗓子的习惯。

她大驾光临时，大家都已经准备好了。四个人都很熟悉，又年轻，没什么好拘谨的。

詹和青平日里话就不少，加之池招在场，难免聊一些工作的事情。他很热情，始终有话可说。

詹妮也偶尔插两句，不熟的人会觉得她傲慢，但熟悉了便知道她的洒脱与开朗，时不时地发笑，却丝毫不令人感到失礼。

这种场合下，与他们相比，池招反而话少了。他大多时候都在聆听，目光落在远处不相关的东西上，但的确是在听的。发表观点时，他从不废话，大多精准而简短。

最安静的就是宋怡了。毕竟她认识他们的时间不长，而且，这里有两位都是上司，她历来又慎重，因而总是神色平静、默不作声。

就像詹和青所预料的那样，詹妮果然喝了很多荔枝果味的米酒。

夜色渗透窗户时，室内的画风与刚才还其乐融融、和谐温馨的场景已经天差地别。

此时此刻，众人已经完全混乱。

詹妮喝醉时整个人变得很活跃，活跃到了脱离詹和青掌控的程度。

在池招用电视放动画片时，詹妮一脚踩上桌子，左手拎着酒瓶，右手拿着勺子，醉醺醺地宣布道："我的梦想就是走上这个舞台！接下来！我给大家表演一首《忘情水》！"

詹和青赶忙掏出相机，正要按下快门，结果立刻被妹妹一脚踢翻。

“It’s over now, the music of the night…（现在结束了，夜晚的音乐）”詹妮用标准的美式英语做出醉酒后的胡唱乱哼，然后，她挥动勺子大喊，“接下来还有人想表演吗？！”

“这个疯女人，”詹和青揉着后脑勺儿起身，“怎么可能会有啊？！”

然而，就在此时，桌子对面有人举手。

宋怡举起左手站了起来：“我想唱一首《少年先锋队队歌》。”

所有的目光齐刷刷地聚拢过来。

在场唯二保持着清醒的詹和青与池招对视，詹和青抬起手，在宋怡面前晃了晃：“宋秘？”

只见宋怡脸上仍然没有表情，仪态也很规矩，然而，她的脸显然比平时稍红一些，双目也空洞地平视前方。

“不是吧？”詹和青忍不住大喊，“你怎么也醉了？！”

宋怡不是故意的。

她一开始只是尝了一点儿。新鲜的米酒很香甜，加上荔枝的滋味，令她不由自主地又喝了一口。

有了一次就有第二次。宋怡又不怎么发言，在旁听的过程中，她不知不觉喝了大半瓶。

然后，眼前的世界就逐渐梦幻起来了。

“好！”就在这时，詹妮大喝一声，放下勺子端起酒杯，朝宋怡伸去，“就让我们红尘作伴活得潇潇洒洒，让我们策马奔腾共享人世繁华！让我们对酒当歌唱出心中喜悦！让我们轰轰烈烈把握——”

詹和青把她的嘴给堵上了：“你少说点儿吧！”

年轻男性的单身公寓里，詹和青看向正在看动画片的友人。池招盘腿坐在沙发上，电视机里播放着动画片《南方公园》。

怎么办？

詹和青叹了一口气说道：“你送宋怡回去吧。詹妮在我这里也有房间，我安排她去睡觉。”

池招像猫一样蜷在沙发上，一边往嘴里塞着爆米花一边看向詹和青，没答应也没拒绝。

不等他回应，詹和青已经打电话叫了出租车，然后去给詹妮放热水。

刚才还热闹非凡的起居室立即冷清下来，只剩下池招与宋怡隔着餐桌、酒杯、盘子与各色刀叉相望。

等到这一集动画片结束，池招这才起身，说："走吧。"

喝过酒的宋怡晕头转向，但至少没像詹妮那样难以控制。她平日总是板起面孔，这时涨红的脸颊却软绵绵的，明亮的眼睛不停地转动着。

她乖乖地跟在池招身后。到院子里时，池招转头看见她怯生生打量自己的目光。

他被她直勾勾地盯着，忍不住想用力揉揉她的头，中途觉得不妥，最后还是收手了。他问："你在看什么？"

宋怡摇了摇脑袋，随后把头垂了下去。

好乖。

池招望着宋怡难得一见喝醉的样子，忍不住把外套脱下来给她披上。

宋怡在他靠近时迷迷糊糊地抬头，睁大眼睛看着他的脸。他则毫不遮掩地回望向她，像命令小动物一样说："穿好衣服，别乱看。"

指令比他想象中更有效，听到他的话以后，宋怡居然真的试着穿他的外套。如今气温也不低，池招本来只想借给她披一下，没想到她老老实实地将手臂套进袖子，甚至连拉链都拉到最上面。

完成以后，她张开手臂，用幼儿园小孩子展示成果一般严肃地说道："穿好了！"

"好厉害。"池招忍不住笑。迟疑片刻后，他还是伸出手，借着抚摸的动作弄乱宋怡的头发，"奖励你。"

往日一丝不苟、完美无瑕的秘书宋怡，此时此刻居然顶着乱糟糟的头发，身着男式外套与中裙高跟鞋这种不合时宜的搭配，朝雇主露出天真灿烂的笑脸。

池招忍不住掐了一下自己。

不是做梦。

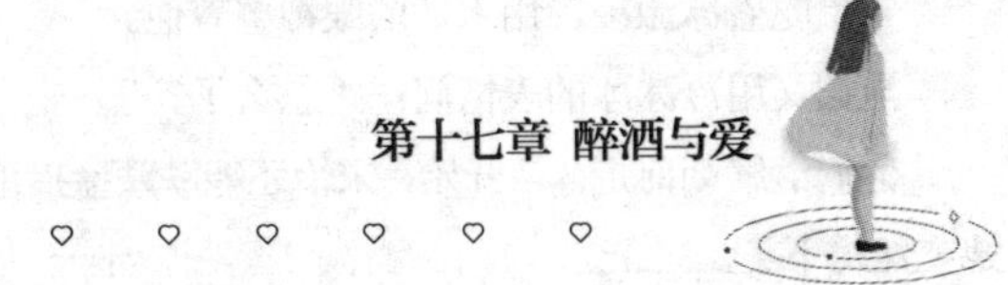

第十七章 醉酒与爱

坐上出租车以后，宋怡开始唱歌。

最开始，池招只是疑惑她在朗诵些什么。当他辨认出“劳动的快乐说不尽”来自儿歌《劳动最光荣》时，他明白了，她在唱歌。

他第一次发现，原来宋怡是音痴。

而且是一个唱完后会郑重其事地询问身边人“好听吗”的音痴。

在池招拍着手认真地回答她“超好听”的时候，出租车司机笑出声来。

“年轻人，你脾气挺好啊。”司机乐呵呵地搭话，“女朋友喝醉了吧？别吐在车上哦。”

不说不要紧，一说，宋怡突然抓住门把手干呕起来。

司机紧急刹车，还好已经到了宿舍那条路的巷口，他们索性下车。

夜晚的道路上看不见多余的人影。为了减缓呕吐欲，也为了使她尽早醒酒，池招去便利店买了冰激凌。

池招拆开自己的那支时，发现宋怡呆呆地站在原地不动。于是他把自己的递给她，转而撕开新一份的包装。

宋怡用勺子吃了一口，立刻紧紧地蹙眉，摆出平常看到加班通知时才有的表情。

“冰到牙齿了？”池招俯身去检查她的脸，“还是说不好吃？”

宋怡点头。

池招接过她的那份，然后作为替代，他将自己手中刚打开的给她。尽管它们都是同一种口味。

他毫不顾忌，直接拿她用过的勺子。

宋怡吃着冰激凌，用木讷的眼神望着他。

池招又用冷冰冰的表情问："怎么了？"

他们继续朝前走，一开始，宋怡还能跌跌撞撞地步行。等抵达一盏路灯下时，她突然蹲下了。

池招停下脚步等了几分钟，最终还是往回走。

"走了。"他说。

宋怡把脸埋在臂弯里，听到声音抬起头。她看着他的脸，重影一片中，她恍惚回到十二岁。她说："爸爸。"

"回答错误。"池招也跟着蹲下，望着她耐心地回复，"我不是你爸爸。"

她没能听明白他的话。酒精像纤细的冷烟花，在脑海里迸溅烟雾与光斑。她用手撑住自己的脸，浑身滚烫又冰冷，她问："你为什么不爱我？"

记忆里温暖的父亲已经被将她推倒在地、翻箱倒柜地找钱、最后再夺门而出的男人代替了。

池招撑着膝盖，昏黄的灯光下，黑发也泛起细腻的灰色。他眉眼清俊，倏忽之间微笑起来。

"我不知道啊，"池招自言自语，仿佛陈述科学定律一般说道，"怎么爱人？"

他的笑容像金属制成的月牙，锋利的，单薄的，没有任何温度，却很明亮。

宋怡低下头，炽热而浸透过酒精的叹息从唇齿间吐出。她接着说下去："我不会画画了，也不玩游戏了。我会努力，一直努力。爸爸，我——"

刺伤心脏的情绪支撑着她抬起头，然而，在那一瞬间，她忽然认出了眼前的人："池先生。"

池招以为她终于清醒，所以站起身来，向她伸出手道："可以走了？"

宋怡摇头。

她用很低的声音说了一句什么，以至于池招不得已要弯下腰去听。

宋怡抬头，灼灼的目光仍彻底处于醉酒中："你叫我小姑娘，我才能走。"

她昏昏沉沉地抬起头，素日冷若冰霜的脸略有耍赖地鼓起来。

池招用听闻埃及金字塔崩塌的语气问："什么？"

宋怡醉得迷迷糊糊，把头压下去，腿也不由自主地软了。她瘫坐在地上说："那我不回去了。"

"起来，别感冒了。"池招连忙伸手去扶她的肩膀，结果被她挣扎着推开。

宋怡那双乌黑的眼睛艰难地对焦前方，说："你快叫。"

池招沉默了。

"小姑娘。"他说。

宋怡呆滞地望着他，许久，又把头垂下去，仍没有站起来的意思。

她把手伸进口袋，摸出手机，结果一时没抓稳掉在了地上，又在地上摸索。

"我要录下来。"她喃喃自语，"以后就可以一直听了——"

池招站在她跟前，昏黄的灯光像尘埃一般落满他们的肩头。他顿了顿，倏然再一次蹲下身，用隐隐约约泛光的眼睛注视着她。

池招勾起笑意，手指穿过她的长发。

"那也太麻烦了。"他的声音清清爽爽，在疏远而干燥的夜风中恰如其分，"我不就在这里吗？"

她握住他的手。

池招的体温一如既往低于一般人。她的面颊因酒精作祟而滚烫，自然而然抑制不住把他的手往脸上贴。

池招没有丝毫排斥，只是用手背蹭了蹭她说："你以后不要在我以外的人面前喝酒——"

这就是宋怡有关醉酒最后的记忆。

与其说是最后，倒不如说，她的记忆太过破碎，这只是其中一块碎片。

她醒来时是躺在床上的，奶奶听到声响进门，告诉她："昨天是你老板把你送回来的。你一直在唱歌，记得要谢谢人家啊。"

宋怡尝试回忆起更多，然而，除了最后池招朝她露出的微笑，能拼凑齐全的只有这样一段对话——

她嗫嚅着问："你为什么不爱我？"

池招回答："我不知道怎么爱人。"

截至目前，人生唯一一次的恋爱经历中，宋怡是被告白的那一个。

第一学期的期末考后，刘俊通过短信向她告白，具体措辞她已经记不清了。然而，她能确定，总归不会是"你为什么不爱我"这样的话。

宋怡承认池招对自己而言是特别的。然而，仅仅从工作专业的态度来考虑，她也绝对不敢逾越。

为什么她会突然说这种话？

遗失了其他记忆的宋怡百思不得其解。

最重要的是，她还被池招拒绝了。

“你还不去上班吗？”奶奶经过门口时又慢悠悠地提醒了一句，“平时这时候你都出门了哦——”

宋怡低头看了一眼时间，立刻一跃而起要去换衣服洗漱。然而，宿醉的身体跟不上思维，头也痛得要命，她刚踩到地面就跌倒下去。

“但是，小帅哥送你回来的时候说了，今天给你放一天假。”奶奶站在门口看着狼狈不堪的她说道。

良久，宋怡按压着酸痛的脚腕抬头：“奶奶，下次可以先说重要的事情吗？”

她给自己煮了小米粥，洗过澡以后休息了一会儿。奶奶已经出门了，她仰头靠在沙发椅背上，忽然发觉自己平时的生活早已被工作填满，突如其来的假期反而令人空虚。

不如出去走走好了。

宋怡化好妆背起包往外走，推门时，对面的门恰好也打开。

池遇这套正装价格不菲，然而穿在他身上，就显得格格不入。

宋怡微微欠身打了个招呼，视线没忍住在他身上扫了一圈儿。

池遇也低头看向自己，扶着门长长地叹气：“我就知道很奇怪……”

“您这是要去哪儿？”

“那个，”池遇吞吞吐吐，有些难为情地开口，“还不就是上回那件事儿。”

去前妻那里看望孩子。

两个人一起出门，有关这段失败的婚姻，池遇主动谈了很多。

其实宋怡不是不能理解，他的妻子为什么要一次又一次地抱怨池遇“窝囊废”“软蛋”以及“畏畏缩缩不像个男子汉”。

这些话当然有些伤人，但婚姻的事儿，身为局外人，谁也不能擅自评头论足。

出生在能力强大、性格锋芒毕露的一家人中间，池遇像是上帝无意中造成的误差。他其实只是一个普通人，然而在池家，普通人才是异类。

多年来，池遇都在夹缝中求生，不知不觉成为如今得过且过的样子。

单说宋怡，每次与池遇打交道，几乎都在帮他的忙。

池遇去找池招，池招的第一反应也会是“钱不够了”，或者以为池遇又碰到了什么麻烦。

到了前妻家公寓的大门，池遇又开始踌躇不前了。

宋怡看着他原地打转了好几分钟，最终还是主动上前按了门铃。

“您好，我是池招先生的秘书，上次来过的。池遇先生想来看望一下孩子，不知道您方不方便呢？”说完，她做好了如上次那般被赶出去的准备，然而，门却打开了。

出人意料地顺利。

不过为什么之前不可以，这一次却放行了呢？

如此疑惑着，宋怡与池遇往房间里走。

池遇的前妻是一位长发盘起、看起来相当干练的女性，此时此刻，她正搂着小女儿同某人言笑晏晏。

再往前走几步，他们就看到了那一个人的背影。

池招正坐在沙发上，手持手柄与上小学的男孩儿一起玩赛车游戏。见他们进来，他的目光也没有片刻离开电视屏幕，只是说：“你们来了啊。”

池遇愣了几秒钟，随后用“果然是这样”的表情叹气。

就在此时，游戏里用户名为“unclechz”的赛车率先冲过终点，伴随着男孩儿的哀叹，池招扬起嘴角，将游戏机抛开，便朝宋怡走来。

有关醉酒的记忆袭入脑海，宋怡的脸蓦然发烫，她低下头去，想为前一天的失态道歉。解释的话有很多，比如她确实喝醉了，又比如她并没有打算向他告白。

话到了嘴边却无论如何都说不出口，宋怡不安地望向自己的脚尖。

池招没说话，抬手在她头上揉了揉，随后拿起外套出去，丝毫没有问候池遇的意思：“我先走啦，嫂子。”

“好的，路上小心哦，小招。”池遇的前妻笑着送他到玄关，年幼的女儿与儿子也跟出去：“今天池招叔叔走得太早了吧？！”

这景象一片和谐，到处受到青睐的叔叔与不被欢迎的父亲形成鲜明对比。

还是和往常一样，池遇在场，池招必定逃之夭夭。

放在过去，宋怡一定会安慰池遇几句，然而此刻，她却梳理着被池招弄乱的头发，心情不由得复杂起来。

等门关上，池遇的前妻立刻换了脸色朝池遇抱怨起来：“你穿的这是什么东西？还不如以前那样。闺女今天有点儿感冒了，你去哄她睡觉。”

女人发号施令以后，又扭头看向宋怡时，她宛如川剧变脸般变得春风满面：“你就是宋秘书吧？上次失礼了，真不好意思，快请坐吧，我去倒茶……”

托了对方健谈的福，宋怡全程发蒙的状态也没造成影响。女人同她说了不少事情，大多是家长里短，但偶尔也有严肃些的话题。

“你见到了安女士吗？”池遇的前妻神色突然冷下来，“她自打池崇去世以后，身体就很不好……”

想到安思越那张总是高高在上却异常苍白的脸，宋怡的心也渐渐沉了下去。

时间差不多了，宋怡蹑手蹑脚地走进卧室。池遇正用极轻柔的声音跟女儿讲着故事。床上的女孩儿已经睡着了，宋怡朝他轻轻点头。

他们没有久留，趁着女孩儿安睡，两个人一起轻轻地离开房间关上门。

与女主人道别走到门口时，男孩儿竟然趁大人不注意追了出来。

池遇任由儿子扑进怀里，眼角渗出了些许眼泪。

“其实妈妈也经常提起爸爸的。”男孩儿紧紧地抱着他的脖子说，“爸爸，下次还要来哦。”

“当然会来了。”池遇像个孩子似的呜咽着回答。

“那我回去照顾妹妹了！”男孩儿笑着掉头跑了回去。

池遇向他离去的方向挥手，直到儿子消失在视野中。他回过头，朝宋怡不好意思地笑笑：“你们聊了我妈的事情，对吧？”

宋怡没有否认。

“我妈是个很严格的人。小时候我几乎从没见过她笑。对我和大哥是这样，对小招更是。小招中学的时候出国，我妈直接说了‘跟我无关’这种话。”池遇边走边说，“因为一些原因，其实当初我们身边很多人都担心她会对小招不好。”

尽管池遇没有说明，但宋怡差不多能猜到，这个原因应该就是池招并非安思越亲生的一事。

“以前我也这么想，直到有一天，小招发烧了。”池遇淡淡地说下去，“那是我头一次知道，原来我妈也会像个普通母亲一样，在孩子床头给他讲童话故事。”

午后的阳光如蜂蜜洒落，风温和从容地穿过伫立在路上的二人。

宋怡恍恍惚惚地听完这件往事，缓慢地回过头时，她终于明白了。

不是无缘无故的，也不是莫名其妙的。

刚入职时，高烧中的池招在床边给她讲《格林童话》时为什么看起来那么寂寞。

他一定没跟妈妈说过“爱”这个字。

单记为了举办退休董事长的生日会，租下了一艘豪华游轮。

宋怡换上那条镂空的黑色连衣裙站在全身镜前时才发觉，其实这条裙子并没有想象中日常。估计穿了这一次，以后能再派上用场的场合也不多。

上次醉酒之后，宋怡就尽可能不与池招进行工作以外的交流。

事实上，她也不明白自己这样的举动有何意义。况且，她也不是有意为之。

逃避面对感情问题，完全是她的本能作祟。

不过也算塞翁失马，先前她还为池招不去生日会感到遗憾，如此一来，反而避免了不小的精力消耗。

詹妮原本也收到了邀请函，不过她有演出，因而回美国去了。

最后落得詹和青与宋怡同去。

不知为何，挽詹和青的手臂时，宋怡内心毫无波动。

她问詹和青，他也是同样的反应："可能因为我们默认对方完全不是自己的菜吧。就像小燕子和柳青，两个人一起混江湖讨生活——"

他的话还没说完，就看到宋怡用冰冷的视线盯着自己："怎么？这个形容不贴切吗？"

"挺贴切的，"宋怡回答，"但感觉怪怪的。"

对于人员进场，这场生日宴管理得相当严格。所有来客提前确认会到场才能拿到入场的邀请函，混进去的难度系数很高，以确保宴会上不会有任何不速之客出现。

彬彬有礼、眉眼端正的服务生们身穿统一的西装制服，在游轮上提供服务。

登上甲板以后，身为名人的詹和青立即被卷进应酬中。与这位长辈打招呼，与那位精英交涉，他手中的香槟始终不见少。

"这就是社交技巧，知不知道？！"詹和青在前些时候刚烂醉过的下属面前耀武扬威，"不只是为了防止头脑不清醒，更是要减少上洗手间的次数。"

宋怡点头称是。

他们虽然是来给单家老爷子祝寿的，但老爷子被一群人包围着，气场太强，他们连他的轮椅都摸不到。

这一回过来的男人四十来岁，笑容儒雅，与詹和青说话前先向宋怡颔首致意。宋怡也回以微笑，静静地站在一旁等候。

听他们说了几句话，宋怡才意识到，这就是单景一的哥哥。

说起来，这天一直没见到单景一的影子。

"遇到这种事情，最辛苦的还是你们吧？"詹和青冲对方露出假意真诚的表情，用拿捏出的恳切语气说道，"景一跟我们也是朋友，有什么我们能帮的，尽管说。崇名文化也好，崇名游戏也是，一直受你们照顾。池招是昨天才听说的，心情低落了很久，也托我慰问老人家一声——”

单景一遇到了什么问题吗？

单记那款游戏失败以后，已经好些日子没听到他的消息了。

宋怡知道詹和青说的多半是客气话，毕竟池招昨天哪有心情不好，倒是为《acdf》在线人数破纪录请员工吃了熔岩蛋糕。

等对方离开，宋怡才发问：“发生了什么事吗？”

“嗯。”詹和青叹了一口气，抿起嘴唇道，“他去拉斯维加斯散心，结果在公路上跟人起纠纷，被打成了重伤。”

宋怡吓了一跳：“人没事吗？”

“怎么可能没事？脑震荡。”詹和青说，“而且他也动手了，双方都有责任，交了保释金才出来。这对单记来说可不是好事，媒体那边还不知道能不能压下去。”

宋怡问：“那他现在……”

“可能不会回国了吧。”詹和青回道，“他爸好像打算把他扔到国外。”

“哎？”

“他爸在拉斯维加斯养过十来个情人，他妈特烦那地方，三令五申叫他不要去。”詹和青喝了一小口香槟，“这下好了，本来就要处分，家里连个帮他说话的人都没有。”

宋怡蹙眉：“只是这种原因，就要把亲儿子放逐吗？”

“省事啊。给点儿钱打发垃圾。”詹和青苦笑，“因人而异，不过在我们这种人里不少见。反正家业有人继承，其他小孩儿就只是分财产的而已。”

宋怡一怔。

原先单景一、池遇和池招都是同样处境中的人。后来，池招在机缘巧合下脱身，池遇则原地踏步维持现状，而单景一却出了岔子，沦落到了糟糕的境地中。

好残酷。

不过，宋怡转念一想，这样的特例于他们而言或许才是常态。

詹和青发现单老爷子身边的人少了些，抓住机会往那边去。宋怡这样的角色，不需要为人脉操心，于是便懈怠地留在了原地。

香槟味道不错，但她也不敢再多喝。她靠在船舷吹风，身旁一位戴金丝细边框眼镜的老先生似乎也落了单，此时正望着船内聚在一起的人们。

他们的视线刚好交错，对方先开了口：“真是光阴似箭，感觉我也好久没来过这种地方了。”

宋怡客套地询问："您是……"

"抱歉，是我忘了自我介绍。晚上好，小姐，"老绅士摘下帽子，"我叫高枫。"

高枫。

就是那个曾经身为崇名游戏高层，后来却锒铛入狱的高枫。

他是一个从来不招人厌烦的老好人，却因拖累家人而遭到亲生女儿唾弃。就是这样一个复杂的高枫。

第一次听说高洁的经历时，宋怡觉得她们之间的共鸣感的出处得到了解答。

过去，高洁一定很相信她的父亲，就像宋怡相信宋作为一样。

正是因为失望，所以才会变得越来越坚强。

然而，亲眼见到高枫本人时，宋怡又动摇了。

这跟宋作为根本不一样！

不愧是在英国生活过多年的男人，高枫的谈吐和举止都温柔又优雅。听说宋怡的身份时，他显得很高兴："我也好久没见过小招了。如今他过得好吗？"

他们寒暄了几句，只见高枫似乎有些难过地低下头："是我没脸再见他们了。"

宋怡记得，高枫是因为轻信他人才使家业耗尽的。

如此一来，的确跟她的情况不同。

看着宋怡欲言又止的模样，高枫立即体贴地转移话题："说起来，我女儿似乎跟小招的关系很好呢。你应该也认识她吧？她叫高洁。"

"嗯？"

关系好吗？宋怡试探地看向老人。

"说来惭愧，我女儿平时不太亲近我，不过也都是我不好。"高枫笑眯眯地说，"但每次来看我，这孩子还是会说说自己的近况。她现在好像在《NII》做执行主编，工作比较顺利，感情的话，上回她是说，小招跟她聊过结婚的事情了……"

等一下。

这好像跟我了解的她有些出入。

按照高洁向她父亲所陈述的近况来看，她和池招的关系，似乎比实际情况亲密得多。

要戳穿吗？

这样的念头刚从脑海中浮现，高枫立刻笑着侧过头："对不起，宋小姐，我一直在说我的事情。抱歉，因为很久没人愿意听我说这些了……"

他一直在道歉。

他们开始聊天以来，几乎每一句，高枫都在将各种各样的错误往自己身上揽。

他是爱女儿的。宋怡透过薄薄的眼镜镜片打量他的眼睛。

她很确定。

高枫的眼神，他所说的话，他带着一点儿忧郁的笑容，无一不在透露着他对高洁的爱与歉意。

——假如他是我爸爸就好了。

“没关系。”宋怡回答。

然后，高枫就像看穿了她的心思一般开口：“要是我女儿跟你一样就好了。”

宋怡暗自诧异，目光也下意识地躲闪起来：“您说笑了……”

“真希望在离开之前跟小洁像这样坐下来好好聊聊啊。”高枫微微一笑，仰头看向布满星辰的夜空。

“别这么说，”宋怡安抚道，“总是会有机会的。”

良久，高枫摇了摇头，说：“我差不多只有半年的时间了。”

宋怡得到意料之外的回复，猛地侧过头：“请问这是什么意思？”

“抱歉，好好说着话，结果一不小心跟你说了不好的事情。”高枫再一次道歉，云淡风轻地微笑着说，“结肠癌，查出来的时候已经晚期了。医生跟我聊了几次，肠透啊什么的。我考虑了一下，还是想走得体面一点儿。”

宋怡愣然地坐在原地。她回头，仔细地注视着身边这位老者的笑容。

“唉，好想看看小洁结婚的样子啊。”高枫眯着眼睛，和蔼而慈祥，“对不起，我这人很贪心吧？”

怎么可能？

手中的玻璃杯被捏紧，宋怡突然插进话来。

“这怎么能算是贪心呢？”她说，“医院没有通知高小姐吗？这件事情，我觉得您还是尽早告诉她为好。”

长久，夜风将她的长发吹得如柳条四散。高枫静静地抬头，说：“我啊，因为自己的过错，已经足够对不起身边的人了。为了赎罪，我一直过得束手束脚。

“但是如今，我反而释然了。告诉他们的话，只会限制我生命里最后的自由。”

他与池树人一同在国外留学过，饱读诗书，也见识过广阔的天地。论学识，他比宋怡渊博得多。

就连他说的话，也叫宋怡难以反驳。

她望着他温润的面孔，有那么一瞬间，在她的幻想中，高枫与宋作为重叠在一起。

在宋作为没有去的那场音乐剧上，宋怡告诉过自己很多次，告诉自己要学会理解他。

或许不见她，对他来说才是自由的。

苦痛浩浩荡荡地从我们身上碾过，平躺在人生这片荒野上的我们互不干涉，只能选择将自己变得更坚强。

“我知道了。”宋怡深吸了一口气，迟疑的神情变得冷漠，“那么祝福您。”

高枫在这场生日宴上的存在无疑是尴尬的。

他是作为单老爷子的朋友而受邀的，但游轮派对不比在酒店里举办的宴会，来了以后，便要等结束才能离开。

宋怡目睹了一些前辈在远处议论纷纷，他们认出了高枫，但没有一个人上来打招呼。

不久之后，宴会转移场地，所有人被身穿西装的服务生们请进室内大厅。

宋怡站在阶梯上寻找詹和青，时不时有服务生手持托盘询问她需不需要香槟与毛巾。

突然间，背后传来一声甜美的“宋小姐”。

她回头，映入眼帘的是几位陌生的女性。她们穿的不是礼服，但凭她贫瘠的时尚知识，也清楚那些都是定制的名贵品牌。

宋怡与她们碰杯，但彼此素不相识。

“高洁人呢？”其中一个开口，说着笑意盈盈地环顾四周。

“刚才她说上洗手间。”

“是吗？我怎么看着她好像是碰见熟人了，鬼鬼祟祟的。”最后那句压低了声音，是带着笑说的。

凭借这几句议论，宋怡能得到的信息有二点——

一，她们是高洁的熟人；

二，高洁大概看见她父亲了。

高枫大约会使她阵脚大乱吧。

宋怡边想边后退，打算趁着她们不注意离开。

然而，中途被发现了。

她们之中有财团高层的子女，也有《NII》的模特儿，总而言之，是又年轻又美貌的阔绰小姐。她们从来没有认真工作过，平时也不需要向人低头，出生时嘴里便含着金汤匙。

“别紧张，”其中一个摆手，大大方方地走上来道，“高洁不在正好。你是池招的人吧？”

“原来他喜欢这个类型的，我说呢。”女模特儿用收到的名片扇着风笑道。

“你们一起多久了？”有人八卦道。

“抱歉，”宋怡也不知道她们听说的内容究竟是什么，“我只是崇名游戏的一名普通员工。”

她们也没什么恶意，只是叽叽喳喳，聊个没完。

派对上的精髓无疑是群聚。他们热火朝天地从这个说到那个，随后见到熟人，也要贴到一旁说话。男男女女，热络而繁华。

宋怡并不擅长应付这种场合，她的头在胀痛着。

她深吸了一口气，不由自主地眺望远处，巴望能尽快找到人少的地方去。

詹和青在哪儿？安思越呢？再不济，高枫或者高洁也可以。

假如池招在这里——

又有人凑过来问她：“你和池总不是那种关系？”

——池招不会在这里。

“我和池先生只是职场上下级的关系。”宋怡回答。

她原本只是漫不经心地回复，周围人也没有多少恶意。然而刹那间，仿佛雪崩效应作祟一般，她身旁的人们倏然都安静了。他们面面相觑，随即相视一笑，继续方才的话题。

之前在与其他人说话的模特儿开口：“也是，毕竟池招是个奇怪的人吧？”

奇怪？

突如其来的话语引发周围一众人的同感。

“这么说的话是有点儿怪啊。你们有人坐过他的车吗？他在里面放超多经典军旅歌曲的。”

“是吧，之前我听一起拍写真的前辈说她和另外两个人被叫去，以为要干什么，结果跟他下了一下午飞行棋。”

“奇怪——”

世界上每个人都不尽相同。有人善良笨拙，有人傲慢热烈，有人故作娇弱，有人莽撞可爱，有人寡言青涩，有的人是冷漠坚硬的干冰，也有人外表看似幼稚，实则比任何人都温柔。

众人皆异类。

但是，在他的家人和朋友看来，他绝不是怪物。

“不奇怪吧。”清冷的声音响起，宋怡突然抬起头。她独自站在她们中间，用坚定的语气说道，“我不觉得池先生奇怪——”

有人以旁若无人的散漫步调走进大理石砌成的圆圈内。

那人走近单老爷子时，老人笑着仰头，与俯身的青年行贴面礼。这项问候的礼节，那人做得熟练又漂亮。

宋怡的话未说完，恰好回头，眼睁睁地看着那人直起身朝这边走来。

他不该来的。

池招曾像这样有魔法般突然出现过许多次。

然而，只有这次，宋怡从他的降临中感觉到了某种东西。

他是令众人沸腾的话题中心，也是能使所有人缄口不言、陷入死寂的豺狼。他稳步朝这边走来，他们注视着他，除此，什么都做不到。

宋怡望着他的眼睛，他在微笑，来到她跟前时笑意加深，一把搂住她的肩：“不好意思，我的人，就先带回去了。各位晚安。”

说完，他便牵住她的手往外走。

宋怡还想向留在原地的人郑重地道句再见，但池招显然并不想给她这个机会。

他不容拒绝地将她带离大厅，吹着海风穿过长廊。尽头处有未在使用中的房间，他随意推开一间进去。

这原本是做会议室用的。进去以后，宋怡才从他手中挣脱出来。

池招倒是优哉游哉，径自走进房间深处。她试着开灯，但这边的电闸似乎没有启用。

万幸甲板上鹅黄色的灯光透过窗户泄入。宋怡长叹一口气，转过身时，却看见池招已经掀开钢琴，弹奏起德彪西的《月光》。

他弹琴时很专注，乐曲在指尖流淌时，目光只落在黑白琴键间，银河在寂静中停滞。漆黑的房间如即将沉没的泰坦尼克号，海水无声无息地侵占每一个角落。

“我在模仿我大哥，”他说着，演奏停止，回过头来看向她，“我的乐感很一般。跟你一样。”

宋怡知道，他听到她唱歌了。

分明是她不愿别人了解的短处，但不知为何，是池招的话就没关系。诚挚的自嘲使气氛松弛下来，宋怡走过去坐到他身边。

“我妈不会来了。”池招把琴盖好。他是用安思越的入场券来的。

“嗯。”宋怡不确定他有没有听到她之前说的话，因此变得谨慎起来。

不承想他接下去立刻提起：“你不觉得我奇怪？”

宋怡在黑暗中握紧了拳，指甲刺进手心，回答：“嗯。对我来说，池先生是重要的人。我不希望您被人误解。”

静默。

池招如暮春般死寂的目光落到她的身上。

宋怡感觉四肢渐渐冰凉起来。

缄默彻底将他们掩埋之际，池招问她：“爱人要怎么做？”

宋怡问：“什么？”

“爱人”是指二十世纪八九十年代里向他人介绍配偶时说的那个“这是我爱人”吗？

“大概……”宋怡深思熟虑后给出回复，“要结婚吧。”

“这样啊，”池招爽朗地说道，“那我们结婚吧。”

过度省略的话语，一脸坦然自若的你与骤然坠入茫然陷阱的我，令人误会的话盘旋着形成一张令人难以挣脱的网。

宋怡迟疑片刻，问：“你想跟我结婚吗？”

池招默默地注视着琴盖，似笑非笑地反问：“这就是爱你吗？”

童话故事的结局只有一个。

王子与公主举行了盛大的婚礼，从此幸福快乐地生活在一起。

宋怡的心渐渐在寂寥的水面沉了下去。她忽然觉得身边这个人很可怜。

“不，”宋怡笃定地说，“不是这样的。”

结婚不是这么轻而易举的事情，爱人也不可能这么单纯。

他说的“爱人”不是称谓，而是一种行为。

“假如是这个‘爱人’，”宋怡思来想去，斟酌着回答，“其实——”

她说着，会议室的门却在这时开了。

服务生探头进来微笑道：“不好意思，刚才听到有钢琴声。船已经靠岸了哦。”

门外是另一个世界。需要应酬的对象也好，可以商量的伙伴也罢，池招迫不得已被卷进与他人的问候当中去。

詹和青快步走来，微笑着贴到他耳边说道：“单老爷子叫你过去。”

他点头，宋怡以为事情到此告一段落，谁知临行他又回过身。

在熙攘的人群与喧闹中，池招伸手扶住她的肩。她以为他有要事交代，于是自然而然地向他倾身。

大到崇名游戏最近的决策，小如通知司机提前过来，这些都在宋怡的工作范畴内。她想，他是有什么需要特意叮嘱的吗？

周遭人声鼎沸，嘈杂之中，池招彻底靠近她。他在她耳畔说："我爱你。"

宋怡霍地一怔，皱眉看向他。

"真的。"说完，他朝她狡黠地笑起来。

池招后退了几步，这才跟随着别人转身。

他即将消失在她的视野里。

宋怡因突如其来的冲击愣在原地，一下、两下，心脏膨胀收缩的声响令人难以忽略。最后关头，她终于及时清醒过来。

"池招。"宋怡淡漠地开口。

她迈开步子，在众目睽睽之下加快脚步追了上去。

池招猝不及防地被抓住手腕，回过头时，他看到宋怡执着而冰冷的脸。

"我也爱你。"她贴近，以同样压低的耳语对他说道。

哗然的人群仿佛被隔离在结界之外，此时此刻，他们之间的事情无人知晓。

她的双眼如黑曜石般沉寂，然而，在死一般的静默中又泛着乌黑的亮光。她注视着他的眼睛。

干冰融化，冰冷的脸上出现一丝笑意。宋怡朗声说："这才是真的。"

池招怔住了。

"是吗？"柔软的海风迎面吹来，他的五官在灯光下熠熠生辉，他说，"那就走着瞧吧。"

他转身，重新迈开步伐时，身边的詹和青询问起来："你们咬什么耳朵呢？"

与此同时，宋怡则拿起手机，熟练地准备联络司机。有人靠近到身边，侧过头时，她才发觉是高洁。

她脸上掺杂着沉甸甸的警惕："刚才离那么近，你们说了什么吗？"

宋怡静静地看向她。

"与您无关。"她说，"比起这个，还请多多陪伴令尊吧。"

第十八章 独处与轻吻

回去上班第一天，池招送了宋怡一个四寸的奶油蛋糕。

甜食对女性来说是甜蜜的陷阱。一开始，宋怡没打算收下。

但是他拦在办公室门口，只要她不收，他就不让她进去。

宋怡与池招用目光僵持不下。

夏凡打着哈欠赶来上班，也被堵在外面没法儿进去。在他的劝说以及有关工作效率的思量下，宋怡最后还是接受了。

奶油香甜，蛋糕软糯，蛋糕尺寸不大，宋怡直接用叉子分块送进嘴里。

中途，叉子抵到某样东西。宋怡小心翼翼地将叉子拿起来，发现那一块蛋糕中间夹着一枚戒指。

钻石在指环中间闪闪发亮。宋怡抬头，透过玻璃窗去看办公桌后正处于忙碌中的池招。

在诸多爱情电视剧里都有这样的情节。甜品中藏着戒指，甚至在男方当场求婚后，周围的客人都会纷纷起身鼓掌祝贺。

就是这样俗套又温暖的桥段。

宋怡将钻戒握进手心，束手站在残缺的蛋糕前。

她准备起身出去与他当面对质，夏凡恰好端着咖啡从门口进来。

“刚好我想吃甜的了。”他擅自取了另一把叉子，切下一块来细细品味。

宋怡刚走到门口，就听到身后传来夏凡的声音：“这是什么？”

她转过身，看到夏凡从嘴里吐出一枚戒指来。

再低头，那枚戒指与她手里的一模一样。

一种不好的预感油然而生。

宋怡不由得掉头走回来，从夏凡手里接过叉子，将剩下的蛋糕捣碎。

除了上层的奶油装饰，蛋糕中间满满当当地塞了十一枚钻石戒指。

明明她只有十根手指。

更何况，也不可能每根手指都戴上戒指。

宋怡想把戒指还给他，但池招这一天要见崇名董事，穿着正装以工作为由始终推辞着。好在她在他的办公室抽屉里找到了钻戒的证书。

宋怡离开公司去往珠宝店。步行中时不时有人看向她身后。

她偶然回头。大街上相貌出众外加西装革履的男性太过显眼。池招在人行道中间，没有遮蔽物，因而无处可藏，只能掉头往回走。

宋怡原本是想板着脸的，但无可奈何的笑意不停地洋溢，直到她忍不住还是笑出来。

“池招，”她最后叫住他，“一起去吧。”

那家会员制的珠宝店以珍珠白为主色调，明亮、澄净而典雅的店内，导购员都默不作声，仿佛人偶一般立着。

进门以后，池招在店内闲适地转悠，而宋怡则试着与对方就退订一事做出交涉。

结果店员维持着生人勿近的气息婉拒了。

再三沟通，对方严格遵守工作守则。在宋怡考虑如何处理多余钻戒的过程中，池招居然还开口问她：“宋怡，这个是不是也很好看？”

她已经走到门口，头也不回地给出答复：“你挑的都很好看。”

他跟着出门，望着她有些头痛的表情：“你真的想退？”

宋怡不出声，权当默认。

池招若有所思地点了点头。他再次转身，几分钟后，他走出来说：“你把戒指给他们吧。钱会退回银行。”

她不敢相信地看向他。不过片刻，她又恢复镇定，如他所说进去交还了戒指。

刚才还趾高气扬、高高在上的店员脸色都和善了许多，宋怡也没追究，出来时池招似笑非笑地站在门口等。

他送她去公交站。

宋怡平时乘地铁回去，池招用手机查询，才得知傍晚还有最后一班的巴士。

这一带本来就人迹罕至，夜班车也短缺。

抵达空无一人的公交站后，池招问："你就不好奇我是怎么办到的？"

宋怡仰起头，嘴角带着若有似无的笑意。

"池先生办到任何事情，"她说，"我都不会感到惊讶。"

他出人意料地愣住了。

池招微微垂下眼睛，落寞的神色使他变得有些可怜。天不知不觉快黑了，路边亮起灯，夕阳仍未消散，微弱的月光难以觉察。

"你在想什么？"

她的声音干涩。池招抬眼，发觉她正侧过脸仔细地端详着自己。

宋怡说话时，眼神中总透着一种坚韧而冰冷的认真。凭借这样的目光，她总能让池招感知到，她是真的关心他。

她真的想知道他在想什么。

"我在想能为你做点儿什么。"池招说。

他看到她笑起来。

宋怡挪开视线，抿起嘴唇，似乎在努力克制笑容，想把什么心情压抑下去。

"抱歉，"她说，"我也在想这个。"

暮春与初夏的交界，杨树郁郁葱葱，玉兰树也蒙着黄昏的雾。

"在船上的时候，我没把话说完。其实我也不是很清楚要怎么做，"宋怡说，"但我知道，池先生比谁都温柔。所以，我想为池先生做些什么。"

——想一直陪在你身边，想在你需要帮助时立刻朝你伸出我的手，想做你高兴或难过时会第一个想起的人。

她疑惑："到底爱人要怎么做？我也在想这个问题。"

——这就是我的爱。

她继续说："我们一起想吧。"

宋怡猝不及防被拉了一把，随后便重重地磕到他的肩膀上。她发出声音："怎么了？"

巴士缓缓地开来，车门打开，几十秒钟后稳稳当当地关上。

池招脸上没有表情，只是更加用力地抱住她，随后一本正经地回答："身体自动。"

明明不是笑话，宋怡却不由得笑起来。她用下巴抵住他的肩说："池先生，那个，其实我也给你准备了礼物。但是没想到你那么快，现在感觉没必要了……"

“一定要送。求你了。”池招松开她，郑重地说道，“可以问是什么吗？”

宋怡微笑着回答：“‘家和万事兴’的十字绣。”

短暂的沉默过后，池招庄重地回答：“我一定会好好珍惜的。”

傍晚时分，餐厅还未到营业时间，却一反常态亮起了灯。

没赶上末班车的宋怡与害人没赶上末班车的池招默不作声，掀开门帘走进去。

他们尚未开口，便听到屋内有人在用日语闲聊。

“三岛。”池招打着招呼率先步入室内。

走进去时，吧台边已经坐着一位女性。她身穿吊带长裙，亚麻色长发落在肩头。

最先看过来的是吧台背后眉眼带笑的三岛，视线撞击到池招的一瞬间，三岛浑身不自然地一颤。

“池招。”他改口用中文，但声音像卡在喉咙里发不出来一般。他的目光随即落在面前那个女人身上。

她转过身来，看向池招时有几分喝了梅子酒的微醺。随即，她脸上立刻绽放出与从前分毫不差的露齿笑。

高中的修学旅行时，他们学校选择去的长崎。在集体活动关掉旅馆灯时，池招下意识地说了“神说要有光”。

然后，当时与他同组，也同为华裔的崔婷艾问：“那是什么？”

池招没回答。

那就是他们唯一一次不成形的对话。

这对高中同学并不熟，然而，有一个人在他们毕业以后出人意料地达成他们之间衔接的桥梁。

在那件事情发生以后，池招再也没有见过她。然而，他曾无数次想过，再见面时要对她说什么。

“池招！”她笑着喊道，“我们刚才还聊到你了！”

宋怡默然地打量池招的侧脸。

那是一个仅仅作为表情存在的微笑，其中没有任何情绪可言。

“那时候，”池招微笑着，将日夜不绝在他心中酝酿着的疑问说出口，“你为什么不接我哥的电话？”

“不是在开玩笑吧？你们……”詹和青端着咖啡杯靠在门边，在观望了半个小时以后开口，“真的开始那什么了吗？”

他啜饮着咖啡，看着池招一如既往沉迷于工作与游戏，宋怡也自然而然地在一旁汇报日程。此情此景，与以往似乎没有任何不同。

宋怡正在给池招说明其中一项议程，他也在漫不经心地听着，两个人不约而同地抬头看向詹和青。

“那什么？”宋怡反问。

仿佛为了配合，池招不偏不倚地发出一声嘲弄的嗤笑。

詹和青被挫败感淹没，索性越过这个话题：“你们觉得谈恋爱感觉如何？”

“非常好，”宋怡面无表情认真地回答，“可以做很多以前不能做的事情。”

话题忽然转移到成人区域。要知道，詹和青工作太忙，和吴秋秋的进展也就只是一般的程度。

他难以置信地问：“你们做了什么？”

难道他们就发展到那一步了？！

池招将面前其中一台显示屏转过去。

在屏幕上所显现出的社交软件上，池招的用户名改成了“池招招”，宋怡的用户名则是“宋怡怡”。他的头像是迪士尼的唐老鸭，宋怡的头像是《哆啦A梦》的哆啦美。

“换配对的昵称和头像。”池招义正词严地回答。

詹和青霎时沉默了。

“你们是中学生吗？还搞这些？！”良久，詹和青无法抑制地质问起来，“而且鸭子和机器猫哪里配了？”

“詹副总，”宋怡难得一见对着某人露出不快的脸色，“唐纳德是唐纳德，请不要说鸭子。”

詹和青非常屈辱地承认自己被下属威胁了，乖乖地改口：“好的，为什么是唐纳德？”

池招不再理会他，继续挪动压感笔说道：“因为宋怡喜欢啊。”

以前，詹和青只觉得池招令人难以交流，这一刻宋怡竟然也变得匪夷所思起来。

就在这时，池招突然问：“说起来，我的名片不能印上‘宋怡的男朋友’这几个字吗？”

“当然不能！”就在詹和青喊出声来时，发现宋怡也给出了同样的回复。

果然，宋秘书还是明事理的。这让詹和青微微松了一口气。

随即，他就听见宋怡继续说下去：“您的名片最近才新印了一批，现在又要重印，太浪费了。”

詹和青犹豫了片刻，末了安慰自己——至少他们没有一起穿结婚礼服来上班，已经很好了。

宋怡出门去往茶水间，詹和青转身要走，刚到门口，池招又一次叫他：“小詹。”

“干吗？”詹和青没回头，“不会是要我给你当婚礼司仪吧？”

池招没在意他的挖苦，径自说道：“我遇到崔婷艾了。”

那个名字意味着什么，詹和青再清楚不过。他转过身，用错愕的表情望着池招。

“我觉得姓崔的似乎有什么打算。”池招脸色漠然，“帮我查一下。”

“知道了。”詹和青点头。眼看着池招重新回到工作中去，他却还在门口一动不动。

“池招，”许久，詹和青走之前多说了一句，“节哀顺变。”

池招没回话，只是笑了笑。

几天前。

那句疑问曾经一次又一次地在池招脑海中响起。握游戏手柄时会想，吃饭时会想，就连做也时不时会梦到。日日夜夜，仿佛至死方休。

他看着崔婷艾脸上的笑容僵了一瞬，最后演变成窸窸窣窣的笑声。

崔婷艾像是听到玩笑般愉快地笑起来。

三岛见势立刻走出来，他伸出手臂，缓慢而温和地将池招推回去：“不好意思，池招，今天你可以先回去吗？”

“荣一郎，”池招的眼睛里没有光，改用日语质问，“你知道她做了什么吧？”

三岛赔着笑脸，但没有退却的意思：“我知道，我知道。但是，她刚出院，稍微给她一点儿时间好吗……”

时隔多日，想起当时的情形，池招的脸色仍然很糟糕。

马克杯落到桌上，宋怡问：“还要加蜂蜜吗？”

他的思绪被打断，立即换上笑脸回答：“麻烦你了。”

等到宋怡转身，池招突然开口：“宋怡，你有护照吗？”

“什么？”

把接下来一段时间的日程安排都清空时，夏凡有些心惊肉跳，宋怡倒是很镇定。

“为什么突然间要去日本？”夏凡一边收拾着一边问。

“事情都已经安排好了，请不用担心。”宋怡回答，“再说了，夏助理一直很可靠，所以没问题的。”

“喂，这可不是吹捧我两句就能解决的。”夏凡头痛地回答，“是跟池崇先生有关的事情吧？”

宋怡手下的动作骤然停止。她抬头，默不作声地望着窗外的太阳出神。

池崇与崔婷艾相遇的那天是什么天气呢？也有这样灿烂的阳光吗？

她走出隔间，弯腰随手收拾起乐高与四驱车轨道。池招去楼下跟企划部交涉，因而不在。

宋怡屈膝以跪姿收拾，偶然发觉，地毯周围的所有玩具全部面朝这个方向，仿佛堡垒一般将中间的位置保护起来。

而这个中心点，是池招平时习惯待着的位置。

宋怡感觉自己似乎落入一片无望的死寂中去。

她不由自主地侧身躺下，忍不住想知道平常的他躺在这里是什么心情。

与此同时，望着明亮的太阳，高洁抬手遮住了刺眼的阳光。

她站在崇名游戏门口，仍旧是那套高贵整洁的白色套装，卷得恰到好处的齐肩短发。正是下班时间，离开公司的崇名游戏员工或多或少都会用好奇的眼神看过来，然而，她对他们毫不理会。

她是来等池招与宋怡的。

一开始，高洁只是站在门口。之后，她到旁边的咖啡厅坐下。然而，直到咖啡厅打烊，她都没等到这对上下级下楼。

她忍无可忍，拿出自己《NII》执行主编的身份，这才勉为其难地通过安保进入大楼。

来接待她的是夏凡。

即便夏凡也在准备打卡下班，但面对突如其来造访的客人，还是礼节到位地给予了接待。

“池先生现在可能不方便，”夏凡微笑着说，“有什么事情我可以代为转达。”

“有什么不方便？”高洁强忍着怒气用笑脸回应，“那宋秘书呢？”

她不顾夏凡阻拦，径自往办公室走去。夏凡单独一个人，也无暇拦截，只能快步跟上去。

高洁用力推开门，结果发现室内拉着窗帘。她率先一步往前走，看到平时池招睡觉的羊绒地毯上，宋怡正蜷缩在那里安睡。

她一时噤声，依稀辨认出宋怡身上盖的是池招的外套。

“吵醒她的话，”池招云淡风轻的声音从身后传来，“我会感到很困扰的。”

高洁转身，看到池招正拿着冰棍儿站在自己的身后。

他只穿着一件白衬衫，如被世界摆布命运的少年般垂着头靠在桌边。那是他最令高洁心动的模样。

“有什么话出去说吧。”他说。

说着他便往外走。

抵达隔壁的会客厅，高洁终于忍不住抛出问题：“你为什么对她那么好？”

池招在饮水机旁接着温水回答：“高洁，谁对我好，我就对谁好。”

“不，不是这样的。”高洁抑制不住情绪，飞快地回答道，“我知道你对她感兴趣。池招，我调查过她家的状况，她的母亲是精神病人，父亲也劣迹斑斑。池招，你只是同情她而已。”

池招转过身来，笑脸纯粹而干净。

“要是我这么有同情心，”他回答，“肯定会先同情你。”

“池招，”她放下了尊严说着，“她陪你做的事情，我也可以。我们的志趣一直很一致不是吗？”

听到这话时，池招正垂着头。他思忖了一会儿，这才不疾不徐地开口：“他们都说，你跟宋怡其实很相似。”

同样的进退有度，同样的不依赖他人，同样的与池招有着共同的兴趣。

“但是，我觉得一点儿也不像。”池招说着，渐渐直起身来，“宋怡她从来不想从我这里得到什么，相反的，她给了我很多东西。”

她说出“你为什么不爱我”的时候，他第一次感到那样无力。

她让他很想爱她。

池招看向高洁，他扬起嘴角，最后说出一针见血的那句话：“你太勉强自己了，我不是你的工作对象。”

这句话如利刃刺进高洁的胸口。她咬紧牙关，在咄咄逼人也无用的境地悲愤起来。

她努力了太久，也从未撼动过自己会站在他身边的想法。因此，一直以来，她都在不停地努力，学习池招拥有的技能，喜欢池招喜欢的东西，她已经很努力了——

池招没打算再与她僵持下去，优哉游哉地走向门。高洁站在他背后，她瞪着他，一个字一个字地挤出最后的抗议。

“池招，你为什么一点儿都没有成长呢？”高洁带着一点儿哭腔说道，“你根本不会爱人。从前就是这样，任性、幼稚，真让我失望。你想跟她成为别人眼里的白痴情侣吗？”

他的步伐停住，低头似乎斟酌着什么。良久，他说：“说对了一半吧。”

“我跟宋怡不是白痴，”他说，“是情侣。”

宋怡醒来时发现视野内一片昏暗。

室内窗帘都被拉紧，空调运作的声响从四周传来，因疲倦在工作时间睡着的负罪感涌上心头。她不安地撑起身，忽然听到身畔传来池招的声音。

“你醒了。”他说。

身上盖着的外套下滑，宋怡诧异地发现，池招就在身边的沙发上坐着。

“非常抱歉，”她问，“您一直在这里吗？”

“嗯。”池招懒散地回答。

“请问您在做什么？”

他手里没拿手机，也没有游戏机，更没有睡着，只是静静地坐在黑暗里。

池招没回答，只是无声无息地微笑起来。

黑暗如茧丝一般将他缠住，他动弹不得，又默不作声，仿佛快要消失了。

宋怡将西装外套披到肩上，缓慢地起身。走到沙发旁时，她忽然向他伸出手臂。

她抱住他的头，而他也自然而然地倚到她的腰间。他没有抬手抱她，只是静静地靠在她身上，仿佛漂泊不定的船只找到黑夜里的灯塔。

“你可以叫醒我，”宋怡轻声说，“任何时候都可以。”

——因为我很清楚你任性又幼稚，从很久之前就是。

——但我从来没有讨厌过这样的你。

去日本的日程逐渐接近。

在池招离家以前，宠物的身体健康有必要得到确认。

“39号中华田园猫——树蛙，检查结束了！”

伴随着护士小姐的声音，走廊里有穿着白色广告衫的女人站起，径自走上前，说：“你好——”

“您就是树蛙的妈妈吗……”护士带着清甜的笑容刚抬起头，最先映入眼帘的是一行文字——天王盖地虎。

淡妆遮掩不住她漂亮的五官，这位小姐神情肃穆，给人以一板一眼的印象。然而，这样气场强大的冰美人却穿着这样的广告衫，T恤一角还印有崇名游戏的商标。

宋怡忽视对方好奇的目光，自顾自地抱过树蛙，朝对方略微点头致意：“我是，谢谢。”

说着她往回走。

不只是负责树蛙的护士，就连其余等待宠物的客人也不由得将目光投向她。

宋怡毫不理会他们，在众目睽睽下走到等待席位旁。

“走了。”她停在某人身前说道。

想必另一位穿的广告衫上一定写着“宝塔镇河妖”吧……

就在所有人都这么想的时候，那位先生从瞌睡中醒来，起身时漫不经心地打着哈欠，精致的面孔泛着明显的疏离之意。

他身上穿的是一丝不苟的西装。

池招前一晚熬夜画图，以至于此时此刻还困着。他站起身，却没有急着走，俯身把头靠在她的肩上低声说“好累”。

宋怡则抬起手抚摸他的后脑勺，顺带弄乱他的头发：“辛苦了。”

他们是漂亮过头又年轻率直的两个人，随性的举止悄然传达出简单明了的信息——我们亲密无间。

没有谁能介入他们中间。

“谢谢，”宋怡朝走廊另一头看呆了的护士颔首，“我们先走了。”

比起长崎机场，附近福冈的国际机场规模更为壮大。

宋怡是第一次出国，也是头一回与别人一起出去旅行。然而，池招对这一切显得轻车熟路。

他们从福冈乘的士去长崎，途中池招与年迈的司机用日语交谈，似乎还说了什么玩笑话，引得双方都会心地笑起来。

回头时，他恰好对上宋怡意味深长的眼神。

池招说："不好意思，我们在说日本最近有议员打起来的事情。"

宋怡摇摇头回答："没有。我只是在想，池先生对这里好像很熟悉。"

他靠回椅背上回答："一点儿也不熟。我只来过一次长崎。"

他是在东京念的高中，二年级时，学校组织修学旅行。他们班去的长崎，不算偏僻，但他从未去过。

就在那里，他第一次对崔婷艾留下了些许印象。

他们是学校里唯二的华人，但交流并不多。崔婷艾初中之前就在日本，而池招则是从其他地方转学来的。

上一次来长崎，毕竟是集体出游，因此他们逛了不少景点，晚上回到旅店都累得不轻。池招高中时就很有人气，不论同学还是老师，对他印象都不错。去查房时，老师叫了他一起。于是，就有了那句"神说要有光"以及"那是什么"的对话。

然而，重逢就是高中毕业半年以后的事情了。

"这是我的女朋友，"池崇微笑着向池招如此说道，"崔婷艾。"

那时他们刚确定关系，风平浪静地交往了数年后谈婚论嫁。崔婷艾的父亲在商界也赫赫有名，与池崇称得上是门当户对。他们性格契合，同样温柔，同样善解人意。

他们就像童话故事里的男女主人公，都适合珍珠、鲜花、露珠等等这一类美好的事物。

所有人都说，他们是天造地设的一对。

事故发生时，池崇与崔婷艾已经退婚。但他的事情不可能不波及她，因此，为了躲避风头，崔婷艾被送到了长崎的一间疗养院。

"从我哥坠海到打捞，中间搜寻了差不多一年。"池招说，"崔婷艾也受了一定的刺激。"

池招事先预定的是一家西式酒店。柜台与室内摆设同一般的奢侈酒店并无大的出入，然而在一些装潢的细节上，却还是为国外旅客精心准备了一些日式装饰。桌上的回转抽签机，纸巾角落的达摩以及报纸上拟人海鱼的图片……进门以后，宋怡便打量起这些。

她一边盯着室内的设计一边问："就没有人找过她吗？"

"没有。"池招斩钉截铁地给出回复，他靠在柜台边侧过身，漫不经心地笑起来的同时把话说下去，"因为是自杀，所以调查很快就收尾了。我们没有权利去打扰她。再说了说是保护，其实让她待在日本，性质更类似于把呆瓜丢到新西兰。"

弃子。

崔家是名门望族，不只是财力雄厚，在政界与文化界都有极大的影响力。

引起崇名继承人自杀的女儿，无疑将会影响到他们的合作关系以及最能转化为利益的元素之一——声誉。

家里不是没有儿子，也没说要彻底丢弃她，只是先送出去避一避风头，等时候到了再接回来。

这个所谓的"时候"，必定是崔婷艾能派上用场的时候。

走进酒店房间的卧室时，宋怡看到了落地窗以及窗边的床。

一张。

只有一张宽敞得能容下两个人的床。

"我去见一下酒店管家。"池招难得地感到有点儿窘迫，"这里是乡下，不太周到。回去的时候到大阪玩一趟吧？我在 IHG 还有一次免费套房升级。"

宋怡点点头，在他转身出去之前问："那个，我可以坐你床上吗？"

池招停下脚步转过身。

"我的意思是，"宋怡不由自主地语塞，"假如你打算让我睡沙发……"

他迟疑了一阵，似乎在斟酌措辞。良久，他说："你不介意的话，我们一起睡就好了。"

"那——"宋怡问得断断续续，无端觉得有些喘不过气，"我可以……坐我们的床吗？"

"请便。"这一次，池招干脆利落地给出了答复。说完，他转身出去，把宋怡独自留在卧室里。

池招一离开房间，宋怡的窒息感顿时就得到了缓解。

她伸手压住柔软的床褥，随后才小心翼翼地试探着坐下去。

好奇怪。

明明已经跟池招单独过夜好几次了。

宋怡仰头看向天花板上的水晶吊灯，胸口的小鹿跳得令人神志恍惚。她抬手压住心脏，不紧不慢地开始深呼吸。

吸气，呼气。吸气，再呼气。

就在这时，她发现池招正靠在门边静静地看着她。

四目相对，一时间无话可说。池招缓缓地走近，顺手从一旁的桌边拽了一把椅子，拖行到她跟前放下。

他坐到椅子上时，宋怡抬起的头随着他的位置降低而往下垂。

坐下后，他才气定神闲地问："你在做什么？"

池招坐得很近，她被逼得并起膝盖，阔别已久地觉察到他慑人的威压。

宋怡没有低头，直视着他的眼睛，却并没有作答。

"宋怡，"他重复了一遍，"你在做什么？"

深呼吸。

宋怡微微吸气，倏忽之间，她踢向他。

她穿着黑色的过膝裙，脚下踩着高跟鞋，此刻却注意不了那么多——她骤然朝他踢过去，却反而被他抓住。

池招猝不及防将她按倒。

头与后背彻底感受到被褥的柔软，自始至终望着他双眼的宋怡总算动摇，在这场对视的比赛中认输。

她别过头。

他的笑意如水面泛起的涟漪，无声无息，渐渐散开。他似笑非笑，温热的吐息令她的耳郭变得滚烫。

他像是要吻她，却并没有贴上来。他只是轻轻地低着头，任由视线垂落下去。

"我是正当防卫。"池招嗓音喑哑地开口。

宋怡侧着头，避开他的目光回答："我也是。"谁让他一直逼问她。

"我只是问你在做什么。"

"池先生，"宋怡回过头瞪着他，如他所愿，一字一板地实话实说，"我在因与你独处而感到紧张。"

宋怡不知道他这算幼稚还是变态，非得要见她失态才快乐。

得到令人满意的答复，池招勾起嘴角，总算起身。他们的鞋弄脏了白色的床单。在离开宋怡时，他不经意间瞄到她膝盖上的伤疤。

池招单膝跪在她身旁，神情随意，伸手覆上去时却很郑重："是我弄的吗？"

"当然不是。"宋怡不动声色地松了一口气，跟着起身。与此同时，他细心地替她掖好裙角。

“不知道什么时候磕到了。”她补充道。

或许是以前从讨债人身边逃开的时候，或许是被父亲一耳光扇倒在茶几上的时候，或许是其他在生命中努力着的任何时候……

白衬衫服帖地附在他的身上，他保持着跪姿，手指轻轻摩挲，清澈的眼睛有一瞬间的放空。

随后，他忽然俯下身亲吻她的膝盖。

再起身时，宋怡发觉他眼中一闪而过的阴沉，心在寂寥的水面沉下去。

她不由得抬起手，指尖碰到他的下巴，然后舒缓地滑上去抚摸他的脸。

“我们去吃饭吧。”宋怡说。

难得来日本，他们一起去吃鲜虾刺身。走在路上，宋怡一开始跟他隔出了一段距离，然而池招一声不响地靠近又靠近，直到逼得她无路可走。

她只能回头，用冷漠的视线向他控诉。

他微笑，最终还是自顾自地把她的手牵起来。

他们停到十字路口，手也自然而然地松开。附近的女子大学有学生结伴经过，在日常必经的路上看到陌生而漂亮的面孔，开始幻想会是什么故事的开端，因而鼓起勇气上前搭讪。宋怡与他隔着几步，不远不近地看见他微笑着用日语说“抱歉”。

等对方悻悻地离开，他才走到她身边。红灯还没结束，她默不作声地回过头直视前方。

几秒钟过去，绿灯亮起，在其他年轻、开朗又美丽的女生出现以前，宋怡突然抓住他的手，两个人拼命地往前跑去。

他们跑到海边才停下，宋怡喘着气，弯下腰检查脚踝。她一边按捺不住笑一边起身，重心不稳，所幸被他扶住。

有俄罗斯来的轮船停在附近，金发碧眼的水手们上岸休息，大约都还是新人，见到东方人会拿着手机上来询问能不能合影。

他们也被问了，拍摄时池招露着好看的假笑，宋怡原本兴致不高，但突然想起自己与池招没有过合影，这可能会是第一张。

于是她扬起嘴角盯着镜头。

他们的第一张合影是跟素昧平生的俄罗斯水手一起拍的。宋怡皮笑肉不笑，不适应镜头。池招则仰着下巴，好像傲慢的中学生。就是这样怪怪的照片，幸福感却一点儿没打折扣。

宋怡不断放大池招的脸，又挪动到自己的脸部，发现真正的笑是从心里溢出来的。

池招还跟俄罗斯男孩儿寒暄的时候，宋怡忍不住将照片传给詹妮，结果得到“你们真的快结婚啦”的回复。

她回头，发现池招已经回来了。

“你会说俄语吗？”宋怡忍不住问。

没想到池招坦诚地回答：“不会啊。”

“他会日语？”

池招也摇头。

“那你干吗特地去跟他说话啊？”宋怡觉得好笑。

“我以为这样你会觉得我很厉害，”池招半认真半玩笑地说，“没想到你一直在玩手机。”

她怎么可能因为这种事情觉得他厉害。

宋怡一边想着一边低下头，却笑得肩膀都颤抖起来。毫无理由，她为了这种根本不好笑的事情对着他笑出声。

去疗养院的日程定在第二天，他们吃过晚餐就回去休息。

进门以后，宋怡先去换鞋。池招滴眼药水时，她给他递纸巾，再一起坐到长沙发的左右两端，倒是很和谐。

孤男寡女，室内一片死寂。

池招问：“你洗澡吗？”

“你先吧。”宋怡回答。

“不了，”他推辞，“还是你先洗吧。”

他们坐在沙发上。池招解开了衬衫领口的纽扣，宋怡换了拖鞋，身体不知不觉松懈下来。

室内只亮着一盏昏暗的壁灯，夜色悄然，窗外淅淅沥沥下起一阵雨。两个人忽然都回头，望向对方时长久无言。池招倾身朝她靠近，她缓缓地闭上眼睛。

像风一样轻的吻即将落下，她忽然睁开眼。池招挑眉，笑意加深，她也笑起来。

宋怡亲了亲他的脸颊，起身说：“我去洗澡。”

池招重新坐直身子，抬起手臂遮盖着眼睛回道：“好。”

要冷静。

望着镜子，宋怡一字一板地告诉自己要冷静。

她穿着白色的吊带睡裙走出浴室，结果发现池招正坐在沙发上看电视。房间里没开灯，昏暗的荧幕光喷薄而出，在黑暗中，他蹙眉认真地盯着屏幕。

宋怡向前走了几步，直到站在门边，才开口："我洗完了。"

"嗯。"池招发出了一个沉重的单字音节。

他依旧目不转睛地看着电视机。

宋怡擦着湿漉漉的头发走到他身边，只见付费电视中正在播放的是恐怖电影《咒怨》。

在宋怡坐下以后，池招站起身，神情严肃地说："我去洗澡。"

宋怡点点头，目送着他进去。然后这回轮到她神色凝重，盯着屏幕里不断发生的恐怖桥段。

池招出来时把她给吓了一跳。他穿着T恤和牛仔裤，走到她身边盘腿坐下。付费节目从《咒怨》到《午夜凶铃》，两个人都神色沉重地观看着。

池招嚼着口香糖，宋怡抬手抵住太阳穴，两个人都皱紧了眉。

在贞子爬出来的那一刻，池招和宋怡不约而同地往后猛地仰了一下。

等看完《午夜凶铃》，已经是半夜时分了。

关掉电视以后，室内越发昏暗起来。

宋怡说："我忘了说了，白天我们穿鞋踩了床，没叫服务员帮忙换掉床品。"

池招迟疑片刻，随即开口说："那打电话叫他们现在来换？"

电话铃响的电影片段在他们对视时突然充斥在脑海，只需一瞬，他们就一同否决了这个提议。

"在办公室就睡沙发，"池招艰难地说下去，"来这里不想睡沙发了。"

宋怡看着他有些孩子气的表情，又想笑又害怕地回答："不然还是去睡床吧。"

说着她起身，却在那一刻忽然被他抓住手腕。她被拽着转身，膝盖抵住沙发垫，一时间跌落到他的怀里。

在她栽倒的时候，一旁的窄口花瓶也被打翻在桌上，丁香散落，瓶中的水顺流而下，打湿了沙发。

宋怡垂下脸，打湿的长发落在他的肩膀上。

池招则仰头，清澈的双眼盯着她的眼睛。

他不错眼珠地望着她，手却探到一旁的电话上按下客房服务的快捷键，说："还是请他们来换吧。"

这天负责客房服务值班的是几个年纪比较大的阿姨。一进门，她们就和气地叫唤着"哎哟""哎哟"，把房间里的日光灯悉数打开，然后对着池招数落起来。

即便听不懂日语，宋怡也能明白池招在一遍又一遍地道歉。他似乎太过擅长面对啰唆而多事的好心人，总能耐心带着笑脸回应。

"等退房再去交赔偿金，"等说教结束，池招才苦笑着走回来，"沙发套也要换，可能要花一点儿时间。"

宋怡点头，有点儿惭愧："都是我们不好。"

室内灯火通明，加之阿姨们清理时和谐而细碎的声响，刚才因《午夜凶铃》而疯涨的恐怖感已经烟消云散。

为了不碍事，他们站在走廊上等待。

除了客房服务用的手推车，悠长的走道里只有他们。地面铺着红灰色的地毯，鹅黄色的灯光洒落下来。

半夜两三点钟，池招与宋怡都是一副懒散的打扮。宋怡拘谨地双手抱胸，池招也落寞地望着门内。二人都很狼狈，就像淋了一场瓢泼大雨般狼狈。

他们不约而同地笑出声来。

回过头时互相看着对方，视野内也只剩下彼此。渐渐地，他们脸上的笑容也散去。池招靠过来，宋怡攥住了他的衣角，他们短暂地亲吻。

清理结束以后，阿姨们从房间里退出来。池招与宋怡又是一阵感谢，对方摆摆手，临走时仔细打量了他们一番说了一句什么才走。

她们说的是——

要一直在一起哦。

好不容易能躺下，疲惫已经令宋怡什么话都说不出来了。

她与池招并排躺在床上，看向天花板时，池招忽然问："你会跟我一直在一起吗？"

宋怡也盯着灯盏，反问："你呢？"

"我是绝对不会放开你的。"池招目不斜视地说。

宋怡缓缓地侧过脸去，看了他一眼，随后闭上眼睛。

沉闷的感觉如浮在水面上的冰渐渐沉了下去，愈来愈深，最终在温暖的海底变成亿万颗水滴，然后消失不见。

早晨，他们是被一通来电吵醒的。

前一天太松懈，以至于有机器人之称的宋怡都忘记了设置闹钟。她伸出手摸到手机，迷迷糊糊地接起来，就听到那头詹妮在大呼小叫："池招哥哥，我告诉你——"

宋怡拿开手机，发觉接错了，于是递给身旁的池招："不好意思，我让池先生来接。"她坐起身，试图从刚睡醒的状况下清醒过来。

随后池招接起道："喂，你好，我是池招——"

电话那头的詹妮震惊了。

"你们！"詹妮大呼小叫起来，"你们一起睡觉了吗？！"

"因为只有一张床啊。"池招把听筒从耳边拿远，"什么都没做，看了恐怖片以后累死了……"

詹妮也不是第一天认识他们。放在其他人身上不可能的事情，在池招与宋怡身上却是正常现象。

她叹了一口气说下去："我要说的是，安阿姨今天找我要了办公室的电话号码，估计夏助理会直接转接给你。总而言之你小心一点儿……"

她话没说完，就有其他电话打进来。池招看了一眼，迟疑片刻后接通。

宋怡已经起身，走到洗手间换好衣服，拿起牙刷时听到门外的池招开口："喂，妈。"

安思越的语气一如既往的倨傲："接得太慢了。"

"嗯，"池招回答，"怎么了，爸又买比利时的冰激凌了吗？"

安思越毫不留情地回复："你脑子里就只有冰激凌吗？跟池树人真是一个德行。"

他默不作声地等她说下去。

安思越继续说："怎么又去日本？那个女孩子也在吗？"

"嗯。"池招抬起眼睛，宋怡已经洗漱完毕走出来了。

"叫她来家里吃饭。"安思越不容他拒绝地命令。在她的世界里，没有询问对方是否可以的选项，只有下指令，随后其他人执行。

池招忍不住笑出声来，问："你打算煮什么？辣白菜猪肉布丁，还是罗勒芝士粽子？"

清一色搭配不协调的原创菜，都是安思越曾经用来荼毒丈夫和儿子的料理。

安思越冷哼一声，甩下一句“具体时间我会告诉你”，然后挂断了电话。

结束过后，他们一同去了崔婷艾曾经住过的那间疗养院。

矮矮的建筑立在空气清新、环境优雅的院子里，进门以后能看到墙上的各色海报，医护人员来来往往，有些许病患在草坪上懒洋洋地晒着太阳。

被询问的护理人员公事公办冷淡地回复：“崔小姐在这里休养的状况是客户隐私，我们无权告知。假如需要我们的记录，请您提供详细的证明，例如——”

池招只点头微笑，没再多说，然而，视线却有意无意地飞到走廊尽头的某个房间。

这家疗养院提供的服务周到高端，收费也不低，崔婷艾回去还没多久，她之前用过的房间也没来得及给其他人用。

之前他从三岛那里打听到了她房间的门牌号。

在工作人员尚在喋喋不休时，池招忽然抬手，用带有歉意的笑容请对方稍稍歇息，然后径自走进了那个房间。

里面已经经过打扫，摆设也恢复了原位。池招扫视一周，目光落到其中一件物品上。

他回头，宋怡也发现了那样东西。

他说：“我知道她回来是要做什么了。”

手机铃声在空荡荡的房间里环绕，宋怡取出手机，在确认联系人以后递给池招：“是詹副总。”

詹和青似乎在快步行走着，说：“池招，池招，崔婷艾她家还没动静，但是我查出来了——”

池招散漫地盯着房间里的那架婴儿摇篮，回答：“我已经知道了。”

“她带了一个孩子回来。”在詹和青焦灼地说出这句话的同时，池招背对着日光露出干脆而锋利的笑容。

他说：“她是趁着诉讼期限没过，回来讨要我哥的遗产的。”

第十九章 理解与释怀

电梯门打开时，高洁保持着微笑。

看到崔婷艾时，她也只点了点头，权当陌生人之间简单的问候。她知道崔婷艾不认识自己，然而，不论从什么角度来看，那都太难令人忽视了——

崔婷艾所推着的婴儿车里的那个孩子。

这一天，高洁是来这家公司参加合作企划会议的。即便清楚这里是崔婷艾家的产业，但她并没有想到，自己竟然会遇到她本人。

而且，还是大摇大摆带着孩子的她本人。

高洁假装专心致志地目视前方，视线却若有似无飘到一旁的婴儿车内。

这个孩子起码有五六个月大了，此时醒着，正睁大眼睛看着高洁。

距离崔氏宣称她因池崇一事“受打击后情绪不稳定”，随后送去疗养院，也不过一年左右而已。

高洁的心渐渐不安起来。

电梯门适时地打开了。高洁抬手按住按键，示意身边的崔婷艾先出去。

留着亚麻色长发的女人面带微笑，站在原地不慌不忙地往鼻梁上架了一副墨镜。

“谢谢你，高小姐。”说完，她才推着孩子离开电梯。

看着她扬长而去的背影，高洁不由得咬紧牙关，方才脸上客气的笑容也消失不见。

停留几秒钟后，高洁才走出电梯间。就在此时，手机铃声响起，她接通后听到对方自称是医院。最初她不以为意，自然而然地坐上车，拧动车钥匙时漫不经心地问："他怎么了？是血糖又高了吗？"

在听到"癌症"两个字时，高洁感觉视野仿佛被一阵雪白的洪流入侵。

她的世界在一瞬间变成纯白色。

高洁坐在原地，既听不到来自听筒那头医护人员的询问，也没有意识到停车场里其他被堵塞的车辆催促的鸣叫。

高洁呆滞如人偶地坐在驾驶座上。良久，她挂断了电话。

第一次试图发动汽车，失败了。第二次，还是失败了。

她的脑海里除了"怎么会"的自言自语外什么都听不见。末了，她突然拉开车门。她跌跌撞撞地朝前走了几步，被堵住的司机们纷纷从车窗探出头抗议起来，然而，她置若罔闻，像幽灵般地穿越人群——

她是那样完美的人。

高雅、洁净，人如其名。

然而，在人行道上走了几步以后，高洁突然失声痛哭起来。

她已经完全顾不上优雅的形象，眼泪汹涌而出，昔日高不可攀、优秀干练的《NII》执行主编在大庭广众下哭得像个小孩儿。

飞机刚落地，池招与宋怡便赶往了医院。

高洁坐在医院走廊上，平日一尘不染的白色套装也沾上了穿过马路时被溅到的泥水。她双目通红，抬起头看到他们时，下意识地收敛了哀戚的神色。

她摆出警戒的姿态，端起微笑说："你们来了。"

双方没有过多的寒暄。经过这次晕倒，高枫的身体已到了必须动手术的关头。池招转过身，看到护士站处刚好有位医生，于是自己过去了解一些详细状况。

一时间，就只剩下宋怡和高洁。

她们没有正面起过冲突，但对于自己在彼此心中的印象很明了。即便相互有些共鸣，但以这种身份相遇，其尴尬不言而喻。

宋怡首先道歉："抱歉，高小姐。其实之前因为一些机缘巧合，我了解到了一些令尊的情况。但因为他执意要我保密……"

"没关系。"高洁低头深深地叹了一口气，"这不怪你。我知道，他就是这种性格。"

宋怡尚在迟疑，高洁已经主动提起相关的其他事情："那你应该也知道了吧？”

她抬头，用坦诚而悲哀的目光盯着宋怡：“我跟我爸说的，有关池招的一些谎言。”

仿佛长达一个世纪的沉默过后，宋怡镇定如常地给出回复：“嗯。”

又是缄默，然而这一次与从前死水一般的平静不同。看似风平浪静的海面下有暗流止不住地汹涌。

高洁忽然站起身来。

她直视着宋怡，突然郑重其事地开口：“宋小姐，请你帮帮我。”

她对着宋怡深深地弯下腰去：“请你答应，在我爸动手术以前，让池招陪我进去看看他吧。”

宋怡一时沉默。

高洁第一次对别人发出这样卑微的哀求。她控制不住握紧宋怡的手，抬起头恳求道：“求求你了。宋小姐，你要觉得我虚荣心重也可以，只要你帮我这一回，我会一直感谢你的……”

然而，她对上的，是宋怡微微闪烁着的眼神。

宋怡望着高洁，长久过后才发出沉郁的声音：“怎么会？”

高洁用不解的目光看向她。

“怎么会觉得你虚荣心重呢？”宋怡说，“高小姐，你父亲一直在道歉。你总是避开你父亲，但是，我并不觉得你是不想见到他。每次和高枫先生见面，你一直在努力向他展示自己过得很好。这对他而言，是一种莫大的安慰。这怎么会是虚荣心重呢？”

眼泪无声无息地从高洁的眼眶中溢出，随后沿着面颊坠落。

她怔怔地看着宋怡，而后，缓缓地低下头。

她的肩膀抽动，在哭出来的那一刻抬手掩住脸。

“怎么会这样，为什么会这样呢？”高洁哭着喃喃自语道，“我只是不希望他再道歉了。又不是他的错，他总是这样，生病也瞒着我，总是这样，从来不考虑我的感受——”

宋怡望着俯下身去哭泣的高洁，覆住她握紧自己的手。她开口道：“不过你想向我借池招这件事情，我并不情愿。而且，我也不建议高小姐这样做。”

高洁抽噎着。

“我无意冒犯，但高枫先生需要的真的是这种谎言吗？”宋怡看着她，最终还是忍不住伸手，轻轻地拍了拍她的脊背，“假如你执意继续下去，那请高小姐自己去和池招说吧。”

她想了想，又补充了一句：“假如他答应陪你去，那我也无权干涉。”

话音刚落地，她们看到了不远处站着的池招。

不知道什么时候，他已经回来了。

池招走近，脸上带着一如既往的微笑。他问高洁：“高叔现在醒着吗？我单独进去看看他。”

不偏不倚，他提议的节点恰好是这时候。

高洁愣了几秒，回头用有些惊惶的眼神看向宋怡。然而，宋怡仍旧一脸冷静。池招既然说了要单独前往，她也就没有纠缠不休的必要。

没等听到答复，池招已经走进病房。

洁白的门被关上。宋怡向高洁伸出一只手，把她拉起来扶到座位边坐下。

高洁微微缓过神来，立即别过脸对宋怡说：“对不起。”

宋怡静静地低下头，随即“嗯”了一声。

即便是宋怡，在与池招的感情中也有慌张的时候吗？

想说的话淹至喉头，高洁凝噎片刻，最终还是说出口：“没关系吗？”

宋怡平视着墙壁，良久后才说：“我会问他的。”

“什么？”

“我会问他说了什么，是怎么想的，有什么打算。假如他能说服我，我会尊重他。假如他做了伤害我的事情，我会告诉他我很伤心。”宋怡字句清晰地回答，“我想知道他的想法，并且向他传达我的真实想法。”

就在这时，门打开了，池招说：“好了。你们进来一下。”

等高洁与宋怡一起走进病房时，池招已经重新在高枫床头的椅子上坐下。

高枫醒着，脸色还很苍白，意识却很清醒。刚落座，池招便笑着继续方才的话题：“不好意思，都是我不对。高叔，你也是知道的，我以前就这样，大家跟我相处都靠猜。”

高枫无可奈何地笑起来：“你啊。”

池招回过头，看向她们微笑道：“是吧？高洁跟我有些误会，不过也早就说明白了。现在我们都是特别好的朋友。”

高洁一顿，立即明白了他的意思。她深吸了一口气后走上前，在高枫床头蹲下身：“没事的，小招都说了给我介绍新男朋友。所以啊，你一定要再给我一点儿时间。我肯定找比他好得多的对象……”

高枫虚弱地抬手摸摸她的头发，笑着说：“你啊……挑人不看别的，对你好是最重要的。”

他抬起头，倏然看到站在门口的宋怡。

“你是上次那位……”

池招不紧不慢地起身，揽住宋怡介绍道：“我女朋友。”

手术日期已经定好，高洁存款充裕，足够负担治疗费用。

她送他们去门口，池招去开车，她和宋怡得到了这天第二次单独相处的机会。

这回二人的心境和几十分钟前已经有了天差地别。高洁的鼻尖仍然红着，宋怡便取了纸巾给她。

在她拉上手包拉链时，高洁突然微微压低声音说：“那个，宋怡，你可以当我多事，但我还是想提醒你一句。”

宋怡抬起头。

“崇名游戏要变天了。”高洁忧心忡忡地说道，“你和池招的人生经历与处境还是有很多不同的。如果，我是说如果……算了，你们多小心吧。”

她最终还是放弃了将那句话说完。

等到他们离开，高洁独自一人站在医院门口，这才在心里将那句话吐露。

——如果你最终不得已选择离开他，那也不是你的错。

跑车平稳地行驶着，车里只有两个人。

池招突然问：“你刚才紧张了吗？”

“什么？”宋怡在编辑发给“阳光大男孩”的信息。

池招转动方向盘，驾驶着车渐渐驶入崇名游戏所在的区域。

“我去跟高叔解释的时候，你说你不会干涉，是真的吗？”说着，他回头看了一眼她的表情，“就算我要去做别人的男朋友？”

宋怡打字的手指停顿，索性收起手机。

她抬头回答：“是真的。”

就算他要那么做，在那种境况下，她也不能责怪他。

但是——

“我很紧张，很担心，而且很难过。”最初，宋怡的语调缺乏起伏，然而越说，她的心情就越发难以抑制，“虽然我不能阻止你去。我一想到万一以后你真的去做别人的男朋友，我一定会难过得要死。所以，池招——”

宋怡不由自主地抿起了嘴唇，感觉面颊在不由自主地发抖。她深吸了一口气说下去：“池招，我不希望你做别人的男朋友。我知道我很任性，对不起——”

她的话音中断在突如其来的刹车里。

池招忽然停车，拉起手刹，解开安全带。打过的转向灯还在响，他望着前方平坦而布满落叶的路。

宋怡突然沸腾的脆弱仍未消散，攒动着从双眼漫出来，用迷惑的目光看向他。

池招沉默了片刻，倏忽之间，他侧过身吻她。

他亲了亲她，重新回过头，车里只有灯的响声一下接一下，有序地响着。许久，他说：“还可以再任性一点儿的。”

宋怡回头看向他。

“你再多任性一点儿也没关系。”池招也望着她的眼睛，徐徐地说道，“不要道歉。”

她在恍惚中看着他。

在再次接吻以前，宋怡心想，假如她是十二点钟声敲响时的灰姑娘，就算要她用水晶鞋把池招砸晕，她也一定不会离开他。

一定。

DNA亲子鉴定结果判定鉴定双方有血缘关系。

消失一年之后，崔婷艾带回来的那个孩子是池崇的女儿。

池招是早晨七点到的崇名文化。他在挂在他名下、但大部分时候闲置的办公室里坐了一会儿，等到开董事会时，他第一次没有开小差。

会议进行到中途，崔婷艾在几位保镖的陪同下走进来。有人立刻认出，她身边的几位文书及专业人士分别是她的父亲与兄弟身边的人。

大抵为了与场合相契，这天她将亚麻色长发盘起，身上也多套了一件波西米亚风的外套。她气定神闲，任由助理将事先拟定好的各项事务徐徐道出。

“我方要求的，”对方的代表人严肃地表示，“是池崇先生遗产中本该属于尚缺乏劳动能力的第一顺序人——也就是他的亲生女儿的部分。”

董事会的诸位默不作声，有些暗地里交换着眼神。池树人一如既往不曾到场，作为替代，詹洛坐在主座上。

他不慌不忙，并没有急着开口。然而，就在这时，椅子向后挪动的声音响起。

池招站起身来。

宋怡与其他董事的秘书们一同坐在后排的座位上，不动声色地抬起头。

池招朝崔婷艾悠闲地走过去。

他的手撑住她面前的桌子，顶着着众人戒备的视线，他冷漠地向她勾起嘴角。

“可以。”他笃定地给出回复，身后的董事们并未哗然，但也都有意无意地深吸了一口气。他接着说，“你想要的，都可以给你。但是，你要告诉我，你当时为什么不接池崇的电话？”

在场有人知道池崇之死的内幕，也有人只了解崇名文化对外宣称的内容，因此，詹洛适时抬手，示意他那位精明能干的助理快步上前。

“池先生。”助理靠近池招提醒道。

池招没回话，只见崔婷艾慢慢地抬起头来。

她望着他，忽然之间微笑起来。池崇的事故发生后，她的一言一行总是显得有些神经质。

“池招，”崔婷艾缓缓地说，“你应该感谢我。”

“什么？”池招的笑意加深，眼神却越发凛冽。

“你看，那个人走了，将来你爸爸只能选择你。这都是拜我所赐。”崔婷艾忽然伸出手，孱弱苍白的手指捏住他的衣角，“他死了，那难道是我的错吗——”

她越说越激动，甚至想要站起身来。池招没有愤怒，只是静静地注视着她。

身后的保镖上前递来药片与矿泉水，有人喂她服用，还有人上前来将池招隔离出去：“抱歉，崔小姐状态不佳，请您不要再继续刺激她的情绪了。”

会议到此结束，崇名文化还需要进一步商讨。

池招被留到了最后。詹洛起身时，随手搭上他的肩膀道：“你跟我来一趟。”

到詹洛的办公室时，令人意外的是，詹和青也在。每次见到父亲他都难免有些紧张，此时此刻，他负手站在窗边，听到声响回过头来。

“怎么样？”见到池招，詹和青快步走来，“她又胡说八道了是不是？我刚才在走廊听说了，那个疯女人！”

池招没回话，詹和青又与跟在后面关门的宋怡点头致意。

室内陷入短暂的安静，詹洛坐下时掏出了香烟。他说：“小招，你最近要不要休息一下？”

池招盯着他桌上那张报纸左下角的数独游戏，一声不响。

“哎？”率先质疑的是詹和青，“爸，你——”

“和青，你先闭嘴。”詹洛毫不留情地制止了儿子发言，他目光灼灼地望向池招，语气恳切，又不容人反驳：“小招，放个假吧，这也是树人的意思。”

听到父亲的名字时，池招终于稍微有了一点儿反应。

他抬起头，微微眯起眼睛道：“是想保护我吗？”

“我们目前不知道姓崔的还想怎么样，外界的不确定因素也很多。更何况，我们都知道这件事情给你的压力有多大。小崇是怎么走的，只有你父母、你还有我知道。”詹洛夹着烟回答，“这既是保护你，也是保护崇名文化。”

这句话里似乎还蕴藏着什么秘密。被隔离在话题外的宋怡与詹和青都察觉到了这一点，然而，他们都没有资格发问。

詹洛掸了掸烟灰，接下去说道：“只是暂时的。下次董事会你不用来了，崇名游戏的事宜，也可以暂时交给和青。”

说完，他便拿起电话按下联络助理的快捷键：“和青留下一起吃午饭。送池先生回去吧。”

池招没有抵抗。崇名文化毕竟是崇名游戏的上级，詹洛不仅是他的长辈，更是他的上司。他知道反驳没有意义，况且，其中的关切之情他也不是不懂。

门被推开时，池招转身，抬手按着宋怡的后背和她一起出去。

临走前，他回头留下最后一句话：“詹叔，G7 不是 4，是 8。”

詹洛笑笑，将烟摁灭，伸手从西装上取出别着的钢笔。他轻轻地在印着数独的报纸上方演算一番，最终叹道：“小招还是这么厉害啊。”

池招休假的消息传来时，崇名游戏上下都慌了。

“完了！池总是不是得了绝症啊？”

“不，你觉得区区绝症能阻挡他上班吗？！肯定是要世界末日了啦！”

“你不觉得世界末日反而会引发他搞事的灵感吗？末日题材，或者犯罪推理之类的。”

“总觉得他会像布置寒暑假作业一样，留一堆稿子要我们画，然后回来检查……”

就在这时，平时离池招最近的员工之一的王妈发表了唯一可靠的观点：“应该是谈对象了吧。”

闻声，众人齐刷刷地看向王妈。

前台小姐最先驳回：“不可能！池总要是谈恋爱，那《acdf》就该做手游了！”

前段时间《acdf》因其复杂的世界观与游戏玩法等，被网络上的知名游戏博主评价为“最难手游化的端游之一”。

因此，“《acdf》手游化”也成为诸多玩家口中的一个梗，用来形容事情不可能发生。

就在这时，詹和青突然从门口探出头来：“来个企划部的！池招临走约了外包公司聊出手游的事情！”

总裁有了假期，身为秘书与助理的宋怡和夏凡却不能休息。

恰恰相反，为了不在池招休息期间出纰漏，他们比以前更忙碌了。

唯一值得庆幸的是，詹和青足够可靠，而这段时间也算公司发展的平稳期。料想詹洛也是了解到这一点，才直接给池招批假的。

“池树人先生都没露面，就直接下指令了呢。”宋怡翻阅着文件说。

“我倒觉得不坏。”夏凡回答，“身为人父，自己还肩负着崇名的存亡。失去了一个儿子，对剩下唯一一个能接班的儿子肯定会谨慎一些吧。”

宋怡忍不住想，或许这就是池树人不希望池招受到伤害的表现吗？

下班以后，她乘坐地铁，随后步行回公寓。走到楼下时，她看到花坛边坐着一个人。她才一天没见到他，但上班时一直在想他的事情。

池招微微低着头，手里夹着烟，低头在看地上水泥石板缝隙中间的蚂蚁。

宋怡走近了，却没有出声，只是静静地看着他。

差不多几分钟过去，池招从口袋里取出弃置烟头的盒子，刚盖上，他抬头看到宋怡。

在视线触及他笑容的那一刻，宋怡觉得一身的疲惫悉数蒸发，在温热的幸福感下，就连她自己的身体也好像随之融化。

宋怡迈开步子往前走了两步，池招起身将她抱住。他在她耳边问：“你累吗？”

宋怡则叹着气说：“好想你。”

松开时，她握住他的手问：“你怎么在这儿？”

“我现在是游手好闲的无业游民，想见你又不能找去公司。”池招说着朝她一笑，“怕丢你的脸。”

他在说笑。那张漂亮而淡漠的脸令宋怡的心跳得快要从嘴里吐出来，她目不转睛地盯着他，突然间踮脚吻他的嘴唇。

她说："那太好了。"

池招挑眉。宋怡紧接着说："你游手好闲再好不过了。我努力工作，你节省一点儿，我们一个月也能加餐吃一两次蛋糕的。"

她正打算和他一起上楼，然而池招并没跟上。他说："我先回去了。"

"哎？"宋怡回头看向他，"那你过来——"

"我来看看你。"池招说。

他一直目送着宋怡进门。上楼以后，她还能从窗户看到他站在原地。

宋怡也不知道池招是什么时候走的。

只是从那一天起，她和池招就没再见过面。

她偶尔想发消息给他，但她素来对于不能见面的交谈有些拘谨。思来想去，最终她还是只发一些《acdf》的表情贴纸给他。

池招总是隔很长的时间才回复。

"他应该在画画吧。"这是詹和青给出的说法，"别看池招那样，他也不是一定非要靠做游戏赚钱的。你知道他刚毕业就在导师的介绍下跟英国一家画廊签约了吗？他搞创作的话，联系不上很正常。而且，他也不喜欢别人去他的画室。"

宋怡一如既往去没有池招的崇名游戏上班。

既然詹和青那么说，她也就不想再去打扰他了。

但是忍耐了将近一个星期后，某一天下班，宋怡还是不由自主地走到了楼下的咖啡厅。

"一个抹茶草莓舒芙蕾蛋糕。"她将菜单递回去。

宋怡静静地等待着蛋糕，而她身旁也陆陆续续有顾客上前。烘焙舒芙蕾耗时，人们来了又去，然而，有一位客人一直隔着橱柜坐着。

宋怡不经意地回头看了一眼。

那是一个推着婴儿车的女人。

她回过头，一两秒后，宋怡忽然意识到那是谁。

与此同时，对方也认出了她。

在靠窗的座位坐下时，宋怡提高了警惕。经过之前的事情，她已经知道崔婷艾这个人行事莫测，做什么都还是小心一些为好。

崔婷艾低头逗了逗睡梦中的婴儿，随后抬头热情地开口道："你是池招的女朋友吧？几次见面都没打招呼，我听和青说，你们相处得很好呢。"

宋怡微微颔首。看起来，崔婷艾是不需要人附和也能滔滔不绝的类型。

"天生一对。"崔婷艾吐出这个形容词时，宋怡倏然抬起头。

崔婷艾接着说下去："以前经常有人这么说我和池崇。"

宋怡一怔，勉强地开口道："请问，这是什么意思……"

"他们池家的男人都很有魅力吧？我懂的，我懂的！"崔婷艾对她的疑问置若罔闻，只根据自己的步调说下去，"我高中的时候觉得，池招不适合谈恋爱。可以这么说吗？他太……游离不定了。"

"不过，池崇也是。他很完美，对谁都很亲切，让人觉得不可能对某一个人特别好。虽然最后他还是跟我在一起了。"崔婷艾笑嘻嘻地说，"这种看起来不适合的人，实际上谈起恋爱来特别幸福。是不是？"

宋怡迟疑了片刻，在刹那间，她忽然意识到自己很想回复"是"。

她平时没什么朋友，不论遇到好事还是坏事，全部只能独自一人消化。与池招在一起后，她原本黑白两色的单调生活被充沛的色彩侵袭。她对此感到新奇、庆幸又不安，然而，从没有人可以分享这种心情。

她早就想和人说说话了。

那种有相似经历、经验更丰富、健谈又温柔的人。

"是的。"犹豫中，宋怡听到自己的声音，"您说得一点儿都没错。"

"但是，有时候又有点儿累呢。他们的感情经历都太少了。"崔婷艾说。

"是的。"宋怡用力地点头，"但是他太可靠了，实际要做的，比担心的少。"

"没错，没错！"崔婷艾抬高音调笑起来，"而且，你想的他都明白，这实在是太幸福了。"

她们意外地很有共同话题。

"我和池崇认识没多久就确定关系了。"崔婷艾笑着说，"我们喜欢同一支摇滚乐队，同一种菜，还有同样的作家。而且，第一次见面，我在学校什么都做不好，所以心情很糟。但是我绝对没有写在脸上，就这样笑眯眯的。结果他直接对我说'心情不好的话就休息一下'。"

宋怡听得很入神："被他看穿了。"

"对呀，被他看穿了呢！"崔婷艾说，"后来崇名文化跟我们有合作，有一回他坐在座位上发呆，我也不知道怎么了，下意识地就给他捏了肩。后来他跟我开玩笑，说他那时候差点儿被感动哭了。”

“那不是很好吗？”宋怡又回答。

她们不知不觉聊到入夜。稍稍歇息时，两个人心情都很好，而崔婷艾的孩子也醒了。

她把婴儿抱到怀里，认认真真地哄着孩子说：“不过，还是不要相信他们比较好。”

“什么？”宋怡问道。

“还是，”她说，“不要相信池招和池崇为好。”

宋怡蹙眉询问：“为什么？”

“他们就是这种人，善变、自私，实际上只爱自己。”崔婷艾说，“他们最后还是会离开你的。我知道，因为我经历过。”

“最初是渐渐疏远你，不主动联系你，总是见不到面，对你避而不见。”她缓缓地说道，“你一开始或许没有怀疑，但时间长了，也会焦躁、不安，想要确认究竟是怎么一回事。所以我去找他了。”

宋怡握拳，指尖刺进了手心里。

“我告诉他我怀孕了。”崔婷艾说，“这对已经订婚的我们来说多好啊。我想，他一定会为此感到高兴吧。”

她抱着池崇的孩子，抬头望向宋怡时，嘴角点缀着惘然又温和的笑。

“那天是个雨天，跟我们第一次见面的时候一样。他说‘打掉’‘打掉’‘听到没有’，他说了好几遍，我从没见过他对谁这样穷凶极恶。”崔婷艾的笑像眼泪似的流出来，无声无息布满了美丽的脸，“雨下得很大很大，从那一天起，我的幸福就结束了。”

两只手在宋怡眼前霍地击掌，将她吓了一跳，从无尽的思绪当中脱身出来。宋怡抬头，结果看到詹和青充满戏谑的表情。

他拉长尾音说：“真难得啊，宋秘书居然在上班时间分心——”

“有什么可以帮到您的吗？”宋怡没回应他的挖苦，直接公事公办地说道，“之前您需要的资料我已经发到了您的电子邮箱。”

“我看到了，谢谢你。”詹和青摇了摇头，自如地走到办公室闲置的位子坐下，“难得我从副总提正，虽然是暂时的，但果然还是有点儿无聊。”

宋怡沉默片刻，末了，她忽然问了这样的问题：“詹副总，您觉得，这世界上可能有一直假装完美的人吗？”

她的问题有点儿抽象，又太突兀，就连詹和青都犹豫着不知道怎么回答。

漫长的死寂过去之后，他反问：“这世界上可能有完美的人吗？”

宋怡发现自己无言以对。

詹和青缓缓地走到百叶窗边，透过一道又一道的光与缝隙向外远眺。他说：“想表现得完美，只可能假装吧。”

假装到老，假装到死。

假装到没有任何人能够发现破绽。

察觉到这一点时，宋怡已经十天没有见到池招了。

在与崔婷艾长谈之前，她曾经想过，崔婷艾与池崇初次见面时是怎样的天气。但无论如何，她没想到会是雨天。

崔婷艾没有理由撒谎，宋怡也不认为那是她心理问题作祟下说得假话。

池崇确实抛弃过她。

而在他临死前不与他联系，就是崔婷艾的复仇。

在这样的境况下不产生不安几乎是不可能的。

宋怡在继续等待与去找池招两个选择中徘徊，有时候想起詹和青说过的“他也不喜欢别人打扰他”，有时候又被崔婷艾“不要相信他们为好”所干扰。

不知不觉，就又熬过去了几天。

她盯着阳台上的西兰花盆栽发呆。

同时接到罗伽鸣和詹妮的联络时，宋怡正在帮詹和青复印会议需要的文件。

她随意瞄了一眼内容，其中几项议程都显示，池树人回来了。看样子，在这个绝对实用主义者看来，这次的事件有必要由他出马了。

正在忙碌着，前台告知罗伽鸣的造访。宋怡向夏凡征得同意，随后应允罗伽鸣上楼。然而，她没想到，詹妮也刚踏入崇名游戏大楼。

他们乘坐同一部电梯上楼，詹妮站在电梯左侧，傲慢地昂着头，做过美甲的手抬起在身侧，手臂挎着法国奢侈品手包。

而另一边，罗伽鸣戴着连衣帽，始终低着头玩手机。

并不宽敞的空间里，两个人都注意到了对方，并且在心中不约而同给彼此冠上了自己的定义——

詹妮想：神经兮兮的“中二病”。

自以为是的大小姐。罗伽鸣腹诽道。

然后两个人就上到了同一层楼，走进同一间办公室，并且喊出了同一个人的名字。

“宋怡怡！”

“宋怡姐！”

在詹妮与罗伽鸣用尖锐的目光对视时，不知是不是错觉，宋怡总觉得自己看到了空气中冷兵器碰撞出的火花。

最终还是宋怡冷静地发问：“要喝什么？果汁、牛奶还是咖啡？”

与詹妮不同，罗伽鸣是第一次来池招的办公室。

他仰头看了一圈儿，直到詹妮说“小孩儿就是小孩儿”，才遏制住目光中的新奇。

詹妮的来意很明确：“最近池招哥哥不在，你应该悠闲不少吧？要不要跟我一起去玩，最近刚好想去斐济。”

“虽然他不在，但詹副总这边事情也是不少的。我还是不擅离职守了。”宋怡回答道。

“哦，是这样呀。”詹妮倒也没纠缠不休，手指如弹钢琴般抬起挥了挥，而后起身，“那我先去楼下。你要是改主意了再打电话给我。”

走了几步，她又回过身：“最近几天，我跟哥哥都觉得你好像精神不太好。有什么问题的话，一定要跟我说哦。”

詹妮像是又迟疑了一阵，随后抬头，像陈述真理般用力地说道：“我们是朋友。”

宋怡呆呆地看着她，许久过后，才微微缓过神来。

她们是朋友。

“好的。”她微微露出一个笑容，“我知道了。”

等詹妮的身影消失在门口，宋怡仍久久地面向门站立着。

罗伽鸣忽然在她身后问：“发生了什么事情吗？”

她转身，朝他摇摇头道：“没什么。你呢，有什么事吗？”

罗伽鸣突然站起身。

“那个，宋怡姐。”他郑重其事地开口，仿佛酝酿了许久的一场暴雨，“我知道我很幼稚，很冲动，而且之前也对你做了很没礼貌的事情。但是总觉得，有的话不说，我以后一定会后悔。”

少年的眼睛仿佛雨后的曙光。

他坚定地说：“宋怡姐，我喜欢你。”

宋怡平静地注视着他。

他回过头说：“对不起。”

想到什么时，宋怡的语气忽然坚定起来：“而且我已经跟池招在一起了。”

[illegible]朝他微笑，罗伽鸣一怔，随即也青涩地微笑起来。

“[illegible]谢你回答我。”罗伽鸣说，“我很敬佩池先生，我发自内心地祝福你们！”

说[illegible]，他慢慢地往后退。宋怡想要道歉，不过想来想去，最终还是只说了这样的[illegible]“在我最艰难的时候，你和你的家人给了我很大的帮助。说实话，你们比我[illegible]父母更像我的家人。所以，我不想敷衍你——

“伽[illegible]，你还小，人生的路还很长。将来一定会遇到更多更好的人。”

罗伽[illegible]用力地点头，出去以前，他回头说：“假如可以，以后还能一起玩游戏吧？”

目光[illegible]片刻，他补充道：“作为你的弟弟。”

宋怡点[illegible]，说：“嗯，作为弟弟。”

来到走[illegible]时，怅然若失的表情才流露在罗伽鸣的脸上。

他真的说出口了。虽然被拒绝了，但是并不感到后悔。

宋怡果然是宋怡。

难过归难过，但罗伽鸣更多的是觉得安心。接着，他冷冷地看着一直站在门边偷听的大小姐：“你这是在干吗？”

詹妮露出无所谓的神色：“作为池招和宋怡双方的朋友，多关心一下他们有什么不对？”

“那你不用担心了，”罗伽鸣说着往前走，“我被拒绝了。”

望着小男生的背影，詹妮一时失笑。她跟上前去，在罗伽鸣伸出手前替他按了电梯。

“小孩儿，”她目不斜视地盯着电梯门说道，“不过你刚才忍住没哭，利索祝福他们的样子还挺帅的。”

罗伽鸣愕然地望着她的侧脸。

电梯门很快打开，詹妮迈开步子走进去。

他停顿了几秒，这才快步走进去：“我才没想哭。”

宋怡长舒了一口气。

等结束最后一次检查，差不多也到了下班的时候。她望着池招空空如也的座位，心情忽然复杂起来。

——为什么只有我一个人在苦恼呢？

等宋怡反应过来的时候，她恍恍惚惚地发觉，自己或许已经感受到了崔婷艾所说的焦虑不安。

委屈、苦痛，因为想念某人所以难受得快要流泪。她几乎快要忘记这种感觉了。

临走时，她忽然想起罗伽鸣说的有关游戏的话。

上次“冰梦蝶殇”好像没通过他的好友申请。

她也好久没登录那个账号了。

明明池招说过那个账号送给她。

不论《acdf》的界面还是角色，宋怡都了如指掌。刚登录，她就看到留言栏有新的内容。

点开以后，她发现是“冰梦蝶殇”自己留言给自己的。她不曾操作，所以那些消息只可能来自池招。

没有别的内容，只有别具一格的卡通形象欢呼跳跃，振臂高呼着“宋怡加油”。人名估计是用权限后台编辑的，除了贴纸没有别的文字内容。从他赠送这个账号给她起就发布。明明基本每天都会见面，想要说什么也都当面聊，他却还是会在这里给她加油。

宋怡望着池招持续不断的留言，许久没能说出话来。

就算是那个池招。

就算是那个看起来什么都不在乎、每天不知道在想什么的池招，或许也会对他们的关系感到不安。有的话没有当面说，只是自己偷偷地想着。再喜怒无常的暴君，也会有拿在手里怕融化的珍宝。不管再怎么合拍，他们都是两个不同的人。心与心不能无障碍地直接沟通，所以才会产生嫌隙。

他们可以沟通的。

他们应该沟通的。

下班回去，奶奶已经在家了，她做了晚餐。入夜后，两个人相继躺下。

躺在床上时，宋怡不知不觉，又一次陷入失眠当中。

深夜独自一人的寂静中，宋怡掏出手机，池招的手机号码就在眼前。她长叹了一口气，刚要拿开，却不小心触碰到屏幕。

幸亏还没拨通，宋怡飞快地挂断，坐在床上发呆。

假如要是她也遇到一个截然不同的池招呢？

然而，在她犹豫时，手机忽然铃声大作。宋怡吓得将手机抛起来，接住时看到来电人是池招。

宋怡生怕他突然挂断，立即接通，高声说：“喂？！”

“还没睡啊。”听筒里传来的，是那个人掺杂着笑意的熟悉声音，“你在家吗？”

居然好像什么都没发生一样地打电话来了。宋怡低声叹气：“这个时间当然在家。”

“那你出来吧。”他说。

宋怡吓了一跳，看了一眼时间，已经将近半夜一点。她愣了一会儿，随后穿着睡衣下床，一甩平日的稳重镇定，跌跌撞撞地冲到窗边。

她看到了池招。

他穿着沾满油彩的T恤和牛仔裤，一只手拿着手机，另一只手朝她挥动。此时此刻，他就站在楼下。

宋怡久久没有迈开步子。她站在原地，僵硬的脸想要露出微笑，可是笑容被更深的苦涩掩盖过去。

她也对着他挥手，好一阵子才意识到自己要下去。

她没披外套，直接下楼，推开公寓门后撞进池招怀里。他没有急着开口，却渐渐感觉到肩膀处的湿润——她哭了。

宋怡说：“你为什么这样？你以为我不会想你吗？我想你，又不知道可不可以发消息给你。我们说好，有什么事情都直接告诉对方可以吗？还有，画画为什么要画这么久？”

池招将她纤细的手臂、孱弱的脊背，将她一切的一切都抱进怀里。

他垂下眼睛，忽然想，宋怡的身体原来这么单薄，这么脆弱。他说：“都是我不好。”

她不是想埋怨他这些的，她有点儿厌烦这样的自己。她说：“天生一对。”

“嗯？”

“詹副总以前这样说我们，”宋怡平复了情绪，淡淡地说下去，“他说我们有很多能理解对方的地方。但是，跟崔小姐聊过以后，我在想，要是有一天我们也有了分歧呢？我不能理解你的话，或者，你不能理解我——”

池招忽然松开她。

夜色中，宋怡看见他如月光般清冷的眼神。

“天生一对，”他说，“不意味着不需要交流吧。”

宋怡噤声，在夜色中望着他的双眼。

“因为契合，所以才愿意了解对方啊。”池招说，“假如你有不同的想法，我会很乐意听你说。我的观点，我也会分享给你。

“我想理解你，也只想被你理解。”他说。

宋怡的眼泪沿着面颊滚落，池招忽然笑出声来。

“别哭了。”说着，他低下头吻她的泪珠。

宋怡擦着眼泪说：“我很想你，跟崔小姐聊过以后更想你了。”

“她的事情已经不用担心了。”池招把脸埋在她的长发间，强行把陌生的难为情压抑下去，希望这一刻延续得更长一点儿，“我不就在这里吗？”

宋怡像是要把眼泪流尽，然而，刚抿起嘴唇，下一次的呜咽便中断在亲吻里。

与此同时。

拥有一头亚麻色长发的女人关掉手机播放的音频，站在窗前俯瞰着整座城市。

一片死寂中，她仍然觉得刚才的声音还在回响，像刀刃一次又一次地落下，将她切割、斩碎，推入不可逆转的深渊中去。

身后有人推门进来。

“收手吧。”崔婷艾没有回头，她脸上毫无血色，对来者淡淡地开口，“我不想再继续下去了。”

这个世界已经找不到池崇了。崔婷艾对此心知肚明，然而，她仍旧一边摇晃着摇篮，一边静静地注视着窗外。

“池树人的手段你们都比我清楚，他有能力让这个孩子跟池家无关。所以，趁着还能把利益最大化——”

崔婷艾转过身来。

她试图勾起嘴角，眼泪却将笑容冲垮。

“就这样结束吧，这是我和池崇的孩子……我没保护好他，”她咬住嘴唇，努力将痛苦压回去，“至少要保护好他的孩子。”

第二十章 世界的残酷与温柔

池招的秘书很冷漠。

即便总部崇名文化的两大高层造访，而上司还在沉迷给猫洗澡，她也能分毫不乱，以十二分的礼仪请对方先到会客厅休息。

詹洛从崇名游戏买下这栋建筑起就没来过这边，反倒是安思越轻车熟路，还堂而皇之地去办公室巡视了一圈儿。

宋怡滴水不漏地负责招待，等了起码半个小时，池招才挽着衬衫袖子从办公室里出来。

“说实话，”坐下时，他不以为意地微笑起来，“上次看到你们出现在同一个场景，好像已经是前年的事情了。”

詹洛照旧保持着笑容，安思越反唇相讥：“你以为我想来？还不是你爸没空。”

“有什么事吗？”池招似乎无意多说。

就在三天前，崔氏与崇名文化达成协议，最终确定放弃原先的要求，转而只索取孩子的赡养费以及之后双方更多的商业合作。

要知道，先前对方可是步步紧逼，甚至不惜让崔婷艾本人亲自来崇名文化商谈，颇有几分威慑和恐吓意味。

此刻态度一百八十度大转弯。

这样的结局并没有出乎崇名文化诸位的意料。

毕竟能敲池树人竹杠的人，目前世界上还出现。他行事向来以直接粗暴出名，毫无疑问是圈内的铁腕人物，当初崇名文化刚崭露头角时，多少想分一杯羹的机会主义者被他生生地打回原形。

然而，在正式签订时，跟在父亲兄弟身后的崔婷艾一改之前不稳定的状态，主动上前与代替池树人出席的詹洛道歉。

“你父亲有远程监控这件事情，我们聊过后一致认为，你是不是对你的高中同学做了些什么。”詹洛笑着摊手道。

在这件事情结束后，池招立刻复职，回到崇名游戏继续压迫广大员工。

听到詹洛的话，宋怡也不动声色地抬起眼睛。

有关这件事情，池招从没有提过，只轻飘飘地用一句“不用担心了”带过。

究竟发生了什么？

池招十指相扣，身穿黑色的西装，坐在单座沙发上。他停顿片刻，随即掏出手机，按了两下后倾身放到桌上。

“我给她发了一段录音。”他说。

詹洛问：“是什么？”

池招似笑非笑地垂下眼睛，不疾不徐地说道：“之前大哥的手机是我处理的。”

安思越慢条斯理地将那部手机拿到手中。

“我删了一通他的通话记录。”

随着池招的这句话响起，不只是宋怡，就连詹洛与安思越都不约而同诧异地看过去。

詹洛看向宋怡，表情仍然温和，但语气变得严厉起来：“宋小姐是不是稍微离开一下……”

“没关系。宋怡知道也没关系。”说着，池招忽然回过头来，看向宋怡，神色微微冷下去道，“我大哥生前一直瞒着所有人服用抗抑郁药。他是病死的。”

池崇始终饱受抑郁症的摧残。

他是完美的，从前他对此深信不疑，直到量表做了一张又一张，检查了一次又一次，随后他意识到，他的心有着巨大的缺口。

一切就因这一丁点儿的动摇而瓦解。他不再相信自己，但仍旧要维持完美继承人的形象。

自始至终，为了完美，他不曾把这件事情告诉任何人。

他是自杀的，但同时也是病逝的。

“我们是在他死后才知道的。”池招平静地说下去，“崔婷艾的事情，她也告诉了三岛。所以三岛同我说了。我想，大哥可能是没信心做父亲了吧？”

她是痛苦的，他也很痛苦，但这并不绝望。

唯一令人绝望的是，那就是他们最后的一次交谈。

“之前我说大哥没接我电话是骗人的。”池招重新转过身，这一次，他对着两位长辈坦然地承认，“最后一通他接了。以防万一，我们的手机都有自动录音。因为内容有点儿丢脸，说实话，我不想被别人听到。所以在提交手机的时候，我把它删了。”

安思越把那部手机递给詹洛，詹洛按下了播放键。

电话接通了。

说话的是池崇。

“池招，我只有婷艾了！我爱她，她是世界上唯一包容我的人！”

短短一句，显然池崇当时的情绪很不稳定，池招试图插嘴，却被他直接挂断了电话。

在通话结束前，护栏被撞击的声响隐隐约约地传来。

那是最后的时刻。

几秒钟的录音结束，因为设置了自动播放，它立刻又从头开始。于是，那一句“她是世界上唯一包容我的人”反复在偌大的室内响起，无人出声，只有池崇死前悲伤的低吼在回响。

他用简短的几句话，在死前将所有关心他的人隔绝在他的世界之外。

宋怡感觉垂在身侧的双手发麻，脊椎骨凉得使人发抖。

不知是谁关掉了那段录音。

“原来是这样。”詹洛带着一丝淡淡的笑意回答。

“没有别的事情了吧？”池招摩挲着沙发扶手，仰头微笑道。

“没有了。”詹洛说。

“太好了，”池招散漫地笑起来，“说实话，你们一起来找我，真有点儿恐怖。”

即便听到自己亲生儿子的最后一句遗言，安思越的脸色也仍旧岿然不动。她起身，拢着披肩冷冰冰地开口：“毫无意义，我要回去了。”

詹洛率先上前，绅士地为她推开门。

离开以前，安思越又回过头来：“要是哪里出了什么毛病，最好别学你哥。你爸和我又不是什么魔鬼。”

池招倚在墙边送她，此刻懒散地笑着回答：“知道了。”

“还有，”安思越接着看向宋怡，“你，记得来家里吃饭。”

后来，在崔婷艾回日本之前，他们还见了她一面。

宋怡坐在詹和青的副驾驶座。在车上时，他絮絮叨叨地说了许多：“她也不用惦记池崇的股份，毕竟真换成钱，也到不了她手里。她私下给了疗养院不少钱，听说就是为了把有孩子的事情瞒过家里。不过最后，还是被她爸发现了。”

他们到场时，池招已经在与她聊些什么了。

崔婷艾抱着孩子，身边放着一辆小小的婴儿车。

回日本是她自己做的决定。最初池家和崔家都不同意，但她苦苦地恳求，保证休养完毕就回去，并且随时带着至少三个专业人士，最终得到了长辈的松口。

“以前高中的时候，感觉你明明个性很差，但还是很受欢迎呢。”崔婷艾笑着说完，忽然起意，“你抱一下吧？”

“哎？”就算是池招，也陷入一瞬间的愕然。

然后，他的怀里就被塞了一个小孩儿。

池招用拎起小动物的方式抱着婴儿，没忘侧过脸去骂詹和青：“你别笑！”

“我不笑，”詹和青从包里掏出之前买的相机，“我就拍几张照。”

女婴像是明白他们在说什么一般笑出声来。池招也不由得跟着微笑，他望着那张小脸说道：“乐乐，要好好加油啊。”

原本在掏纸巾的崔婷艾忽然停下动作，她抬头，目光空洞地问：“你怎么知道她的名字？”

“哎？她真叫乐乐吗？”池招说，“小时候我哥经常跟我说‘快乐比成功更重要’之类的话，然后说，假如将来有了孩子，名字里一定要有‘乐’字。”

崔婷艾呆呆地站在原地。

她从没听池崇这么说过，仅凭自己的想法取了这样的名字。

给池乐乐取名时，崔婷艾想，成功当然很重要，但比起成功，她更希望她的孩子快乐。

送崔婷艾登机以后，就只剩下池招、宋怡与詹和青三个人。

詹和青忽然把车钥匙塞给他们道：“你们一起回去吧。”

“可是你不会骑摩托车吧？”池招是骑摩托车来的，此时忍不住问。

“没事，”居然如此贴心地给他们留出独处空间，詹和青险些被自己感动，

“我骑自行车回去。”

他以迅雷不及掩耳之势飞快地离开，宋怡甚至来不及在他背后提醒一句“那可是机场高速”。

池招及时抓住她的手，在她回头时笑道：“算了，让他去吧。”

牵手的一刹那，宋怡的整颗心似乎泡进甜丝丝的果汁里，一下变得软绵绵的。她想了想，索性也点头：“那就算了。”

坐上车以后，宋怡便开始打瞌睡。前段时间池招不在，她与夏凡都比以前更累，头一栽就能很快睡着。

等醒来时，她发现自己已经在崇名游戏的地下车库了。

池招闷声不响，仍旧同上次一样，什么都不做地等她醒来。

宋怡懒得与他争论，只能快步下车，就在这时，她发现在刚才昏睡的途中，手指上多了一枚戒指。那是不同于之前十一枚里的钻戒。

两个人一起朝电梯走去。

狭窄的空间里，宋怡站在按键旁，池招低头漫不经心地盯着变化中的楼层数字，忽然开口：“宋怡。”

“嗯？”她回头直视他道。

“我很幼稚，也很难亲近别人，”他慢慢地说下去，“不太清楚怎么表达感情，就连家人都没办法好好相处……”

电梯缓慢地上升着，带着些许失重感。

宋怡仔仔细细地听着他所说的每一个字。

“但是，认识你以后，困扰的事情渐渐变得明朗了，而且，以前不明白的事情现在好像也清楚了。”池招说，“我爱你，我确定是真的。”

沉重感被驱散，宋怡没有开口。

“请你跟我结婚。”池招抬头，好看的脸在令人眩晕的白炽灯下熠熠生辉。

宋怡仍然没有发出声音。良久，他回头，结果看到她试探般的眼神。

他们在寂静中对峙。

“既然如此，”宋怡说，“死的时候，陪在你身边的一定要是我。”

说完以后，她立即笑起来。池招也渐渐勾起微笑，伸出手臂将她抱起。

宋怡只觉得身体腾空，随即便居高临下地亲吻他。

就在此时，电梯打开，准备去楼上开企划会议的员工们在门外齐聚一堂。

门里门外所有人都动弹不得，只能静静地任由电梯门关上。

池招抱着宋怡，她贴在他身上，听到电梯外一片哗然。

宋怡低头，突然冷冰冰地问道：“你是不是说过‘一般情况下，办公室恋情没有好结果’这种话？”

池招笑着抬头：“我们不是一般情况。”

当你浑浑噩噩、摸爬滚打、作茧自缚，当你在不断逃跑中一次又一次地受伤，世界从不爱你，爱你的是与你天生一对的那个人。

世界是残酷的，但它也有温柔之处。

“说起来，之前你的创作画好了吗？”她伸出手臂，紧紧地环住他说。

“怎么？你想重新学画画了吗？”

“比起那个，还是先结婚吧。”

世界上存在这样的童话故事。

以上。

番外一 童话故事

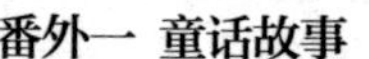
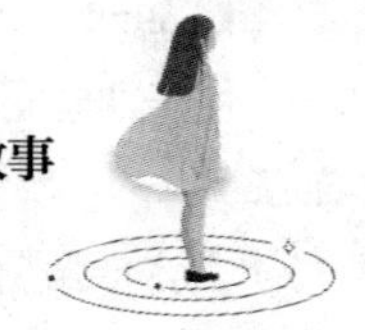

这一年的冬天，池莉人回国之前，蒙特利尔没有下雪。

收到婚礼请柬时，她多少有点儿感慨。

刚上初中的男生独自一人漂洋过海，来到陌生的地方。他的行李很少，背着单肩包，戴着耳机站在人来人往的机场大厅。她迟了一刻钟左右，还在急急忙忙地寻觅目标，反而是他突如其来地出现在身后，微微抬手，打招呼说："姑姑。"

当时的情形至今还历历在目。

为了池招来加拿大读书的事情，池莉人和兄长大吵了一架。

不得不说，这世界上最顽固的人莫过于她的亲哥哥。不过，当时她觉得，哥哥之所以不松口，主要是因为不愿意承认自己的育儿经有所缺漏。

"他成年以后想去月球也随他的便，但是现在，他一旦出了国，估计就不会回来了。"池树人冷冰冰地说道。

池莉人据理力争，分毫不让："这种时候就不要这么顽固了，他已经长大了！你和嫂子怎么可能照顾好他？！"

不管怎么说，最后哥哥没赢过妹妹。

池莉人给池招安排了温哥华的学校。他们每隔一段时间会见面，有时候是池莉人去温哥华的住处，有时候是池招来蒙特利尔。

她自认为和侄子相处得很愉快，他也很喜欢她带来的游戏。生活波澜不惊，除了他滑冰骨折过一次，没有什么不得了的大事。

以至于池莉人以为，他们会一直这样下去。

然而——

快毕业时，池招直接申请了日本的学校。毕业回国结束假期，他就直接去东京了。

“这个死小鬼！”池莉人咬牙切齿，忍不住借用了嫂子痛骂池招时最喜欢的称谓。

池树人还特地嘱咐助理打来电话，幸灾乐祸地挖苦：“怎么样？哈哈哈。他已经长大了，你就不要这么顽固了，哈哈哈。”

听着听筒那端池树人的男助理用没有感情的声音复述池树人的嘲讽时，池莉人当即把手机砸到了地上。

然而，就是这样一个从来不令人省心、却也不太让人操心的小鬼，居然要结婚了。

一开始，池莉人的想法是：“他该不会是游戏投资暴死，所以要骗礼金还债吧？”

在池招的中学二年级时期，他与一般青少年不同，没有半分步入青春期的迹象。如今想来，他不是没有青春期，而是大部分时候都处于青春期。

池莉人在那时问过他：“你喜欢什么类型的女生？”

当时的池招思量了几秒钟，随即回答：“哆啦美……那种吧。”

“为什么？”

“因为通过她能诱骗来哆啦A梦。这样的话，就可以靠大舅子生活了。”池招露出坦然而爽朗的笑容。

“不，”池莉人秉持着要教育好侄子三观的想法开口，“不劳而获的事情还是别……”

结果池招及时打断：“我是开玩笑的。我只是想把机器猫拆成零部件研究，再批量化生产。这样肯定赚大了。”

就因为这一次简短的谈话，使得池莉人对池招的婚姻充满了不安。

乘坐穿越太平洋的飞机，她自然是买的头等舱。安检时，她便发觉外面有不少端着相机的人在等待。

她尚未多想，只以为是什么走机场的小明星。等到了候机室，她的脸色在一瞬间阴沉下去。

看到池莉人时，南徵的表情也显而易见地垮掉。她朝对自己补妆的助理耳语几句，对方立刻自觉地离开。

偌大的头等舱候机室只剩下两个人。

“你怎么在这里？”池莉人率先发问。

南徵说话时还是那种娇滴滴的语气：“昨天还在好莱坞，今天要见制片人，才特地飞到温哥华。”

池莉人冷笑一声：“那么我们这一趟回国，都是为了同一件事情吧？”

南徵撇头，笑着说下去：“我就不去了。”

“什么？”

“亲妈后妈都在，还要加上我的前男友，超尴尬的。”南徵软软地摆手道，“更何况，还有姓詹的那个笑面虎。”

池莉人来了兴趣：“你跟詹洛也有一腿？”

“怎么可能？！”南徵娇嗔道，“树哇，他当初是跟我求了婚的。结果姓詹的怕我坑财产，所以吓唬我不能长久就别答应。人家想了想，怎么可能一辈子被绑在他们家嘛，所以就赶紧跑了——”

闲聊了几句，南徵先登机。

临走时她说：“替我跟我儿子带句话，就说妈咪超想他的。”

池莉人站在她身后鄙视道：“你自己去跟他说！”

飞回国内，接机人员出乎池莉人所料。

为了准备婚礼，当事人最近很忙，因此无暇分身可以理解。看到崇名文化的员工过来时，池莉人不觉得惊讶，不过——

“詹妮？”

池莉人最终选择坐了詹妮的副驾驶座，一路上她们也能轻松地聊聊天儿。

“最近过得怎么样？”她先一步问。

“嗯——”詹妮拉长单音节，“不怎么样。目前空窗期。”

她自然而然地提到恋爱话题，池莉人也就多问了一句：“连感兴趣的目标都没有？”

詹妮忍不住笑起来：“那倒不是。”

“池招呢？”

詹妮漫不经心地转动方向盘：“不能再好了。《acdf》要手游化，最近在筛选外包公司。几个国外游戏的代理也很不错……”

“不是！”池莉人打断道，“我是说结婚！结婚！”

“啊，”詹妮想了想，忽然回过头，笑容在脸上绽放开来，“新娘很不错哦，姑姑一定会喜欢她。”

池莉人一怔，毫无理由，先前的紧张忽然烟消云散。

“这样啊，”她也笑起来，目视前方道，“原来是这样。”

遇到红灯停下等待时，池莉人又想起什么：“话说你哥呢？为什么不来接我？”

“姑姑，你不知道，”詹妮笑起来，“池招结婚，可能他本人是最悠闲的了。单家二公子也是今天从国外回来，听说还是问了单老爷子才准批的。哥哥去接他了。我们先去会场吧。”

会场是西式婚礼。

刚下车，池莉人就频频点头微笑着一边应酬，一边快步从人群中揪住正在与崔氏CEO谈笑风生的池树人说道：“哥，刚才我是不是看到了高枫？他怎么坐在轮椅上？旁边那是他的女儿？都这么大了。说起来怎么还扶着点滴……”

“啊，”池树人回过头来，神色严肃，但相较平时眼神已温和了许多，“你回来了。”

池莉人又抬头，身为游戏从业者的她多少对相关产业有一定的了解：“呃，走过去的那个不会是星际玩得很好的那个Tennis吧……”

最终池树人什么都没回答。池莉人气得险些当场发作，还是詹洛笑眯眯地招手，叫池遇上来讲和，推着姑母去楼上见新郎新娘。

刚进门，她就听到了嫂子的声音。

安思越在唠叨着：“结婚以后就不要再这么孩子气了！钱是赚不完的。宋怡不是也辞职了吗？你以后多陪她去画室。死小孩儿！我说话的时候不要拼魔方！”

池遇透过窗户看到楼下新来的车辆，回头道：“姑姑，乐乐……大哥的女儿刚从幼儿园放学，她的妈妈身体不是很好，我下去看看有什么能帮忙的。”

池莉人点头，随即站在原地等嫂子说教完。

她也悠闲，不知不觉地踱步到旁边的房间里。就在那里，她看到了新娘。

身穿婚纱的宋怡骤然回头。她化了妆，长发也被盘起，白纱笼罩着神情淡漠的脸：“您是——”

池莉人也吓了一跳，立刻自我介绍：“我是池招的姑姑。你好，我叫池莉人。”

宋怡连忙站起来，想往前走，又担心踩到裙摆，因此只欠身道：“我是池招的……”

说到这里时，宋怡停顿了，忽然抿了抿嘴唇，然后露出一个有点儿不好意思但充满了幸福的微笑：“等会儿就要成为他的……”

门外突然传来脚步声，身穿正装的池招快步进门：“宋怡……哎？爸的妹妹，你来啦！”

“爸的妹妹？”池莉人作势要打他，“是姑姑啊！”

短短几年没见，他的头发好像长长了，不过一举一动还是像个大男孩儿。

池招走到宋怡身边，尽量保持镇定的同时盯着镜子看：“这不是很漂亮吗……”

“真的吗？”宋怡抬头望着他，笑容在嘴角久久不散。

他俯下身想吻她的嘴唇，结果被她推开抱怨“化妆师在唇妆上努力了很久”。

她急急忙忙对着镜子检查，池招则双手抱胸，站在一旁微笑。

宋怡回过头来，又是责怪他又是笑，继而扶住他的肩膀站起身。

池莉人怔怔地看着他们出神，就在这时，安思越在她身后笑了一声：“整天就知道给大人添麻烦。”

她没有回头：“可是很登对啊。”

“嗯，”安思越端着酒杯说道，“姓南的没来呢。”

“啊，我在机场遇到她了。”池莉人说，“好像飞迪拜了。”

安思越冷哼一声，霎时间咬牙切齿：“那个女人，池招是我的儿子说什么都不可能让给她——”

“嫂子，”池莉人看向她空空如也的酒杯，“婚礼还没开始呢，你会不会喝太多了……”

就在这时，反而是新郎新娘出声。宋怡看向门口道：“伯母、姑姑，我们就先去准备入场了。”

池招伸手环着她的腰说：“新郎友人的发言稿，小詹好像改了四五遍。”

“可是他朗诵完《海燕》应该就没时间了吧？”

他们说笑着往外走，池莉人的目光追着他们侧过身。

“年轻真好啊。”她也不由得感叹起来。

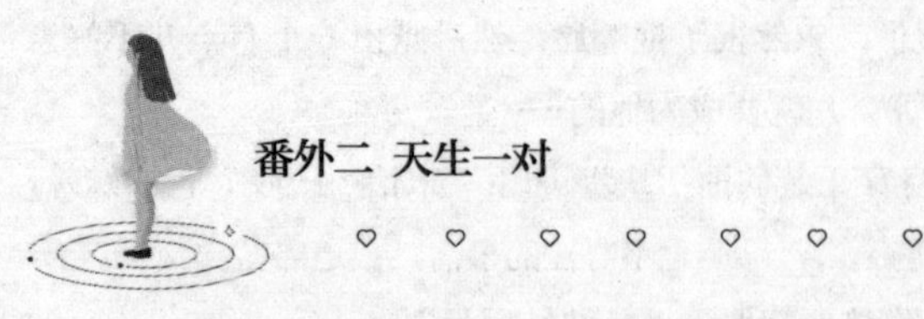

番外二 天生一对

谈起十二岁，宋怡想起的总是那些。闷热潮湿的夏天，只能在邻居家孩子嘴边看到的冰激凌，永远高高悬挂在最顶端的成绩，以及镜子里她麻木不仁的表情。而在距离那个夏天十多年后，还是讨人厌的暑季，她准备从国内飞往国外，去往她人生的第二所大学。

非要说的话，她人生的第一份正式工作还算顺利。

虽然投了很多家，到了终面时还被淘汰的情况也不少，但至少最后进了崇名游戏，而且还是在错过校招也没有相关实习经验的情况下。

相比之下，第二次就坎坷多了。

从崇名游戏辞职后，宋怡换了一份更自由的工作，她报名了设计的夜校培训班。起初的确有点儿困难，但不得不说，这世界上需要这份工作的地方太多了，开始动手接些私活儿后，不知不觉也积攒了经验。之后攒钱、借钱，申请学校，去国外读新的大学，一切就水到渠成了。

宋怡的第二所大学去了日本。不是刻意，不算必然，纯粹因为日语考试通过得比较早，外加看展览时最喜欢的设计师是日本的教授。她关注对方的社交账号，结果竟然被回复，靠翻译词典磕磕绊绊地沟通了几次，最后决定申请对方任教的学校。

巧合的是，当年祖母留学也是去的日本。

攒钱打工期间一度过得很枯燥乏味，有时候赶稿却遇上住的地方停电，于是连夜去附近的酒店开房继续作图。

她借了一部分钱，在国外和房屋中介与学校交涉，从一开始在餐厅被店员不耐烦地嘲弄“我日语都说得比你好”，到后来能直接和日本同学一起进行小组作业，有的时候，她会觉得人生真的有很多想不到的可能性。

然而最想不到的可能性才刚刚出现。

临近毕业时，她回了一趟国内，却遇上不可控的事情，被迫滞留在国内。

虽然说课程可以靠网课解决，但总不可能真就享受这种计划外的悠闲。反正毕业后她也准备回国，索性去找实习的单位。

詹小红完全没当一回事：“喂，受虐狂啊你？崇名文化随便哪个地方，不都在招人吗？干吗还要辛辛苦苦地到外面上班啊？”

詹和青正在加班，用夹着自动铅笔的手指挠了挠太阳穴：“詹妮！”

吴秋秋还在跆拳道教室，这天是友谊赛，所以早早就来热身了，此时此刻笑嘻嘻地插嘴：“但是现在这里也很好啊！对吧？”

尽管神色很冷淡，但只要是有交情的人，多少还是能看出来——出现在手机屏幕另一端正在视频通话的宋怡很开心。

她说：“虽然很不公平，但不可否认，现在的社会，已婚女性求职本来就不那么容易。”

宋怡现在正在为一家规模中规中矩的画廊做平面设计工作。

她之前投简历时，写明自己已婚。

面试时，上司就有点儿惊讶，毕竟就履历看来，她才结婚就马不停蹄地在外奔波：“你们这是感情好还是感情不好？”

虽然不觉得有义务回答此类私人的问题，但宋怡还是说了：“我们感情很好。”

巧合的是，刚进公司，她在同岗位就遇上了熟悉的面孔。

宋怡带着冷漠的表情“啊”了一声，周书画当即笑眯眯地说着“初次见面请多关照，我们聊聊中午吃什么吧”，便推着她一起出去了。

到了外面，她才换上与刚才的楚楚动人大相径庭的阴沉表情质问：“你怎么在这里？”

宋怡回答：“工作啊。”

印象里，周书画业务能力过人，当初池招要劝退她，她硬生生地靠一封道歉信和新图稿留了下来，待到时间不算长的合约结束才走。

“我现在在这里有新的目标……以前的事情，给我闭嘴，知道没？”宋怡难以理解，为什么会有人用威胁的语气说这种恳求的话。

士别三日，当刮目相看。宋怡早已不是当初那个面对一点儿警告就会乱阵脚的应届生。她沉默片刻，掏出手机，展示法国餐厅特别推出的午饭套餐广告：“那我中饭要吃这个。”

周书画深吸一口气，强行压下愤怒，最后挂上她一贯的笑容回答：“行！”

小公司难免会有需要总动员的状况，展览接近，基本所有岗位的人都要过去帮忙。宋怡也不得已离开办公桌，到现场去干活儿。还是实习生就得要干一些核心的事情，本身这就值得吐槽，更不用提开展前一天还加班布展到凌晨。其他同期同事也怨声载道，就连处在试用期的员工都甩着画作资料说“怎么可能全记下来”。

宋怡先看了一眼纸稿，然后下载了软件，利用午休时间坐在桌前念念有词仰头低头反复背诵了一阵，之后就能在组长来时对答如流了。

“为什么啊？这是怎么办到的？”同事瞠目结舌。

电脑屏幕后面传来声音：“因为她是能伺候怪胎的冰雪女仆吧。”

然而一有人看过来，周书画就立刻换回那副人畜无害的柔弱模样，装傻说：“好厉害哦！”

宋怡回答：“只是短时记忆而已。”

她偷偷向靠近问话的人提供诀窍：“不确定的话，就都说是综合材料。”

等到了画廊正式开展，宋怡戴上工作牌，和其他同事一起在负责的展厅等待。

没有想到，来的人还不少。很多艺术家也亲自过来。被分到和宋怡一起干活儿的周书画紧紧地盯着他们，嘴里嘀嘀咕咕不知道在说什么。宋怡不动声色地倾斜身体，就听到她在重复飙着脏话。

不知道是不是因为真面目已经暴露，所以周书画无所谓了，时不时地，她会直接在宋怡面前放下伪装，干脆利落地用女流氓的口吻说：“你不觉得很可恶吗？”

宋怡狐疑：“什么？”

“这群人，人气不高，还总搞些给社会造成不良影响的事情，美其名曰‘艺术’。”周书画咬牙切齿道，“但在背后帮忙收拾的可是跟他们签约的画廊啊。”

“那只是小部分吧。”

“之前有个搞行为艺术的进了局子，结果打电话叫我去派出所领人，还要乐呵呵地说‘真有创意’。那时候是除夕夜！除夕夜啊！我真的差点儿就装不下去，谁爱干谁干去吧——”

宋怡就事件本身发表评价：“感觉……你也活得挺不容易。”

临近中午，大家纷纷交班去吃饭。宋怡随身携带便利店速食，快速解决就回到岗位。就在这时，她看到一位客人停留在一幅画前。

偌大的展厅里只有一幅作品，那是一片充斥着粉色与蓝色的花圃，梦幻的光景仿佛泡沫般在眼前游离。

她不紧不慢地走过去。

宋怡脸上微不可察地浮现点滴笑意："请问先生您喜欢这幅画吗？"

"嗯。"他一只手握着票根与手机，回过头来问，"工作人员呢？"

她也端详起画。暖融融的颜色像棉花团，塞进心受伤后产生的缝隙里。艺术不分国界、性别、贫富、身份高低，不会区分人与人。只要能领会，只要能感受到。她回道："喜欢哦。"

池招看着她，渐渐地笑起来："我也喜欢。"

花圃的幻影中，他没迈出步伐，只是侧过身。接吻的时候，宋怡闭上眼睛，分离时再睁开，两双眼睛仍然贴得很近。

她笑了，索性靠在他的肩膀上，他也伸出手臂，环住她的肩膀。才刚蹭了蹭，旁边的保安大叔就咳嗽了两声。

宋怡顿时脸红了，抓住池招赶紧逃。池招懵懵懂懂，临走还朝年纪能当自己父亲的安保人员微笑致意。

下班后还有庆功宴，宋怡主动提出先回去。

"为什么啊？"上司在吆喝，"这几天你可是帮了大忙。"

"哦，呵呵，"周书画戴着微笑面具，强行拉着大家走，"因为小怡的老公来了哦。"

她回头朝宋怡使眼色，恶狠狠的表情和上一秒的温柔形成鲜明反差。宋怡知道，那是"记住你欠我人情"的意思。有的人，做好事也要以坏人的姿态展现。

"说了不要叫我'小姨'了。"宋怡保持着冰冷的表情回应。

池招开的车显而易见是手动挡的复古款，造型醒目，却到底比不上言情小说里常常出现，知名度甚高的那几个典型豪车品牌。加上宋怡平时做事的低调风格——

"她嫁了个小开啊。"有同事发表评价。

知情的周书画内心腹诽，这小开的规格可真够高。

宋怡坐上副驾驶座，池招在用车载电视看解说游戏的视频。

回家之前先去了一趟池招家的主宅，因为宋怡特意用员工内部价买了一幅画，准备送给池招的母亲。开车过去花了一点儿时间，池招和宋怡进了门。安思越从电话里得知了来意，一边下楼一边冷言冷语："是池招让你来的吗？公司代理权出问题了？"

池招早就习惯了，无所谓地反唇相讥："你不看新闻吗？关于今年《acdf》在海外的总收入。"

"这个，"宋怡拎着包装好的画，神情习惯性冷淡，眼睛却微微发亮，"看见第一眼就想起您了。"

安思越让用人接过来："谢谢，今天就留下吃饭吧。"

"不要，"池招不留余地地嘲笑，"你肯定又煮了乱七八糟的菜吧？"

"死小孩儿！皮痒了是不是？！"

"哦！你要动手！这种教育方式对吗？"

"池招！"

眼看着母子俩又要吵架，宋怡不慌不忙地开口打断："您误会了，是因为今天我们约好了一起看恐怖电影。我觉得您的菜都很有创意，能看出其中对生活独特的见解。等到夏天我就要回大学那边了，下个星期我想过来做顿饭吃。不知道妈您在不在国内？"

她一口气说了很长一段话，而这一席话也让差点儿交战的双方齐齐停下。

池招诧异地发出声音："妈？"

安思越短暂地愣住，视线偏移，低头咳嗽，清了清嗓子，随即恢复高高在上的表情。

"周六可以。"安思越上下打量宋怡一番，"婚礼那次之后，你还穿过高定吗？"

这次轮到宋怡呆滞："啊？"

池招插嘴："算了吧。我都只买成衣，你就别乱花钱了。"说完便揽着宋怡往外走。

每次宋怡回国，池招都会早早定好接下来一段时间住在哪里，然后准备好庆祝——虽然截至目前她统共也就回过两次国。第一次时，她被推搡着先进门，结果差点儿准备打 119。因为池招在复式的屋子里放满了彩色氢气气球，万一同时炸开，估计能被方圆五十里的邻居以为是爆炸。

而这一回回国，池招则是直接把一个套间装修成翻转的。这么说可能有点儿意味不明，大致就是，池招请人把地板弄成了天花板的样子，又在天花板砌了地砖，再把造好型的吊灯固定在地面，各色家具黏在头顶，美其名曰《盗梦空间》的现实版。

宋怡被迫搬到另一个住处去，而他自己则在这毫无实用性的家里打地铺睡了大半个月。

此刻，他们一起坐在毛绒玩偶垫成的沙发上用投影仪看电影。

宋怡抱着膝盖说：“有时候感觉挺神奇的。”

池招在窸窸窣窣地用筷子吃饼干，听到她开口，把吃的递过去：“什么？”

“你没有改变我的人生，但是，遇到你以后，我改变了自己。”她目视前方，零食很香，心情很好，“所以我的世界也改变了。学了我喜欢的东西，做了我喜欢的工作，和喜欢的人在一起。”

他好像很擅长抓这种重点：“喜欢的人是谁？”

“我的教授！”宋怡笑着回答，就想翻平板电脑，“给你看看他最近的作品——”

池招握住她的脚腕，把她从毛绒娃娃堆里拉出来，朝自己的方向拽过去。“你看这个海报……”她还没说完，就被吻住了，等放开后又继续，“元素都很普通，我一直觉得这几个平面图形特别难用……”结果又被吻住。

开着关于在加拿大建新工作室的会议，池招却连折纸这种事情都不做了，一个劲儿地翻着某样东西放空。

崇名网络换了领导，新官上任三把火，难免不太懂崇名游戏我行我素的传统陋俗，不顾同事劝阻的眼色坦然发问：“池先生，请问你在做什么？”

这种低效率、无意义的流程，池招向来毫无兴趣，开小差也成了常态。此时此刻，他就像一个被班主任点名的青少年，漫不经心地看向对方，随即扬起手中的东西：“我和我太太的结婚证。你要看吗？不给。”

那十足欠揍的行为引发众怒，而一旁的夏凡则习以为常地闭上了眼睛。

离开时的各位长辈还在滔滔不绝地抱怨，池招则全然不在乎，甚至故意也抬高分贝：“反正你们也只知道说这个不行那个不准！或者搞些不赚钱的东西！”

经历无数次池招与其他部门的大战，詹和青的态度已经由积极善后变成“累了，毁灭吧”，摔了文件对着池招怒吼：“你们打一架算了！”

有个奇怪的现象，与池招争吵的人总会不由自主地被拉到智商比较低的水平。崇明网络的新领导口不择言：“结了婚了不起，是吧？”

“了不起！”池招才不是会为自己离经叛道而后悔的类型，他就是离经叛道本身，“我太太长得漂亮脑子又聪明！你要我的结婚照吗？我洗一张送你啊！”

对于只爱摆架子的顶头人，夏凡也早就烦了，所以这时候根本没阻止，只是提醒：“你和宋怡没拍婚纱照！”

等回到办公室，池招抱着树蛙发呆。詹和青进来，先问门口的夏凡：“他这是干吗？买新掌机被骗了？”

“那个我拍卖到了，”池招头也不回，坐在沙发上说，“要借你玩吗？”

“好！”詹和青更纳闷儿了，“那为什么是这副散发冷空气的样子？”

夏凡压低音量：“因为宋怡要回学校了。”

詹和青恍然大悟：“啊！”

池招无缘无故地开始迁怒：“弟弟，我不会借你新纪念掌机了，你碰都别想碰。”

留下詹和青目瞪口呆：“为什么啊？！”

辞职的时候，上司强行给宋怡发了邀请，然而她并没有打算继续留在分工不够明确的公司。

她要考虑毕业设计，抓住每一分每一秒努力学习，变成更好的人，过上更幸福的生活，和最爱的人在一起。登机后，她打开聊天软件，缓慢地编辑起消息。

“结婚以前，我们决定一起思考要怎样爱人。但实际上，关于这个问题，你是教我最多的人。相互理解，相互关心，快乐也好，痛苦也好，全部一起分享。我们从上下级关系开始，变成了重要的朋友，又变成恋人，也是家人。池招，我想我会一直感谢你，也希望你能一直牵着我的手。”

消息发出后，她把手机压下去，然而马上就传来回信。

池招说：“好的。”

贴在手机背后的手突然被覆住，旁边的人握住她的手，握紧，垂在尚未系好的安全带上。

宋怡怔了怔，正牵着她的手的人不是池招能是谁？他看着她，百无聊赖地笑了：“我也是。”

“什么？”也是什么？她刚才发了一大堆，对应的是里面哪一句？

他想回答，却被打断了。

空中乘务员和原本拥有这个座位的乘客正站在过道上，乘务员小姐笑着说：“不好意思，您的座位在前面，麻烦您对号入座呢。”

“我要降舱。”

“乘客，请不要提这种为难人的要求哦——”